安徽师范大学中国现代文学省级教学团队成果
安徽师范大学教材建设基金、安徽师范大学文学院教材基金资助出版

二十世纪中国女性文学研究

黄静 等◎著

安徽师范大学出版社
·芜湖·

责任编辑:刘　佳
封面设计:王　彤

图书在版编目(CIP)数据

二十世纪中国女性文学研究 / 黄静等著.—芜湖:安徽师范大学出版社,2017.8(2025.1重印)
ISBN 978-7-5676-3052-9

Ⅰ.①二… Ⅱ.①黄… Ⅲ.①妇女文学—文学史—中国—20世纪—高等学校—教材
Ⅳ.①I209.6

中国版本图书馆CIP数据核字(2017)第175892号

二十世纪中国女性文学研究
黄　静　等　著

出版发行:安徽师范大学出版社
芜湖市九华南路189号安徽师范大学花津校区　　邮政编码:241002
网　　址:http://www.ahnupress.com/
发 行 部:0553-3883578　5910327　5910310(传真)　　E-mail:asdcbsfxb@126.com
印　　刷:安徽芜湖新华印务有限责任公司
版　　次:2017年8月第1版
印　　次:2025年1月第4次印刷
规　　格:700mm×1000mm　1/16
印　　张:21.75
字　　数:350千字
书　　号:ISBN 978-7-5676-3052-9
定　　价:49.80元

目　录

Contents

绪论

Prodrome

绪　论

“女性文学”这一概念虽广为人知却颇多争议，学界围绕这一概念，形成多种解释，至今没有一个公认的明确的界定。此外，还有一些类似的概念，如“妇女文学”“女性主义文学”“女性写作”等。在明晰“女性文学”这一概念之前，我们需先辨别“女性主义”“女权主义”“女权意识”“女性意识”“女性经验”等相关概念，了解这些概念的内涵。

“女性主义”（Feminism）这一概念源自西方的女权运动，在中国大概形成于20世纪80年代中期以后，泛指主张性别平等，男女平权的各种社会文化思潮。“女权主义”则在五四时期首次译介到中国，它与“女性主义”一样，是一种主要以女性经验为来源与动机的社会理论与政治运动，主张男女平权平等，是对同一个概念的不同表述。与“女权主义”相比，“女性主义”的政治性要求较弱，更注重文化内涵。

“女权意识”指的是女性从自觉的女性性别立场出发，以反叛传统性别秩序、建构女性主体人格为基本价值追求和审美追求的思想、艺术倾向。女权意识的核心并不是要以女权来取代男权，不是女性霸权主义，而是追求两性和谐发展的性别平等主义。不过，由于“女权”一词容易让人联想到与“男权”的对立，多数中国女作家、学者往往都极力回避使用这一概念，拒绝承认自己是女权主义者。这一文化现象恰恰说明男权意识在中国社会的根深蒂固和无所不在，同时也表明反叛传统的性别秩序，追求社会、政治层面以及文化、观念层面上的两性平等，将是一个艰难而长期的过程。由于对“女权”一词怀有的偏见及缺乏直面的勇气，学界往往用“女性意识”“女性主义”来指代“女权意识”“女权主义”。“女性意识”作为一种性别意识原本是对女性性别身份的强调，并不具有明确的价值判断和鲜明的意义指向。不过，由于这一词语相较于“女权意识”要平和些，故而多数时候，“女性意识”不仅仅是一种性别意识，它同样具有反叛传统性别秩序及追求两性平等的价值内涵。

“女性经验”是女性主体性的重要组成部分，包括三个层面：一是生理性别经验，即女性所独有的生理特征、受孕、哺乳、生命存在方式等方面的经验，这类经验使得女性对自身及外在世界的感知方式与男性有很大不同；二是社会性别经验，指女性在社会构成、历史演进过程中的生存体验，包括情感经验、日常生活经验等；三是个体经验，即女性作为不可替代的单个个体的自身感受与体验。由于几千年的人类历史基本上是建立在男性经验的基础上，女性经验往往是缺席的、不在场的，故而，女性主义批评家强调女性文学应书写出女性独有的、真实的经验，以此建立具有女性话语形式的女性写作。

“女性文学”这一概念同“女性”这个词一样，最初都出现于五四新文化运动中。在此之前，指称女人的词语，都是对应着具体的在家庭人伦关系中的女人，“女性”一词的生成，标志着女性以独立的人的身份在社会位置上出现。同样，20世纪中国女性文学自产生之日起就具有现代性的品质，体现了现代人文精神与价值取向。由于划分标准的不同，“女性文学”内涵及其外延有以下几种界定。

一是指所有描写女性生活的文学作品，只要作品表现的是女性形象、女性生活，无论是男作家还是女作家创作的，都可称为“女性文学”，即女人和男人们写的关于女人的故事。这是由创作客体的性别而定的，这一分类方法最不为女性文学研究者认可。二是女性作家创作的一切作品。这是以创作主体的性别为依据划分的，这种划分排除了男性作家创作的有关女性生活及女性形象的作品，是最广义范畴的女性文学。不过，这一分类标准同样不为多数女性文学研究者所取。三是女性所写的表现女性生活、体现女性风格的文学。这种按作家性别和题材风格的分类方法，为一般读者所认可。四是女性所写的表现女性生活、体现女性意识的作品。有无女性意识是判断女性文学的关键标准，这可视为狭义的女性文学。

再看“妇女文学”，这一概念在中国曾是“女性文学”的代名词，其内涵基本等同于“女性文学”。“妇女”一词在日常话语中往往指称已婚女性，且带有一定程度的“传统”色彩。不过，“妇女文学”中的“妇女”与传统话语里的指涉并不一样。据美国学者白露考证，早期共产党人将欧洲社会主义政治理论中的“woman”译作“妇女”，强调社会生产与妇女的关系，尤其倍倍尔的《妇女与社会主义》一书的翻译，更是奠定了“妇女”一词的政治意义。其后“妇女”一词在大陆的使用更多具有政治话语意义，由此形成的“妇女文学”概念，在20世纪40年代的解放区及建国后至20世纪80年代初这一阶段，也多体现了政治文化的内涵。这一时期“妇女文学”并不刻意强调性别意识，而是提倡妇女应该投身于社会解放的洪流之中，以此实现自身价值及其女性解放。20世纪80年代以来，学界较少用“妇女文学”这一概念，而多用“女性文学”来指称女性作家的作品。

“女性主义文学”这一概念在中国主要形成于20世纪80年代后，主要思想资源是西方当代女性主义的批评理论。实际上，这一概念的内涵基本等同于狭义的女性文学，即女作家创作的具有自觉的女性意识，用话语颠覆性别歧视，争取男女平等的文学。

“女性写作”同样是一个具有西方背景的概念，源自法国女性主义作家、评论家埃莱娜·西苏的《美杜莎的笑声》。在这篇文章中，西苏强调了身体之于女性写作的重要意义。由于女性的身体在男权中心文化理念下是被压抑、被钳制的，是“空洞的能指”，所以女性要解放首先就要回归女性自身的身心体验。女性没有属于自己的语言，唯有通过身体来表达思想，通过真实的感觉将空洞填满。“妇女必须通过她们的身体来写作，她们必须创造无法攻破的语言，这语言将摧毁隔阂、等级、花言巧语和清规戒律。”女性“通过身体将自己的想法物质化了；她用自己的肉体表达自己的思想”。[①]当然，女性在用身体表达思想时，必须忠实于女性的

① ［法］埃莱娜·西苏：《美杜莎的笑声》，张京媛主编：《当代女性主义文学批评》，北京大学出版社1992年版，第201、195页。

真实感受，不能有男性中心的价值观、审美观潜在地发挥作用。不过，中国不少女性文学研究者运用“女性写作”这一概念时，其内涵与外延都超出了西苏所说的“女性写作”范畴，很多时候可与“女性文学”这个概念互换。一些研究者倾向于用“女性写作”这一宽泛概念来讨论女作家创作过程中的相关问题，关注女性写作的文化语境，全方位考察女性身份在创作中的复杂关系。“我希望用女性写作或女性书写来取代女性文学这样的概念。在我使用它时，我所强调的是写作者的性别身份；我不是说男性就写不出能够表达女性境遇的文学作品，而是我认定，对女性生存境况的表达必须由女性开始，并终将由女性完成。我真正关注的是女性群体的书写行为”，“对于女性写作，它更意味着尝试一种从文学媒介——语言自身，去发现并颠覆男权文化的可能与途径”。①

综上所述，本书关于“女性文学”界定主要是狭义层面的，等同于“女性主义文学”，即不单是从创作主体、创作对象、创作风格的角度来划分，而主要依据“女性意识”的有无进行判定。所谓“女性文学”指女作家立足女性立场，表现女性生活、情感、心理、经验等，充分体现女性意识和性别平等理念的文学作品。

需要指出的是，对于“女性文学”概念的界定并不意味着女性文学是封闭的、静止的存在，也不意味着为女性文学的研究划定了一个严格的范围。其实，男作家笔下的女性创作以及女作家受男权意识影响的创作，与女性主义文学创作恰好构成相互联系、相互对照的“互文本”关系，对这类作品的研究，将有助于我们更全面、深入地探讨女性文学。此外，这一概念的界定也不意味着“女性文学”与“非女性文学”之间存在高下优劣的价值判断，那种以“女性文学”贬抑甚至取代“非女性文学”的观点，无疑是片面的、机械的。当然就整体而言，女性主义文学因内容的敏感和艺术表现的前卫，注定遭到男权文化的贬抑与挤压，其生存的空间是狭小低矮的，生存道路也是艰难曲折的。然唯其艰难，更显示出探索的价值与意义，尤其对于女性解放的价值与意义。

① 戴锦华：《犹在镜中：戴锦华访谈录》，知识出版社1999年版，第175、174页。

第一章

Chapter 1

女性主义文学理论及中国女性文学的发展

第一节　女性主义文学批评的理论资源

谈20世纪中国女性文学不可避免地要涉及西方女性主义文学理论。20世纪60年代前后，西方出现了风起云涌的妇女解放运动，运动就妇女在就业、教育、政治、文化等各领域的现状向现有制度提出了质问，同时这种质问上升到对妇女本质和文化构成的探讨，由此产生了女性主义批评理论。女性主义批评流派众多，既有传统女性主义理论，以弗吉尼亚·伍尔夫、西蒙娜·德·波伏娃、贝蒂·弗里丹的理论为代表，又与其他文艺思潮、流派相联系，形成多元模式的女性主义文学批评，包括马克思主义女性主义文学批评、精神分析女性主义文学批评、后殖民女性主义文学批评、后现代女性主义文学批评、生态女性主义文学批评等。

一、传统女性主义理论

英国、法国、美国是传统女性主义理论的主要衍生地。对传统女性主义理论产生重大影响的三位理论家分别是：英国的弗吉尼亚·伍尔夫，代表作《一间自己的屋子》；法国的西蒙娜·德·波伏娃，代表作是《第二性》；美国的贝蒂·弗里丹，代表作是《女性的奥秘》。

1. 弗吉尼亚・伍尔夫的《一间自己的屋子》

弗吉尼亚・伍尔夫（Virginia Woolf，1882—1941）是一位意识流作家，也是文学批评家。1929年，被誉为女性主义批评的奠基作——《一间自己的屋子》出版，充分、直接地体现了伍尔夫的女性主义思想。“一个女人如果要想写小说一定要有钱，还要有一间自己的屋子”[①]，这是这篇论文的核心思想。这里，“钱”与“一间屋子”是女性创作的必要条件。“自己的屋子”不仅指女性作家的居住空间，它还象征着女性身处的文学空间。由于经济地位低下，无法受到良好的教育，也难有丰富的阅历，法律和习俗还限制了女性的感情生活，这些都阻碍了女性的文学创作。父权制文化不仅具有强制性，不允许女性有自己的思想和生活，它还具有一种潜移默化的作用，即女性长期在这种文化的熏陶下，逐渐将其内化为自身的价值取向。伍尔夫将这种把男性价值标准内化为自身要求的女性称为“房间里的天使”。由此，女性文学传统尽管存在，却在父权制的权威下被迫时时中断，而这客观上又加深了女性创作的困难，从而形成一种恶性循环。

此外，伍尔夫还提出“双性同体”的观点，即每个人身上都有两种力量支配，一种是男性的力量，一种是女性的力量，这两种力量应是和睦相处的。人应该是女性化的男性（Woman-manly）或男性化的女性（Man-womanly）。故而，伍尔夫认为，伟大的艺术家都具有双性同体的气质，如莎士比亚、济慈、斯坦因、柯勒律治等。与此同时，伍尔夫又指出女性有着自己独特的处境和观察事物的角度，女性文学应该有不同于男性文学的独特题材、语言、风格等。可见，伍尔夫一方面追求一种两性和睦相处的双性同体，反对过分表露自己的性别意识，一方面又肯定女性的创作风格，这其中有着自相矛盾之处。尽管如此，伍尔夫女性主义理论具有丰富的内涵与深刻的启发性，其所提出的问题至今仍是女性主义研究者关注与思考的重点。

① ［英］弗吉尼亚・伍尔夫：《一间自己的屋子》，王还译，生活・读书・新知三联书店1989年版，第2页。

2. 西蒙娜·德·波伏娃的《第二性》

西蒙娜·德·波伏娃（Simone de Beauvoir，1908—1986），法国著名作家，当代最负盛名的女性主义批评家，代表作《第二性》是对经典女性主义理论的发挥。在这部著作中，波伏娃运用大量哲学、心理学、历史、文学等材料证明，女性自由的障碍不是生理条件，而是政治和法律的限制造成的。波伏娃最广为人知的观点是：女性不是天生的，而是后天形成的。“女人并不是生就的，而宁可说是逐渐形成的。在生理、心理或经济上，没有任何命运能决定人类女性在社会的表现形象。决定这种介于男性与阉人之间的、所谓具有女性气质的人的，是整个文明。”[①]这一结论，对世界范围内的女性运动影响深远。

波伏娃吸纳了存在主义观点，对女性进行了生物学、心理学和社会历史的考察。波伏娃指出，从整个社会历史过程看，女性被降低成了男性的对象，被铸造成了男人的另一性，即第二性。对于男人，女人是“一个性伙伴，一个生殖者，一个性爱对象，一个他用以探索他自己的他者。”[②]女人是男人用以确定自己存在的参照物，而唯独不是她们自己。此外，波伏娃认为，女性不是作为主体而是作为客体的生存状况主要是由她们的生存环境造成的，尤其是她们所处的经济地位。由于经济上依附于男性，女性为了生存必须取悦于男性，从而将父权制文化的价值取向内化为自己的行为准则，并安于男人指派给她们的地位，不去争取自由。波伏娃指出，是男性为主宰的父权制文化压制着女性，使女性变得地位低下，而不是因为女性地位低下而应受压制。故而，女性能否解放，主要取决于她们在经济上能否摆脱依附性的地位，争取到平等的经济权。波伏娃的女性主义理论对西方传统文化产生了极大的冲击，并影响了后来的女性主义理论的发展，包括贝蒂·弗里丹的《女性的奥秘》、凯特·米利特的《性政治》等，《第二性》也被誉为有史以来讨论妇女的最健全、最理智、最充满智慧的一本书。

① ［法］西蒙娜·德·波伏娃：《第二性》，陶铁柱译，中国书籍出版社1998年版，第309页。
② ［法］西蒙娜·德·波伏娃：《第二性》，陶铁柱译，中国书籍出版社1998年版，第65页。

3. 贝蒂·弗里丹的《女性的奥秘》

贝蒂·弗里丹（Betty Friedan，1921—2006），美国当代著名作家、社会学家、女权运动领袖。《女性的奥秘》一书被西方誉为女性的圣经。第二次世界大战后，大批男性从战场归来，重新占据了战争中曾以女性为主的工作岗位，女性又回到家庭成为家庭主妇，不过回归家庭的妇女们却隐隐感到一种不满足。正是在这一背景下，1963年弗里丹发表了《女性的奥秘》。在这部著作中，弗里丹抨击了来自社会及女性自身的要求女性成为贤妻良母的言论，并批判了弗洛伊德关于女性的带有偏见的观点。弗里丹鼓励女性要“提高认识”，即提高人的认识，看清男性统治的事实，将先前只在无意识层面感知与理解的东西推进意识层面。“提高意识”的关键是让女性将个人经验与政治含义联系起来，即女性若在一个小组中互相诉说，她们会发现个人的苦难与不幸可能会落入一种模式，虽有差异却能反映女性生活的共同特征。于是女性会明白个人的不幸不只是个人问题，更是社会问题、政治问题。故而，“提高意识”是女性主义者将批评与政治挂钩。

此外，弗里丹十分肯定女性奥秘的价值，“女性奥秘论告诉人们，女人的最高价值和唯一使命就是她们自身女性特征的完善；它告诉人们，纵观其历史，西方文化中所犯的最大错误，就是低估了这种女性特征的价值；它又告诉人们，这种女性特征非常神秘，非常接近人类生命的创造和起源，是一种直觉的东西。所以，人为的科学或许永远也无法理解它。但是无论是多么特殊，多么不一致，女性特征决不比人的本性低下，在某些方面，或许还要优于后者。”[①]不过，女性往往认识不到她们自身的本性，造成这种现象的原因在于“我们的文化中，妇女的发展已经被阻止在生理的水平上，在很多情况下，对她们来说，除了爱和性满足的需求之外，没有任何高层次的需求。甚至连自尊、自重以及受到他人尊重的需求——‘对于力量，取得成就，对于胜任，精通和竞争，对于面对这个世界的自信，对于自立和自由的愿望’——妇女的这种需求还没有被清醒地认识到。”[②]弗

① ［美］贝蒂·弗里丹:《女性的奥秘》，程锡麟等译，北方文艺出版社1999年版，第35页。

② ［美］贝蒂·弗里丹:《女性的奥秘》，程锡麟等译，北方文艺出版社1999年版，第375页。

里丹以强烈的责任感对当时美国社会女性的地位进行控诉，揭露美国妇女问题的实质，并通过大量资料和社会调查结果，驳斥限制女性发展的诸多现象，提出女性可以和男性一样，女性和男性的地位应当是完全平等的。《女性的奥秘》成为女性主义运动的里程碑，推动了第二次女性运动的开展。

以上三部女性主义著作，拓宽了人们的视野，一定程度上改变了人们对待女性问题所持有的男性视角，也使得女性主义文学批评在此基础上迅猛发展。

4. 其他女性主义经典著作

除了上述三部女性主义经典著作外，还有一些女性主义重要著作，如凯特·米勒特的《性的政治》、桑德拉·吉尔伯特和苏珊·古芭合著的《阁楼上的疯女人》、埃莱娜·西苏的《美杜莎的笑声》等。

米勒特是最早将女权主义理论引入文学批评的人，她的《性的政治》分为“性别政治”“历史背景”“文学反映”三个部分。米勒特认为性别与种族、阶级一样，具有“政治”的属性，由此提出“性政治”理论：以男女两性的生理差异为理由，占统治地位的男性从国家政体、权力机构到历史文化、教育宗教、社会习俗甚至于两性关系、文学作品中，都将女性置于附属的、可被征服的、屈辱的地位中。《性的政治》将文化批评与文学批评结合起来，从性别差异的角度入手，揭示了权力和主导地位决定着对性行为描写的事实，考察两性社会关系和传统的男权政体以及19世纪以来两性关系的改变，重新阐释男性作家作品中呈现的“性政治”，如分析了在西方文坛颇受推崇的劳伦斯、米勒、梅勒、热内特作品中的性意识，揭示了他们作品中的男权意识。此书对美国女性主义批评理论的发展有着重要影响。

吉尔伯特和古芭的《阁楼上的疯女人》是一部探求女性文学传统的经典之作，它从新的角度去理解19世纪“妇女独特的文学传统”及其共性，创立了女性文学创造性的新学说。两位批评家认为：由于艺术创造性被视为男性的特征，写作是属于男性的活动，女性在文学中的形象都是男性幻想的产物。女作家在创造女性形象时须按照父权制标准，这使得她们在创作时总怀有“作家身份的忧虑”，这种忧虑使她们采用迂回曲折的方式来抒发自己的情感。故而，女作家的创作工作是矛盾的，她们在顺从父权制文学标准的同时又在破坏这一标准，她们的声音往往是双重的，这种双重的声音构成了女性写作的策略。此外，吉尔伯特和古芭重新解读了19世纪一些重要女作家的作品，包括简·奥斯汀、夏绿蒂·勃朗特、艾米莉·狄金森、弗吉尼亚·伍尔夫、西尔维娅·普拉斯等。吉尔伯特和古芭发现，这些女作家的作品中存在着相互关联的主题和形象，共享“特有的妇女文学传统”。比如由于受传统父权制艺术构筑的束缚，女作家作品中往往充斥着“封闭和逃跑的形象”、“疯狂”的自我、大量的疾病描写等，这些都体现了女作家的创作心理，比如疯女人的形象其实是“作者本人的重像”，倾诉的是作家的“忧虑与愤怒”。两位批评家对《简·爱》的重新解读是女性主义最富于启发性的研究范例。传统社会学批评已经将《简·爱》视为具有女性反抗意识的作品，不过他们把重点放在对简·爱的分析上，吉尔伯特和古芭则把探寻的目光投向罗切斯特的前妻，这个被囚禁在阁楼上的疯女人——以往只是被当作渲染神秘气氛，设置情节悬念的过场人物。两位批评家由这一人物发现了作品的深层意蕴，疯女人反映了在男权社会压迫下女性的被隔绝和失语状态，以及由此产生的愤怒反抗情绪。疯女人是简·爱的另一面，其最后将桑菲尔德庄园烧毁，是简·爱反抗罗切斯特男性中心的潜在欲望，也是女性毁灭男权的象征。可以说，疯女人的形象才是作者内心深处肯定的女性的本质存在状态。

埃莱娜·西苏是“女性写作”理论的创始人，20世纪70年代，西苏写了一系列探讨女性气质、女性主义、女性文本等问题的论著，其中《美杜莎的笑声》阐述女性写作的理论问题，成为其代表作。西苏认为，女性由于是被压制的性别，其写作会具有一种强大的破坏的力量。女性通过写作使得被压制的创造力爆发了，从而获得内心的快乐与满足。女性写作是一种完全不同于男性写作的创造，它应不受传统思想和写作形式的束缚，应富于开创性。由于女性没有自己的语言，她们只有自己的身体可以凭借，所以西苏提出“躯体写作”的口号。“写自己，你的身体必须被听见”成为“女性写作”的至理名言。“事实上，通过身体将自己的想法物质化了；她用自己的肉体表达自己的思想”[①]，女性写作以此拥有能够表达自己的语言的可能。这种语言是反理性的、无规范的，具有极大的破坏性和颠覆性。不过这种破坏与颠覆不是对男性话语的全盘拒绝，它有着对男性话语的包容性。西苏强调女性写作的重要性，试图建立女性写作的乌托邦。

二、女性主义文学批评的多元模式

20世纪80年代以来，女性主义文学批评呈现出百花齐放的局面，已没有一个统一或一致的学派，似乎成了一个松散的运动，包括马克思主义女性主义、精神分析女性主义、后殖民女性主义、后现代女性主义、生态女性主义等等。

1. 马克思主义女性主义文学批评

马克思主义女性主义文学批评，作为西方女性主义研究的一大流派，脱胎于西方20世纪60年代第二次妇女解放运动，代表人物主要有朱丽叶·米切尔、盖尔·卢宾、凯琳·萨克斯、凯特·米勒特等。马克思主义女性主义文学批评立足于女性主义的思维视野、文化原则、批评精神，借鉴马克思主义妇女理论的一些观点，全面具体地考察文学领域中妇女所受压迫的根源、妇女自身生产与社会生产的关系、妇女解放的条件、途径等问题。与此同时，基于不同的学术纹理、研究对象，马克思主义女性主义文学批评又对马克思主义妇女理论进行了修正与反叛。主要体现在以下几点：

首先，马克思主义女性主义者承认经济因素对妇女的压迫，但强调妇女受压迫根源的因素众多，除了经济因素外，还包括意识形态、政治、文化、性别差异、社会结构、交换制度等，只有将这些因素综合起来，才能科学地解释文学作品中妇女受压迫的根源。其次，关于妇女生产，马克思主义女性主义者强调应重视妇女自身生产对于女性的意义，重视妇女的家务劳动等私人劳动的经济意义，

① ［法］埃莱娜·西苏：《美杜莎的笑声》，张京媛主编：《当代女性主义文学批评》，北京大学出版社1992年版，第194、195页。

妇女的家务劳动理所应当是社会生产的重要组成部分。只有全面重视妇女生产的价值与意义，才能从女性哲学、女性独特心理及人类发展史的高度解读女性。再次，关于妇女解放的途径，马克思主义女性主义者十分关注男女的性别分工、性别差异以及种族差异，她们不主张消灭性别差异，只希望消除因性别差异带来的不平等后果，所以她们认为研究基于性别差异的妇女解放途径更为科学和必要。

整体而言，马克思主义女性主义文学批评侧重社会性，忽视文学性；突出强调女性群体的社会属性而不太重视女性个体的心理因素；由于这一批评理论集现实性与思想性、实践性与理论性于一体，极富内蕴张力，故而，这一阵营内部观点纷繁驳杂，有时认识也不太统一，甚至相互矛盾。

2. 精神分析女性主义文学批评

20世纪70年代，一些具有深厚精神分析和后精神分析理论素养的女性主义研究者运用弗洛伊德与拉康的精神分析学说，开创了精神分析女性主义文学批评。该学说从人的心理结构出发，考察女性的身体、语言、欲望等潜意识层面，探讨女性和语言、女性和写作之间的关系，分为早期和后期。早期精神分析女性主义批评者包括西蒙娜·德·波伏娃、贝蒂·弗里丹、凯特·米勒特等，后期包括埃莱娜·西苏、朱丽娅·克里斯特瓦等。女性主义批评者一方面对精神分析学中的“阳物崇拜”大加批判，另一方面，又借鉴和运用精神分析学说的话语，提出了“女性话语”“躯体写作”“双性同体”“女性写作”等重要理论。

早期的精神分析女性主义文学批评的焦点从强调男女平等转为承认男女性别差异，从这一角度出发，关注女性心理的独特性并拒绝接受男性符号秩序。故而，对弗洛伊德和拉康学说中的“阳物崇拜”，女性主义批评者猛烈攻击，并彻底否定男尊女卑的传统。伊利格瑞在《窥见另一妇女》一书中，指出弗洛伊德在分析女性如何诞生时是把女性当作“他者”，当作一个有别于正常“主体”的异体。此外，弗洛伊德在对男女两性心理发展的讨论中强调了有无“菲勒斯”的重要性，女性羡慕男性，女性渴望拥有“菲勒斯”的心理特征等，西蒙娜·德·波伏娃、凯特·米勒特、桑德拉·吉尔伯特等都对此进行了有力批判。后期的精神分析女性主义者受拉康的影响较大，她们借助于精神分析学说中关于语言和欲望的理论，提出“女性写作”口号。西苏的《美杜莎的笑声》、克里斯特瓦的《诗歌语言的革命》都阐述了根据女性生理、心理特征来建立以女性为主体的女性写作理论，倡导女性写作的主体性，强调身体写作和女性话语。

女性话语是精神分析女性主义文学批评的一个重要理论，这一理论强调话语的性别之分。伊利格瑞提出“女人腔”的概念，呼吁建立一种不同于“菲勒斯中心”语言秩序的语法或文法，提倡女性以不同的方式讲话，以此颠覆男性中心主义的思维模式，并倡导张扬女性主体意识的女性写作。西苏同样认为写作是女性抵抗和颠覆“菲勒斯中心”语言秩序的一个重要领域，她倡导“躯体写作”，以此解除女性压抑，释放女性潜能，并创造女性自己的语言和历史，确立女性的主体地位。此外，这一学派还提出“双性同体”的女性书写理论。“双性同体”这一概念最早是由柏拉图提出，但它作为女性主义价值观和人格理想，最早由伍尔夫提出。到了西苏那里，这一概念又具有了新的意义。西苏认为，每个人生来都具有男性和女性两种观念，与传统“双性同体”论不同，西苏不仅不排斥两性差异而且还凸显差异。此外，西苏指出并非所有的男女都有“双性性”，只有女人和极少数男人才具备双性特征，故而，女性写作具有很大的包容性，可以消解“菲勒斯中心主义”。西苏的“双性同体”理论既不是一种“无性”或“中性”，也不是两性趋同，它是一种文化的而非生理的定位，是对两性特征的尊重，是强调差异而不是对立。

总之，精神分析女性主义文学批评旨在努力寻求把女性从父权制话语的压制下解放出来，否定“菲勒斯中心主义”的霸权统治，强调确立女性的主体地位，是当代女性主义文学批评一个重要流派。

3. 后殖民女性主义文学批评

女性主义文学批评与后殖民批评的联姻是历史发展的必然产物，二者有着共同的基础。首先，它们都关注屈从于强权下的弱势群体，尤其是第三世界妇女，可以说，第三世界妇女是双倍的边缘化。其次，这两种批评理论都重视语言问题，认为语言是推翻父权制和帝国主义霸权的有力武器。再次，二者在诸多方面看法一致，如身份理论、差异理论以及对统治话语下属民的质疑。后殖民女性主义肩负着两大任务：批判和建构。一方面，后殖民女性主义文学批评家批判西方主流殖民话语和女性主义理论；另一方面，她们又建构自身的研究视角、理论范式和分析方法。这一批评流派的代表人物有加亚特里·斯皮瓦克、钱德拉·塔尔帕德·莫汉蒂、贝尔·胡克斯等。

话语、身份和主体是后现代语境中使用最为频繁的关键词，后殖民女性主义批评家们在运用它们时更具有战斗性。“话语”在后殖民批评中广泛使用，源自福柯的权力/知识理论。加亚特里·斯皮瓦克即从话语层面入手阐述权力和知识之间的关系，她认为，所谓的“国际女性主义”主要使用的是西方强势话语，以一种普适性范畴来界定女性，而忽视了处于不利地位的第三世界妇女。她提出第一世界的女性主义者应学会放弃做女人的优越感，向第三世界妇女学习。“身份”一词有广义与狭义之分，狭义“身份”指的是独特的个性特征，一个人区别于其他人的本质差异。广义“身份”指的是同一的性质，个人与他人或群体、范畴得以联系的显著的共同特征，如“种族身份”。莫汉蒂认为，一些西方女性主义著作以话语方式把第三世界女性的异质性殖民化了，生产/再现出一个复合的、想象的“第三世界女性”。“只有把‘女性/妇女’和‘东方’定义为他者或边缘时，(西方)男人/人道主义才能作为中心来再现他/自己。”[①]主体和主体性问题直接影响着受压迫人们对自身身份的认知以及反抗统治和屈从地位的能力。贝尔·胡克斯认为，以《女性的奥秘》为代表的西方女性主义理论中存在大量种族主义观点，强调白人至上，以白人中产阶级妇女为主建立女性主义理论，忽略其他少数族裔或第三世界妇女的现实存在。如何创造自我，建构什么样的主体，成为后殖民女性主义批评的焦点问题。

总之，后殖民女性主义文学批评既是女权运动的产物，又是后殖民主义理论的结果。它源于主流女性主义批评又游离于主流女性主义批评，具有自身特色。

① ［印度］钱德拉·塔尔帕德·莫汉蒂：《在西方的注视下：女性主义与殖民话语》，罗钢、刘象愚主编：《后殖民主义文化理论》，中国社会科学出版社1999年版，第441页。

它在文化批判意识和性别研究视角两方面克服了后殖民批评和女性主义批评的局限，有助于推进第三世界妇女和少数族裔妇女反文化帝国主义、种族主义和性别歧视的非殖民化进程。

4. 后现代女性主义文学批评

20世纪80年代，“后现代主义”终于成为女性主义文学批评的一种话语，形成了后现代女性主义文学批评流派。后现代女性主义文学批评援用后现代主义的诸多传统，如反对宏大叙事，对以等级制度为基础的二元对立结构的反叛，对多元性、异质性、边缘性的强调等。

首先，否定所有宏大叙事。后现代主义代表人物利奥塔指出，如果用最简单的语言下一个定义，“后现代”就是对一切元叙述的怀疑。后现代女性主义批评家以此为基础，致力于批判那些宏大理论。从启蒙思想开始，所有大型文学理论都标榜其普遍性和性别中立的性质，不过在后现代女性主义者看来，这些理论都是以男性文学为标准的，都是由父权制派生出来的，忽视了女性文学的存在。其次，否定二元对立，强调多元方法论。后现代女性主义文学批评对西方逻各斯中心主义的传统进行解构，她们认为形而上学的二元对立并非是性别中立的，而是男性中心主义在意识形态的反映，其图式包括公共与私人、理性与情感、强壮与柔弱、勇敢与胆怯等一系列划分，这无疑将男性置于等级中的优等地位，而置女性于卑贱地位。故而，后现代女性主义文学批评家指出正是二元对立的文化逻辑决定了性别不平等的社会现实。在否定二元对立的同时，女性主义批评者倡导多元思维方式，指出女性的共同经验不仅应包括中产阶级白人异性恋女性，还应包括蓝领女性、黑人女性、女同性恋等，应该听到她们的声音。再次，反本质主义。本质主义认为，每一事物都有其内在的、固定的、普遍的本质，后现代主义则认为，自然与人性既非固定不变也非普遍相同，而是根据不同社会、文化、历史背景，有着很大的差异。故而，后现代女性主义批评否定本质的、固定的或普遍的概念，不再确定“女人是什么”，不再寻求男女在权力和权利上的平等，而强调男女之间的性别差异，试图寻找一种多样性。

女性主义文学批评在吸收后现代主义某些思想后，具有了全新的批评角度，实现了女性主义文学批评发展史上的又一次飞跃。与此同时，女性主义文学批评鲜明的政治实践指向与严肃的人本主义立场，又与后现代主义的虚无、盲目解构产生了激烈的冲突，使得后现代女性主义文学批评又陷入了一种困境，如何走出困境，实现超越，是所有女性主义研究者需要反思与探索的。

5. 生态女性主义文学批评

生态女性主义产生于20世纪70年代，由法国女性主义学者F.德·奥波尼（Francois d'Eaubonne）在《女人或死亡》这部著作中首次提出，它是女权运动与生态运动相结合的产物。生态女性主义从性别角度切入生态问题，旨在解放女性与自然，并围绕女性、自然、发展等主题批判父权制的统治和压迫，进而指出女性文化、女性原则对解决生态问题的作用。

F.奥波尼认为，对女性的压迫与对自然的压迫有着直接的联系，这是生态女性主义的核心原则。女性与自然之间有着极大的亲近性，在人类文明的发展过程中，存在着女性与自然之间的一种相连性，一方面自然孕育万物的现象被类比为母亲哺育子女的天性；另一方面，女性如自然一样，代表的是原始、被动、情感、柔弱，需要由进步、主动、理性、强壮的男性来引导和开发，如未开辟的土地称为"处女地"等。故而，生态女性主义者明确提出，控制自然与控制女性都是在同一体制下运作的，这个体制就是父权中心制，推翻父权制是女性运动和环保运动的基本工作。

由于借鉴不同的理论方法以及对妇女与自然双重解放的根本途径认识不同，生态女性主义呈现出流派众多的多元格局，如文化生态女性主义、社会生态女性主义和哲学生态女性主义。文化生态女性主义强调女性和自然所遭受压迫的精神文化根源，把文化精神的改变视为女性和自然双重解放的根本途径。社会生态女性主义关注女性和自然所遭受压迫的社会政治和经济根源，把社会、政治和经济制度的改变视为实现女性和自然双重解放的根本途径。哲学生态女性主义认为人的行为受观念支配，对女性的控制和对自然的控制是由一种共同的观念结构决定的，而要解放女性和自然，就要打破这种观念结构。可见，生态女性主义理论“既是一种女性主义理论，又是一种生态伦理学，同时也是一种多元的文化视角”[①]。

生态女性主义文学批评借鉴女性批评和生态批评的方法，从自然和女性的角度来研究文学与自然、女性的关系，以生态女性主义的价值标准对传统文学史及文学作品进行新的评价。此外，它的研究还基于这样一种文化共识：“女人，大地母神盖娅，文艺女神缪斯，神圣的女性三位一体。”[②]生态女性主义文学批评主要包括三方面的内容：一是揭示文学中的自然与女性的联系，这种联系主要表现在符号上的或象征性的联系；体验上的联系，女性与自然共同遭受父权制社会的磨难与压迫；以及文学中地位的相似性，女性和自然都体现为“他性”的文学创作模式。二是发掘、阅读生态女性主义文本，探寻文学领域双重压迫的根源。生态女性主义文学批评用批判的眼光对男性主义文本做一种“对抗性”阅读，从而祛除人们心中的男权主义思想和人类中心主义观念。三是在发掘、阅读了大量生态女性主义文本后，总结与构建生态女性主义文学理论。

作为一种“生成中”的文学批评，生态女性主义文学批评自然也遭到一些质疑。不过，在当今环境问题日益突出，现有的生态智慧存有缺陷的形势下，生态女性主义文学批评将具有乐观的研究前景。

① 肖巍：《生态女性主义及其伦理文化》，《妇女研究论丛》2000年第4期。

② 鲁枢元：《生态文艺学》，陕西人民教育出版社2000年版，第95页。

第二节　中国女性文学的发展流变

中国传统文化毫无疑问是一种男性中心文化，在中国传统文化的等级秩序中，女性被认为是从属于男性的第二性。一些古典文学名著尽管题材不同，创作主旨迥异，但都视女人为男人的附属品，都存在不同程度的辱女、虐女、憎女的现象，如《水浒传》《金瓶梅》《三国演义》等。这些作品充分显现了男性对女性的想象和语言暴力，反映了父权制度下的性别歧视。

当然，历代也有对男权思想文化的抗争，尽管这从未构成主流。晚明以来，中国传统文化中的性别反思传统得到进一步发展，以李贽、袁枚、曹雪芹、吴敬梓、李汝珍为代表，在他们的论著或文学创作中揭示女性的真实生存境遇，批判男尊女卑的男权思想。李贽在《答女人学道为短见书》一文中指出，女性与男性在智力上本来没有高下之分，男女见识的差别是后天环境造成的，并认为在文治武功方面，女性并不亚于男性，如武则天就强于唐高宗、唐中宗。在《夫妇论》中，他强调阴阳"二"元素平等相依而生万物，否定由二元辩证走向一元独断的思路。在《司马相如传》中，李贽肯定卓文君的私奔行为，赞扬正常的两性情欲。清代中叶，李汝珍在《镜花缘》中虚构了一个妇女当权的"女儿国"，通过想象一个女尊男卑的"女儿国"来进行换位思考，批判现实中对女性的压抑、摧残。李汝珍主张女子应与男子一样，享有同等的教育，女性可以参加政治和社会活动，解除对女性的精神和肉体的压迫。曹雪芹在《红楼梦》中则声称"女儿是水做的骨肉，男人是泥做的骨肉”。这些男性思想家、作家，通过重新阐释儒家经典来质疑不合理的性别限定，尝试建构中国性别文化的反思传统。

鸦片战争后，西方的人权观念、女权观念逐渐传入中国并被一些知识分子所接受。维新志士康有为、梁启超等从挽救民族危亡、强国保种的目的出发，认为妇女解放是人的解放及维新事业的重要组成部分。康有为的《大同书》倡导“男女平等，各自独立”。谭嗣同在《仁学》中宣称：“男女同为天地之菁英，同有无量之盛德大业”，应“平等相均”。梁启超则指出“天下积弱之本”在于儒家“妇女无才便是德”思想的毒害。此外，维新人士反对妇女缠足，1897年，谭嗣同、梁启超等在上海发起成立“不缠足会”。与此同时，晚清女权启蒙者成立女子团体，出版女学报，创办女学堂，造就了第一批接受现代教育的知识女性。从1897年至五四时期，全国各地成立了中国女学会、女界联合会、女子参政协进会、女权同盟会等几十个妇女团体，创办了《女报》《女学报》《女子世界》《中国女报》《神州女报》《妇女杂志》《妇女声》《女界钟》等众多报刊。这些团体和刊物提倡女学，强调平等，呼吁妇女走出家门，参加政治活动与社会革命。1898年，第一所中国人创办的女校在上海正式开学。20世纪初中国现代女性文学的兴起，一方面是受中国本土文化思想内在因素的影响，另一方面也与西方人权观念、女权观念的传播有关，此外，还有社会经济方面的原因。19世纪末期，封建经济趋于解体，资本主义工业生产方式开始在沿海城市迅速发展。这样一种社会生产力及生产关系的调整，使广大妇女能够进入社会性生产领域，为妇女走出封闭狭小的家庭空间、获得经济独立以及产生自我解放意识创造了条件。

中国现代女性文学伴随着晚清至五四时期的女权启蒙思潮而产生，其先驱者为秋瑾。秋瑾不仅参加了同盟会，积极投入反清革命活动，还创办了中国早期的妇女刊物《中国妇女报》。秋瑾的创作不再囿于中国古代妇女创作中常见的个人生活的狭小天地，而是表现了女性介入社会公共生活的强烈愿望和胆识，其作品充满着深广的忧患意识。爱国之情忧国之思，是秋瑾作品的重要内容，如《杞人忧》《感事》《同胞苦》《黄海舟中日人索句并见日俄战争地图》等，这些诗歌无不体现出秋瑾对祖国命运的关切与忧心。此外，同情广大妇女的悲惨境遇，强调女性要追求自我解放是秋瑾诗文的另一重要内容。长篇弹词《精卫石》虽未最终完成，但从已有的部分即可感受到作者强烈的反抗封建礼教、追求女性解放的坚定立场，并指出妇女解放是一个漫长的过程，必须像精卫一样有韧的战斗精神。可以说，秋瑾的创作具有强烈的女性主体意识，为20世纪中国女性文学思想品格的重构打下了良好的开端，同时也在新旧女性文学之间架起了一座桥梁。

继秋瑾诗文作为现代女性文学的先声之后，20世纪大陆女性文学的发展大致经历了以下四个阶段：

一、五四时期的女性文学

五四思想启蒙运动在相当程度上继承并发展了晚清的女权思想。陈独秀、李大钊、胡适、鲁迅、周作人等在"人的解放"的启蒙思想框架中重新审视两性关系，从而将妇女解放问题作为批判封建礼教、封建伦理道德的核心问题。这些启蒙思想家倡导妇女的平等人权，关注妇女的参政权、教育权、婚姻自主权等，尤其关注妇女的经济解放与性的解放。五四启蒙者深刻认识到经济独立对于妇女解放的重要意义，鲁迅一针见血地指出如果没有经济能力，那么娜拉出走之后面临两种结局，一是堕落，一是回来。因为"钱，——高雅的说罢，就是经济，是最要紧的了。自由固不是钱所能买到的，但能够为钱而卖掉。"[①]此外，"贞操"问题也是五四启蒙者着重讨论的问题。胡适在《贞操问题》一文中批判了只要求女性守节的片面贞操观，"贞操不是个人的事，乃是人对人的事；不是一方面的事，乃是双方面的事。女子尊重男子的爱情，心思专一，不肯再爱别人，这就是贞操。贞操是一个'人'对别一个'人'的一种态度。因为如此，男子对于女子，也该有同等的态度。"[②]鲁迅也批判道："节烈这事是：极难，极苦，不愿身受，然而不利自他，无益社会国家，于人生将来又毫无意义的行为，现在已经失去了存在的

① 鲁迅：《娜拉走后怎样——一九二三年十二月二十六日在北京女子高等师范学校文艺会讲》，《鲁迅全集》（第1卷），人民文学出版社2005年版，第168页。

② 胡适：《贞操问题》，《胡适文集》（第2卷），北京大学出版社1998年版，第505页。

生命和价值。”①

伴随着五四“民主自由”“个性解放”“婚姻自主”等启蒙主义口号，一大批女作家如陈衡哲、冰心、冯沅君、庐隐、苏雪林、凌叔华、石评梅等，通过手中的笔将女性的恋爱、婚姻、人生等问题书写出来，发出女性自己的声音，从而形成了中国现代女性文学创作的第一次高潮。五四时期女作家的创作自觉融入了“人”的解放、自由平等、反封建压迫等时代命题之中，显示出鲜明的启蒙文化特色。

首先，五四女作家都具有性别平等意识。冰心以问题小说的形式来提倡男女平等。她的《庄鸿的姊妹》《两个家庭》《斯人独憔悴》等小说，或剖析家庭中重男轻女、尤其是女子教育被忽视的问题，或明确指出女子未接受教育而产生的严重后果，强调女子应有与男子同等的受教育权利。其次，五四女作家踏上文坛时正是青春年少，恋爱婚姻是她们无法回避的问题，故而，五四女作家的作品几乎不约而同地从最能体现女性性别意识和女性人格的婚恋题材入手，在作品中宣扬恋爱自由、婚姻自主，肯定女性追求爱情的权利，坚决反对媒妁之言、父母之命的包办婚姻，表现了五四女作家强烈的时代叛逆精神。冯沅君的《旅行》《隔绝》《隔绝之后》等小说，以伤感的笔调写出了女性在抗争旧的婚姻制度、争取婚恋自由方面所做的努力。在这类小说中，爱情已不单单是一种情感，而成为一种至高无上的信仰，成为一柄刺向封建礼教的利剑，成为时代青年实现自我价值的精神动力。在对爱的追寻与抗争中，女性的自我意识开始觉醒，女性的人格尊严和权利得以捍卫。不过，五四女作家虽大胆言爱，但强调的主要是爱情中“灵”的因素，而回避爱情中“肉”的欲望，这说明这一时期的女作家还未完全摆脱传统道德观的影响。再次，伴随着生活阅历的增加，五四女作家们很快发现，走出家庭的女性生存的空间依然低矮狭窄，男权社会中两性间的不平等现象依然存在，即便实现了恋爱自由、婚姻自主，新女性离理想中的幸福生活依旧遥远。庐隐的《蓝田忏悔录》《前尘》《胜利以后》《何处是归程》等作品，揭示了走出家庭的新

① 鲁迅：《我之节烈观》，《鲁迅全集》（第1卷），人民文学出版社2005年版，第129—130页。

女性，面对根深蒂固的封建礼教遗存和无所不在的男性中心意识，她们的困惑、迷茫与困境。再次，五四女作家创作了大量书写女性情谊的作品，以同性结盟的姿态来反叛封建礼教对女性角色的限定。这种同性情谊既有女性间真挚的友情，也有同性恋情。庐隐、石评梅、陆晶清作品中触及女性友谊的书写比比皆是，如庐隐的《海滨故人》《寄一星》《海滨消息》，石评梅的《寄海滨故人》等。由于觉醒的五四女儿普遍感受到梦醒后无路可走的悲哀与孤独，故而，同性情谊让她们结成同盟，以此对抗男权压迫及承载生命中难以承受之重。同性情谊发展到极端便成为同性恋爱，如庐隐的《丽石的日记》、凌叔华的《说有这么一回事》等。五四女作家以宽容的心态来看待同性恋情，并不把它当作变态心理来揭示，这既体现了那个价值重建时代的思想自由，也反映了女性刚踏上解放之途时的特殊心态。

二、20世纪30—40年代的女性文学

20世纪三四十年代是中国女性文学的发展期和变奏期，在社会动荡、阶级矛盾加剧、民族战争等多灾多难的环境下，"革命"与"救亡"压倒了"启蒙"。一方面，女作家们从五四的青春激情中走出，将对女性命运的思考融入到对国家、民族命运的思考之中，将女性性别意识与政治意识、阶级意识及民族解放意识交织在一起，形成了这一时期女性文学的鲜明特色。另一方面，生活在上海沦陷区的张爱玲、苏青，则以主流之外的写作姿态呈现了女性书写的另一种面貌，即关注女性的日常生存状态和内在心理，审视人性的弱点与痼疾。相比较五四时期的女性文学，30—40年代的女性文学呈现出更加多元化及成熟化的风貌。这一时期女作家数量众多，风格多样，既有左翼女作家，也有学者型女作家；既有沦陷区书写都市传奇的女作家，也有解放区高扬民族意识、革命意识的女作家；既有参加过长征的红军女战士，也有追求进步的女知识青年。这些分散在不同区域、分属不同派别的女作家，尽管政治信仰与文学追求并不相同，但都以其女性思维方式，感受生活、反映生活。此外，中国现代文学史上重要的女作家大都产生于这一时期，如丁玲、萧红、张爱玲等。

这一时期的女性文学不再规避女性情欲，而是予以正视并大胆书写。在丁玲的早期创作中，其大胆揭示了女性隐秘的欲望，突破了女性欲望书写的禁区，体现出强烈的女性意识。成名作《莎菲女士的日记》中，莎菲的苦闷更多来源于爱情选择的两难，尤其是对于凌吉士，莎菲处在理智与情感的矛盾之中。莎菲虽然明白凌吉士“高贵的美型”里安置的是一个“卑劣的灵魂”，但仍然抗拒不了对这一身体的爱慕、思念与欲望，渴望吻遍其全身。在《庆云里中的一间小房里》，丁玲拂去了蒙在女性身上的迷障，还性以生命的本真，并背弃传统的道德标准，仅仅从生存角度来透视阿英的欲望世界。丁玲对女性隐秘欲望的书写，显示出丁玲的女性书写超越了五四女作家。40年代的苏青同样肯定女性的身体欲望，在苏青看来，身体欲望如同吃、喝、睡眠一样是人的正常生理需求，所谓“饮食男女，人之大欲存焉”，苏青对欲望的肯定是建立在世俗价值观的基础之上。相比较前代女作家，对于女性的身体欲望，苏青毫不遮掩，甚至专门写文章“谈性”。而在欲望表达的大胆与直白上，她比丁玲走得更远。短篇小说《蛾》中，女主人公因着性欲苦闷，大胆地发出“我要……！我要……！我要……呀”的呼喊，如此赤裸裸的呐喊可谓惊世骇俗。

这一时期的女性文学关注底层民众生活，融入时代的宏大主题。与五四时期相比，本时期女作家的创作一改昔日女儿情怀，由抒写自我转向书写社会、大众，将女性本体问题融入到民族、阶级解放的洪流之中。相比五四时期创作对象以青年知识女性为主，这一时期女作家创作视点下移，关注社会底层妇女的疾苦，书写她们的悲惨命运。罗淑的《生人妻》反映农村的“典妻”陋习，细腻地描绘了“典妻”前后女人的心理变化。冯铿的《贩卖婴儿的妇人》、葛琴的《一个被迫害的女人》等均揭示了底层女性的生存悲剧。萧红的《王阿嫂的死》《生死场》《牛车上》等，揭示了下层劳动妇女的痛苦生活，这种痛苦既来自于阶级压迫、民族危机，更来自于夫权的暴虐、疾病及生育问题等。随着30年代革命文学的兴起，这一时期的女作家同样以满腔热情书写革命的女性与女性的革命。丁玲的《韦护》、《一九三〇年春上海》（之一）、《一九三〇年春上海》（之二）等，属于典型的“革命＋恋爱”题材。白薇的《打出幽灵塔》《炸弹与征鸟》中的女主人公将革命视为拯救自己及拯救社会的手段。谢冰莹的《从军日记》《女兵自传》以自身的经历为素材，创作了现代文学史中英姿飒爽的女兵形象。40年代，部分女作家以“救亡”为主题，抒写民族悲歌与女性情感，包括罗洪的《践踏的喜悦》、赵清阁的剧作《潇湘淑女》《花木兰》等。

这一时期的女性文学关注女性的生命本体，注重书写女性经验。对女作家而言，源自生活的感性经验是她们观照自我与世界的一个基本出发点，也构建了女性独有的写作方式与创作基调。30—40年代女作家对生命本体的感悟，对生育苦难的描述，都以女性经验的形式呈现出来，显示了女性主体精神的成长。作为一位感性的、体验型女作家，萧红与当时的文学主潮保持了一定的距离，她从性别感受出发，指出女性的苦难不仅来自于民族压迫、阶级压迫，更是来自于性别压迫。如果说《生死场》里的男人们是受压迫的奴隶，那么女人们则是奴隶的奴隶，小说中的金枝、月英、五姑姑的姐姐，她们生活在深渊之中，而她们所受的伤害更多来自于与她们朝夕相处的男性。萧红看到了在男权社会的层层重压下，女性不仅受到来自外在的有形及无形的诸多压迫，还需要承担女性自身的身体苦痛，生育成为萧红作品中反复呈现的女性身体经验。《生死场》第六章“刑罚的日子”中，萧红集中再现了女性生育的惨痛与血腥。

这一时期的女性文学关注人性的复杂多元，审视女性自身弱点。30—40年代的部分女作家将创作目光聚焦于人性，通过对人性的开掘与叩问，揭示现实生活与人性真相。与萧红一样，40年代张爱玲的创作也远离社会主潮，张爱玲关注大的时代中世俗男女的小情小爱，尤其是在这“旧的东西在崩塌，新的在滋长中”的时代里，那些思想与情感还停留在过去的女性们，她们的惆怅、悲哀与惨伤。张爱玲一方面无情地鞭挞男性中心主义，揭示男权社会对女性的压迫，这种压迫使得女性的生命被窒息、被异化，成为“绣在屏风上的鸟”“玻璃匣子里蝴蝶的标本”以及“冰箱里的一尾鱼”；另一方面，张爱玲也看到了女性骨子里的依附性，嘲讽女性甘愿为奴的弱点。张爱玲笔下的多数女性，不管是受过教育还是未受教育，不管是新女性还是旧女性，她们都有一个共同的身份——“女结婚员”，即将结婚作为自己的职业，嫁与经济上可以依赖的男人，哪怕彼此没有感情、哪怕只是一桩交易。“女结婚员”们为了男性而存在，既没有独立的生存能力，也没有独立的自我意识。张爱玲以婚恋为切入点，凝视女性苍凉的生存处境，正视女性的精神弱点与心理痼疾，体现了女性主体意识觉醒后的成长。

总体而言，30—40年代的女性文学所呈现的自我情欲意识、社会参与意识、女性生命意识及女性自审意识等，都较五四时期更为丰富与成熟。

三、20世纪50—70年代中后期的女性文学

新中国成立后，战争时期形成的文化规范进一步影响着文学创作，女性文学在政治、文化一体的背景下，形成较为单一的调式，性别意识逐渐萎缩、消解，女性文学创作进入了低潮期。

这一时期女性文学的性别意识逐渐淡化、消解。伴随着新中国的成立，一方面，女性的社会政治地位得到空前改善，女性的选举权、教育权、财产权、婚姻自主权等都受到了法律的保护。另一方面，在“男女都一样”、妇女能顶“半边天”的文化语境下，解放了的女性却失去了女性自我，变成了中性化的“花木兰”，女性独特的性别属性及性别差异被忽略及抹杀。“花木兰”——这一女扮男装的女英雄，成为那个时代社会意识形态中关于女性的重要镜像。女作家们和男作家们一样，怀着强烈的政治自豪感，讴歌党的英明领导，书写新时代的美好生活，如草明的《火车头》《原动力》《乘风破浪》，陈学昭的《土地》，丁玲的《跨到新时代来》，白朗的《为了幸福的明天》，葛琴的《女司机》，江帆的《女厂长》等，在这些作品中塑造了女厂长、女干部、女战士、女模范等新型女性形象，这些形象体现了鲜明的时代精神与政治方向，而女性自身的性别特点则消失在意识形态话语中。这些有着强壮体力、粗犷豪迈性格以及火热工作热情的女性，体现了一种雄性化、中性化及无性化的倾向。此外，这一时期的女性大多冲破“男主外、女主内”的思想束缚，纷纷从家庭走向社会，这成为这一时期女性文学表现家庭生活的主要模式。

这一时期的女性文学展现了革命战争中女性的成长及动人情感。革命战争题

材是这一时期女作家创作的主要题材之一，不过女作家一般不对战争本身做过多正面书写，而是注重书写战争过程中的各种情感，包括友情、亲情、爱情等。杨沫的《青春之歌》讲述了小资产阶级知识分子林道静的成长历程，小说将革命、爱情与青春相杂糅，将身体成长与思想成长、个人情感与革命主题相融合，形成新的“革命+恋爱”范式。值得注意的是，林道静的成长过程是与她在三个男性余永泽、卢嘉川、江华之间的选择过程同步进行的，而这三个男性均是以拯救者、引导者的身份出现在林道静的生活中，林道静对他们都投以仰视的目光。一方面，林道静对爱情对象的选择是建立在政治正确的基础之上，通过情感的选择来体现主人公政治及性格的成长；另一方面，男性始终作为女性的拯救者与引导者，这既沿袭了30年代“革命+恋爱”的书写模式，同时也体现了女性意识的一种倒退。此外，女性作家对战争的书写注重表现动人的情感及抒情的格调，茹志鹃的《百合花》是这一时期的代表作。小说以战争为背景，描写了部队一个年轻的通讯员与一个过门才三天的农村新媳妇之间近于圣洁的情感交流，谱写了一曲“没有爱情的爱情牧歌”，赞美了人与人之间纯真美好的情感，营造了一种清新俊逸的抒情基调。另外，刘真的《长长的流水》《我和小荣》，菡子的《万妞》等小说也都充满着温馨情感与抒情色彩，体现了女作家的创作特色。

这一时期的女性文学在一些“潜在写作”中透露出潜隐的女性意识。尽管50—60年代性别感受的表达处于压抑状态，但女性创作中仍有大胆表露内心情感之作，只不过是以“潜在写作”的方式存在罢了。诗人林子在1958年曾写下一组情诗《给他》，一反女性对情爱表达的含蓄，大胆直率地表白热烈的情感。不过诗人的女性立场受到男性本位审美传统潜移默化的影响，体现了女性意识的杂糅性与不彻底性。“文革”时期“白洋淀诗群”中的一些女诗人构成了这一时期“潜在写作”的重要组成部分。这一诗群中赵哲、周陲的诗歌突破当时政治话语与阶级话语的束缚，以诗歌袒露女性内心的感受与体会，赋予诗歌感性的艺术魅力。另外，女诗人张烨“文革”时期写有大量爱情诗，如《怀念——给已故情人》《初恋的冷》《你的心走进了我心灵的门》《彗星》等，这些诗歌以独特的女性经验，书写各种微妙细腻的恋爱感受，真切动人。这一时期另一位女诗人灰娃的创作也值得重视，灰娃是在年过不惑、且精神几近崩溃的状态中开始写诗，她的诗歌从来不是为了发表而创作。灰娃潜在的诗歌创作，超脱于政治时事之外，以自己独特的方式拒绝时代，从而进入到深邃复杂的诗歌世界，带给人非同寻常的艺术感受。

四、20世纪80—90年代的女性文学

20世纪80年代以来，女性文学创作进入到又一繁荣期。一方面，女性创作与时代文学主潮同步，女作家的文本成为文学潮流的共同组成部分；另一方面，女作家的创作又自觉或不自觉地游离于时代文学主潮，努力寻求并发出女性自我的声音。

新时期以来的女性文学观照女性生存现状，书写性别意识困惑。新时期伊始，受到压抑和桎梏的人性得到解放，女性以新的独立姿态走出自己的房间，女性意识得以复苏，女作家开始大胆呼唤理想爱情及女性独立意识。舒婷的《致橡树》是这一时期表达女性爱情观的代表作。“我必须是你近旁的一株木棉，/作为树的形象和你站在一起。”诗歌通过对男女两性比肩而立、各自独立而又深情相对的理想爱情的赞颂，宣扬了一种平等的爱情观及女性独立意识。《双桅船》则进一步彰显了女性的自我意识，女性应勇敢追寻自我，不被风浪击倒。另外，张洁的小说《爱，是不能忘记的》，率先突入新中国成立以来长期被视为文学创作禁区的爱情领域，讲述了没有爱情的婚姻的不幸以及没有婚姻的爱情的痛苦，表达了对理想爱情及婚姻的渴求。

不过，当女性在男女平等观念的号召下参与社会生活后，她们为了要同男性一样成为事业上的强者，往往会忽视自身的性别属性。于是，从外在形象到内在气质，女性都有了一种雄性化的倾向，这种性别错位让女性感到苦恼、迷惘。张辛欣的《我在哪儿错过了你》讲述了一个女售票员兼剧作家，由于生活现实所迫，她不得不带上“男性的面具”，但不曾想男子气质已深入到她的骨子里而无法摆脱，并因此而错过自己心仪的对象。小说借由社会与男性对女性要求的错位来质疑“男女都一样”的性别平等观念。与此同时，一些步入婚姻的女性，事业和

家庭的双重担子都压在她们身上，在事业上，她们争当“铁姑娘”；在家庭中，她们要当“贤内助”，这种双重角色与压力让很多女性不堪重负。谌容的《人到中年》、张辛欣的《在同一地平线上》等小说揭示了女性的生存艰辛与两难处境。

新时期以来的女性文学热衷解构男权中心霸权，建构母系文化谱系。如果说新时期早期的女性小说，如张洁的《爱，是不能忘记的》、王安忆的“雯雯系列”、张抗抗的《北极光》等还出现过理想的男性形象，这之后，不少女作家作品中男性形象轰然倒塌，取而代之的是对男性的“去势化”书写。从《方舟》开始，张洁小说中的男性形象由理想转为丑陋，如《方舟》中的白复山、魏经理，《七巧板》中的谭光斗，《祖母绿》中的左葳，《红蘑菇》中的吉尔冬，《无字》中的顾秋水、胡秉宸等，这些男性形象大多自私卑鄙委琐无能，缺乏责任感，由此表达了张洁对男性的极度失望。铁凝的“三垛”系列（即《麦秸垛》《棉花垛》《青草垛》）及《玫瑰门》等作品，以鲜明的女性主义立场，揭示了男权压迫的无处不在以及女性多种形式的抗争。《玫瑰门》既是“女性之门”，也是“生命之门”，小说中的女性多是生活的强者，而男性却往往自私自利、懦弱无能，如庄家三代男性。铁凝在创作中通过对男性进行“去势化”书写来实践女性主义的创作主张。另外，池莉的小说也通过一套叙事策略来拆解男性霸权机制，如《小姐你早》《云破处》《生活秀》等。在这些作品中，池莉通过塑造一个外表看似符合男权社会期待、内心却潜伏强大颠覆力的女性，让道貌岸然、有权有势的男性以及男权社会的游戏规则最终土崩瓦解、彻底失败。此外，徐坤的《狗日的足球》《遭遇爱情》《厨房》等作品以一种反讽与调侃的笔调，无情地拆解当下文化语境中诸多的男性神话。

女作家在拆解男权中心文化的同时，亦试图建立女性乌托邦及母系文化谱系。张洁的《方舟》中三个独立自强的女性梁倩、荆华、柳泉，她们都经历了婚姻家庭的不幸，她们用尽自己的力量向以白复山、魏经理、刀条脸为代表的男权社会进行反抗，而在这反抗过程中，三位女性相互安慰、帮助、取暖，试图建立属于女性的“诺亚方舟”。同样，池莉的《小姐你早》中三个受伤害的女子结成姐妹联盟，通过姐妹同盟报复男权社会并积极面对生活中的不如意。王安忆的《弟兄们》探讨的则是没有婚姻、家庭、性爱的纯粹精神关系可否维持女性情谊的问题。小说讲述三位寻找精神独立的女性老大、老二、老三，在宽松的大学校园生活中，互相启发、支持和鼓励，将各自真实的自我唤醒。但随着毕业的到来，这种“纯粹精神”的女性关系被迫中断，并最终在“妻性”和“母性”的夹击下溃败解体。这一时期的女作家往往以女性为主书写一个家族的历史，通过对女人/母亲历史的审视、改写完成对男权文化的解构及对女性自身的审视，如徐小斌的《羽蛇》、徐坤的《女娲》、张洁的《无字》、方方的《何处是我家园》、迟子建的《秧歌》等。

新时期以来的女性文学关注女性内在欲望，大胆书写女性身体体验。80年代中期以来，一些女作家对传统女性写作禁忌予以突破与颠覆，王安忆是新时期第一个大胆涉笔“性爱”禁忌的女作家。她的“三恋”(《荒山之恋》《小城之恋》《锦绣谷之恋》)、《岗上的世纪》等作品突破了女性性意识的禁区，书写女性性爱体验，执着探索性爱本质，展示性爱神秘深度，从而标示了女性叙事视点的转折，即由对外部处境、女性命运的关注转向对女性生命本体、内在灵魂的探索。90年代以来，陈染、林白、海男等作家更是通过对女性身体经验的书写来追问作为性别个体的女性存在，呈现出鲜明的“个人化写作”风格。所谓“个人化写作”，即以私人生活经验和情感体验作为文本叙述的中心和重心，大胆揭示女性的身体经验、情绪感受、精神臆想等。“个人化写作”的主要特色有：一是“自叙传”的叙事方式。陈染、林白的小说多以第一人称“我”或一些反复出现的具有浓厚作家色彩的人物来表达女性个人独特的生活体验和精神状态。二是人物精神世界的孤独感。孤独作为一种弥散性的情感体验反复出现在陈染、林白等的笔下，如黛二小姐、倪拗拗、肖濛、多米、七叶等，这些作品中呈现出来的孤独感，折射了一个时代知识女性的生存焦虑与情感孤独。三是大胆的女性身体书写。陈染、林白等女作家自觉以身体和性作为探索人性、两性关系及女性奥秘的重要途径，以创作践行西方女性主义有关“躯体写作”的理论观点。四是书写同性之爱。在陈染、林白的不少作品中都有关于同性之爱的描写，如陈染的《私人生活》，林白的《回廊之椅》《一个人的战争》《瓶中之水》等。陈染、林白笔下同性之爱的书写更多体现的是抵抗男权统治秩序的一种策略，即“女同性恋的存在不是作为一种性的选择或另一种生活方式，甚至不是作为少数人的选择，而是一种对统治秩序的最根本的批评，是妇女的一种组织原则”①。

新时期以来女性文学呈现多元创作格局并存的结构。既有关注日常生活叙事的新写实小说，以池莉、方方为代表，作家关注底层人物的日常生活和情感体验，以世俗性、庸常性、琐碎性来解构爱情婚姻的神话。又有借鉴西方现代主义的先锋文学，以刘索拉、残雪为代表，刘索拉的小说如《你别无选择》《女贞汤》等都富有一种超现实的张力与荒诞，在超现实的叙述中体现作家的女性主义立场。残雪的小说世界同样是怪异的、荒诞的，作家在作品中构建了一个非理性世界，在这个非理性世界里展现女性的生存境遇。此外，这一时期女性文学既有关注乡村生活的乡土文学，如迟子建、孙惠芬的小说创作，迟子建以女性特有的悲悯情怀表现东北黑土地上的朴素人生，尤其是对乡村女性命运的书写，体现了迟子建独特的女性观，即在赞颂女性存在的尊严与高贵同时，也包含对男性的宽容与理解，如《逝川》《亲亲土豆》《白银那》等，又有讲述都市女性生存经验的都市文学，这类文学包括太多女作家，如王安忆、张抗抗、张欣、陈染、林白、卫慧、棉棉等。可以说，都市女性的生存状态构成新时期以来女性主义写作的关注焦点，都市已不再是一个地理性存在、一个人物及故事发展的空间，而成为一种文化存在渗入到文本叙事及女性的生存经验中。王安忆的《长恨歌》，以女性来书写上海这座城市的历史；张抗抗的《作女》，书写了一群不安于现状、处处挑战男权社会规范的都市白领女性的生活；张欣的《爱又如何》《掘金时代》等一系列小说讲述了女性与都市之间的种种纠缠。

20世纪中国女性文学从五四时期“人”的觉醒的呐喊声中起步，经由三四十年代革命与救亡主题的发展、变奏，再到五六十年代政治话语的压抑、消解，直到八九十年代女性话语的复苏、繁荣，在经历了百年来的艰难探索后，中国女性文学终于走向成熟、多元与深邃，并为新世纪女性文学的发展繁盛奠定了良好基础。

① ［英］玛丽·伊格尔顿编：《女权主义文学理论》，胡敏、陈彩霞、林树明译，湖南文艺出版社1989年版，第4页。

第二章

Chapter 2

20年代女性文学

第一节 20年代女性文学概述

作为中国历史上第一次大规模反帝反封建的文化运动，五四犹如一声惊雷，震醒了无数仁人志士，使得中国现代文学史上涌现出一大批优秀作家。与此同时，在五四自由平等、个性解放等思潮的裹挟之下，被压抑了数千年的中国女性们开始觉醒，她们开始意识到自己作为“人”以及作为“女人”的权利，她们不甘心屈服于男性的权威之下，于是“两千多年始终蜷伏于历史地心的缄默女性在这一瞬间被喷出、挤出地表，第一次踏上了我们历史那黄色而浑浊的地平线。”[①]从此陈衡哲、冯沅君、庐隐、石评梅、苏雪林、冰心、凌叔华等一大批女性作家开始浮出历史的地表。这些“浮出地表”的女性作家们伴随着新文化运动踏上文坛，一经解放，她们便站在不同于同男性的女性立场上，替压抑了几千年的中国女性发声呐喊。她们勇敢地站出来要求社会给予女性公平的待遇、控诉封建婚姻与封建道德对女性身心的戕害并且大胆地言说女性内心的欲望等，这些独具时代意义的题材标志着中国现代女性文学的崛起。

恩格斯在《家庭、私有制和国家的起源》中说到“妇女解放的第一个先决条

① 孟悦、戴锦华：《浮出历史地表——现代妇女文学研究》，中国人民大学出版社2004年版，第1页。

件就是一切女性重新回到公共的劳动中去"[①]。受五四自由平等观念的影响，第一代觉醒的女作家们要求打破"铁屋子"，走出闺房，并自觉地将重返社会公共生活领域的要求诉诸笔下。重新返回社会生活最首要的条件是把握自己的命运，陈衡哲是第一位以昂扬的姿态高举把握自我命运大旗的现代女作家。在《我幼时的求学经过》一文中，陈衡哲曾表示深受舅舅"造命"哲学影响，"世上的人对于命运有三种态度，其一是安命，其二是怨命，其三是造命"[②]。相对于"安命"与"怨命"，陈衡哲毫不犹豫地选择了"造命"。因此，无论是在她的散文还是诗歌当中，我们都能清楚地感受到她笔端所凝聚的昂扬、炽热的生命力以及她对生命热烈的颂扬。散文诗《运河与扬子江》中"筋断骨折""心摧肺裂"的扬子江认为只有"奋斗来的生命是美丽的"，它强烈地鄙弃那"成也由人，毁也由人"的运河。诗歌《鸟》中囚禁于笼中的鸟儿虽然在"狂风急雨"中"扑折了翅膀，挣破了眼珠，也找不到一个栖身的场所"，但那只鸟儿并不向命运屈服。它仍然在想："我若出了牢笼，/不管他天西地东，/也不管他恶雨狂风，/我定要飞他一个海阔天空！"[③]陈衡哲的"造命"哲学是重返社会公共生活领域的第一步，女性只有首先获得自由才有可能发出自己的声音。继陈衡哲"造命"哲学之后，陈学昭表达了女性直接参与公共生活的愿望。陈学昭在《我所希望的新妇女》一文中呼吁女性参与公共生活，她希望女性在政治、教育、商业、文学、艺术等方面都能有所成就。石评梅也在她的散文《露莎》中呼吁"露莎呵！我愿你为了大多数的同胞努力创造未来的光荣"[④]。由"铁屋子"里惊醒的第一代中国女作家对参与社会公共生活的呼吁以及对把握自身命运的要求是她们自我意识和主体意识的一种觉醒，它是女性摆脱被物化和被奴役的宿命获得作为"人"的尊严的第一步。

走出家庭，走向社会的五四的新女性们大部分都处于青春少女时期，婚姻和恋爱是她们无法逃避的问题。沐浴过欧风美雨的女作家们看到了封建婚姻制度对

① ［德］恩格斯：《家庭、私有制和国家的起源》，《马克思恩格斯选集》（第4卷），人民出版社1995年版，第72页。

② 陈衡哲：《我幼时的求学经过》，《西洋史》，中国工人出版社2007年版，第407页。

③ 陈衡哲：《鸟》，《新青年》第6卷第5号，1919年5月。

④ 石评梅：《露莎》，《石评梅作品集（散文）》，书目文献出版社1983年版，第17页。

女性身心的摧残，她们强烈呼吁社会尊重女性的独立人格并给予女性自主婚姻的权利。因此，这一时期的女性作家的作品几乎是不约而同地从最能体现女性性别意识和女性人格的婚恋题材入手，在作品中宣扬恋爱自由、婚姻自主，肯定女性追求爱情的权利，反对父母之命、媒妁之言的传统婚姻，表现出了新一代女作家强烈的时代叛逆精神。

有着极大反叛精神的冯沅君是写作爱情题材的高手，她的《旅行》《隔绝》《隔绝之后》以伤感的笔调写出了青年人在抗争旧的婚姻制度、争取婚恋自由方面所做的努力。《隔绝》《隔绝之后》中的隽华将爱情供奉于至高无上的地位，宣称"身命可以牺牲，意志自由不可以牺牲，不得自由我宁死"①。所以，当她无法冲破母爱所编织的牢笼时，她选择与深爱着的士轸服毒殉情。庐隐《一个著作家》中的沁芬同样也是封建包办婚姻的戕害者，她同邵浮尘自由恋爱，但却受到了来自家庭的阻挠。为了抗拒嫁给自己不爱的人，沁芬选择了死亡，而她的情人邵浮尘也因此发了疯。隽华和沁芬们用尽生命的力气来向这个社会呐喊，尽管在那个众声喧哗的时代里她们的呐喊声微乎其微，但这是勇敢的新时代女性们对男权社会的宣战。

经过几千年的沉淀，封建礼教和旧道德已经固化在人们的思维里，五四新文化运动不可能彻底地清除人们脑海中对于传统婚姻制度的认同。因此，多数知识女性所追求的婚恋自由都以失败告终，即使有少数抗争成功，恋爱修成正果，但她们一旦步入婚姻殿堂就会陷入到另一种困境，即婚恋中婚姻与事业的矛盾问题。陈衡哲在《洛绮思的问题》中通过洛绮思之口强调了婚姻与事业的矛盾，"结婚的一件事，实是女子的一个大问题。你们男子结了婚，至多不过加上一点经济上的担负，于你们的学问事业，是没有什么妨害的。至于女子结婚之后，情形便不同了：家务的主持，儿童的保护及教育，那一样是别人能够代劳的？"②凌叔华小说的《绮霞》《小刘》更是直指婚姻与事业的矛盾。绮霞是一个有音乐天赋的女人，没有结婚以前对音乐投入了极大的热情，但结婚以后由于忙于家事，几次想

① 冯沅君：《隔绝》，《冯沅君小说·春痕》，上海古籍出版社1997年版，第2页。

② 陈衡哲：《洛绮思的问题》，《陈衡哲小说·西风》，上海古籍出版社1997年版，第54页。

要重拾起自己喜爱的琴都被耽搁，最终绮霞选择了离开家庭到国外学习音乐，并在回国之后投入到社会当中，甘心做一个职业女性。相比较绮霞，小刘则显得可悲。曾经是“刘军师”的小刘是何等的瞧不起学校里插班的小媳妇和太太们，但十几年之后，小刘却成了一个眼中只有家庭和孩子的平庸妇女。除了关注婚恋自由、婚姻与事业的矛盾，知识女性们还关注到了封建婚姻下女性非人的待遇。庐隐的《一封信》、凌叔华的《女儿身世太凄凉》、冰心《最后的安息》等揭示了纳妾和童养媳罪恶，石评梅的《董二嫂》《弃妇》等小说以及《这是谁的罪?》等剧作，从不同角度揭露封建礼教以及封建婚姻摧残女性身心的罪恶。

婚恋自由是新一代女性作家关注的重点，是她们争取人格独立和追求自我价值的重要途径。但由于这一时期社会并不可能给女性提供更多更大的空间来施展她们的才华与抱负，女性展开的自由恋爱只是让她们暂时摆脱家庭的束缚，由恋爱走向婚姻后她们仍旧陷入到封建婚姻式家庭桎梏之中，恋爱自由只是延缓了她们由父亲的家庭走进丈夫的家庭进程。这是她们的不幸，亦是时代的悲哀。

在漫长的以男性为主体的父权制社会中，女性一直被作为传宗接代和男性发泄性欲的工具，她们依附于男性而存在，没有任何欲望的权利。伴随着新文化运动，女性主体意识开始觉醒，女作家们意识到自己也拥有性爱的权利，于是她们开始在作品中小心翼翼地尝试着去叙述女性的性爱心理和性爱要求。沐浴五四新风尚的冯沅君首先揭示了女性性爱的隐秘心理，《隔绝》中隽华在回忆和士轸初次见面的场景时坦言道：“现在老实告诉你吧，士轸！那时我的心神也已经不能自持了，同维特的脚和绿蒂的脚接触时所感受的一样。”[①]凌叔华的《酒后》写已婚妇女采苕在酒后大胆地向丈夫吐露想要去kiss子仪的想法，虽然她最后并未实施，但她这种完全不符合封建礼教的想法是女子作为一个独立的“人”对自己合理欲望的表达。五四时期的女性作家们虽然揭示了女性的隐秘心理，但她们仅仅停留在对女性浅层次情欲的表述上，很少涉足女性更深层次的性欲描写。她们没有勇气打破传统的性禁忌，无法超越浅层次的情欲表述，是这一时期女性文学中性爱意

① 冯沅君：《隔绝》，《冯沅君小说·春痕》，上海古籍出版社1997年版，第6页。

识的局限。

在五四这个女性被发现的时代，跨出家门的女性无论是踏入社会还是走向学校都能接触到很多叛逆的新女性，相同的经历让这些叛逆的女性们惺惺相惜，她们互相关照并结为同盟。这一时期同性联盟的出现不仅是对以男性为主体的父权制强有力的反抗，而且也拓宽了女性作家的创作思路，出现了一批书写同性情谊之作。《海滨故人》书写同性情谊，是庐隐所构建的一个“女性的乌托邦”，这个“女性的乌托邦”是排斥男性的，男性的侵入是她们情谊淡化的主要原因。

五四女作家们除了表现同性之间真挚的友情，还书写了同性之间的恋情，如庐隐《丽石的日记》《或人的悲哀》《何处是归程》，凌叔华的《说有这么一回事》等小说，以及石评梅的《惆怅》《玉薇》等散文。其中书写同性恋情最具有代表性的是庐隐的《丽石的日记》以及凌叔华的《说有这么一回事》，这两部小说都讲述了女性之间由友谊发展成同性爱恋的故事。由于五四并不是一个可以接受同性恋情的时代，因此，两部小说都以一方被迫嫁人而结束。五四女作家以细腻的笔调描写同性恋情，这是她们觉醒后对女性欲望的一种宽容，充分体现了她们人道主义的襟怀。另外，女作家笔下的同性之爱其实也并非现代意义上真正的“同性恋”，这些同性之间的爱恋与其说是彼此相爱，倒不如说是彼此间的惺惺相惜。这些女子因为同异性交往“不自由”，并且她们也“不愿意从异性那里求安慰”。所以当女性长期被社会压抑而得不到异性的安慰时，她们便只能从同性那里寻求温暖。不过面对社会和家庭的巨大压力，她们感受到同性之爱的痛苦，因此，在同性之爱和异性之爱发生矛盾时，她们会最终放弃同性而选择异性。

五四是一个“弑父”的时代，无论是在女性作家还是男性作家的笔下，父子关系表现为“压抑和反压抑的对立关系”。与“弑父”恰恰相反，这一时期母女关系往往比较和谐，母亲成了女作家们纷纷讴歌、颂扬的对象。从冰心的母爱赞歌、冯沅君的“我爱你，我也爱我的妈妈”到苏雪林的《棘心》以及石评梅的《母亲》，母亲成了神圣、博爱和伟大的代名词。觉醒了的女作家们感受到来自母亲的爱的同时，也感受到母亲所承受的苦难，因此，她们在赞扬母爱的同时也积极书写母亲的苦难。《棘心》是叙述母亲苦难的代表之作。女作家书写封建家庭对母亲的压榨、残害，是她们对封建男权的否定，也是她们女性意识的觉醒。

第一代女作家以积极的姿态踏上文坛，她们要求参与社会生活、追求婚恋自由、书写同性情谊、赞扬母爱，强烈呼吁社会给予女性公平的待遇和地位，初步呈现了她们觉醒的女性意识。虽然这一时期女性作家大多沉迷于青春感伤式的自我表述，并不具备深刻的理性高度，但这些作家构建了以女性为主体的文学世界，在否定封建男权传统以及肯定女性价值方面具有无法取代的地位。如孟悦、戴锦华所指出的，“女性作为一个群体，仅仅是在话语缝隙中闪露一下身影。但这闪露便已是存在。这一存在是第二代、第三代女作家站脚并挤出地平线的根据地”[①]。

① 孟悦、戴锦华：《浮出历史地表——现代妇女问题研究》，中国人民大学出版社2004年版，第27页。

第二节 庐 隐 冯沅君

庐隐、冯沅君是五四新文化运动的产儿，在五四追求个性解放、反抗封建礼教等观念的影响下，她们的女性意识开始觉醒。她们自觉地关注女性命运、寻找女性出路，用不同的笔调书写了同一时代下女性在恋爱与婚姻方面所面临的苦恼和困扰。

庐隐（1898—1934），原名黄淑仪，又名黄英。由于出生那天恰逢外祖母去世，因此，她被母亲认为是一颗灾星，把她交给一个奶妈抚养。也许正是缺乏关爱与温暖的生长环境，让庐隐这个父母的弃儿“意识到了一个没有历史、没有语言、没有确定所指的新女性的窘境，意识到了新女性所面临的一片血色的苍白”[①]。

从五四的大潮中觉醒的庐隐始终以积极、勇敢的姿态对抗着漆黑如铁的社会，她在《今后妇女的出路》一文里大声疾呼“今后妇女的出路，就是打破家庭的藩篱到社会上去，逃出傀儡家庭，去过人类应过的生活，不仅仅作个女人，还要作人”[②]。庐隐呼吁女性同胞们走出家庭并做一个独立的“人”，这是她对女性解放的清醒认识。她关注女性与封建家庭的抗争，书写女性的爱情和婚姻。庐隐

① 孟悦、戴锦华：《浮出历史地表——现代妇女文学研究》，中国人民大学出版社2004年版，第28页。

② 庐隐：《今后妇女的出路》，《庐隐选集》（上册），福建人民出版社1985年版，第31页。

的处女作《一个著作家》写青年男女共同反抗封建婚姻制度，沁芳和邵浮尘真心相爱，但却遭到封建家庭的反对，父母逼迫沁芳嫁给自己并不爱的人，最终造成这一对青年男女一死一疯。《海滨故人》写露莎、云青、玲玉、莲裳、宗莹五个青年女性在面对爱情、婚姻问题时的苦恼和焦虑。《前尘》写"伊"回顾恋爱的纠结、痛苦经历。庐隐的婚恋题材的小说一般是"披着恋爱的外衣"书写人生的苦闷，而且她主要关注的是女性在争取个性解放、恋爱自由后将何去何从的问题。

高喊个性解放、婚恋自由的新文化运动虽然解放了一批知识女性，使她们纷纷走出家门，走向社会追求自己作为"人"的权利，但是新文化运动并未给女性追求自我价值肃清道路。封建势力和传统观念积习了上千年，它们并没有因为一朝一夕的观念更新而轻易瓦解、消逝。刚刚觉醒的女性们长久浸泡于封建传统文化当中，在追求个性解放、爱情自由的同时，她们并不能完全摆脱传统道德习俗对女性的束缚。她们常常陷入一种两难的境地，无法前进也不能后退，无法摆脱这种矛盾心理的女性们只能在时代车轮的碾压下苦闷、彷徨。庐隐的成名作《海滨故人》就是一部书写在新时代大潮的感召下勇敢踏入社会、寻求人生理想的女性们由希望到幻灭的过程。露沙、云青、玲玉、莲裳、宗莹这五个情意相投的女孩子，利用假期在海边度过了一段浪漫的生活。但是愉快的时光总是短暂的，三年之后"不解事的露沙、玲玉、云青、宗莹、莲裳，不幸接二连三都卷入愁海了"[①]。性格刚强、活泼的露沙深陷入"人生到底作什么"这一哲学命题而不能自拔，"弄得精神衰颓"。同时与梓青的交往也让露沙陷入了苦恼。梓青是有妇之夫，两人虽然彼此相爱，但露沙始终不能突破传统的世俗观念和封建礼教的束缚去接受梓青的爱，他们只能选择精神结合，视彼此为知己，小说结尾露沙不知所踪。一向对世界积极乐观的云青这时候也陷入了恋爱的苦恼中，为了父母的意愿而放弃自己的爱人，最后只能过着青灯古佛的隐逸生活。温和的宗莹虽然战胜了父母的包办婚姻和师旭走入了婚姻的殿堂，但婚后的生活却也丧失了自我。富于感情的玲玉和无忧无虑的莲裳也都经历了爱情的痛苦。

① 庐隐：《海滨故人》，《庐隐选集》（下册），福建人民出版社1985年版，第140页。

这部充满了“悲哀，苦闷，愤世，嫉邪”[①]的《海滨故人》是庐隐对接受新思潮而勇敢地迈出家门的“露沙”们出路何在的拷问。生活在男性为主体的男权社会，女性长期遭受压抑，她们被束缚在家庭中，除了做传宗接代、相夫教子工具，她们并没有真正意识到自己作为“人”应该拥有的社会身份和权利。因此，摆脱了家庭的“娜拉”们在踏入社会后是迷茫的，她们根本就不知道自己该如何争取自己的社会身份。面对依然黑暗的社会，她们只能在个人理想与社会现实的矛盾中哀叹“生的苦闷”。

尽管前途艰难曲折，五四新女性们并不甘心退缩，就像《海滨故人》里宗莹那样，选择抗拒父母给她安排的婚姻，争取自由恋爱的权利。不过，步入婚姻后的新女性们很快又发现她们走进了另一种束缚之中，婚姻成了阻碍她们获取社会身份的绊脚石，她们又陷入了另一种彷徨、不知归路的境地。宗莹虽取得了恋爱的胜利，最终嫁给了师旭，但婚后的生活并没有预料的幸福。宗莹从父母的家庭走出来却又走进了丈夫的家庭，从“父亲的女儿”成为了丈夫的贤内助，她并没有真正寻求到自己作为“女人”的社会身份。

不仅仅是宗莹，庐隐自身就面临这样的问题。1923年受情感的驱使，曾抱定独身主义的庐隐不顾家人、朋友反对，与有妇之夫郭梦良结为夫妻。她认为只要有爱情，便什么问题都没有了，然而婚后的生活却与她设想中的婚姻生活完全相反。她忙于琐碎的家庭事务，无法专心地投入到自己的事业当中，于是对于婚姻她产生了困惑，“结婚也不好，不结婚也不好，歧路纷出，到底何处是归程呵?”[②]庐隐婚后消沉了半年，之后她又继续创作，将她婚后的矛盾心理和生活体验诉诸小说之中。《胜利以后》中沁芝写信给朋友琼芳诉说结婚之后的苦恼。她们都曾为了婚姻自主而与家庭进行过艰辛的斗争，胜利之后“依旧是苦的多乐的少，而且可希冀的事情更少了”[③]。本以为结婚以后人生的大问题算解决了，但“既不善于管理家庭琐事，又无力兼顾社会事业”的她们成了“高等游民”。另一篇小说《何

① 苏雪林：《中国二三十年代作家》，纯文学出版社有限公司1979年版，第355页。

② 庐隐：《何处是归程》，《庐隐选集》（上册），福建人民出版社1985年版，第313页。

③ 庐隐：《胜利以后》，《庐隐选集》（上册），福建人民出版社1985年版，第293页。

处是归程》也是对女性婚后如何寻求独立人格的拷问。已经为人妻为人母的沙侣每天都“如走马灯似的忙着”家庭琐事，“结婚，生子，作母亲，……一切平淡的收束，事业志趣都成了生命史上的陈迹……”所以在分歧的人生路上，沙侣只能不停地追问“歧路纷出，到底何处是归程呵”。沙侣的疑问不仅是作者的疑问，同时也是那个时代走出家庭的女性的疑问。五四那个时代注定不能为女性提供更为自由的空间，她们的解放“永远只是踏着一个魔圈回到原地”。庐隐意识到了这个问题，但她给不出答案，她能做的也只是“向她们不甚了了的男权发出了她们微弱但是反叛的战叫”①。

和庐隐有着截然不同童年经历的冯沅君，同样将女性的婚姻和爱情作为小说创作的主要题材。冯沅君（1900—1974），原名恭兰、淑兰，字德馥，笔名淦女士、沅君、易安、大琦等，河南唐河人。冯沅君出生在一个书香门第，冯沅君的两位兄长冯友兰、冯景兰都是新学堂的学生，他们在学校接受了一些新思想，从他们平常的言谈以及带回来的新书刊中，冯沅君受到了新思想、新文化的影响。因此，冯沅君一开始就以一个叛逆女儿的姿态踏上文坛，“她比别人更大胆直露地描写、歌咏反常规的、为社会法令不容的爱情”②。小说《隔绝》《隔绝之后》《旅行》《慈母》等是她爱情题材小说的代表作。这些小说以“恋爱婚姻问题为导火索，点燃起人们反抗封建传统、争取意志自由人格独立的炽热激情”③。由于封建势力的强大，她笔下叛逆的青年女性们在勇敢争取恋爱自由的过程中也会不自觉地表现出软弱的一面，她们往往会陷入母爱和情人之爱的矛盾里而徘徊不前。

《隔绝》《隔绝之后》的女主人公是天性温厚的女学生隽华，为了逃避母亲给她订立的婚约，她六年不曾回家，但在母亲的催促下，她为了母亲的爱而冒险回家，却在回家后被母亲幽禁在小屋子里。被幽禁的隽华本来计划逃出屋子，但因

① 孟悦、戴锦华：《浮出历史地表——现代妇女文学研究》，中国人民大学出版社2004年版，第24、39页。

② 孟悦、戴锦华：《浮出历史地表——现代妇女文学研究》，中国人民大学出版社2004年版，第48页。

③ 盛英主编：《二十世纪中国女性文学史》，天津人民出版社1995年版，第106页。

为母亲突然胃痛而无法实施出逃计划，最终和情人士轸双双服毒药自杀。《旅行》其实是对《隔绝》中隽华和士轸恋爱过程的更详细的描述，它讲述的是一对相爱的男女为了“完成爱的使命”，逃课出去旅行的故事。他们大胆突破男女授受不亲的禁忌，在一家旅馆里同吃同住了十天。

冯沅君笔下的女性把爱情视为一种信仰，她们追求的自由爱情的本质是为了追求意志的自由。所以当隽华觉得意志自由受到阻挠时，她在给母亲的遗书里写道：“但是我爱你，我也爱我的爱人，我更爱我的意志自由，在不违背我后二者的范围内，无论你的条件怎样苛刻，我都可以服从。现在，因为你的爱情教我牺牲了意志自由和我所最不爱的人发生最亲密的关系，我不死怎样？……破坏我们中间的爱情的，是两个不相容的思想冲突，假如以后这样的冲突不消灭，这种惨剧，决不能绝迹在人类的舞台上。”[①]整体来看，《隔绝》《隔绝之后》《旅行》等小说与其说是讲述男女追求恋爱自由的故事，毋宁说是男女二人以恋爱的方式共同构筑的反封建传统和争取人格独立、意志自由的战线。正是在这个意义上，相比五四时期其他书写青年男女争取恋爱自由的作家，冯沅君才显得更有叛逆精神。

鲁迅先生评价冯沅君的小说，“实在是‘五四’运动之后，将毅然和传统战斗，而又不敢毅然和传统交战，遂不得不复活其‘缠绵悱恻之情’的青年的真实写照。”[②]鲁迅先生的这段话揭示了冯沅君小说中女性恋爱的矛盾心理。同处于新旧交替的时代，冯沅君笔下的女性主人公们和庐隐笔下的女主人公一样，在黑暗的时代里无法前进也不能后退。但和庐隐不同的是，冯沅君笔下女性恋爱的矛盾是她们无法在母爱和情人之爱中找到一个平衡点。虽然《隔绝》里隽华勇敢地反抗封建婚姻制度、争取意志自由，但当男女之间的爱情遭遇到母爱时，隽华还是为了母爱而冒险回家。她爱士轸，但也爱她的妈妈，当两者之间无法取得平衡时，她只能选择死亡。此外，《慈母》《误点》这两篇小说同样也表现了母爱和爱情之间的冲突。

① 冯沅君：《隔绝之后》，《冯沅君小说·春痕》，上海古籍出版社1997年版，第13页。

② 鲁迅：《中国新文学大系·小说二集·导言》，上海良友图书印刷公司1935年版，第18页。

《慈母》中“我”因害怕被母亲逼婚，待在北京六年不曾回家，最后迫于母亲的压力，经过一番详细的计划后，“我”回了家。回家后发现母亲非但不强迫自己结婚，反而默许了“我”解除婚约的要求，于是“我”被母爱深深地征服了。“我自己判决凡是以世界一般的险诈的心理，来推测母亲的罪过，比扰乱公共治安的罪过还大。”①《误点》里的女主角继之在开篇就感叹道“慈母的爱，情人的爱，两种爱构成了幕互相冲突的悲剧，特聘我来演这幕戏的主角；使我精神上感到五牛分尸般的痛苦。”②她在学校里和渔湘自由恋爱，但他们之间的爱被家人视为“吊膀子”“轧姘头”。因此，哥哥们以母亲病重为由骗她回家，虽然没有逼迫她同土财主泽生结婚，却要求她放弃渔湘接受美国的法家博士杜梅尘。继之抛不下和渔湘缠绵悱恻的爱情，假借学校的名义与家人交涉，最终得到回校的许可。但因为火车的误点以及对母爱的留恋，继之放弃奔赴情人的念头而回归到母亲的怀抱，母爱最终战胜了情人的爱。仔细阅读冯沅君书写争取婚恋自由的小说，我们发现在冯沅君的小说中父亲的角色是缺失的，而母亲的位置则特别重要，其实在这里母亲代表的是封建保守势力，是父权意志的施行者。作家笔下的女性们通过情人的爱来完成对封建礼教的反抗，但每当情人的爱遭遇母爱的阻碍时，女主人公们不是屈服于母爱便是选择死亡。五四女性们的屈服和死亡正是她们对强大的封建势力的恐惧和她们自身软弱性的体现，这同时也说明了那个时代女性处境的艰难以及她们反抗传统和争取人格独立的艰辛。

庐隐和冯沅君二人在小说中都不遗余力地书写了五四青年男女的爱情故事，她们把爱情当作反抗封建伦理和封建秩序的文化手段，以爱情为旗帜构建一座反封建礼教的堡垒。不过爱情这面旗帜对庐隐来说更多是抒发人生的苦闷，庐隐笔下的女性对爱情持怀疑态度，她们不愿意过琐碎的婚姻生活。而在冯沅君，爱情这面旗帜则是其笔下主人公的绝对信仰，爱情在她们的眼中是一尘不染的、纯洁而美好的。因此，相比庐隐的爱情小说，冯沅君笔下的爱情似乎更热烈、更大

① 冯沅君：《慈母》，《冯沅君小说·春痕》，上海古籍出版社1997年版，第34页。

② 冯沅君：《误点》，《冯沅君小说·春痕》，上海古籍出版社1997年版，第37页。

胆，她笔下的主人公行为也更为激烈，一旦爱情遭遇阻碍，她们便奋不顾身地守护、捍卫。从庐隐到冯沅君，尽管她们笔下的女性不同程度地陷入到情与理、情爱与母爱的二难选择中，但她们的爱情书写都透露了五四女作家们勇于抗争女性命运的态度与探索，同时也体现了女性抗争之路的艰难与坎坷。

第三节 冰 心 苏雪林

在五四时代大潮召唤下，20年代女作家的女性意识开始觉醒，不过她们的女性意识却有着不同的表现形式。如果说庐隐和冯沅君“以爱情这样一个涉及两性关系的方式表现父权之下的女性的地狱”，那么冰心和苏雪林则“通过母爱童心这一不涉及两性关系的方式表现父权之外的女儿的伊甸。”[①]冰心和苏雪林都在作品中尽情赞颂母爱，从女儿的角度感受母亲的温暖，抒发对母亲的感恩之情。但两位作家不同的人生际遇，却让她们的母爱书写各有所偏重。冰心是生活在母亲羽翼下长不大的女儿，她用母爱抚平一切的精神创伤，始终以母爱为自己精神的避难所。苏雪林则是审视母亲在封建家庭中非人的人生遭际，悲悯母亲的苦难。

冰心（1900—1999），原名谢婉莹，福建福州人。冰心在浓郁的爱的氛围里长大，父母之爱、姐弟之情时时包裹着她，让她成长为一位乐观、温情的女子。浸润在爱里的冰心，受五四人道主义思潮以及基督教“博爱”精神的影响，逐渐形成了她独具特色的“爱的哲学”。母爱、童心和大自然三位一体的“爱的哲学”成了冰心作品的核心，从五四至20年代末，无论是小说、散文还是诗歌，冰心都尽情歌颂母亲，赞颂自然和童心，其作品的三分之二都涉及母亲。

阿英曾评价冰心，“她始终的认定母亲是人类的‘灵魂的安顿’的所在地，母

① 孟悦、戴锦华：《浮出历史地表——现代妇女文学研究》，北京人民大学出版社2004年版，第61页。

亲的爱如那'春光'，母亲的爱能以解决人间的一切的艰难纠纷而有余"[1]。在冰心的小说里，母爱是神圣的，母爱能带给人安慰和希望，也是其他一切爱的基础，唯有母爱才可以融化一切坚冰，赋予干涸的心灵以生机。《超人》是冰心颂扬母爱的经典之作，小说写一个叫何彬的年轻人，信仰尼采的超人哲学，认为一切"爱和怜悯都是恶"，但当他帮助了可怜的孩子禄儿之后，他心中的爱逐渐被唤醒，他梦到了慈爱的母亲以及母亲的怀抱和爱抚，并在临走之前接受了禄儿的花篮，最终"冷心肠"的何彬被自然、童心及母爱所感化，接受并且相信"世界上的母亲和母亲都是好朋友，世界上的儿子和儿子也都是好朋友，都是互相牵连，不是互相遗弃的"[2]。《烦闷》里，弟弟因为看到了小弟睡在母亲膝上的"甜睡图"才消除了心头的烦闷，找到了人生的希望和快乐。《悟》更是把母爱推到极致，"茫茫的大地上，岂止人类有母亲？凡一切有知有情，无不有母亲。有了母亲，世上便随处种下了爱的种子"[3]。冰心笔下，母爱已经超越了人类自身的情感，上升到了一个神性的高度。母亲不再是父权阴影下的生育工具，她们爱的光环犹如一剂良药，援救了无数歧路徘徊的彷徨者，抚平了那个时代颓废青年心灵的创伤。在五四那个弑父时代，冰心发现了一直隐藏在角落里的母亲形象，并将她推向一个神性的高度，这是她对以父权为中心的男权文化的大胆反拨，也是她对女性自身价值的积极肯定。

冰心是一个一直笼罩在母爱光环里的长不大的女儿，在漫长曲折的人生途中，她不仅高扬母爱的大旗，眷恋着母亲，并将母亲作为自己抵挡人生风雨的精神避难所。《繁星·一五九》里冰心唱道："母亲呵！天上的风雨来了，鸟儿躲到它的巢里；心中的风雨来了，我只躲到你的怀里。"[4]在《往事（一）之七》里，冰心更是以红莲和荷叶的形象比喻风雨人生中母女的关系。以母亲为精神的避难所并不是冰心个人的选择，而同时代的大多数女性在面对黑暗社会时的第一反

① 阿英：《谢冰心》，范伯群编《冰心研究资料》，北京出版社1984年版，第207页。

② 冰心：《超人》，《冰心全集》（第1卷），海峡文艺出版社1994年版，第190页。

③ 冰心：《悟》，《冰心全集》（第2卷），海峡文艺出版社1994年版，第135页。

④ 冰心：《繁星·一五九》，《冰心全集》（第1卷），海峡文艺出版社1994年版，第279页。

应。冰心眷恋母亲并以母爱为精神的避难所，是那个时代女儿们面对强大的父权制的恐惧和无奈。尽管对父权制社会有诸多无奈和恐惧，但母亲那“如火如荼的爱力，使这疲缓的人世，一步一步的移向光明”[①]。母爱力量的无穷更加突出了女性的生命价值，也彰显了觉醒了的女儿们的勇敢与坚强。

作为父权制度下的传统女性，母亲们被当作女奴束缚在封建家庭里，不仅屈服于夫权的淫威，还要遭受来自封建家长的迫害。把母亲作为精神避难所的五四女儿们，以敏锐的眼光发现了母亲所遭受的苦难，于是她们高扬母爱大旗的同时以现代女性的眼光审视母亲悲苦的生存境遇，悲悯母亲的苦难。苏雪林和冰心一样，是母爱忠贞的赞扬者，但相比较冰心对母爱孜孜不倦的歌颂，苏雪林更注重审视和体悟母亲的苦难，如果说冰心是对母爱孜孜不倦的赞扬者，那么苏雪林就是母亲苦难的悲悯者。

苏雪林（1897—1999），安徽省太平县（今黄山市）岭下村人，原名苏梅，笔名绿漪、灵芬、杜若、杜芳、天樱等。苏雪林生活在一个封建家庭中，母亲秉性温良诚实，曾立志做一个贤孝的媳妇，将她的全副身心奉献于丈夫和阿姑。祖母则欺善怕恶，是一位典型的“虎姑婆”式的人物。苏雪林的母亲把一生都奉献给了封建大家庭，却一生都遭受婆婆的虐待。母亲苦难的遭遇让苏雪林感到十分悲痛，她无法把母亲从水深火热的封建大家庭里拯救出来。因此，她将这种悲愤诉诸笔端，在小说中表达她对母亲以及和母亲一样生活在封建压迫下旧式妇女的悲悯。

《棘心》是一部苏雪林根据自己的人生经历撰写而成的长篇小说。女主人公杜醒秋出生在一个封建家庭，从小家里就为她和没有见过面的叔健订立了婚约。不过醒秋是一个有个性、有抱负的女性，她不甘心就此走入婚姻家庭，因此，醒秋抗拒与未婚夫完婚，而选择赴法国留学。留学期间，遇到了秦风的热烈追求，醒秋陷入了苦恼之中。她虽然受到新文化影响，但她脑海中旧思想的习气太重，她不愿违背家中为她订立的婚约，最终拒绝了秦风，转而与未婚夫叔健通信。她原本对叔健抱有幻想，不想叔健对她总是冷冷淡淡，她看出叔健对她没有感情想要

① 冰心：《寄小读者·通讯十二》，《冰心全集》（第2卷），海峡文艺出版社1999年版，第109页。

解除婚约，却遭到家庭的强烈反对。最终，心灰意冷的醒秋选择皈依天主教，回到母亲身边，并与叔健完婚。乍看之下，我们会以为这部小说主要是控诉封建势力对努力追求新生活女性的迫害，但从小说的题目和作者自述来看，这部小说书写最多的其实是母爱和母亲的苦难。在《棘心·自序》里作者坦言道，“本书真正的主题，杜醒秋的故事尚居其次，首要的实为一位贤孝妇女典型的介绍，这位妇女便是醒秋的母亲杜老夫人。她是一个十九世纪后半期的中国妇女，一个大家庭制度和旧礼教观念的牺牲者。”[①]小说题目“棘心”二字取自《诗经·邶风·凯风》里“棘心夭夭，母氏劬劳”的诗句，作者以“棘心”表示对母亲的思念以及歉疚，就像苏雪林在小说题记里写的“我以我的血和泪，刻骨的疚心，永久的哀慕，写成这本书，纪念我最爱的母亲”[②]。

《棘心》总共十七章，几乎每一章都是围绕母爱所展开的，每一章都会提及母亲以及母亲对醒秋的拳拳深情。在小说开篇的第一章《母亲的南旋》里，作者写离别之际，醒秋的母亲悄悄早起为不会收拾行囊的女儿收拾杂乱的衣箱；最后一章《一封信》里，醒秋更是详细回忆母亲对儿女们无言的爱。每年假期回家时，母亲总是立在家门前等待游子的归来；而每年开学之际，母亲都会叫裁缝为儿女们缝制适合各个季节的新衣，并且从鞋子、袜子、洗脸的手巾，甚至束发的绒绳，母亲都一一备齐。母亲的爱如同涓涓细流，总是悄无声息地滋润、温暖着醒秋的心。苏雪林通过书写现实生活中的一些细节来表现母亲的爱子之心和牺牲精神。苏雪林将母亲比作海上的一种鸟，“这鸟性情最慈祥，雏鸟无所得食，它呕血喂它们，甚至啄破了自己的胸膛，扯出心肝喂它们。我母亲便是这鸟，我们喝干了她的血，又吞了她的心肝”[③]。洞悉母亲所遭受的一切苦难，但却无法把母亲从封建家庭的折磨和苦难中拯救出来，这是苏雪林后悔和愧疚的根源所在。在《棘心》里，苏雪林在塑造慈爱、善良的母亲形象和肯定母亲价值的同时，更详细地叙述了母亲所遭受的非人折磨。作者以一个觉醒者的姿态审视母亲的遭遇并批判

① 苏雪林：《棘心·自序》，《苏雪林文集》（第1卷），安徽文艺出版社1996年版，第6页。

② 苏雪林：《棘心》，《苏雪林文集》（第1卷），安徽文艺出版社1996年版，第2页。

③ 苏雪林：《棘心》，《苏雪林文集》（第1卷），安徽文艺出版社1996年版，第211页。

封建传统对女性的迫害，这是苏雪林女性意识的重要体现。

冰心和苏雪林积极颂扬母爱、重塑母女关系，以不同的方式构建了“母亲”的神圣祭坛，形成了有关母爱的神话。她们的母爱神话带有明显的前俄狄浦斯特点，从“父亲的女儿”到“母亲的女儿”，她们最终回归到了母性的精神家园。这种母爱神话在某种程度上消解了父权文化，并且肯定了“母亲”这一女性角色作为“人”的价值，这也是她们对于女性自身价值的肯定。但由于五四这个新旧杂糅的特殊文化环境和作家自身的成长环境，母爱神话虽然“照亮了女性作为‘人’的意义，同时也遮蔽了其无意间重新步入父权文化为女性所设定的价值体系中去这一隐性问题”[①]。诚如波伏娃指出的：“没有比女性神话对统治者更有利的神话了。它确立了所有的特权甚至使男人的诅咒也显得权威起来。”[②]因此，对于刚从几千年历史尘埃中冲出的冰心和苏雪林来说，父权文化其实仍然是一个难以摆脱的魔咒，她们想要改变女性卑微的地位，使女性摆脱男权文化下“第二性”的地位，但母爱神话的构建却让她们再一次落入到传统文化的窠臼之中。所以，个性恬淡温婉的冰心极力提倡新贤妻良母，并在《我的母亲》一文中说：“关于妇女运动的各种标语，我都同意，只有看到或听到‘打倒贤妻良母’的口号时，我总觉得有点逆耳刺眼。”[③]而苏雪林则在面临母亲和婚恋矛盾时，投向母亲一边，为了不使母亲伤心，她放弃了自己的追求而接受包办婚姻。无论如何，“冰心等人在对母爱神话的精心营造中，使几千年来一直攀援在强大的父权上的作为女儿，作为妻子，作为母亲的‘无名’女性发出了属于自己的声音。这声音尽管是孱弱的，但它是女性自我探寻的开始。”[④]

① 郑春凤：《关于母性的不同叙事——现当代女性小说的一种解读》，《吉林师范大学学报》2004年第1期。

② ［法］西蒙娜·德·波伏娃：《女性的秘密》，晓宜、张亚莉等译，中国国际广播出版社1988年版，第214页。

③ 冰心：《我的母亲》，《冰心全集》（第3卷），海峡文艺出版社1994年版，第195页。

④ 郑春凤：《关于母性的不同叙事——现当代女性小说的一种解读》，《吉林师范大学学报》2004年第1期。

第四节　凌叔华

凌叔华（1900—1990），原名凌瑞棠，笔名叔华、素心、素华等，原籍广东省广州市番禺县。1920年凌叔华考入燕京大学，大学期间开始文学写作。1924年凌叔华在《晨报》副刊、增刊上先后发表了一系列表现封建传统束缚女子命运的作品，如小说《女儿身世太凄凉》《我那件事对不起他》等。20年代中期到30年代，凌叔华进入创作的黄金时代，这期间她出版了《花之寺》《女人》《小哥儿俩》三部小说集。

凌叔华的笔调优雅、细致，被称为“新闺秀派”，是五四时期具有独特性的女作家。虽然她和冰心、庐隐们一样积极关注时代女性的命运，但由于独特的成长环境和美学追求，她既不像庐隐那样表现现代知识女性在婚姻与事业方面的苦闷；也不似冯沅君那样表现时代女性为追求个性解放而大胆反叛封建道德和传统礼教；更不像冰心、苏雪林她们那么热烈赞扬母爱、追寻母亲，她把目光投注到了那些生活在封建家庭里的旧式少女以及高门巨族里的太太们的身上，通过对她们的心理状态和人际交往的描写表现她们可悲可叹的生活状态。诚如鲁迅在《〈中国新文学大系〉小说二集》的导言里所说：“凌叔华的小说……大抵很谨慎的，适可而止的描写了旧家庭中的婉顺的女性。即使间有出轨之作，那是为了偶受着文酒之风的吹拂，终于也回复了她的故道了。这是好的，——使我们看见和冯沅君，黎锦明，川岛，汪静之所描写的绝不相同的人物。”①

在凌叔华塑造的众多女性人物当中，锁在深闺庭院里的旧式少女最令人难忘。她们是旧中国最后一批残留物，虽然受文明开化之风的吹拂，但自幼就接受封建价值观熏陶的她们早已认同了传统的女性角色，有着一套属于自己的传统价值观念，这让她们与深宅大院外的新的世界格格不入，并且使得她们无法把握自己的命运，从而陷入枯寂无味的惨淡人生里。

《绣枕》里的大小姐是一个典型的大家闺秀，她待字闺中，为了讨得白总长的欢心，嫁给白总长的儿子，她听从父亲的命令，用了整整半年的时间精心绣出一幅漂亮的靠垫。但不幸的是，这一幅曾拆了又绣，足足绣了三次，凝结着大小姐无限希望和心血的绣枕在父亲送去的当天，一个被吃醉了的客人吐脏了一大片，另一个则被打牌的人挤掉在地上，然后被当作了脚垫子，最后还是白家的佣人捡走了靠垫。两年之后，满怀着希望的大小姐才从佣人小妞儿的口中得知绣枕的遭遇。对于这一切，生活在深闺里的大小姐无从意识也无法反抗，她们唯一能做的只能是默默忍受。在这里，绣枕其实就是女主角自身，她们的去留完全由男性来判定，她们只能被动地等待，而无法主动把握自己的命运。这对曾经寄托着大小姐对未来美好生活无限向往和希望的绣枕被践踏、被抛弃是女主角青春梦想的破灭，更是闺房以外的男性世界对女性命运的肆意践踏与蹂躏。

《吃茶》里的芳影似乎要比《绣枕》里的大小姐幸运一些。芳影生活在社会风气稍微变化的时代，她不必像大小姐一样终日守在闺房里，已经可以参加一些社交活动。但浸润在中国传统文化里的芳影接受的是旧式婚恋观，她理解不了“女士先行”这一“外国最平常的规矩”。因此，在接触到对她殷勤有礼的留学生王斌时，她误以为王斌对她有情，所以在接到王斌的信时，“她腮上立刻热了起来，心里亦跳”，等到急走到内房打开信发现是一张婚礼请帖时，她只能以冷笑掩饰自己内心的创伤。属于芳影的旧的价值体系已经不适应这个变化了的社会，但芳影已经被禁锢在旧有的体系中，她无法抽身，因此，在面临新旧价值体系的冲突时，

① 鲁迅：《小说二集·导言》，《中国新文学大系》（第4集），上海良友图书印刷公司1935年版，第11页。

她只能充当可怜的牺牲者。《茶会以后》阿英和阿珠俩姐妹和芳影面临的是一样的问题，她们出入大型社交圈，穿洋装、涂血红的嘴唇，生活在看似很时髦、很现代的文明社会里，但传统的家庭教育却让她们无法理解男女自由交往的“外国规矩”。对于那些“同男朋友那样起劲的说笑”的小姐们，她们一边表示鄙弃，保持距离；另一边却又暗生羡慕之心。她们无法抛弃旧的、熟悉的生活方式，而新的、陌生的生活方式又难以融入，因此，她们只能在新旧两种不同的生活方式的夹缝中徘徊、惆怅。

凌叔华笔下这些温婉多情的旧式少女生活在新旧交替的时代，她们的双脚虽然跨出了闺房，但她们的内心依然被禁锢在传统文化里。传统文化铸造了她们温和、顺从的性格，使得她们在面对爱情和个人幸福等重大问题时，不能积极主动去追求，而只能带着美好的希冀被动地等待。无尽的等待消耗了这些少女青春的同时又让她们感觉到生命的空虚和无聊，于是这些沾染了现代文明风气的少女们在面对外面世界时，只是显露出好奇和艳羡的眼神，她们没有足够的勇气冲破封建礼教的束缚，去追求属于自己的幸福，因此，她们只能在新旧文化的缝隙里迷惘、困惑和恐惧。凌叔华在回头审视这一代几乎被遗忘在历史尘埃里的旧式闺秀时，“无意中表现了我们文化变革关头历史与个人的某种关系，表现了男女平等、妇女解放呼声的一个意识形态性纰漏”[①]。

与深宅大院里的闺阁小姐相比，凌叔华对高门巨族里太太的描绘似乎具有更深的意味。从婚后不久的敬仁太太到拖儿带女的白太太以及“有福气”的章老太太，凌叔华为我们勾画的是一个个平庸、琐碎、毫无个性及追求的女性躯壳。这些女性躯壳依靠男性而活，她们没有自身价值和独立人格，相比新时代追求独立自主的女性，她们不仅可鄙，也更加可悲。

《中秋晚》中的敬仁太太是一个旧式家庭妇女，她无法把握自己的婚姻更不能主宰自己的命运，她把爱情的美满、婚姻的幸福全都寄托在中秋节吃团鸭这一愚昧、迷信的仪式上，最终成了旧文化心理可悲的牺牲者。敬仁和太太婚后第一次

① 孟悦、戴锦华：《浮出历史地表——现代妇女文学研究》，中国人民大学出版社2004年版，第77页。

过中秋节，太太为敬仁精心准备了一顿饱含了她对美好婚姻全部希望的团圆宴，她相信“吃过了团圆宴，一年不会分离”。但当一切准备停当，他们正要一起吃饭时却接到了干姐姐病危的电话，敬仁急于去看干姐姐没有吃象征着夫妻团圆的团鸭。太太对于丈夫不吃团鸭一事耿耿于怀，而丈夫则埋怨太太不该让自己吃团鸭而耽误了见干姐姐最后一面，于是两个人发生口角，并失手打碎了一个花瓶。敬仁和太太因为中秋节的争吵而心生芥蒂，两人从此貌合神离。敬仁终日在外游荡，听戏、逛窑子，并为了两个姑娘典当了祖遗的铺子。婚后第四年的中秋夜，敬仁已经变卖了家产并离开了太太，到此时，敬仁太太仍旧把这一切归咎于婚后第一年中秋节没吃团鸭及打碎花瓶，并认为这一切都是命中注定。敬仁太太是一个彻头彻尾被旧文化习俗熏陶的家庭妇女，当夫妻感情失和时，她只能从某种旧文化习俗中寻找原因，并最终在这种自欺欺人的安慰中苟活下去。敬仁太太遭遇让人感到可笑的同时，又令人可悲。

如果说敬仁太太是旧文化习俗的可悲的牺牲者，那么凌叔华笔下另一类像《太太》《送车》中的太太则是新旧文明交替时代中虚荣、庸俗而又不自知的堕落者。《太太》中，凌叔华塑造了一位贪图享乐而又爱慕虚荣的太太形象。这是一位整天只知道出去打牌的太太，她为了赌牌而忽视儿女和丈夫的基本需求。更甚者，为了满足自己的虚荣心，在牌友面前证明自己“五十块钱还输得起”，她甚至让佣人当掉了自己的灰鼠脊袍子和丈夫的狐皮袍子以及一块金表，为此，引起了回家找不到合适衣服穿的丈夫的不满。《送车》则通过白太太与周太太的对话，表现了她们对自身不再处于优越处境的恐惧心理。这些太太们依附丈夫而活，她们整天无所事事，经常聚在一起说些家长里短的闲话。她们永远在互相攀比，谈论的话题也只限于怎样防止佣人偷懒揩油和怎样应付孩子的无理取闹等一些鸡毛蒜皮的小事情。这些深受传统女性意识熏染的旧式太太们生活在新旧文化交替的夹缝里，她们根本找不到适合自己的位置。凌叔华毫不留情地挖掘她们的丑态和不堪，表现这些毫无独立人格的太太们小市民式的庸俗和麻木，体现了她对妇女解放时代这一类庸俗而不自知的太太们的忧虑。

除了旧式女性，凌叔华笔下还有一类新式妻子的形象，她们是五四时代勇敢争取恋爱自由并且获得胜利的女性。这类女性与所爱的人组成新式的家庭，她们既不像鲁迅笔下的子君因为经济困难而又重新回归家庭；也不像旧式太太们那样麻木、堕落，她们就是《酒后》里的采苕、《春天》中的霄音以及《花之寺》里的燕倩。

《酒后》描述了一次家宴后，女主人公采苕在酒醉朦胧之际对醉卧在客厅的子仪产生亲近的念头，并大胆地向丈夫提出想要kiss子仪的要求，虽然丈夫很不情愿，但最后还是答应了采苕的要求。然而，在采苕走到子仪面前时，她又放弃了kiss子仪这一想法。《春天》和《酒后》展示了同一主题。《春天》讲述的是霄音因无意中听到一段婉转凄恻的琴声，想起了以前的男友君健，想到他正在患病并且穷困潦倒，霄音决定提笔写信问候，最后，因为丈夫意外地走进家门，霄音才把没有写完的信揉碎扔进了纸篓里。在这两个故事里，妻子的心目中出现了除了丈夫以外的其他男性，这些其他男性超越了现实的伦理意义，成为女性寻求自身独立人格和感情空间的象征。

《花之寺》讲述诗人的妻子燕倩发现诗人对家庭生活产生了厌倦的情绪，为了维护婚姻，聪明的妻子以一个匿名女读者的口吻写信给丈夫，约他到花之寺共赏春色。当诗人满怀着热情和激动欣然赴约时，才发现这是妻子与他开的一个玩笑。在小说中妻子以女性第三者的口吻写信给丈夫，把他比作园丁，并说他像甘泉一样浇灌了她这棵小草，使她开出了美丽的花朵。信中的"我"是在丈夫的浇灌下成长起来的，这说明"我"其实是丈夫创造出来的产物，我的美丽和价值都是丈夫赋予的。女主人公显然已经意识到自己除了作为妻子外还有独立的思想和人格，所以她才以一个他者的身份对"信中的我"进行了戏谑式的反观。

从以上这些小说中我们可以看到，在新式婚姻里，妻子虽然拥有爱与被爱的权利，但她们和旧式家庭里的太太并无差别，她们在家庭里依然承担生儿育女、相夫教子一类的旧式太太的重任，她们由丈夫供养，是丈夫的所有物并处于被动的地位。新式女子一旦被冠以"太太"之名便失去了自主行动的可能性，她们的新观念、新思想在以丈夫为中心的小家庭范围内变得毫无意义。如果想要重新获得自己作为"人"的独立、自主性，她们必须借助于由她们想象或者编造出来的他者来完成，但这些借助他者获得的“自我”又只是短暂性的，享受完这短暂性的欢娱后她们依然要回归到自己的家庭角色里。凌叔华借助采苕、霄音以及燕倩这一系列新式妻子的形象让我们看到了新式女性对于实现自我独立人格的向往，同时也为我们展示了新式女子实现自我价值的尴尬处境，让我们了解到女性解放之路的艰难。

与同时代的女作家相比，凌叔华的小说在反映时代精神方面相对较弱，但她在展现女性意识时，却比同类作品开拓得要深。从《绣枕》到《中秋晚》再到《花之寺》，我们发现，无论是受传统熏染的旧式少女还是沐浴过五四新风的新式太太，这些女性灵魂深处其实都潜藏着传统意识形态对于女性角色的定位。新的思想只激起她们一时的反抗，却不能彻底解放女性，她们一旦发现自己的反抗违背了潜意识的价值规范，便立即退回到原地。在这些小说里，凌叔华反思了女性的解放之路，她毫不留情地展露了女性骨子里隐秘的、可悲可叹的乃至封建性的东西，并对她们进行了讽刺和批判。与此同时，她发现在新旧文化交替的时代，女性除了“觉醒”“叛逆”“反抗”和“出走”之外，更多的是“无奈”“迟滞”和“困守”。可见，凌叔华“把女性的经验从一种小问题、一种呐喊变为一种艺术，这正是一代浮出地表的女儿们所能做的最大建设，她在某种意义上延续简奥古斯丁和曼斯菲尔德式的传统，这在当时的女性创作中是十分罕见的”[①]。

① 孟悦、戴锦华：《浮出历史地表——现代妇女文学研究》，中国人民大学出版社2004年版，第91页。

第三章

Chapter 3

30年代女性文学

第一节 30年代女性文学概述

第二节 白薇 袁昌英

第三节 丁玲

第四节 萧红

第一节 30年代女性文学概述

中国现代女作家创作在20世纪30年代发生了明显的变化，特定的政治环境和社会环境形成了特定的文化环境，“革命”与“救亡”取代了五四时期的“启蒙”。1927年大革命失败后，社会急剧变动，民族矛盾和阶级矛盾日益尖锐，女作家们从五四的激情与想象中走出，思考娜拉出走之后的道路。20世纪20年代是五四个性解放的时代，到30年代则进入了社会解放的时代，左翼提出建立“革命文学”的口号，这一时期的女性创作也开始从对个人价值、人生意义的思考转向对社会性质、发展趋势的思考与探索，这一时期文学基本面貌是关于革命文学思潮和人文主义美学思潮的文学创作。

一、革命型女作家

革命型女作家大致包括丁玲、白薇、冯铿、谢冰莹等。

冯铿（1907—1931），原名冯梅岭，原籍浙江杭州。1929年5月加入中国共产党，走上革命的道路。1930年加入“左联”。1931年初与柔石、胡也频、李求实、白莽同时被捕，2月7日死于龙华狱中，史称“左联五烈士”。主要作品有小说《重新起来！》《友人C君》《贩卖婴儿的归人》《华老伯》，随笔《一团肉》等，此外，冯铿还著有诗集《春宵》，短篇集《铁和火的新生》。

《最后的出路》是冯铿早期创作的中篇小说，小说以女性意识觉醒为题材和线索，揭示了新女性所面临的困境以及种种社会问题。女主角若莲是潮汕富翁郑和爷的遗孤，在母亲的宠爱下过着富贵安逸又传统守旧的生活，母亲去世后若莲去了乡村当教师。若莲在五四新思潮的影响下，对新生活充满了希望，但是她独立自主的女性意识还不够坚定，在面对"几千块的遗产"时，若莲动心了，于是返回家庭的牢笼准备嫁人生子。在即将沉沦之时，若莲受到了有新思想的好友许慕鸥的启发，不愿成为没有人格、没有理想和追求的女性，潜藏的女性意识终于觉醒，最终走上革命的道路。在冯铿的作品中，出走的"娜拉"都是以走向革命为最终出路的。冯铿的另一部中篇小说《重新起来！》是其代表作，小说根据作家早年参加革命工作的经历、流徙山村生活的体验以及到上海后的见闻而写成。作品描写了大革命时期一双青年男女革命与恋爱的经历，他们的恋爱是典型的"革命+恋爱"的模式，但是剥开这层"革命"的外衣，作者实际上表达的是女性深陷男权文化困境下的自我拯救。女革命者小苹从乡下来到上海和爱人辛萍相聚，环境的改变，小苹的情绪也发生了翻天覆地的转变。在爱人辛萍的眼里，小苹只是家庭的点缀，是情感欲望的对象，如同"娜拉"一样，除了依附于家庭、依附于丈夫，找不到自己的存在。家庭地位的不平等让她有了离开家庭、走向社会寻找自我价值的想法。作者以小苹的出走，作为解决女性解放问题的出路。

冯铿的创作着重表现女性觉醒的主体意识，作品大多是通过女主人公与他人的对比以及女主人公过去与现在的对比，凸显女性的觉醒过程，表现女性对自我生命的把握以及对自由人生的追求。如果说《最后的出路》《重新起来！》式的离家出走是冯铿对男权文化的反抗且展示女性个人主体性自由意志的话，那么在《一个可怜的女子》和《月下》两篇小说中，冯铿则是用女性的自杀表现女性强烈的生存体验和生命体验。第一篇叙述一个童养媳的悲惨生活境遇：她摆脱不了非人的折磨，终于以跳进河里结束生命的方式来摆脱人间地狱般的生活。后一篇写了一个年轻女子，丈夫是纨绔子弟，婆婆以森严的封建礼教紧紧约束她，使她过着"和奴隶、囚犯、木偶……一样僵死的生活"，从而陷入生与死的困惑之中。另外，冯铿的代表作《红的日记》（又名《女同志马英的日记》《跃动的生活断片》），是根据马宁（当时化名马英）和郭滴人、陈品三讲述的材料写成的。在这部作品中，冯铿尤其可贵的是塑造了中国现代文学作品中第一个女红军形象，这就是把枪当成“情人”，把笔记本当成“宝宝”，敢于和一切“统治阶级拼个他死我活”的马英形象。作者借助马英的表现，主张女性应抛弃个性追求，忘记男女性别差异，投身到阶级斗争和民族抗战中去，女性解放应和全中国人民的解放紧密结合在一起。

谢冰莹（1906—2000），原名谢鸣冈，又名谢彬，字凤宝，出生于湖南省娄底市新化县。谢冰莹是中国现代文学史上第一个女兵作家。1926年冬谢冰莹考入武汉中央军事政治学校（黄埔军校武汉分校）。1927年，随革命军西征，西征途中，谢冰莹利用空余时间将途中所见所闻所感记录下来，这就是她的成名之作——《从军日记》。1936年3月良友图书公司出版了她的自传体小说《一个女兵的自传》。《一个女兵的自传》写下了一个在五四新思潮熏陶下、从封建家庭走出的少女成长为新时代女战士的历程。谢冰莹自己说：“……主要是表现在那个时代的女性，如何地从封建的家庭里冲出来，走进这五光十色的社会，吃过多少苦，受过多少刺激，始终不灰心，不堕落，仍然在努力奋斗，再接再厉……”[①]作为一名“女兵”，谢冰莹的性别决定了她争取自由的方式不同于男性。在《女兵自传》中，这种不同显著地表现在她与母亲的关系、她处理爱情的方式以及她关注周围女性的目光上。谢冰莹借助对母亲的反抗，反对封建礼教家长制，在和母亲作斗争的同时，也是她自身女性意识觉醒的过程。谢冰莹很小的时候，母亲就替她订了婚，谢冰莹三次逃婚，第四次被抓回来她仍然未放弃对自由的追求，伺机逃离家乡。这一场和母亲长久的斗争，最终以谢冰莹的胜利告终。谢冰莹笔下的女兵形象和作者笔下的其他女性形象一样，对爱情都表现出自己独特的理解和追求。《女兵自传》是一首关于爱情、生活、心灵乃至生命的自由的欢歌，凝聚着一位才华出众的女作家的才情，也融入了她自身曲折的经历和丰富的人生体验。

① 谢冰莹：《关于〈女兵自传〉》，《谢冰莹文集》（上册），安徽文艺出版社1999年版，第3页。

二、学者型女作家

学者型女作家大致包括袁昌英、沉樱、林徽因等。

沉樱（1907—1988），原名陈锳，笔名沉樱，出生于山东省潍县（今潍坊市）城里一个有文化的中产阶级家庭。“沉”是陈的谐音，“樱”系指美丽的樱花。在中学和大学时代，她为周氏兄弟翻译的日本小说所倾倒，因此给自己起了这一笔名。沉樱的小说多取材于个人家庭生活和城市婚恋故事，既描述男女相恋的美好，又直面现实生活的残酷，真实地表现了那一时代的知识女性在恋爱和婚姻中的酸甜苦辣，以及对于爱情真谛的感悟和对人生的追求。沉樱以善写短篇恋爱小说及对青年男女的恋爱心理分析细腻、适当而闻名。田仲济在《沉樱小传》中称“沉樱是继冰心、丁玲之后而为人所注意的以文字的秀丽与富有诗意的风格为特点的女作家”[①]。1929—1935年间，沉樱共出版了五个中短篇小说集：《喜筵之后》（北新书局1929年版）、《夜阑》（大光书局1929年版）、《某少女》（北新书局1929年版）、《一个女作家》（北新书局1935年版）、《女性》（生活书店1935年版），这些小说集都是通过男女爱情生活的描写，窥视社会一个侧面，具有一定的社会意义。

《喜筵之后》的女主人公茜华在婚后发现丈夫开始追求别的女人，出于报复丈夫的心理，茜华试图接近旧日恋人，但又“恨着这男人的忠厚，不能使自己燃起些微的爱意”[②]。小说描画了虚有其表的婚姻，对于婚姻中男子的玩乐态度、用情不专，作者表达了批判的态度。然而更吸引人的是婚姻中女性奇妙的情爱心理，正如茜华对丈夫说的：“真是奇怪呢，为什么当我怨恨你，想着向别人追求时，总要想起你来，觉得谁都没有你可爱？”[③]茜华这样说，也许是为了刺激丈夫，也许是为了向丈夫邀宠献媚，但是不难看出茜华在婚姻中的附庸地位。此外，也能看

① 田仲济、孙昌熙主编：《中国现代小说史》，山东文艺出版社1984年版，第567页。

② 沉樱：《沉樱小说　爱情的开始》，上海古籍出版社1997年版，第64页。

③ 沉樱：《沉樱小说　爱情的开始》，上海古籍出版社1997年版，第67页。

出在婚姻中不满的女性在婚外寻求某种精神依托以补偿自己婚内的不幸福，“这仿佛是自己空虚而又激愤的心需要追求，无目的的追求。”[①]除了写男女恋爱，沉樱是最早关注并表现现代知识女性生存状态和性别自觉的作家，在她的作品中提出了知识女性在家庭生活中的定位问题，《一个女作家》《生涯》《妻》等作品都反映了女性在事业追求与家庭琐事之间的矛盾。沉樱也写贫困人民的悲苦生活，《主仆》《旧雨》《张顺的犯罪》等是描写下层普通人物命运的作品。

林徽因（1904—1955），福建闽县（今福州市）人，出生于浙江杭州。原名林徽音，其名出自《诗·大雅·思齐》“大姒嗣徽音，则百斯男”。1931年4月，她的第一首诗《谁爱这不息的变幻》以“徽音”为笔名，发表于《诗刊》第2期。以后几年中，又在《诗刊》《新月》《北斗》《大公报》《文学杂志》等，先后发表了几十篇作品。代表作有诗歌《你是人间四月天》、小说《九十九度中》等。林徽因的作品大部分是诗歌，也有散文、小说、戏剧和文学评论。她的诗多数是以个人情绪的起伏和波澜为主题，探索生活和爱的哲理。诗句委婉柔丽，韵律自然，受到文学界的赞赏。

纵观20世纪30年代，将这段时期纳入中国女性文学发展总格局中考量，这段时期尽管出现了一些优秀女作家，但女作家总体数量减少，女性文学的个性意识相对淡化，女性文学独特的审美优势也融入30年代整体文学中。究其原因，是因为在民族解放斗争的大环境下，妇女问题退居其次，女性文学也从五四时期的“女性个人问题”转向了“外部环境问题”。

① 沉樱：《沉樱小说 爱情的开始》，上海古籍出版社1997年版，第63—64页。

第二节 白 薇 袁昌英

1918年6月，《新青年》杂志推出“易卜生专号”，全文译载了挪威戏剧家易卜生的剧本《娜拉》（现译为《玩偶之家》），为中国现代戏剧创作提供了范本。随后，在戏剧创作领域出现了一大批鼓吹恋爱自由，呼吁妇女解放的剧本。这些作品抨击传统的旧思想、旧道德，暴露封建家庭内部的黑暗和腐朽，张扬个性解放的启蒙精神，在社会上产生了巨大的影响。然而，细读这些作品，可发现其中的女性形象仍然是附着于男性形象的，如《终身大事》里的田亚梅、《幽兰女士》的女主人公、《卓文君》里的卓文君等，这些女性角色仍旧是等待被男性救赎的对象。男性作者在理性层面上试图承认两性的平等地位，赞同和提倡女性解放，在其感性层面和潜意识深处也还是无法摆脱男性中心的视界，并未打破传统两性观念的禁锢。女性真正地觉醒和解放仍然有赖于自身，女性解放从根本上来讲取决于女性文化主体自身的解放。白薇和袁昌英最早在戏剧舞台上揭示了急剧波动的社会对女性的影响，暴露出中国传统两性关系的真相，对男性中心的社会进行了尖锐的批判，表达了女性要求解放的呼声，从而深化了女性解放的主题，在戏剧创作领域实现了对男性中心意识形态的文化突围。

白薇（1893—1987），原名黄彰，出生在湖南省兴中县（今资兴市）。其父是一个有一定民主思想却又未能冲破封建樊篱的复杂人物。白薇大致可以确定为中国现代史上第一位女剧作家，她从20年代开始创作，是中国左翼作家联盟成员，是中国现代女剧作家中成就最高、影响最大的一位。白薇从事戏剧创作的时间并不算长，只有短短十年，但却留下了十多部个性鲜明、激情澎湃的戏剧作品。

白薇的经历本身就是一本中国妇女反抗压迫，争取解放的教科书。母亲因吃了人家的鸡蛋汤而给年幼的姐妹订了娃娃亲，身为革命者的父亲为了维护封建礼俗而强行把白薇嫁人，白薇悲惨的一生由此开始。嫁入夫家后，婆婆和丈夫肆意虐待和毒打，使她的身心饱受折磨。她无法容忍这非人的生活，从夫家逃离。正因有着这样悲惨的经历，白薇对妇女解放，对女性要求自立自强有更为深刻的认识，只有勇于反抗，走出家庭，冲出旧礼俗的牢笼，才有机会获得新生。白薇这只追求自由的征鸟冲出了“幽灵塔”，在20世纪文学天空划出一道亮丽的风景。不过，她的作品中呈现出来的“超凡浪漫”都有浓厚的阴影。

如果把痛苦分成外在生活痛苦和内在根源痛苦，白薇所遭受的是两种痛苦的共同折磨，这不仅是因为她生活于黑暗动乱年代，要面对丑恶现实；还有她自身遭遇的劫难，被两个至亲的男人“父亲”和“情人”毁了终生。先是被曾留学日本、追随过革命的父亲送去当“冲喜”的祭献，宁愿她被夫家打死也不许逃回娘家“玷污”“礼教名家”名声；继而被戴着“新诗人”桂冠的情人离弃，三年后再遇只给她一个没有新郎的婚礼和一身性病。亲情和爱情双重侵害使白薇不仅挣扎于贫病死亡线上，同时还四面受敌被构陷。超常的痛苦灾难激起她狂暴的愤怒：

> 我憎恶，越炽烈地憎恶人们普遍的虚伪；我痛恨，越深刻地痛恨人们集中刻毒的剑火，对最忠实、美好、天真、可爱、却无依无靠的人儿去毁坏；我悲叹，更悲叹那堕落的人们，只会跟着黑暗的势力跑，我越怀疑，茫然地怀疑生物中最高等灵慧的人类，何以甘心把人类社会建筑在那样残酷、刻薄、昏暗、虚伪的基础上？①

1926年，白薇以素茹女士为笔名发表了三幕剧《苏斐》，这是她的第一部剧

① 白薇：《我投入文学圈子的初衷》，《白薇作品选》，湖南人民出版社1985年版，第5页。

作。剧作讲述了一位出生上层官僚家庭、名叫苏斐的年轻女性的故事。苏斐和丈夫陈特是包办婚姻，后苏斐因为爱上了没有地位和没有经济收入的人，断绝了和陈特的关系。陈特在愤怒之下，谋害苏斐的家人和爱人，同时还勾引苏斐的妹妹从而获得了家族遗产。在《苏斐》中，作者谴责了传统的父权制家庭漠视女性人格，谴责包办婚姻，提出了女性人格独立和婚姻自主的时代要求，体现了“我要听我的自由意志所指挥，走我应该走的路”的女性自觉意识。难能可贵的是，她将纯洁善良的女性苏斐与卑鄙残暴的恶少陈特之间的冲突置于当时国内军阀混战、生灵涂炭的广阔现实背景之下，既表达了对社会黑暗的强烈憎恶和抗议，也抒发了对于平等和谐、高尚美好的理想两性关系的憧憬和向往。作者通过苏斐之口，向旧中国的女性呼吁要努力革命，希望女子能够摆脱束缚，获得人格独立。

写于20世纪20年代前期的许多作品，都是有关于包办婚姻的悲剧，表达了对父权社会的反抗，还表达了对现代西方解放个人欲望的向往。《苏斐》与这些故事有明显的区别，婚姻、家庭的惨淡结果“在《苏斐》中没有被归结为儒家秩序的独特性，而是被表现为一种带有普遍性逻辑的核心，即所有现存威权制度所共有的逻辑：按照这些制度和逻辑，经济所有权、社会地位和权力关系的问题，在婚姻考虑和家庭安排中是首要的问题。”[①]在白薇看来，中国的旧婚姻制度总是和金钱势力联系在一起。在白薇的作品中，这种旧的制度又和各种舶来的、现代的思想结合在一起，形成了一种复杂且残酷的结构模式，尤其是对女性低层身份和底层社会生活的描写，迷途与绝望交杂，最终走向毁灭。

陈西滢在1926年4月的《现代评论》上介绍了两位女作家，一位是当时几乎谁都知道的冰心，另一位是几乎谁都不知道的白薇：

> 白薇女士的名字在两月前我们也从没听见过。一天有一个朋友送来她的一本诗剧《丽琳》（商务），我们忽然发现新文坛的一个明星。她是与冰心女士很不相同的。除了母亲和海，冰心女士好像表示世界就没有爱了。《丽琳》

① 陈白尘、董健主编：《中国现代戏剧史稿》，中国戏剧出版社2008年版，第122页。

二百几十页，却从头至尾就是说的男女的爱。它的结构也许离奇，情节也许太复杂，文字也许有些毛病，可是这二百几十页藏着多大的力量！一个心的呼声，在恋爱的痛苦中的心的声呼，从第一页直喊到末一页。并不重复，并不疲乏，那是多大的力量！①

最先使白薇在文坛赢得盛誉的就是这部三幕诗剧《琳丽》，是白薇1924年圣诞节起稿，1925年在西湖葛岭完成的诗剧，写于她与杨骚的爱情危机之中。热恋中白薇被杨骚抛弃，从她的作品中可见对社会黑暗的控诉与个人爱情的不幸被糅合在一起。《琳丽》的故事发生在东亚某都会。在一个冬天的花园里，琳丽在月色下，唱着哀歌等待着她的恋人。妹妹璃丽上场，她们俩谈论艺术、自然，以及对于爱情的不同理解。琳丽妹妹离开后，琳丽的恋人音乐家琴澜终于来了，他们在深夜里互诉衷情，享受着爱情的欢乐，但是他们又感觉到他们将要分手。琳丽在琴澜走后做了一个梦，梦见了她和琴澜又相聚在一起，她想成为一个剧作家，想到莫斯科去追求她的理想。她又梦见了花神（紫蔷薇）、时神和死神。花神指引着琳丽和琴澜去漫游世界。在花神的启示下，琳丽和琴澜"看出宇宙人生最美最奇妙的秘密"，他们看见了埃及女皇的宫殿、看见了死刑之前上帝和他的家族。并且借死神之口预言，当"宇宙破灭"之后，将有美的"幼男幼女"产生。琴澜爱上了璃丽，带着她到世界各地举行音乐会。花神又引导琳丽找到了琴澜的去向，琳丽追随着演剧旅行团梦游，琴澜和琳丽又在莫斯科相逢。不久琴澜和璃丽的关系破裂，又想和琳丽重归于好，而璃丽已经怀孕。琳丽不能忍受琴澜的背叛，最后"穿着一件洁白的绢衣，周身佩着蔷薇花，死在泉水的池子里面"。琳丽死后，琴澜也被三只猩猩撕碎。全剧的主要人物共三个，最后琳丽和琴澜都以死亡收场。这出爱情悲剧共三幕，都是发生在一个晚间的事情，除第一幕外，另两幕都是梦境。

作者说《琳丽》的创作是为了纪念她和杨骚的爱情。在这部戏里，她进一步

① 陈西滢：《新文学运动以来的十部著作（下）》，《西滢闲话》，江苏文艺出版社2010年版，第183页。

揭开了两性不平等社会中所谓“恋爱”的真相。女主角琳丽“把恋爱看作生命”，她说：“我这回只是为了爱生的，不但我本身是爱，恐怕我死后，我冷冰冰的那一块青石墓碑，也只是一团晶莹的爱。”[①]然而她所痴爱着的男子琴澜却并不真心爱她。他对琳丽说：“是，我恋了你！但我爱我自己，无我以上，是不能爱谁的。”[②]一方是全身心的付出，另一方则是有保留的施舍，这种不平等的爱情正是两性不平等的社会关系在男女恋爱行为中的投影。在《琳丽》中，白薇对男权中心的社会现实进行了尖锐的批判。在这样的社会中，女子的现实处境是在家庭中没有经济基础，在社会中没有发展地位。而男性的爱情则是极端利己主义，实际上就是玩弄女性，而许多女性还依然沉迷在爱情之梦中而不自觉。

从思想内容上看，《琳丽》主要表达了作者的爱情观以及她对恋爱与人生关系的见解。在白薇看来，没有两性的恋爱，就不能成为人生，相对于封建主义包办婚姻的制度而言，显然是进步的思想。白薇是一个冲破封建牢笼、追求妇女解放、追求自由平等的五四新女性，孤身在外求学时，受尽奴役和歧视，因此她将自己灼热的情感以及对新生的向往全都寄托在两性关系上。她将两性之爱当作心灵的保护所，剧中女性角色都具有白薇个人色彩。因为自身的情感伤痛以及当时环境下的女性境遇，使白薇剧中的女性角色都具有毁灭性的特点。

在男性剧作中，恋爱自由和个性解放被看成是一回事，仿佛女性只要宣布为了恋爱而走出家庭就完成了解放的使命，剧作家多以相恋男女冲破阻挠得遂所愿的大团圆来结局。白薇以自身的经历，清醒地认识到这样的社会现实，所以白薇不仅让琳丽屡次拒绝了琴澜的求爱，而且为全剧设置了一个混乱式的结局：让暴风骤雨霹雳闪电毁灭了恶浊的人群，让猩猩张牙舞爪扑杀了薄幸的琴澜，只留下艺术的明星和新生的婴儿，表达了摧毁旧社会、创建新世界的强烈愿望，最终琳丽也从爱的迷梦中醒来，去寻找新的生活道路。如果把白薇剧作中的爱情表现与当时流行的“爱情戏”“出走戏”之类的男性剧作加以比较，就可以看出二者之间的差异。在白薇看来，世俗的恋爱只是女性解放的起点，她更为关注出走后的娜

① 白薇：《琳丽》，商务印书馆1926年版，第31页。

② 白薇：《琳丽》，商务印书馆1926年版，第26页。

拉们的遭遇，其剧作正视两性之间尖锐的心理冲突，采用直面现实人生的悲剧式结局。爱，被她赋予了形而上的意义，成为批判男性中心社会的思想武器和建立两性平等新型社会关系的精神旗帜。在男性剧作中，对爱情情节的描写隐含着以男性为中心、要求女性认同的意识形态趋向，但白薇剧作中的女性却拒绝向男性认同，反而无一例外地成为戏剧行动的主体，这就从根本上改写了戏剧创作中的男性叙事方式，由此体现了深刻的女性意识。

她的另外一篇作品《蔷薇酒》，是一部四幕剧，初稿写于1925年，1929年发表。女主角晓倩是孤儿，后因穷困被迫成为夜总会舞女。她的情人是一个军阀的儿子，是学习西方音乐的学生。他为了从自己的父亲那里拿到钱建立自己的公馆，就把晓倩献给自己的父亲。然而，晓倩紧接着又被转赠给另一位章军阀，为的是缓和双方势力之间的紧张局势。章军阀想要将晓倩收为自己的小妾，但他正在和日本及其他西方列强签订协议，于是晓倩又被用来换取军火供应。晓倩在这个变化的社会中成了一个筹码，除了屈从于命运别无选择，她被迫过着一种走向毁灭的生活，最后用一杯毒酒——蔷薇酒结束了自己的生命。白薇的戏剧舞台，充满着不同寻常、令人诧异的意象，超越人们熟悉的故事情节。《蔷薇酒》中，晓倩从生到死的过渡，中间一直伴随着让人感到不适的尖厉的笑声，这笑声预示着凶兆，也隐藏着欲望。

《打出幽灵塔》是白薇最著名的作品，发表在左翼刊物《奔流》上。这部作品奠定了白薇在大革命后中国文化界最重要的女剧作家的地位。“这篇东西，原名《去，死去》，是去年夏天在武昌总政治部国际编纂委员会服务时，受张资平先生的托，以一星期拼命写完的。”[①]作品的背景设置为北伐的转折关头，革命的热潮虽在继续，但是已经出现了背叛革命的现象。作品主要反映了大革命时代农民协会与土豪劣绅的激烈斗争，这场轰轰烈烈的农民革命纠结了土豪劣绅胡荣生与三个女人——他的养女萧月林、小妾郑少梅和曾被他糟蹋过的县妇联委员萧森之间复杂而又离奇的关系。正是这场打倒土豪劣绅的农民革命，使妇联委员萧森遇到

① 白薇：《打出幽灵塔·附白》，《白薇作品选》，湖南人民出版社1985年版，第331页。

了当年欺骗、抛弃自己且目前是要革命的对象胡荣生，此外还遇到了失散多年的亲生女儿月林。这使她面临革命与个人恩仇之间的痛苦抉择；而萧月林则认清了其实是自己生父的反革命“幽灵”胡荣生，最后向他发出复仇的行为；为人小妾的郑少梅则在萧森的鼓舞之下“打出幽灵塔”，加入了革命的队伍。在某种层面上，白薇的剧作中这些动人心魄、被毁灭的女性形象，似乎是一种隐蔽的政治失败主义的症候；一些评论家指出这些女性角色大多数都未能超越自我认知的困境活下去。[①]但是，这些女性角色却充满了爆发力，她们激烈的行为形成了一种动力，对现实生活沉默的反抗的动力，也是想要活下去的动力。

萧月林被她的养父（实际是生父）胡荣生看上且欲纳为第七房小妾，月林向农民协会领袖凌侠、憎恨自己父亲的胡巧鸣（胡荣生的儿子）以及妇联代表萧森（月林的亲生母亲）求助。然而，新兴力量却在发生变化，农民协会的一些领导人物与旧势力联手，胡荣生运用手腕，杀害了自己的儿子巧鸣，诬陷凌侠。帮助月林的人都被迫害，她仍旧被关在剧中所说的“幽灵般的地方”。

> （萧月林登场，穿一套白地起榴红大花样的绸衣，白鞋袜都起大红花，鞋尖一个大红的绒球，亮晶晶的珠链束着短发，两额插红花，颈上挂着珠链、金链，金链上有红玉的胸饰，俨若外国的马戏女郎的装束。醉气朦胧的，疯摆而上，红桃扶护她。）[②]

这是在第三幕月林出现在舞台上的装束，全身被中式的服饰和外国的首饰包裹，像一团只是会走路的混杂之物，外形畸形，动作痉挛。月林疯了，在最后的爆发中，月林在混乱中抓起一把手枪向胡荣生开了枪，同时胡荣生也开枪击中了月林。

① 参见王文英：《白薇》，《三十年代在上海的“左联”作家》（上卷），上海社会科学院出版社1989年版，第396—400页。

② 白薇：《打出幽灵塔》，《白薇作品选》，湖南人民出版社1985年版，第297页。

月林　那里，我全身是活气在急流着，我的五脏躲在肚子里唱歌。（狂踏步）啊，我快乐！我快乐！（疯狂旋舞，荣生眼睛盯在月林身上，死去）

哦，谁把他拖出去？莫叫死尸障着了我的路！

（仆人抬荣生尸下，少梅掩眼朝开）

……

谁知，我谁知？

从心底涌出了我血色的红诗！

……

（舞唱）

我七岁，黑夜时，

那里来的拐子，

从我养父家里拐到小路上，

逼我，逼我……逼我死。

把我卖到恶妇家，

那时我当丫头的头一次！

接连几卖，卖去来，

生我的畜生骗我来当少奶奶。

忍辱，忍辱……忍不过。

复仇，复仇……盟大海。

啊，那时什么世界！（指向众人）

红、黄、绿……杂彩！

我们的世界，

要从我们的血里来。

（愈疯狂，逞执狂舞）

哈哈哈！……

反了！……一切都反了！

世界翻过来了！……新鲜，美好！

……

"死"，教我新生！"死"，教我新生！[①]

这样离奇的情节设置和结构安排为中国现代女性文学提供了一种新的文学主题和审美观照：女人与革命的关系。这是以往全部中国文学史都未见到过的奇特的女性形象，类似于"侠女除霸"一类的中国民族戏剧故事，但又不同于传统戏剧的传奇故事，人物命运的偶然性、巧合性与传奇性交融一起。这部剧作为中国现代文学史输入了"革命文学"最初的新鲜血液，"革命"不再是男子的专利。在这部剧作中，革命的主导者是身为女性的萧森，以及反抗封建父权制、夫权制钳制的萧月林、郑少梅。妇联委员萧森主导的社会革命为主线，在她的影响下萧月林与郑少梅联合发起的家庭革命为辅线，女性在革命过程中所表现出来的刚毅、坚强和机智超越于男性之上。剧中反抗自己父权的胡巧鸣直接被凶残的父亲杀害，凌侠之类的革命者内部也产生严重分歧，被胡荣生乘革命局势混乱不堪之际将其诬陷入狱，依靠男性拯救的可能性被排除，只有女性革命者这一方是清醒的。革命与反抗最终由几个女性完成，她们分别是受侮辱的母亲、被买卖的妾、遭凌辱的私生女儿，正是男权社会中受到奴役的几种女性身份。她们形成了革命的性别群体，她们的反抗不仅摧毁了一个残暴的"男人""老爷"和"父亲"，还摧毁了整个压抑女性精神和肉体的"幽灵塔"。月林在临终前与萧森母女相认，发出了"我打出了幽灵塔，有了我……的……姆……妈"[②]的呼声。就像白薇大多数剧作一样，剧终时女主角的笑声久久回荡，将人们引入或者说为人们引来了一个异样的空间。实际上月林的呼声是代言了她母亲、少梅和自己，她所代表的是整个女性群体反抗父权、夫权统治的压迫，尽管这个结局的代价沉重无比，但是女性革命者萧森最后的表情"悲绝不能语言……兀立如石像"[③]说明，她预想到了革命的残酷性、惨烈性，她作为这场斗争的最终见证人能够承担这样的使命和责

① 白薇：《打出幽灵塔》，《白薇作品选》，湖南人民出版社1985年版，第328—330页。
② 白薇：《打出幽灵塔》，《白薇作品选》，湖南人民出版社1985年版，第331页。
③ 白薇：《打出幽灵塔》，《白薇作品选》，湖南人民出版社1985年版，第331页。

任。就白薇的创作而言，她深入感受到身体的苦难，她的性别情结因革命而格外深沉凝重。在她的笔下，性别境遇的变化与革命情结相叠合，女性个体与社会矛盾、民族矛盾相贯彻。

《打出幽灵塔》通过三个女性的命运向妇女们指出一条寻求自身解放的道路。“象易卜生的《娜拉》一样，正是一种叫醒那些沉睡在家庭中作傀儡的不幸妇女们的声音。女性在旧社会中，象被镇压在幽灵塔下，她们在黑暗中生活，白白葬送了一生，现在就要发出反抗的呼声！”[①]

20年代末，白薇剧作的现实性显著增强，时代色彩鲜明浓厚。不过，白薇并未放弃她与众不同的女性视点，始终坚持被压迫女性的立场。她从女性的角度来观察中国的社会政治革命，得出了独特的结论。从自己早年与旧家庭决裂、出逃的亲身体验中，她就认识到清朝末年的革命，不是为整个社会不合理的现象而革命，更不是为被压迫女子而革命。在大革命时期，她置身于革命的旋涡当中，目睹革命的形形色色，又发出这样的疑问：“革命是如此的不进步吗？革命时妇女底工作领域，是如此狭小而卑下吗？革命时妇女在社会的地位，如此不自由，如此尽做男子的傀儡吗？”[②]她认为：“这次中国的革命，不单是铲除军阀要紧，还有无产阶级解放运动和妇女解放运动。”[③]她没有将政治革命与妇女解放等同起来，也没有用前者来取代后者；她的剧作，总是以女性命运为主线，表现被压迫女性的觉醒和反抗。在新的时代背景下凸现出来的，仍然是女性解放的主题。《莺》中讲述的是一个女革命者和军阀家庭斗争的故事。革命者灵芝在从事人民解放事业的同时，也面临自身的解放斗争，其中包括从军阀父子的性奴役中解放出来。《敌同志》里的女工苏大姐要走向社会，汇入滚滚的抗日洪流，首先要打破狭隘的家庭观和爱情观的桎梏。

白薇的戏剧世界，明显不同于外在的客观世界，而是一个高度主观化的、灌注了强烈反抗激情的世界，是她将自身生活经历和情感体验改头换面加以戏剧化

① 王瑶：《中国新文学史稿》，上海文艺出版社1982年版，第306—307页。
② 白薇：《炸弹与征鸟》，《白薇作品选》，湖南人民出版社1985年版，第38页。
③ 白薇：《炸弹与征鸟》，《白薇作品选》，湖南人民出版社1985年版，第61页。

的产物。她向读者和观众讲述的是她自己的故事。她把自我变为被感受、被观照的对象，同时也把自我作为被创造的角色，她的审美对象往往就是她自己。白薇的大部分剧作都是这种具有强烈个人体验和自我表现性的政治叙事诗，白薇以一种特别凄厉和决绝的坚持，无情地对自身遭受的痛苦进行揭示和解析，从而产生一种激励女性寻求自身解放、提高自身地位的力量。白薇的戏剧创作激情来自于20世纪女性解放思想对她的深刻影响，来自于她对人类美好高尚两性关系的乌托邦式的构想和中国社会黑暗现实的极端对立，来自于她对大革命的亲身参与，来自于她长期遭受性别虐待和歧视的人生经历，来自于她在戏剧创作过程中仍不得不忍受的精神和肉体创伤。她真诚地、近乎本能地写作，也正因此，她难以在审美时保持距离，往往任凭自己的感情奔涌，无暇或无意对它进行规范和节制，她的表达是自发的，并非自觉的形式追求。

袁昌英（1894—1973）出生于湖南醴陵，集作家、翻译家、外国文学研究家、艺术史家和学者教授于一身。她一生主要从事教学，文学作品不算太多。在文学创作方面，最有影响力的是戏剧，小说和散文也颇具特色。袁昌英从女性立场出发，关注女性解放、女性教育、女性参政等问题并体验女性生命的存在，加之她早年受过中国旧文化的熏陶，她的女性意识是一种基于传统的现代性追求，具有鲜明的中国特色。

袁昌英和当时众多的女作家一样，提倡妇女解放，但是她没有和大多数人一样走极端，而是冷静地判断和思考女性的解放。她认为男女平等是在性别差异上的平等，提倡男女平等的前提是重视两性差异。1920年，袁昌英在散文《论女子留学的必要》中曾阐明了这一观点，“现在国人已渐渐的明白，想把男女联合起来，把所有不美，不卫生，不合人道的旧习惯抛了。这并不是说男女应去做同一样的事情，是叫男女各尽其力，为社会谋进步，为人类谋幸福。”[①]她认为男女在生理和心理上有天然差异，所以男女平等要在尊重差异的基础上相对平等，不能绝对化。文中她还指出，人类社会由男女两性构成，男女的互助从生活到精神到

① 袁昌英：《论女子留学的必要》，《袁昌英散文集》，百花文艺出版社2004年版，第2—3页。

文化。女子性情本柔，要有强健的感化力来激励，才不至于成为懦弱无用的人；男子性本刚，要有柔和的感化力去缓解，才不至于成为蛮横嚣张的人。反对父权制歧视女性的方法不是抹杀性别差异，而是解构性别等级制。袁昌英强调性别差异的意义在于将全面探索女性价值作为人类创造平等世界的最高目的，将两性之间完美的互补关系取代对立关系，改变了一种两性观念。袁昌英并不认为女性凌驾于男性之上就是女性的彻底解放，她觉得女性要和男性平等必须争取经济自主，保持独立人格，在物质上和精神上不要依附男人。在《在法律上的平等》中，作者从女性从事的各种职业如职员、政客、名媛、家庭主妇等来说明女权运动不能真正开展的根源是女性自身没有珍惜权利，不想靠自己的奋斗获取权利。袁昌英理想中的两性关系是男女之间互助互补、和谐共处。

袁昌英认为男女之间灵与肉的可遇而不可求的人生际会是男女之爱的最高境界。有情人之间应该是互相自我确定互相不可替代的一种互补关系，这是一种双赢的和谐共处的关系，一旦对象缺失，主体价值将会毁灭，双赢局面将被破坏。小说《琳梦湖上》，作家提出“另建一种新的合理的以互助以同情为基础的真正文化”[①]。袁昌英认为女性既要不断完善自身又要经营幸福家庭，要自由施展个体才华，又要使家庭形成和谐的有机整体。只有在两性文化的互补中，才能健全发展自我，最大限度地实现人生的价值。

在中外文学史上，对女性的牺牲精神往往赞赏有加，但对女性的内在价值和女性角色特点却鲜有科学客观的评价以及认同。在大多数男性作家的作品中，女性经过男性话语的包装，其母性和妻性被无限放大，女性自身的欲望也被摒弃，生命存在和精神需要很少被正视，主体意识及生存状况得不到表达。袁昌英也提倡女性的母性和妻性，她认为女性要重视在家庭中“为女”“为妻”的责任和义务。

> 人数最多而影响最大的可尊可敬之妇女，当然仍在许多健全美满的家庭

① 袁昌英：《琳梦湖上》，《袁昌英作品选》，湖南人民出版社1985年版，第217页。

里面，那边有着不少受过新式教育的贤母良妻，在替民族创造身体强壮，精神活泼，习惯优良，品性高贵的下一代的国民……做出来的成绩又是多么可观！……中华民族毕竟是伟大呀，能出一批这样优秀的妇女！一国有了这种合乎理想的家庭，来培养出继往开来的国民，国势能不强盛，前途能不光明！……妇女解放无论至何程度，不会危及母性。并且母性也不仅是义务，而同时是绝大的权利。……这种权利，除了妖怪式的女性以外，谁肯放弃？[①]

袁昌英并不限定女性困守家庭，她赋予女性社会价值和历史使命，肯定女性兼任家庭与事业两重职业的能力。

袁昌英的女性意识带有中和色彩，具有明显的中国特色。戏剧《饮马长城窟》是表现这一思想的典型作品，剧中塑造了两个截然相反的妻子即抗战将领袁梦华的妻子李洁如和银行副主任黄文靖的妻子张秀珠。李洁如是个贤内助，在艰苦的抗战后方，一个人承担着家庭的重任，使袁梦华得以心无旁骛地抗战卫国、屡立战功；张秀珠是个典型的时髦太太，天天忙于打麻将，把孩子和家务扔给保姆，弄得丈夫黄文靖只能无奈感慨过的是牛马般的日子。由于李洁如对儿子雪宝的耐心教育，雪宝成长为一个有志的少年，小小年纪便立下了当一名爱国军人的理想；与之相反，张秀珠成天沉溺于麻将中，第二个孩子临产之时还在牌桌上打牌，生活十分无聊空虚。在两人的鲜明对比中，袁昌英颂扬的是贤妻式的李洁如。

当然，提倡女性的妻性和母性并不说明袁昌英的保守和守旧。传统意义上的贤妻良母是以男子为中心，彻底消融自我，相夫教子，以辅佐男性成功为自己的人生价值的女性。五四时期，"打倒贤妻良母"成为女权觉醒的口号，出走的娜拉成为女性的楷模，有些追求解放的女性甚至走到了废除婚姻、毁灭家庭的地步。在激烈的批判氛围中，袁昌英保持冷静的头脑。她眼里的贤妻良母与传统意义上没有自身价值的女性是不同的。新型的贤妻良母是从封建文化中解放出来的独立而自尊的人，能自主自愿地行使自己的权利；拥有现代文明知识与独立自主能

① 袁昌英：《在法律上平等》，《袁昌英散文集》，百花文艺出版社2004年版，第92—95页。

力，具有中华传统美德和五四新文化精神；集忍耐与刚毅、善良与聪慧于一身，是承担家庭角色和社会角色的真善美的统一体。

袁昌英重视女性的妻性和母性，重视女性对家庭对子女的作用。她所描写的作为妻子和作为母亲的女性世界是快乐生动、充满活力的，与当时有些女作家营造的那种无聊、沉闷的气氛截然不同。除此之外，她还在小说《玫君》中把独身主义思想的玫君拉回家庭，在戏剧《人之道》中，塑造了现代型的贤妻良母王妈，在《我只好伴你消亡》中批评了误读女性主义的秋子等，甚至为了维护两性的和谐关系，搬出了传统的礼教，在《人之道》中写道："礼教如果能够保持我们的人道心，维持我们的人格，那礼教二字的罪恶也未必如此可怕。"[①]袁昌英虽然主张女性的妻性和母性，但她尊重女性的个体独立。

袁昌英习惯将女性的美好一面展现在我们面前，让读者看到女性身上美好的人性。即使是在成名代表作《孔雀东南飞》中，作者也没有将焦母写成封建礼教的代言人，而是从焦母特殊的生理心理因素入手，以男性作家没有的身心体验，运用弗洛伊德的精神分析方法重新阐释了这个古老的话题，发掘了焦母的变态心理，展现了一个由于性压抑而形成心理矛盾和精神痛苦的多情又悲伤，慈爱又抑郁的中国寡妇形象。

汉乐府民歌叙事长诗《孔雀东南飞》，以刘兰芝和焦仲卿两人的爱情悲剧为主要情节，赞扬了他们忠贞不渝的爱情和抗争精神，深刻批判了封建礼教和家长制的罪恶。在中国现代戏剧史上，也有一些《孔雀东南飞》的改编版本，但多数演绎的是焦刘两人的爱情悲剧，并且尽显焦母凶恶蛮横的家长权威，如熊佛西的《兰芝与仲卿》、杨荫深的《磐石与蒲苇》。袁昌英创作的同名三幕剧，却不再停留于对爱情层面的演绎和对封建礼教的批判，而是转入了对女性生存境遇和心理隐秘的探索。在叙事长诗中，刘兰芝是女主人公，她的貌美被浓墨重彩地描绘，焦刘两人的亲密无间也被强调，而焦母对兰芝的虐待则直接地呈现为封建家长对两人爱情的强硬破坏。到了袁昌英的改编本里，刘兰芝的貌美就不再被详细描绘，

① 袁昌英：《人之道》，《袁昌英作品选》，湖南人民出版社1985年版，第124、125页。

而焦母心理的每一步细腻的变化却被彰显其中：

> 到头来，横竖都是一抔黄土掩白骨！一不做，二不休！难道只有我苦得，别人苦不得吗？可怜我……我……我这条苦命……日日夜夜……辛辛苦苦……带出来的儿子……现在他眼睛里……就只有她了！这还不是大逆不道吗？……（忽然转怒为悲）……我的夫呀！你……你闭眼的时节……我……我何尝……不欲……与你同去，……只……只因他那声哭……那声惊心的哭就把我唤回来了……由他的哀声里我听见了我生存的使命……我这二十年的苦命都是为他……为他这命根儿受的……（怒又甚于悲）现在……现在让她这贱货一手夺去吗？天！天如有眼，你不会准许这种……这种没天理的事！两三年以来，我的这颗心……这颗已经残缺不全的寡妇心……就不息地被她割得万千小片，掷与猪狗，做牙中物，天地间竟有这种事吗？天地神明呀！你们给我们女子做母亲的种种辛苦，我，我吃了受了。报酬，报酬呢？报酬就是从我们怀内把我们的儿子一把夺去，一骨碌送入别人的怀内！这是公道吗？若是天地间稍有公道，为什么不让我们保持这痛苦中捞着的一点幸福？你们的律令果真是这样不公允，天下的母亲难道不知造反吗？我……我就胆敢做一个叛天之徒！到头来，横竖都是一抔黄土掩白骨！一不做，二不休！……[①]

显然，她代替刘兰芝成为真正的女主人公。作者以男性作家不曾有的体验，从焦母“年龄还轻”，“性情剧烈，而不幸又是寡妇”这些个体的生理心理因素入手，运用弗洛伊德的精神分析方法，大胆地写出了性压抑所造成的心理矛盾与精神痛苦。焦母年纪轻轻死了丈夫，恪守从一而终的训诫，但难耐孀居的寂寞。她把对丈夫的感情全部转移到了儿子身上，无意识中，母爱里渗进了性爱的成分。为了长时间占有儿子的爱，焦母迟迟不给儿子完婚，以至20多岁的儿子因性压抑

① 袁昌英：《孔雀东南飞》，《袁昌英作品选》，湖南人民出版社1985年版，第22页。

而生病，这个细节写出了母亲的自私和儿子的懦弱，而且很容易令人联想到年轻守寡的焦母性压抑的煎熬。剧本还为焦母设计了一个动作“反复抚摸仲卿的头发”，仅第一幕中有关这个动作的提示就达7次之多。[①]“我是快乐！儿啊！你的这头发多美多光泽！我愿永能抚摸着”，“两手抚摸着儿子的头发，两眼向天作祈祷状”。[②]弗洛伊德认为，性满足的缺乏会使性的需要以其他性兴奋的方式发泄。剧中姥姥说她是把儿子当成了“精神上的情人”，这是她长期被压抑的情爱欲求得以释放的理念象征。焦母不能将那种莫名的情感摆脱或升华，只能任其在母爱中膨胀，形成一种畸形的精神状态。因此，她对儿子的依恋较之一般的母爱更为强烈，也更具排他性。她不能接受爱她儿子的第二个女性，更不能容忍儿子将恋母之爱转变为恋妻之爱。剧本写出了焦母的隐蔽复杂的情感世界，把焦母从封建礼教中抽离，还原了她复杂畸变的人性内在，从人道主义的层面上控诉了封建礼教对女性贞节观念的控制。作者还从女性立场告诉我们，妇女的解放只有靠自己，焦仲卿这样孱弱的同盟者在他们自身难保的情况下，女性不可能依靠他们获得拯救的力量。由于强调了焦母的性压抑痛苦的释放与转移，作品也就弱化了对于封建伦理的批判。

袁昌英在创作中有意识地颠覆了以男性文化为中心的传统，将人物关系的设置从男性中心文化转移到女性中心文化。她从女性的立场出发去表现女性的痛苦和女性的人生追求，为女性的不幸遭遇而洒泪鸣不平。同时也告诉我们，女性只有通过自己的力量才能获得真正的解放。应该说在20世纪20年代自觉地用戏剧来表现女性意识，揭示深刻的人性内核的作家中，袁昌英是少有的优秀作家之一。她的关于女性题材的戏剧不论在当时还是在现在，都具有一定的文化价值和进步意义。

① 袁昌英：《孔雀东南飞》，《袁昌英作品选》，湖南人民出版社1985年版，第2—16页。
② 袁昌英：《孔雀东南飞》，《袁昌英作品选》，湖南人民出版社1985年版，第16页。

第三节 丁 玲

对于中国现代女性文学而言，丁玲无疑是一个重要的、独特的作家，从某种意义上甚至可以说，现代中国女性文学正是从丁玲手上发展起来的。

丁玲原名蒋冰之，1904年10月12日出生于湖南省临澧县一个没落的官僚地主家庭。父亲在她不到4岁时就病故，母亲余曼贞对丁玲的成长有着较大影响。余曼贞出身书香门第，受新文化影响，向往并追求妇女解放。正因为有这样一位果敢坚毅、开明有远见的母亲，丁玲能够顺利进入桃源、长沙等地的学校读书，较早接受五四新思想的影响，并逐步形成女性自我意识。也是在母亲的支持下，1922年丁玲为了逃脱外祖母包办的婚姻，与好友王剑虹一起来到上海求学。1924年王剑虹因肺病去世，丁玲北上到了北平。丁玲的文学创作正是由北平而开始。来北平不久，丁玲结识了青年作家胡也频，共同的文学追求让两个青年走到了一起。

1927年12月丁玲的处女作《梦珂》发表于《小说月报》第18卷12号。小说讲述了受五四新思潮影响的少女梦珂由家乡来到上海求学，看到的、接触到的却是种种丑陋的社会现实，故而，文中对女性生存的现状及女性的婚姻都持一种悲观的态度。可以说，初踏入文坛的丁玲将视点对准女性的生存空间，以其惊世骇俗的语言引起文坛的关注。之后发表的小说《莎菲女士的日记》让丁玲一举成名，小说大胆说出女性内心的欲望，在这一点上丁玲比五四时期的女作家走得更远。这之后，丁玲又相继发表了《暑假中》《阿毛姑娘》等小说，前者是关于女性同性恋题材的作品，后者则讲述了因向往城市生活方式而不得的乡村姑娘阿毛最终吞火柴头自杀的悲剧。这些作品的发表，“好似在这死寂的文坛上，抛下一颗炸弹一样，大家都不免为她的天才所震惊了”[①]。1928年10月，上述4篇小说结集为《在黑暗中》，由开明书店出版。1929年，光华书局出版了丁玲第二部小说集《自杀日记》，内收《自杀日记》《庆云里中的一间小房里》《岁暮》《小火轮上》等6篇作品。1930年出版《一个女人》小说集。这一时期丁玲的作品呈现出鲜明的女性意识，丁玲将笔触深入到女性心理深层，揭示她们的生存困境、情感矛盾及内心苦闷，体现了早期丁玲独特的个体意识与女性价值观。

1930年5月，丁玲与胡也频同时加入左联。受左翼文学的影响，丁玲的创作有了突破，作品中出现了革命者形象，并相继创作了《韦护》《一九三〇年春在上海》（一）（二）等“革命加恋爱”题材的小说。这些小说顺应了当时革命文学潮流，但同时也具有这类作品的通病，如公式化、脸谱化的问题。1931年2月，胡也频等左联五位青年作家在上海龙华遇害，这一事件对丁玲的思想产生了重要影响。1932年3月，丁玲加入中国共产党。这之后，丁玲的创作更多受时代政治的影响，作品的社会性越来越强，女性意识逐渐弱化。短篇小说《水》1931年在《北斗》杂志上发表，获得了左翼批评界的一致肯定。左翼的肯定，坚定了丁玲沿着《水》这一道路创作的决心，继续朝着革命文学、无产阶级文学方向去转变，创作了一系列表现工农生活的作品，如《消息》《法网》《奔》《夜会》等。1933年，丁玲以自己的母亲为原型创作长篇小说《母亲》，小说虽只完成了部分章节，但延续了丁玲早期对于女性命运的思考与关注。

1933年5月14日，丁玲在家中遭到国民党特务的绑架，随后被秘密押赴南京。1936年9月，在共产党的帮助下，丁玲逃离南京潜回上海，并于11月辗转来到当时中共中央所在地陕北保安，受到毛泽东、周恩来、张闻天等中共领导人的欢迎。可以说，延安时期的丁玲经历了从“文小姐”到“武将军”的角色转变。

① 毅真：《丁玲女士》，袁良骏编：《丁玲研究资料》，天津人民出版社1982年版，第223页。

在文学与政治的关系上，丁玲在理性层面肯定的是政治话语，这一时期的很多作品关注阶级斗争、民族解放、土地改革等宏大题材，如《一颗未出膛的枪弹》《东村事件》《压碎的心》《新的信念》等。不过，早期的个性话语、女性意识虽然在理性层面被压抑下去，但还会在不经意间流露出来，这也使得这一时期的作品富有一种张力，如《在医院中》《我在霞村的时候》《夜》等。1942年“三八”节前夕，丁玲写作杂文《“三八”节有感》，这篇杂文在中国现代女性文学史上具有重要意义。丁玲在文中揭示了解放区女性真实的生存现状，批判了延安依然存在的性别歧视与性别压迫现象，并对女性自身提出“强己”要求。显然，丁玲的《“三八”节有感》是不合时宜的，在整风运动中受到了批判，一起受到批判的还有王实味的《野百合花》。丁玲很快作了检讨，承认《“三八”节有感》一文关于妇女问题的观点是错误的，代表了一种落后的女权思想。此后，丁玲更加压抑创作中的性别话语，写了一批反映先进人物事迹的报告文学，如《田保霖》《袁广发》等。1948年，《太阳照在桑干河上》出版，这是最早反映土地改革运动的长篇小说，是丁玲依照延安文艺座谈会的讲话精神创作的“典范性”作品。小说在1951年获得斯大林文学奖。

20世纪50年代，丁玲先后被错划为“丁玲、陈企霞反党集团”和“丁玲、冯雪峰右派反党集团”的主要成员，1958年又受到再批判，下放到北大荒劳动改造十余年。“文革”期间丁玲被投入北京秦城监狱。1979年获得平反并重返文坛。80年代丁玲创作的《杜晚香》是一曲社会主义女劳动模范的赞歌，虽然仍是讲述女性的故事，但此时的丁玲已不再具有“自己的声音”，完全成为了主旋律的应和者，而这是从30年代以来丁玲所一直追求的目标。

纵观建国前丁玲的文学创作，女性命运及生存价值的思考贯穿了其创作的始终，尽管有时女性意识会在某种程度上被压抑。按照丁玲对女性人生道路的探索及作品中女性意识的变化，可将其创作分为三个阶段。

第一个阶段为1927年底至1929年的个性化创作阶段。尽管此时丁玲刚刚踏入文坛，但其作品中流露的鲜明女性意识、表现的大胆率真及对女性创作禁区的突破，让当时的文坛为之震惊。处女作《梦珂》体现了丁玲从一开始就执着于对女性生存价值的探求与思考。从某种程度而言，梦珂就是不断出走的“娜拉”，如同鲁迅所预言的走出家庭的娜拉如果没有一定的经济能力，结局不外乎两个，回来或堕落，梦珂似乎也没能逃脱这一模式的结局。梦珂先是走出父之家，从偏僻的乡村来到城市求学，但很快因在学校援助一个被教员欺辱的模特儿而遭人诬陷，被迫离开学校，寄居在姑母家。不过这个看似温馨和谐的家庭，却充满着虚伪与谎言，梦珂不过是庸俗的、富有的表哥及其朋友们的性猎物而已。梦珂再次出走，想要在社会中生存的她，找了一份电影公司的工作，成为了一个女明星，想要逃离女性被物化命运的梦珂最终还是成为“纯肉感的社会”的性消费对象。尽管梦珂的内心是痛苦的，甚至于在拍片现场，在镜头的凝视之下而晕倒，但时间久了，慢慢也就能忍受无礼的侮辱了。

可以说，丁玲是满怀对男权社会的愤怒、以性别控诉者的姿态开始创作生涯的。梦珂的经历说明当时的社会并不能给女性提供独立平等的精神空间，无论是学校、家庭还是社会，女性多是作为男性欲望的对象，男性的色欲凝视无处不在。小说中有一段描写揭示了梦珂“被看”的感受：

> 这天，无论在会客室，办公室，餐厅，拍影场，化装室……她所饱领的，便是那男女演员或导演间的粗鄙的俏皮话，或是那大腿上被扭后发出的细小的叫声，以及种种互相传递的眼光，谁也是那样自如的，嬉笑的，快乐的谈着，玩着。只有她，只有她惊诧，怀疑，象自己也变成妓女似的在这儿任那些毫不尊重的眼光去观览了。[①]

丁玲以电影中的“被看”来揭示男性“看”的实质，作为视觉空间的主动者，男性的“看”决定了被观看对象——女性身体的表象，并将欲望投射到对女性身体的编码。正如劳拉·穆尔维那篇著名的论文《视觉快感与叙事性电影》中所阐释的，“起决定性作用的男人的眼光把他的幻想投射到照此风格化的女人形体

① 丁玲：《梦珂》，《丁玲文集》（第2卷），湖南人民出版社1982年版，第42、43页。

上。女人在她们那传统的裸露癖角色中同时被人看和被展示，她们的外貌被编码成强烈的视觉和色情感染力，从而能够把她们说成是具有被看性的内涵。作为性欲对象被展示出来的女人是色情奇观的主导动机……她承受视线，她迎合男性的欲望，指称他的欲望。"[①]正因此，梦珂明白那些所谓的上海文豪、戏剧家、导演家、批评家所吹捧她的文章，不过是为了获得各人欲望的满足以及浅薄的快意罢了。丁玲有过电影求职的经历，那次经历让她感到厌恶，她无法容忍她看到的一切——动手动脚的男人与半裸的女人。于是，丁玲将女性在社会中所承受的无处不在的"被看"呈现在小说中，并揭示女性的感受与心理。梦珂的出走，本是要逃离被物化的命运，但最终却成为社会大众的欲望对象。由此，丁玲揭示了接受过五四思想启蒙的新女性真实的生存困境。同时，初登上文坛的丁玲也以《梦珂》宣告了与五四一代女作家对女性问题思考的不同，不再以争取恋爱婚姻自由为目标，而是强调对女性尊严的维护和对女性独立人格的珍视。

这之后的《莎菲女士的日记》，同样关注现代女性的人生困境，剖析她们在情感选择上的矛盾，而小说对女性心理的挖掘较之《梦珂》更近了一步。比起梦珂，莎菲更加孤傲不羁，追求更为大胆，叛逆精神也更为强烈。小说中的莎菲一直处于苦闷与烦恼中，莎菲的苦闷已经不是为争取恋爱自由权利而去抗争的问题，而是在拥有了自由权利之后该如何选择的问题。莎菲爱的选择直接听从于内心的召唤，而不依附于金钱、名利与地位，她要求的是一种灵魂的伴侣，在迷惘的人生中寻找精神支柱，在爱情中寻求个人同社会的种种丑恶、庸俗相抗衡的积极力量，如莎菲所感慨的，"我总愿意有那末一个人能了解得我清清楚楚的，如若不懂得我，我要那些爱，那些体贴做什么？"[②]同时在爱的寻求中莎菲又不排斥女性的欲望。小说中围绕在莎菲周围的有两个男士，一个是善良忠厚却又个性懦弱的苇弟，一个是外表丰仪俊朗但却市侩平庸的凌吉士，苇弟爱她却不懂她的心，凌吉士只知用浅薄的情意对待她，两人显然都不是莎菲理想爱情的选择对象。莎

① ［美］劳拉·穆尔维：《视觉快感与叙事性电影》，周传基译，《影视文化》（第1辑），文化艺术出版社1988年版，第230页。

② 丁玲：《莎菲女士的日记》，《丁玲文集》（第2卷），湖南人民出版社1982年版，第47页。

菲的苦闷来源于爱情选择的两难，尤其是对于凌吉士，莎菲处在理智与情感的矛盾之中。一方面，凌吉士漂亮的外表、颀长的身躯对莎菲有着魔性吸引力，另一方面，莎菲也逐渐明白这样一个“高贵的美型”里安置的是一个“卑劣的灵魂”，凌吉士追求的是做官、金钱与享乐。理性层面，莎菲很清醒，凌吉士绝不是她的灵魂伴侣，但在感性层面，莎菲却又无法克制对他的爱慕、思念与欲望，甚至于愿意为爱而死。

> 唉！无论他的思想怎样坏，他使我如此癫狂的动情，是曾有过而无疑，那我为什么不承认我是爱上了他咧？并且，我敢断定，假使他能把我紧紧的拥抱着，让我吻遍他全身，然后他把我丢下海去，丢下火去，我都会快乐的闭着眼等待那可以永久保藏我那爱情的死的来到。唉！我竟爱他了，我要他给我一个好好的死就够了……[①]

在得到凌吉士的一吻后，莎菲选择了主动离开，理性最终战胜了情感。可以说，丁玲笔下莎菲对爱情的追求没有回避女性的身体欲望，这也是丁玲超越五四女作家之处。五四女作家如冯沅君笔下的女性，为了追求恋爱自由可以牺牲自己的生命，但女性的身体欲望却是被遮蔽的，甚至于男女恋人共处一室，却要刻意强调除了微笑、细语与接吻，并无其他的身体接触。《莎菲女士的日记》中也有一对情侣毓芳和云霖，因怕生小孩便不肯住在一起。丁玲则借莎菲之口质疑了这种禁欲的爱情。“我忍不住嘲笑他们了，这禁欲主义者！为什么会不需要拥抱那爱人的裸露的身体？为什么要压制住这爱的表现？为什么在两人还没睡在一个被窝里以前，会想到那些不相干足以担心的事？我不相信恋爱是如此的理智，如此的科学！”[②]丁玲借莎菲这一形象，大胆揭示了女性隐秘的欲望，突破了女性欲望书写的禁区。

莎菲身上的叛逆性不仅体现在对自身欲望的正视，还体现为在爱情关系中始

① 丁玲：《莎菲女士的日记》，《丁玲文集》(第2卷)，湖南人民出版社1982年版，第78页。

② 丁玲：《莎菲女士的日记》，《丁玲文集》(第2卷)，湖南人民出版社1982年版，第57页。

终具有主动选择权。在凌吉士一吻后，莎菲在理智与情感的矛盾中主动选择离开，这种选择体现了一种女性主体意识，同时也构成了对传统性别秩序的挑战。在莎菲身上具有一些新的特质，如大胆追求、主动选择、正视欲望等，这些都与传统女性有着明显的不同。可以说，莎菲不仅是旧礼教的叛逆者，同时也是男权社会的叛逆者。由于这种叛逆是义无反顾的，也注定了莎菲孤独的命运。莎菲的矛盾，不仅只是个人爱情的苦闷，它还折射了经历过五四个性主义思想洗礼的叛逆青年在时代低压下的彷徨与迷惘，代表了这一时代知识青年的普遍心理。正是从这一意义上，茅盾指出莎菲形象的时代意义，"是心灵上负着时代苦闷的创伤的青年女性的叛逆的绝叫者"[①]，而这样的绝叫也是真正具有女性意识的呐喊。

早期丁玲的创作以知识女性为主，但也有一些农村女性的形象，如《阿毛姑娘》中的阿毛。丁玲的《阿毛姑娘》受到福楼拜《包法利夫人》的影响，讲述了从偏僻闭塞的乡村嫁到城市近郊的阿毛，在见识了城市的物性繁华和生活方式之后，心向往之。然而现实让阿毛意识到她的都市梦是不可能实现的，在断定世间根本就没有所谓的幸福后，阿毛绝望了，吞下含有硫黄的火柴头自杀。有人认为阿毛的悲剧在于她的虚荣心和欲望，这种看法无疑是片面的，阿毛对都市生活方式的向往体现了走出闭塞乡村的农村妇女不安于既定命运，希望改变传统生活方式的朦胧愿望。不仅如此，在阿毛身上，还萌发了女性的自我意识，尽管这种意识是那么微弱、模糊，但就是这么一点意识使得阿毛不愿如传统农村女性那样活着。阿毛对都市的向往包括两个层面，一是物质层面的，在和三姐一起逛了趟省城后，阿毛迷醉于城市的种种繁华、富丽，她欣赏着、惊诧于所见的一切，在快乐的同时，苦恼也伴随着欲望而增加，毕竟夫家不是有钱人家，不能够满足阿毛的许多物质欲望；二是精神层面的，是对城市生活方式的向往，在这一层面中，蕴涵了阿毛模糊的女性意识。阿毛受城里来的年轻夫妇相互间温柔情爱的吸引，也希望与丈夫间能有浪漫的亲热，希望自己燃起的欲望能获得丈夫的回应，当她"觉得那身体异常热，自己也就发起烧来，希望小二醒来同她玩一下，就仅仅用力

① 茅盾：《女作家丁玲》，《文艺月报》第1卷第2期，1933年7月。

抱她一下，她不就象真的已尝着那福乐了吗?”但她主动示爱的举动招来的是丈夫的责骂，“不要脸的东西，你这小淫妇!”[①]有时当丈夫小二在阿毛面前放肆时，阿毛又觉得小二是“欺了她”。可见，在男女的性爱关系上，阿毛不愿只是被动接受，她也尝试主动示爱，具有了朦胧的主体意识，尽管这种意识从一开始就遭到扼杀。阿毛的悲剧在于她不切实际的梦想以及梦想无法实现后她脆弱的心理与狭隘的见识。

早期丁玲笔下的女性形象多少都显得有些“另类”，在某种程度上超出人们的接受心理，如《庆云里中的一间小房里》。小说为我们讲述了妓女阿英对自己卖身生活的感受与体验。与多数男性作家笔下的苦难叙事不同，丁玲笔下的阿英对妓女生活是满足而快乐的，她甚至因此而拒绝从良，因为她实在想不出有什么理由非要嫁人。其实，若要准确地理解阿英这一形象，我们首先要了解丁玲对女性婚姻及女性卖淫的态度，因为这两者在丁玲看来并没有什么本质的不同。在丁玲的早期作品中，她对女性婚姻的前途持非常悲观的态度，女人在婚姻中得到的只有痛苦。在《梦珂》中，作者借梦珂之口道出了自己对婚姻本质的看法，认为婚姻不过是使女人堕落的合法形式。正因此，丁玲对女性卖淫是较为宽容的，认为做妓女也没什么不道德，在男权中心社会里，女人既然要做一个男子的在家的妓女，何妨出去做多个男子的妓女呢？在《庆云里中的一间小房里》中，丁玲拂去了蒙在女性身上的迷障，还性以生命的本真，将女性隐匿的身体欲望袒露出来，并背弃传统的道德标准，仅仅从生存角度来透视阿英的欲望世界。在这样一间小房子里，阿英首先感觉到的是没有物质和精神压抑的性的自由和欢乐，是逃离了封建伦理和道德束缚后的轻松恣肆，是抛弃了传统观念及羞耻心后的畅快淋漓。小说通过阿英无所约束、无所压抑的性观念来强调女性摆脱传统文化中的“性依附”地位后的自由快乐，从而肯定了女性性欲的自然性、合理性。

在丁玲早期作品中，女主人公多有一位关系非常要好的姐妹，如《梦珂》中的匀珍、《莎菲女士的日记》中的蕴姊等，这种姐妹情谊往往成为她们对抗男权社

① 丁玲：《阿毛姑娘》，《丁玲文集》（第2卷），湖南人民出版社1982年，第149、150页。

会情感伤害的安慰剂，五四以来一些同性恋题材的书写即是按照这一模式创作的，丁玲的《暑假中》《岁暮》表现的即是同性之恋。《暑假中》以武陵县一所女子学校为背景，围绕三对女教师承淑与嘉瑛、德珍与春芝、玉子与娟娟的感情纠葛展开描述。丁玲同性之爱的书写不仅是对一部分反社会伦理规范的女性的关注，同时也构成对男权中心文化的挑战，尽管这种挑战多少还受到异性恋机制的影响。

早期丁玲的小说创作无论是题材还是女性观念都可称得上是大胆的，极具个性色彩。1930年初，长篇小说《韦护》的发表，不仅显示了丁玲的政治倾向，同时也标志着她创作上的变化，女性意识开始弱化，革命意识逐渐增强；个人主义主题开始为集体主义主题所替代，而这也代表性地体现了中国现代文学从文学革命到革命文学的转型。这一时期为左联创作时期，大致从1930年到1936年，主要作品有《韦护》、《一九三〇年春上海》（之一）（之二）、《水》、《母亲》等。

《韦护》写的是革命者韦护与小资产阶级女性丽嘉的恋爱与冲突，力图表现革命者对个性主义与集体主义矛盾的超越，即当恋爱与革命发生冲突后为革命而舍弃恋爱。小说中丽嘉这个人物还带有莎菲的影子，从沉迷于爱情到不满于爱情再到悲哀于爱情，反映了丽嘉爱情心理的变化过程。与早期知识女性不同的是，在经过一番思想斗争后，丽嘉最终从痛苦中振作起来，决心“好好地做出点事情”，从而走出了莎菲式的孤寂苦闷。

《一九三〇年春上海》（之一）（之二）同样是典型的“革命加恋爱”模式的作品，其中《一九三〇年春上海》（之一）中塑造的新女性美琳是这一时期富有亮色的形象。如果将丁玲《一九三〇年春上海》（之一）中的美琳与鲁迅《伤逝》中的子君进行比较，有助于理解美琳这一形象的意义。首先，两个女性都大胆追求爱情，尤其是子君，在其所处的时代对男女自由恋爱同居还不能认同的环境下，宣称“我是我自己的，他们谁也没有干涉我的权利”，义无反顾走出父之家。同样，美琳也为了爱情大胆与爱人同居。其次，两个女性对爱情的态度是一样的，“只要有爱情，便什么都可以捐弃。”再次，两人在同居后都安于家庭生活，并与爱人在思想认识上产生矛盾，只不过两人的矛盾刚好是反向的。涓生不满子君的是其忘了读书、学习、更新，只沉浸在庸俗、琐碎的日常家庭生活中。美琳则恰好相反，她在个人人生目标实现后，却由于脱离社会而逐渐感到苦恼。爱人子彬虽能给她以物质上的满足，让她过着悠闲、雅致的生活，却不过将她视为精神上的奴隶与家庭的玩偶。她与爱人的矛盾在于她不甘心她的生活只有家庭，“她还要别的！她要在社会上占一个地位，她要同其他的人，许许多多的人发生关系。她不能只关在一间房子里，为一个人工作后之娱乐”[①]，最终美琳走出小家庭投入到更广阔的社会工作中。子君虽走出了父之家，却在精神上走不出夫之家，如果将同居生活视为夫家的话，子君最后离开涓生也是被动的，离开之后的子君又重新回到父之家，这不能不说是新女性追求个性解放的悲剧。如果说美琳第一次走出父之家与爱人结合，自主地决定婚姻是对封建礼教的叛逆，那么第二次走出自己的小家庭融入到社会中则指出了莎菲式女性的生存出路与人生价值。与第一次出走相比较，美琳的第二次出走体现了不依附于男性的女性独立意识，而这才是真正意义上的女性解放。

长篇小说《母亲》是以丁玲自己的大家庭为背景，以生母余曼贞的生活经历为素材创作的。丁玲原打算写三部三十万字，展示从辛亥革命前后到大革命失败中国女性争取解放斗争的艰苦历程。可惜由于丁玲1933年被捕，这部拟反映20世纪初期妇女奋斗的史诗性作品未能最终完成。从已写的八万字来看，主要围绕余曼贞由一个旧式家庭里的小姐、少奶奶和年轻寡妇，如何从封建势力的重压下拼杀出来，带领女儿一起入学堂读书，艰难地走上自立、求知的新女性解放之路。小说既真实地写出了一个新的时代的孕育和觉悟女子新的精神结构的形成，同时也揭示了她们成长与觉醒过程中的外在障碍与内心挣扎，并以此反思中国妇女的传统命运。

1936年冬，丁玲辗转来到延安，进入了一个新的创作天地，这一时期称为延安创作时期，大致从1936年到1949年，主要作品有《新的信念》《我在霞村的时候》《在医院中》《一颗未出膛的枪弹》《夜》《“三八”节有感》《田保霖》《太阳

① 丁玲：《一九三〇年春上海(之一)》，《丁玲文集》（第2卷），湖南人民出版社1982年版，第246页。

照在桑干河上》等。延安时期的丁玲，努力走入工农大众中，正视自己，纠正自己，改造自己，自觉地接受无产阶级革命和集体主义思想指导，将妇女解放融入阶级的、民族的、社会的解放之中。这一时期的作品大多围绕民族解放、阶级斗争的时代话语，女性意识让位于革命激情。即便是选择带有明显性奴役性质的题材，往往也被处理为阶级压迫与民族解放的话语。如《新的信念》以陈老太婆在战争中遭受日军强暴为切入点，将这一事件作为唤起民族仇恨、动员民众抗日的导火索。遭受到如此悲痛与屈辱的陈老太婆并没有就此倒下，而是四处向人们控诉日军的暴行，还在大会上宣讲自己遭受的侮辱，以此燃起人们复仇的火焰。在这篇小说中，丁玲高扬民族解放的时代话语，而将她一向重视并擅长的性别观照暂时搁置起来。不过作为一位女性意识极强的作家，丁玲与生俱来的女性意识是很难完全压抑下去的，尽管延安时期她控制得很好，但也会有失控的时候，《我在霞村的时候》《“三八”节有感》即是属于失控的女性文本，也是这一时期丁玲女性文学的代表作。

《我在霞村的时候》讲述了被日军抓去为日本兵提供性服务的中国女子贞贞，后来利用这种特殊身份为边区政府提供情报，由于得了性病回到村子的遭遇。传统文学中有关以姿色救国的女性在完成了她们的使命后或是以死亡或是以出走的方式消失于人们视线之中。她们在这之后的遭遇不再引人关心，对她们而言献身之后一切戛然而止，只留下空洞的回声与虚幻的影子。丁玲的《我在霞村的时候》却是从戛然而止处接着叙述，讲述贞贞从鬼子那里回到村子后的遭遇。有学者认为，贞贞的故事实际上是丁玲从南京出狱到延安后的一种心境写照。联系作家的经历，这种说法有一定的根据。丁玲到延安后，关于她在南京的这段历史就一直被人质疑。丁玲1940年开始接受组织的审查，而《我在霞村的时候》也写于1940年，时间的巧合说明贞贞的故事投射了丁玲当时的心境，那是一种难以言说的心灵之痛。正因为有着一种对女人苦楚的真实理解，贞贞的故事才没有落入有关女性命运的俗套，在现实与抽象的层面，丁玲深刻地探讨了女性的生存困境。

以往对贞贞形象的解读有两种相反的倾向，或将其视为有着伟大人格的“英雄”，或将其看作苟且的“变节者”。应该说，这两种看法都是只依据了小说中的部分情节，缺乏整体观照，因而都偏离了作品的本意。贞贞既不是什么了不得的“英雄”，当然更不是什么“变节者”，这由丁玲将其取名“贞贞”便可看出用意，既是对其为国献“身”行为的肯定，同时也是对传统贞操观的嘲讽。贞贞是一个承受了生命中无法承受之痛的平凡女子，她的身体既遭异族蹂躏又遭同族利用，精神上既蒙受敌人的羞辱又为同胞所鄙夷嫌厌为亲人所不能理解，陷入这样一种生存困境却依然没有丧失活下去的勇气的女性。所以在本质上，《我在霞村的时候》是一篇表现女性之痛与女性困境的小说。如果仅从国家、民族的层面来解读，为人物贴上“英雄”或“变节者”的标签，都偏离了作品的本意。

贞贞形象的张力一方面在于她回村后的行为举止，不是如一般人们所想象的是以一种受害者楚楚可怜的姿态出现，对所遭遇的不幸有着一种羞耻怨恨的心理。相反，她提到这段经历心平气和，全然没有人们所想象的那种感受到耻辱的悲哀绝望。这一表现颠覆了以往受害女性苦楚的形象特征，具有坚忍乐观的品质。如贞贞所言，“我总得找活路，还要活得有意思”①。但这一表现却引起村民更加的鄙夷与不满，因为倘若她以一个弱者的面貌出现，那么还可施舍给她以同情，在施舍中以显示自己的圣洁与骄傲，最大限度地获得一种精神优越感，而贞贞的状态显然在某种程度上打破了她们的这种优越心理。

贞贞形象张力的另一方面也是这一形象容易引起争议的是贞贞对待日本兵的态度，在与日本兵的交往过程中，贞贞没有选择做烈女，而是想着如何先生存下去，这是她面临困境时一贯的想法。正因为有着这样一层暧昧的关系作掩护，为她后来的情报工作打下了良好的基础。这里又引出一个问题，即边区政府在贞贞的悲剧中扮演了什么样的角色？如果我们从女性自身来看这一问题的话，如果说日本兵是蹂躏了贞贞的身体，那么边区政府则是利用了贞贞的身体。自然这种利用是为了正义、为了抗日救亡的崇高目的，与日本兵发泄兽欲是完全不同的。但对于贞贞个人而言，都是以她肉体和人格受伤害为代价的，体现了革命斗争对于女性的残酷。而为国献“身”，换来的依然是同胞的鄙夷与非议，更加深了这种精

① 丁玲：《我在霞村的时候》，《丁玲选集》（第2卷），四川文艺出版社1995年版，第404、408页。

神的伤痛，也使得贞贞陷入空前的孤独之中。

小说最后，贞贞决心离开家乡，前往延安治病和学习，因为“活在不认识的人面前，忙忙碌碌的，比活在家里，比活在有亲人的地方好些”，会“另有一番新的气象”，“还可以再重新作一个人”。[①]这是否在绕了一圈之后又回归了传统以姿色救国的女性出走的主题？而女性的身体无论在什么时代都逃脱不了作为工具的宿命？在贞贞的故事中，“女性的身体作为女性自身的符号与作为国家、民族的符号以统一而又对立的多重关系纠缠在一起”，丁玲“冒着违反‘政治正确性’的风险，展示了特定历史条件下女性身体更为特殊的存在方式，以及这种存在方式中女性自身的价值与国家利益、民族利益的冲突”。[②]

写于1942年的杂文《“三八”节有感》同样备受争议。在这篇杂文中，丁玲揭示了延安妇女仍不能免除地受到性别歧视与性别压迫，以激切的口吻为妇女鸣不平。文章一开始就反问“妇女”两个字，将在什么时代才不被重视，不需要特别地被提出呢？接着丁玲指出延安女同志不管在什么场合都最能作为有兴趣的问题被谈起，一是女同志的婚姻，不管选择什么对象都会被指责，而如果不结婚则更是被作为制造谣言的对象。而等女同志结了婚后，她们要照顾孩子，操持家务，于是被讥讽为“回到家庭了的娜拉”。 当她们不愿落伍，付出种种努力想回到革命事业中去时得到的却是一番训斥。最初，她们的付出与自我牺牲还能换来“贤妻良母”的称赞，可是当“她们的皮肤在开始有褶皱，头发在稀少，生活的疲惫夺取她们最后的一点爱娇”时，被抛弃的命运往往就会降临，而抛弃的理由便是她们的“落后”。丁玲痛切地写道：

> 我自己是女人，我会比别人更懂得女人的缺点，但我却更懂得女人的痛苦。她们不会是超时代的，不会是理想的，她们不是铁打的。她们抵抗不了社会一切的诱惑，和无声的压迫，她们每人都有一部血泪史，都有过崇高的

① 丁玲：《我在霞村的时候》，《丁玲选集》（第2卷），四川文艺出版社1995年版，第416页。

② 董炳月：《贞贞是个“慰安妇”——丁玲〈我在霞村的时候〉解析》，《中国现代文学研究丛刊》2005年第2期。

感情（不管是升起的或沉落的，不管有幸与不幸，不管仍在孤苦奋斗或卷入庸俗），这对于来到延安的女同志说来更不冤枉，所以我是拿着很大的宽容来看一切被沦为女犯的人的。而且我更希望男子们，尤其是有地位的男子，和女人本身都把这些女人的过错看得与社会有联系些。①

与此同时，丁玲也对妇女提出要求，那就是要“强己”，具体包括四个方面，即不要让自己生病、使自己愉快、用脑子和下吃苦的决心。“强己”就是要爱自己的生命，把自己铸造成一个健康的、乐观的、有理性的、有恒心的人。“强己”不仅是丁玲对广大女性的要求，也内化为丁玲的自我行动，这是丁玲女性意识的核心。丁玲在文中指出的现象与问题，不是个案，也不会仅存于延安，只要男权压迫存在，这些问题就会一直存在。丁玲站在纯粹女性立场的发言，确实击中了男权社会女性生存的真实境遇，尽管这些女性问题常常被有意无意地忽视。在解放区特定的政治环境中，《“三八”节有感》明显是不合时宜的。很快，这篇杂文就受到批判，丁玲也诚恳地做了检讨，她承认文章中关于妇女问题的观点是错误的，在延安，阶级斗争中的团结一致必须超越性别差异。1942年6月，丁玲离开延安到乡下去向农民学习。1944年，报告文学《田保霖》发表，毛泽东看后肯定了丁玲的创作，并希望丁玲按照这个道路继续写下去。或许是真的悔悟，或许是为了安全，一度做回“女性”的丁玲至此后更加远离了女性意识，向着革命化、政治化、无性化的方向越走越远。

80年代，当历经磨难的丁玲重返文坛后，她创作的第一篇小说反映的仍是女性的工作与生活，可见，对女性命运的关注贯穿了丁玲创作的始终。小说《杜晚香》讲述了一个北大荒女劳动模范的先进事迹，在这一人物身上体现了极强的时代色彩。杜晚香50年代作为家属跟随丈夫到北大荒，在垦区轰轰烈烈建设气氛的感染下，杜晚香从一点一滴的小事做起，勤恳劳动，无私奉献，最终带领一群家属也加入了垦区的建设，成为全垦区的工作标兵。在杜晚香身上，体现的是集体

① 丁玲：《“三八”节有感》，《丁玲全集》（第7卷），河北人民出版社2001年版，第62页。

主义的时代话语，她的生命在无私的奉献中大放光彩。然而，这篇小说已不再具有丁玲小说的独特个性，无论是早期创作中的个性话语、女性意识还是作品的艺术风格以及她作为一个女作家的那些独特的禀赋，在这篇小说中都已消失殆尽。不过，对于丁玲而言，这正是她这一时期以来努力想要追求的结果。

纵观丁玲的创作，始终不变的是对女性命运的关注，从早期的莎菲、梦珂、阿毛、阿英到30年代的丽嘉、美琳、余曼贞再到40年代的贞贞、陆萍、黑妮以及80年代的杜晚香，丁玲写出了不同历史阶段女性的苦难、抗争与追求。此外，丁玲擅长探究女性心理及其与世态之间的关系，注重分析女性复杂的内心世界，情感表现大胆细腻。当然，不同时期丁玲的创作又有所变化。创作初期，丁玲主要在个性解放的范畴内探索女性生存的意义，这一时期的丁玲女性意识鲜明，追求灵肉合一的爱情，大胆书写女性身体欲望，维护女性的自尊与人格独立。30年代后，丁玲的创作充满了个人话语与政治话语、女性意识与革命意识的互渗与冲突。整风运动后，在多重压力下，丁玲作品中的个人话语及女性意识进一步退缩乃至消失。可见，丁玲对女性命运的关注经历了由个性解放到社会解放、由个人主义到集体主义，由呐喊到沉默的转变过程，在走向社会化叙事的同时，其独特的个人话语也被淹没在了高亢的主旋律之中。

第四节 萧 红

在中国现代文学史上，萧红不仅以她的文字，也以她的生命书写了一曲女性生存的悲歌。萧红的一生都在动荡漂泊中度过，男权的压迫、女性的苦痛始终伴随着她，而这些都融入进她的创作中。可以说，萧红用自己短暂的生命完成了最具性别自觉的女性书写。

萧红，原名张廼莹，1911年出生在黑龙江省呼兰县（今哈尔滨市呼兰区）一个乡绅家庭。父亲张廷举曾投身于五四新文化运动，后成为呼兰县教育界的首脑人物。一方面，张廷举是个顺应时代潮流的维新人物，他在对待萧红上学的问题上态度开明，送其入呼兰城的新式学堂接受教育；另一方面，张廷举骨子里又是个虽新还旧的人物，他希望女儿温顺恬静、知书达理，做一个大家闺秀。故而，其对女儿的管教非常严厉，与女儿的关系也较为冷淡，这些在萧红幼年的心灵中留下了抹不去的阴影，及至成年的萧红回忆起父亲，印象最深的就是父亲的暴戾、无情。"父亲常常为着贪婪而失掉了人性。他对待仆人，对待自己的儿女，以及对待我的祖父都是同样的吝啬而疏远，甚至于无情。"[①]母亲姜玉兰在萧红9岁时因病去世，父亲很快续弦，继母和萧红的关系是客气而淡漠的。祖母则因萧红是个女孩，在那样一个重男轻女的社会里也极不喜欢萧红。

① 萧红：《永久的憧憬和追求》，万燕、李彦姝编著：《落红萧萧：萧红》，安徽文艺出版社2009年版，第193页。

如果说萧红的童年还能感受到一丝温暖，回忆里还能有着一抹亮色，那便是祖父带给她的。祖父教童年的萧红背诵《千家诗》，带她在后花园栽花、拔草、锄地、捕蜻蜓、捉蚂蚱，任萧红自在地、任性地玩耍、成长。有祖父的后花园让萧红感受到无忧的快乐，感受到心灵的自由，也感受到关爱的温暖，这与家中的寂寞、束缚与冷漠形成了鲜明的对比。可以说，祖父和后花园成为了童年萧红的一种心灵慰藉，也成了成年萧红的永久精神家园，是其一生中最美好、最温暖的时光。正是从祖父那里，萧红“知道了人生除掉了冰冷和憎恶而外，还有温暖和爱”，所以萧红“向这‘温暖’和‘爱’的方面，怀着永久的憧憬和追求。”[①]

早年的成长环境、生活经历形成了萧红任性敏感、倔强叛逆的性格特点。萧红中学毕业再要继续往下求学时，父亲坚决反对，因家里已给她订下一门亲事。受到五四新思想影响的萧红，决心效仿娜拉，只身前往北平与表哥陆振舜会合。然而，由于陆振舜家里有妻子，当陆振舜写信提出离婚要求后，家里断了他的经济供给，两人的生活陷入危机。最终，陆振舜向家里屈服，两人在次年的春节前夕踏上了黯淡的归程。

萧红的第一次出走以失败告终。回到呼兰的萧红，在这样一个闭塞的小城，处境艰难可想而知，周围尽是流言与冷眼，全家也被迫迁往阿城县乡下。在阿城的萧红实际上已被家人看管起来，没有行动的自由，这让萧红在精神上异常苦闷。在被软禁了十个月后，萧红决定再次出走。只不过这一次的出走，让萧红开始了后半生的漂泊生涯，震怒的父亲宣布开除女儿的族籍，而萧红也再没有回过这个父之家。

出走后的萧红依然没有生存能力，也没有亲朋好友敢收留她，为生计所迫的萧红无奈之下只得接受父亲为她订下的未婚夫汪恩甲的帮助。萧红与汪恩甲在哈尔滨东兴顺旅馆开始了同居生活。在两人欠下旅馆六百多元后，汪恩甲告知萧红回家拿钱后便一去不返，而此时的萧红已怀有七八个月的身孕，既无处可去，又无力还债，还面临被旅店老板卖到妓院的危险。绝望之中的萧红，用“悄吟”的

① 萧红：《永久的憧憬和追求》，万燕、李彦姝编著：《落红萧萧：萧红》，安徽文艺出版社2009年版，第194页。

署名给当时哈尔滨最有影响力的报纸《国际协报》文艺副刊编辑裴馨园写信求救。裴馨园接到信后很重视，带人到东兴顺旅馆了解情况，之后又托副刊作者萧军去给萧红送书。正是这次见面，开始了二萧生命中剪不断、理还乱的爱恨情缘。

8月哈尔滨的一场洪水解救了萧红，由于旅馆被淹，客人、老板都纷纷逃走，这使得萧红能够搭坐救济船逃离旅馆。不久，萧红临产。由于贫困，产后的萧红放弃了做母亲的权利，将孩子送与他人。可以说，这段经历让萧红遭遇了身心的多重折磨，产子的身体之痛，放弃养育的心痛，以及断绝母子之爱的精神之痛，《弃儿》反映的即是这段惨痛经历。这种痛入肺腑的生命经验，使得萧红在日后的创作中尤其关注女性的生育与死亡，这成为萧红作品中反复出现的主题。出院之后的二萧住进俄国人经营的欧罗巴旅馆，在这里度过了一段饥寒交迫、穷困潦倒的日子。这段时期虽然物质生活匮乏，但二萧此时感情深厚、稳定，且萧红开始了她的文学创作生涯。1933年10月，二萧自费出版了小说散文集《跋涉》，包括萧军的六篇作品和萧红的五篇作品，萧红的五篇作品为《王阿嫂的死》《广告副手》《小黑狗》《看风筝》和《夜风》。《跋涉》的出版让萧红在文坛崭露头角。

1934年11月，二萧来到了上海——这个聚集了当时中国一大批文艺家的十里洋场。来到上海之后的二萧，不久之后与鲁迅在内山书店见面了。这次见面，让二萧百感交集，他们将鲁迅视为自己的精神导师，鲁迅也尽自己的力量帮助和提携这两个年轻的东北作家。1935年12月，萧红的《生死场》在鲁迅等人的帮助下作为奴隶系列丛书自费出版了，这是萧红第一次正式使用这一笔名，鲁迅亲自为该书作序，指出该书“自然还不过是略图，叙事和写景，胜于人物的描写，然而北方人民的对于生的坚强，对于死的挣扎，却往往已经力透纸背；女性作者的细致的观察和越轨的笔致，又增加了不少明丽和新鲜”[①]。《生死场》的出版，使萧红步入中国著名女作家之林，也奠定了其在中国现代文学史上的地位。鲁迅对《生死场》与萧红的评价都很高，他称《生死场》是“中国女作家所写的最有力的现代小说之一”[②]，并断言萧红“是最有前途的女作家，看来她有可能接替丁玲女

① 鲁迅：《生死场·序言》，《萧红全集：呼兰河传》，凤凰出版社2010年版，第2页。

② ［美］史沫特莱：《中国的战歌》，江枫译，作家出版社1986年版，第530页。

士”[1]。

不过就在二萧逐渐摆脱生存困境，在文坛声名日增之时，两人之间的情感也出现了裂痕。个性强悍粗暴、较为泛情的萧军与敏感脆弱的萧红矛盾日益扩大化、公开化，这让萧红陷入了深深的痛苦之中。组诗《苦杯》即是这一时期萧红心灵的哭泣：

五

往日的爱人，
为我遮蔽暴风雨，
而今他变成暴风雨了！
让我怎样来抵抗？
敌人的攻击，
爱人的伤悼。

七

我幼时有个暴虐的父亲，
他和我的父亲一样了！
父亲是我的敌人，
而他不是，
我又怎样来对待他呢？
他说他是我同一战线上的伙伴。[2]

这组诗歌集中反映了当时二萧的情感纠葛带给萧红的精神苦痛。为了平复精神上的创伤，弥合与萧军感情的裂痕，萧红决定去日本。在日本期间，萧红创作

① ［美］埃德加·斯诺：《活的中国》，文洁若译，陈琼芝辑录，湖南人民出版社1983年版，第58页。

② 萧红：《萧红全集：八月天》，凤凰出版社2010年版，第24、26页。

了小说《王四的故事》《红的果园》《家族以外的人》《孤独的生活》《牛车上》，后于1937年5月结集为《牛车上》出版。

1937年1月，萧红回国。抗战爆发后，1937年9月，二萧随同上海文化人一道退往武汉。1938年2月，二萧、端木蕻良、聂绀弩等人应邀到山西临汾的民族革命大学任教，不久之后，日军攻陷太原，"民大"决定撤离。应聘来的作家愿留的随学校撤离，不愿留的可随丁玲的西北战地服务团去西安。二萧为去留问题发生了激烈的争执，他们谁也说服不了谁，最终是各走各的路。萧红到达西安后，与端木的关系日趋亲密，两人在文学创作方面有着较为相近的看法。不久，二萧分手。1938年5月，萧红与端木在汉口举办了婚礼。

1940年1月，萧红与端木南下到香港。香港时期的萧红，疾病缠身、内心孤独，然而就是在这样的身心痛楚中，萧红完成了她生命中最重要的创作：《呼兰河传》《小城三月》《后花园》《马伯乐》等。1942年1月，萧红住进香港养和医院，由于医生误诊，萧红接受了肿瘤摘除手术。手术后的萧红伤口迟迟无法愈合，再加上日军管制，市面上买不到消炎药，萧红的病情不断恶化。1942年1月22日，一代才女萧红怀着对故乡的思念，怀着心有不甘的遗憾，离开了人世，"我将与蓝天碧水永处，留得那半部'红楼'给别人写了"，"半生尽遭白眼冷遇……身先死，不甘，不甘"[①]。

纵观萧红的一生，是不断出走的一生，也是不断漂泊的一生，还是不断抗争的一生。从少年时代对父权统治的反抗，到后来对性别歧视的抗争，萧红的一生都笼罩在男权的阴影中。尽管她试图摆脱这种男权压迫，从一个男人处漂泊到另一个男人处，但她始终也没解决好女性的自主自立问题。对于萧红而言，那些来自男权思想有形无形的、有意无意的性别歧视令她感到痛苦、无奈，从父亲到爱人，他们都曾带给过萧红无法言说的伤痛。萧军晚年在回忆录中也曾提到：

> 她最反感的，就是当我无意或有意说及或玩笑地攻击到女人的弱点、缺

① 骆宾基：《萧红小传》，黑龙江人民出版社1981年版，第102、103页。

点……的时候，她总要把我做为男人的代表或“靶子”加以无情的反攻了。有的时候还要认真生气甚至流眼泪！……如今想起来，这对于她已经‘谑近于虐’了，那时自己也年轻，并没想到这会真的能够伤害到她的自尊，她的感情！[①]

所以，萧红才会感慨其一生最大的痛苦和不幸，都是因为做了女人，也真切地感受到当时的社会能够提供给女性的发展空间是多么的有限。“女性的天空是低的，羽翼是稀薄的，而身边的累赘又是笨重的！而且多么讨厌呵，女性有着过多的自我牺牲精神。这不是勇敢，倒是怯懦，是在长期的无助的牺牲状态中养成的自甘牺牲的惰性。”[②]可以说，这段剖析既是萧红自身的生命体悟，同时也是萧红对女性在男权社会生存现状及女性自身弱点的清醒认识。渴望做一个独立的发光个体、不甘心被笼罩在男性光环之下的萧红，生命中出现的男性却往往或是粗暴或是懦弱，而这也成为其笔下男性形象的主要特征。

萧红笔下的男性很少有理想型的，作为社会底层受压迫被欺辱的劳动者，他们却压迫、欺辱比他们地位更低、力量更弱的女性。《生死场》不仅是一部关于民族、阶级压迫及抗争的文本，更以越轨的笔致揭示了性别的压迫与对立。小说中的男性多粗暴、无情、自私，女性更多时候是他们的出气筒与泄欲的对象。如果说《生死场》里的男人们是受压迫的奴隶，那么女人们则是奴隶的奴隶，她们生活在万劫不复的深渊之中，而她们所受的伤害往往来自于与她们朝夕相处的男性。小说描写了金枝与成业一对恋人，如果说婚前金枝还能感受到成业的热情，那么婚后的成业完全变了一个人，如成业婶婶预言的：“等你娶过来，她会变样，她不和原来一样，她的脸是青白色；你也再不把她放在心上，你会打骂她呀！”[③]婚后的金枝终于明白成业与其他男人一样，都是炎凉的人类，对于妻子只有动物的本能和粗暴的打骂。即便是在金枝快要临产之时，成业也仍然只顾满足自己的

① 萧军：《萧红书简辑存注释录》，黑龙江人民出版社1981年版，第67页。

② 聂绀弩：《在西安》，季红真编：《萧萧落红》，人民文学出版社2001年版，第11页。

③ 萧红：《生死场》，《萧红全集：呼兰河传》，凤凰出版社2010年版，第18页。

欲望而不管妻子的死活，强行和她发生关系。面对生存的压力，面对生活的困难，成业不是想着如何与妻子共患难渡难关，而是将妻子女儿视为负担，成为他肆意发怒的出气筒。仅仅因为五月节家中什么都没有预备，仅仅因为回家时妻子还没有烧菜，仅仅因为受不了女儿的哭闹，成业就将才一个月大的女儿活活摔死，可谓丧心病狂。

小说中另一位月英的丈夫，对待瘫痪的妻子却没有夫妻间应有的情分，而是无情地折磨她，虐待她。月英曾是打鱼村最美丽的女人，可是这个美丽的女人却不幸患了瘫病，起初做丈夫的还替她请神、烧香，但当鬼神治不好月英的病后，做丈夫的觉得责任已经尽到了，于是他开始咒骂妻子，"娶了你这样老婆，真算不走运气！好像娶家个小祖宗来，供奉着你吧！"[①]若妻子争辩，他还打她。再接着，他不再管妻子的死活，自己吃完，自己睡下，任可怜的女人呼唤到天明也不理睬，连口水也不给喝。甚至于认为妻子反正快要死了，用不着被子了，将被子抽走而将砖块垫在妻子身下，妻子身上生了蛆也是不闻不问。在疾病的折磨与丈夫的虐待之下，这个曾经美丽的女人如今却是像鬼一样："她的眼睛，白眼珠完全变绿，整齐的一排前齿也完全变绿，她的头发烧焦了似的，紧贴住头皮。她像一个患病的猫儿，孤独而绝望。"[②]这里，月英的悲剧主要不是由异族侵略或阶级压迫造成，而是由于男性的粗暴与无情，直接导致月英的悲惨命运。此外，小说中自私自利的二里半，天天除了看管山羊、寻找山羊外，同样也会打骂自己的妻子。这些底层男性，在贫穷与灾难面前，不仅不能为家庭、为妻子挡风遮雨，反而欺辱比他们更为弱势的女性，充分暴露了男权社会中男性对女性的压迫、践踏。

粗暴冷酷是萧红眼中男性的重要特征，这既来自于儿时父亲留给她的阴影，也有着爱人刻在她心头的伤痕。萧军的大男子主义作风带给萧红尤多的伤痛，萧红曾向友人诉苦，"做他的妻子却太痛苦了！我不知道你们男子为什么那么大的脾气，为什么要拿自己的妻子做出气包，为什么要对自己的妻子不忠实！忍受屈

① 萧红：《生死场》，《萧红全集：呼兰河传》，凤凰出版社2010年版，第39页。

② 萧红：《生死场》，《萧红全集：呼兰河传》，凤凰出版社2010年版，第39、40页。

辱，已经太久了……"[①]所以在萧红笔下，男性的象征意象往往是"石块"这类坚硬物，如《生死场》中，成业的婶婶对男性的评价便是"男人和石块一般硬，叫我不敢触一触他"[②]。通过这类意象，体现男性冷漠粗暴的本质。除了粗暴无情，男性在萧红笔下另一重要特征则是懦弱无能。小说《马伯乐》中的马伯乐，虽已为人夫和为人父，却是没有经济能力，反而要经常向父亲与妻子讨钱，兴师动众地准备做大事，结果却是闹剧一场，仍旧待在家里吃白饭。除了无能，马伯乐对待家人阴险自私，凡有危险时，他总是不顾家人安危而是自己一个人逃到最安全的地方。此外，面对战争，马伯乐无任何民族使命感，反而苟且偷生，奴性十足。这样一个于国于家皆无用的男人，完全解构了男性中心社会赋予男性特质的一般概括。此外，《小城三月》中的堂哥，迟钝软弱，虽然感觉到翠姨对他的真情，但他却无能为力，当翠姨在他面前大哭时，他不知所措，不知是该保护翠姨的地位，还是保护自己的地位。

无论是粗暴冷酷型，还是懦弱无能型，萧红笔下的这两类男性形象从不同面向解构了男权社会中理想的男性特质，同时，萧红也将男女两性置于性别的对立层面，揭示女性在男权社会的生存现状。在萧红看来，性别歧视、性别压迫是女性追求自立自主道路上的最大障碍。萧红小说中两性之间的关系往往不是和谐平等的，而是充满着性别压迫与对立，女性对男性多怀有恐惧、害怕的心理。当然，男权社会对女性的压迫不仅来自于男性的直接伤害，还来自于社会伦理道德的无形压力，这些都让女性的处境更加艰难。《呼兰河传》中有一段关于娘娘庙中泥塑的议论，即是说明男权社会如何按照男权价值标准来塑造女性、要求女性：

> 塑泥像的人是男人，他把女人塑得很温顺，似乎对女人很尊敬。他把男人塑得很凶猛，似乎男性很不好。……那么塑泥像的人为什么把他塑成那个样子呢？那就是让你一见生畏，不但磕头，而且要心服。就是磕完了头站起再看着，也绝不会后悔，不会后悔这头是向一个平庸无奇的人白白磕了。至

① 聂绀弩：《在西安》，季红真编：《萧萧落红》，人民文学出版社2001年版，第11页。

② 萧红：《生死场》，《萧红全集：呼兰河传》，凤凰出版社2010年版，第19页。

于塑像的人塑起女子来为什么要那么温顺，那就告诉人，温顺的就是老实的，老实的就是好欺侮的，告诉人快来欺侮她们吧。

……

所以男人打老婆的时候便说：

“娘娘还得怕老爷打呢？何况你一个长舌妇！”

可见男人打女人是天理应该，神鬼齐一。怪不得那娘娘庙里的娘娘特别温顺，原来是常常挨打的缘故。可见温顺也不是怎么优良的天性，而是被打的结果。甚或是招打的缘由。①

这里，萧红一针见血地指出了男权社会中对于男女两性的不同价值评判标准，男性是让女性心生畏惧而臣服的，而女性则应是温顺的、受男性欺侮的。男权中心社会为女性设定了一系列的要求，如温顺贤良、恪守妇道、安分守己等，符合这些要求的就会为社会接纳、认可，而如果不符合这些要求就会受到各种有形无形的惩罚。小团圆媳妇（按：即童养媳）的悲惨遭遇即是说明愚昧麻木的人们如何按照传统价值标准扼杀了一个鲜活的生命。男权社会认为团圆媳妇应该是温顺的、害羞的、忸怩的，可是胡家的团圆媳妇就因为太大方、不怕羞、在婆家一顿吃了三碗饭、不知看人脸色、大模大样、两只眼睛骨碌骨碌地转、坐在那儿坐得笔直、走起路来走得风快，被街坊四邻界定为没有规矩，不像个团圆媳妇，最终招致婆家的严厉惩治。他们先是打她，要给她一个下马威，认为通过打可以让小团圆媳妇变得老实温顺。不过，即使遭到狠打，小团圆媳妇也没完全顺服，她不断嚷着要回家。胡家认为小团圆媳妇被胡仙（按：即狐狸精）附体，于是他们找人来跳大神给她驱鬼，在这样的折磨下，小团圆媳妇的精神越来越差。然而，她婆家人仍不善罢甘休，为了给小团圆媳妇“治病”，他们用大缸灌满滚熟的热水当众给她洗澡。终于，那健康的、活泼的、笑呵呵的小团圆媳妇在众人的折磨下不幸死去。应该说，小团圆媳妇不仅是死于人们的愚昧迷信，还死于男权社

① 萧红：《呼兰河传》，《萧红全集：呼兰河传》，凤凰出版社2010年版，第180、181页。

会的价值标准，只是因为她不像团圆媳妇，不懂得顺服。

《呼兰河传》中另一死于男权社会价值观念的悲剧人物是王大姐，出身于劳动家庭的王大姐人长得好看，膀大腰圆，大眼睛，能说能笑，干起事来勤快又麻利。做姑娘时，周围都是夸赞她的声音，“兴家立业好手”“长得怪好的”“带点福相”“真是一棵大葵花”“这姑娘真响亮”等。然而这一切在王大姐结婚后完全改变了，人们开始说“王大姑娘这样坏，那样坏，一定不是好东西”，“说话的声音那么大，一定不是好东西”，说“好好的一个姑娘，看上了一个磨房的磨倌，介个年头是啥年头”，说“没见过一个姑娘长得和一个抗大个的（抗工）似的”，说“那姑娘不是好东西，你看她那双眼睛，多么大！我早就说过，这姑娘好不了”，说“王大姑娘的眼睛长得不好，说王大姑娘的力气太大，说王大姑娘的辫子长得也太大”。[①]人们对王大姐的态度发生这种变化只是因为王大姐没有经过父母之命、媒妁之言而是自作主张与磨倌冯歪嘴子结合，由于王大姐的行为不符合传统社会之于女性的规范，人们视其行为是伤风败俗的、是不能容忍的，甚至盼望这对穷夫妇被冻死饿死。于是，王大姐成为周围人的众矢之的，成为周围人肆意嘲讽的对象，在生活和舆论的双重压迫下，原本健康的、积极的王大姐日渐消瘦苍白，终至萎谢凋落。

无论是小团圆媳妇还是王大姐，在某种程度上她们都挑战了男权社会之于女性的价值标准，于是，她们遭受到有形或无形的严厉惩治，并最终付出生命的代价。那么，如果女性不去触碰、反抗男权社会的价值标准，是否就能避免悲剧，安稳生活呢？萧红给出的答案是否定的。《小城三月》中主人公翠姨就是旧礼教与旧的婚姻制度的牺牲品。翠姨的原型是萧红的小姨，年龄与萧红相仿。翠姨有着青春期女孩子对爱情的向往，她悄悄地爱上了“我”的堂哥——一个在哈尔滨读书的漂亮青年。不过翠姨却只能将这份爱意深深地埋藏在心底，因为她的婚事不掌握在自己手中，而由长辈决定。由于是再嫁寡妇的女儿，翠姨知道她的身份低下，而她的性格也决定了她无法去反抗社会的伦理道德，去追求自己所爱。她只

① 萧红：《呼兰河传》，《萧红全集：呼兰河传》，凤凰出版社2010年版，第307—310页。

有顺从、接受家里给她选择的不称心的女婿。三年后婆家娶亲的消息传来，翠姨心中一急便病倒了，而她婆婆听说她病了，便要立马娶她。翠姨内心不愿却又无法，于是只有拼命糟蹋自己的身体，盼望自己早点死去。翠姨在临死前见到了她的心上人，只有这一次，她没有再压抑自己的情感，“他刚一伸出手去，翠姨就突然的拉住他的手，而且大声的哭起来了，好像一颗心也哭出来了似的”[①]。在20世纪初偏远的闭塞小城，尽管社会新思潮已经开始冲击传统价值观念，但传统伦理道德和各种陈规陋习依然顽固，依然束缚着女性的思想、行为，所以翠姨不敢也没有勇气去追求她的所爱，只能以自毁的方式来表达她的反抗。

可见，女性无论是顺从还是反抗男权社会之于女性的价值规范，结局都是悲惨的，因为女性在这样的空间里是没有自由选择的权利，只能被动地接受命运的安排，而女性的这种悲剧命运往往会一代代地因袭下去。《红玻璃的故事》以寓言的方式道出了女性逃脱不掉的命运轮回的悲剧。这篇小说是由萧红口述，骆宾基执笔完成的，体现的是萧红的创作思想。小说主人公王大妈的丈夫去黑河挖金子，将王大妈扔在家里十五年不闻不问。王大妈也逐渐习惯了这孤寒的日子，仍旧怀着对生活的希望愉快地生活。王大妈的女儿结婚后，女婿也上黑河挖金子，一走五年也没有音信，女儿的日子过得也很孤单。一天王大妈去看望外孙女小达，在看到小达玩的玩具——红玻璃花筒时，王大妈震惊了，她预感到了小达的命运，可能如这红玻璃花筒一样，逃不出可怕的命运轮回：

王大妈失神的那瞬间，想起什么来了呢？想起她自己的童年时代，也曾玩过这红玻璃的花筒。那时她是真纯的一个愉快而幸福的孩子；想起小达儿她娘的孩子时代，同样曾玩儿过这红玻璃花筒，同样走上她做母亲的寂寞而无欢乐的道路。现在小达儿是第三代了，又是玩儿着红玻璃花筒。王大妈觉得她还是逃不出这条可怕的命运的道路吗？——出嫁，丈夫到黑河去挖金子，留下她来过这孤独的一生？谁知道，什么时候，丈夫挖到金子，谁知道

① 萧红：《小城三月》，《萧红全集：小城三月》，凤凰出版社2010年版，第362页。

什么时候做老婆的能不守空房？[1]

这里，红玻璃筒成为了女性命运的象征物，任凭一代代女人如何挣扎也难以逃出它笼罩下的阴影。萧红通过这个故事表现了女性生命为命运摆布，苦难生涯在一代代女性身上轮回却又无法逃脱的人生悲剧。这种对女性命运的认识无疑带有绝望色彩，体现了萧红在历经种种坎坷不幸后对女性自我生命历程的悲观与失望。

萧红看到了在男权社会的层层重压下，女性不仅受到来自外在的有形及无形的诸多压迫，还需要承担女性自身的身体苦痛。可能是因为有过切身的痛楚感受，生育成为了萧红作品中反复呈现的女性身体经验。“正是这种象喻意义上的、或许与作者女性经验有关的妊娠和生育成了作者透视整个乡土生命本质的起点，成了‘生’与‘死’一系列象喻网络中最基本的象喻……是萧红那已然掩盖起来的女性自我通往这一中性社会的一条信息通道。”[2]萧红的第一篇小说《王阿嫂的死》就涉及了女性生育与死亡的主题，王阿嫂挺着大肚子还得在地里劳作，当她在地边稍作休息时就被张地主踢了一脚。几天后，王阿嫂在痛苦中产下了孩子，然而，大人与孩子很快都死了。小说不仅揭示了阶级压迫造成的悲剧，同时也呈现了生育带给女性的痛苦体验。小说这样描述王阿嫂产子后的情形：“王阿嫂自己在炕上发出她最后沉重的嚎声，她的身子是被自己的血浸染着，同时在血泊里也有一个小的、新的动物在挣扎。王阿嫂的眼睛像一个大块的亮珠，虽然闪光而不能活动。她的嘴张得怕人，像猿猴一样，牙齿拼命的向外突出。”[3]生育的痛苦让人触目惊心。

在《生死场》中，萧红更集中地再现了女性生育的惨痛与血腥。在第六章《刑罚的日子》中，标题即指出生育对于女性而言是一种刑罚、一种痛苦和一种折磨。五姑姑的姐姐到了快生产的时候了，因为不能犯了“压柴，压柴，不能发

① 萧红：《红玻璃的故事》，《萧红全集：小城三月》，凤凰出版社2010年版，第375页。

② 孟悦、戴锦华：《浮出历史地表——现代妇女文学研究》，中国人民大学出版社2004年版，第185、186页。

③ 萧红：《王阿嫂的死》，《萧红全集：小城三月》，凤凰出版社2010年版，第9页。

财”的忌讳，其被迫光着身子像一条鱼似的爬在没有草的土炕上生产。女人叫号了一整夜，“可是罪恶的孩子，总不能生产，闹着夜半过去，外面鸡叫的时候，女人忽然苦痛得脸色灰白，脸色转黄，全家人不能安定。为她开始预备葬衣，在恐怖的烛光里四下翻寻衣裳，全家为了死的黑影所骚动”。[①]然而，女人不仅要忍受生产的非人折磨，她还要忍受丈夫无情的打骂，“一点声音不许她哼叫，受罪的女人，身边若有洞，她将跳进去！身边若有毒药，她将吞下去，她仇视着一切，窗台要被她踢翻。她愿意把自己的腿弄断，宛如进了蒸笼，全身将被热力所撕碎一般呀！”[②]小说中不仅五姑姑的姐姐受到这样的折磨，二里半的婆子、李二婶子、金枝都经历过这样的刑罚：撕心裂肺的号叫、撕裂般的疼痛、浸着血的肉体。面对这些横在血光中的女人，萧红甚至用“罪恶”来形容即将出世的婴儿。生育作为女性几乎与生俱来的一种刑罚，在萧红眼里无异于一种原罪。

值得注意的是，萧红在描述生育这种女性刑罚的同时，不时地穿插一些关于动物生育的描写，如“房后草堆上，狗在那里生产”；“大猪带着成群的小猪喳喳的跑过，也有的母猪肚子那样大，走路时快要接触着地面，它多数的乳房有什么在充实起来”；“在乡村，人和动物一起忙着生，忙着死”；“窗外墙根下，不知谁家的猪也正在生小猪”。[③]这种穿插将女性的生育行为与动物的生产行为进行类比，说明女性与动物一样不过是繁衍物种的工具。女性的生育，在男权文化中一般被视为伟大的创造与牺牲，然而在萧红的文本中，这种创造常常降低到如动物的自然繁殖一样，是盲目而又泛滥的，以此完成对女性生育神话的解构。

在萧红看来，那些被规定为女性天经地义的“本质”概念如生育、母性、妻性等，它们对女性主体性缺失负有重要的责任，是羁绊女性自由追求的主要阻碍，是男性替女性设置的高级“陷阱”。故而，萧红不仅解构女性生育的神话，同时也视母性为一种累赘，尤其在极端贫乏的物质条件下，放弃母性似乎是可以理解的。因为“海伦·多伊奇……考察了母性现象。她赋予这项功能以十分重要的

① 萧红：《生死场》，《萧红全集：呼兰河传》，凤凰出版社2010年版，第53页。
② 萧红：《生死场》，《萧红全集：呼兰河传》，凤凰出版社2010年版，第54页。
③ 萧红：《生死场》，《萧红全集：呼兰河传》，凤凰出版社2010年版，第52—56页。

意义，认为女人通过它可以得到完全的自我实现——但条件是，它是被自由承担的，被真诚需要的；年轻女人的心理、道德和物质处境，必须使她有可能承受所要付出的努力；否则后果将是灾难性的”[①]。萧红认为母性是女性被父权制社会文化建构的本质性规定之一，女性完全具备自由选择的权利。萧红是这样认为的，也是这样选择的。萧红有过两次生育经历，一次是被迫将孩子送人，一次是孩子出生没多久就夭折。尽管萧红做出放弃孩子的选择是艰难的、痛苦的、无奈的，但仍让人觉得难以认同。由此，我们会发现，其实在萧红笔下很少有散发着母性光辉的母亲形象，也很少有充满着强烈母爱的感人场景，同被解构的生育神话一样，母性神话在萧红笔下也是轰然坍塌。再来看《生死场》中的王婆形象，当王婆向别人讲述女儿之死时，她表现得异常冷静，“一个孩子三岁了，我把她摔死了，要小孩子我会成了个废物”，“孩子死，不算一回事，你们以为我会暴跳着哭吧？我会嚎叫吧？起先我心也觉得发颤，可是我一看见麦田在我眼前时，我一点都不后悔，我一滴眼泪都没淌下”[②]。面对孩子的死，王婆表现出了一种“生的坚强”，为了“生”可以舍弃“母性”，生存大于母爱，于是在对“生”的坚强的肯定中，“母性”的光环也在无形中被消解。可以说，萧红与张爱玲笔下都没有理想的母亲形象，只不过两人是从不同面向来解构母性神话，萧红视母性为女性追求自我路上的一种累赘，而张爱玲则是以人性的弱点来完成这一解构的。

萧红之所以站在反本质主义立场否定女性的生育、母性、妻性等，是因为她要做一个真正独立的、自由的人，而传统赋予女性的职能在她看来会成为她追求道路上的障碍。萧红看到了也感受到了男权社会无处不在的性别压迫与性别歧视，这种性别不平等不仅存在于传统封建社会中，也存在于现代社会中。在文明社会，“男子处处站在优越地位，社会上一切法律权利都握在男子手中，女子全居于被动地位。虽然近年来有男女平等的法律，但在父权制度之下，女子仍然是被动的”[③]。

① ［法］西蒙娜·德·波伏娃：《第二性》，陶铁柱译，中国书籍出版社1998年版，第591页。

② 萧红：《生死场》，《萧红全集：呼兰河传》，凤凰出版社2010年版，第10、11页。

③ 萧红：《女子装饰的心理》，《萧红文集·散文诗歌及其它》，安徽文艺出版社1997年版，第104页。

萧红一方面为这种有意无意的性别歧视而感到痛苦，一方面认为女性要独立自主，寻找自己的天空。萧红曾告诫女友，一个女人要想翻身，必须自己站起来，既不给男人当“文明棍”，也不给男人当“巴儿狗”。所以，萧红特别欣赏史沫特莱的《大地的女儿》及丽洛琳克的《动乱时代》这两部书，因为这两部书中都塑造了勇敢、坚强、独立的追求自由与自我的女性形象，这是萧红在理性层面渴望自己也能够做到的。萧军曾指出：“她要做一个超历史的，从而否认历史的，光荣独立的人!”[①]

可见，为了维护女性的人格尊严，萧红特别强调要做一个与男性平等的自由自在的“人”，甚至因此而否定女性的自然属性，这使得萧红的女性主义立场又有着“非女性化”倾向。萧红对自己的女性身份是有着认同危机的，她对女性自身缺乏信心，“灵魂太细微的人同时也一定渺小，所以我并不崇敬我自己。我崇敬粗大的、宽宏的！……”[②]从这个意义而言，萧红其实也在无意识中落入了男权中心主义性别歧视的泥淖。此外，萧红也是有意识地去除自身的女性化，以期达到靠近甚至超越男性的目的。于是在生活中，她抽烟、喝酒，她不让自己身上有矫情作态的女人气，而代之以豪爽刚烈的男子气。由于萧红的性别意识不是建立在对自身自然属性认同的基础上，所以这就造成其女性观充满着某种悖论。萧红既站在两性对立的立场反对性别歧视，要求性别平等，追求女性的自主自立；与此同时，萧红又对自身的性别属性充满厌憎、缺乏自信，有意无意舍弃自己的性别属性，通过去女性化来谋求男权话语中女性的人格尊严，这就使得萧红所追求的性别独立最终还是落入到男权话语的桎梏中，也使得女性始终逃不出“第二性”的宿命。实际上，不仅萧红的性别意识中体现着这种悖论，她的一生也都陷在这种悖论中而无法解脱。

总之，萧红不仅通过文本创作也通过自身的生命历程来完成具有性别自觉意识的女性书写。虽然在萧红的女性书写中，还存在着某种悖论，但其对于女性身体经验的展示，对于女性生育、母性等女性本质主义的解构，无不显示了其女性主义书写的自觉与深刻。

① 萧军：《萧红书简辑存注释录》，黑龙江人民出版社1981年版，第106页。

② 萧军：《萧红书简辑存注释录》，黑龙江人民出版社1981年版，第33页。

第四章

Chapter 4

40年代女性文学

第一节　40年代女性文学概述

抗日战争的爆发，中国的版图被分为沦陷区、国统区和根据地（40年代后期称为解放区）三个不同的政治区域，中国的文学也呈现出不同的面貌。相较于前两个十年，文化界及文学界对“启蒙”的关注，这一时期，“救亡”已经逐渐替代“启蒙”而成为时代的主题。战争以其强行介入的方式和巨大的能量，冲击影响着时代的方方面面，并带来了中国政治、经济、文化等各方面的重组与分化。战争在很大程度上也规定了文学发展的方向，它迫使作家在这一形势下不得不迅速调整自己的创作，对这一关系中华民族生死存亡的事件做出反映，并将精力投入到抗战和民族救亡之中。

一、沦陷区女性文学创作

沦陷区被日军占领，包括华北、东北、上海、华南以及我国港台的大部分地区。生活于“孤岛”上海的张爱玲、苏青，先在东北后到东京再定居北平的梅娘，东北流亡作家等，共同创造了40年代的“沦陷区女性文学”。与20、30年代以及同时期解放区女性文学创作相比，沦陷区女性文学呈现出一种不同的姿态：前者在述说自身的痛苦与迷惘时多是批判封建制度、男权中心的文化传统对女性在家庭和社会的双重禁锢和奴役，其女性意识的表达是外露而狂热的，但她们强烈的表现形式并不能改变其“依赖”的本质，从“父”到“兄长”再到“姐妹”，她们呈现着一种“向外吸取生活信心的趋势，而鲜有从自身寻找改变生活的勇气”[①]。而后者则显得内敛且冷静，她们也批判封建伦理纲常，但却将自身注视的焦点对准女性，更加注重从女性自身寻找问题，剖析女性自己，侧重揭示一向被视为弱者、无辜的女性的内心痼疾，日常琐事和庸常人生的关照下是另一种惨烈的展示。沦陷区的代表女作家除了张爱玲、苏青、梅娘外，还包括潘柳黛、杨绛、“东吴系女作家”等。

潘柳黛原名柳思琼，1920年12月2日出生在北京一个旗人家庭。代表作《退职夫人自传》与苏青的《结婚十年》在当时被称为“双璧”，中、短篇小说主要有《魅恋》《恋》等。潘柳黛直爽的性格决定了她的文章不会给人春风拂面的感觉，而有排山倒海的倾泻气势。潘柳黛的笔锋犀利，有一句说一句，更有评论性文章将潘柳黛的写作风格说成是“像有神经病一样”，换而言之，潘柳黛的文章会给人一种歇斯底里的感觉，字里行间没有文静、内敛的意味，充满泼辣与爽快。她的文章风格“雷声大，雨点小，狠天狠地”，总是给人一种“芜杂慌乱，野气冲天”的感觉。[②]潘柳黛的大胆首先体现在作品中的直言谈性，她摒弃了五四时期女作家对于性的隐晦含蓄的表达，毫不避讳地书写男女情欲世界，揭示女性的性爱欲望。《退职夫人自传》中“他的细长的手臂抱紧了我……用他的滚热的嘴唇，吻着我的眼睛，我的嘴唇，我的胸，我的……我的胸像气窒了一样，我的心在荡漾，我忽然冲动起来了，这是我的男人”[③]。她以独特的女性视角描写女性对于性的情欲渴求，大胆表现了知识女性的性爱冲动。女性成为欲望的主体，拥有自己的意识和需要，这种对于性欲大胆的书写体现了40年代女性意识的张扬。

杨绛，1911年7月17日生于北京，本名杨季康，江苏无锡人，中国著名的作家，戏剧家、翻译家。在40年代的上海沦陷区，《称心如意》和《弄真成假》这两部喜剧创作的大获成功让杨绛备受瞩目。杨绛从一起笔就注重细腻敏感地捕捉

① 严三九：《谈谈张爱玲作品中的女性形象及其女性内省意识》，《社会科学家》1996年第6期。

② 汉子：《张爱玲、苏青、潘柳黛论》，《海潮周报》1947年第42期。

③ 潘柳黛：《退职夫人自传》，新世界出版社2003年版，第137页。

世态人情，将来自西方的世态风俗喜剧注入更多东方的、上海的世俗内涵，将中国大家庭的关系体系创造性地置入欧式客厅，这对于首次操觚戏剧的杨绛来说确实是难能可贵的。在《称心如意》公演之后，李健吾先生曾欣喜地说道："假如中国有喜剧，真正的风俗喜剧，从现代中国生活提炼出来的道地喜剧，我不想夸张地说，但是我坚持地说，在现代中国文学里面……第一道纪程碑属诸丁西林，人所共知，第二道我将欢欢喜喜地指出，乃是杨绛女士。"[①]杨绛对世态人情细腻周至的关注使得其笔下的喜剧具有了更多日常生活气息，丝毫没有因为客厅这个较为狭小的空间造成作品内蕴的局限性。相反，正因为客厅这个空间的相对局限性，才使得家庭的女主人发挥女性特有的优势，将与日常生活相关的琐碎细节井井有条地呈现在作品中，就像女性在管理家务方面业已表现出的才能一样。

20世纪40年代的上海还出现了"东吴系女作家"，包括汤雪华、施济美、程育真、俞昭明、郑家媛等，其中以施济美最为突出。由于她们中不少人是胡山源在东吴大学因抗战而迁沪学习的学生，又都是胡先生培养和提携的，在写作方法和各自的风格上，也有不同程度的相似之处，故称为"东吴系女作家"。她们活跃于40年代上海文坛，特别是1941年12月上海沦陷至1945年8月日本投降的三年多时间，被视为当时文坛的新秀，作品以小说、散文为主。这批年轻的女作家，带来了一股清新的气息，部分地实践着胡山源理想中的"通俗文学"理想，一种既切近现实俗态人生、但又坚持自我理想追求和道德诉求的作品。"东吴系女作家"不少作品都是聚焦于青年学生校园生活的清新之作，这些作品在题材、风格、人物塑造和思想主旨等各项文学指标上，都和五四时期女高师作家群的创作存在着一脉相承的延续性。但由于新的时空关系、时代变迁以及个人际遇等诸多方面的影响，她们又体现出全新的校园特色，为校园女性创作增添了属于40年代的青春活力。

① 孟度：《关于杨绛的话（剧作家论之一）》，田蕙兰、冯光裕、陈珂玉选编：《钱钟书杨绛研究资料集》，华中师范大学出版社1997年版，第661页。

二、国统区女性文学创作

相对于解放区与沦陷区女性文学创作的繁荣，国统区女性文学创作因缺乏得力的干将而显得相对匮乏，国统区在女性书写方面也更显得低回而潜隐。但这其中仍有几个我们不得不提到的女性作家及其文本。

郁茹1921年出生在浙江杭州，1943年开始发表作品。著有《郁茹作品选集》《郁茹作品选萃》，中篇小说《遥远的爱》等十余部。《遥远的爱》讲述了出身于小资产阶级的女知识青年罗维娜如何突破一己之爱的小天地，走上了争取民族解放的大道，歌颂了罗维娜敢于反抗恶劣环境的倔强意志和献身于民族解放事业的高尚品格。茅盾曾指出："我们所以感到喜悦，是因为这一部小说给我们这伟大时代的新型的女性描出了一个明晰的面目来了。……通过了仔细分析的内心斗争的过程，我们看见一个昂首阔步的新女性坚定地赶上了时代的主潮，——全身心贡献给民族。"①

40年代的国统区，还有一位执着于女性本体的作家郑敏。郑敏1920年出生于福建闽侯，1943年毕业于西南联大哲学系。她以寂寞作为姿态，以写作作为生命存在方式，用诗歌言说自己、女性和人类，优雅而富有贵族气息的浅吟低唱中贯穿着女性本体的自觉和对生命的哲思。郑敏在时代的激荡中审视女性主体的成长际遇，战争导致了主体对生命的普遍焦虑，战争也打开了女性生存的另一丝缝隙，让敏感的诗人得以寻找和发现自我。《诗集：1942—1947》以鲜明的时间刻度昭示着诗人与时代之间亲密无间的关系，却又在这样一个硝烟弥漫的时代里构筑了一个女性自我的独立的封闭时空，从而建构起自足的女性生命体验和女性主体。唐湜曾这样评价郑敏及其诗歌创作："她仿佛是朵开放在暴风雨前历史性的宁静里的时间之花，时时在微笑里倾听那在她心头流过的思想的音乐，时时任自己的生命化入一幅画面，一个雕像，或一个意象，让思想之流里涌现出一个个图

① 茅盾：《关于〈遥远的爱〉》，《茅盾全集》（第22卷），人民文学出版社1986年版，第164页。

案，一种默思的象征，一种观念的辩证法，丰富、跳荡，却又显现了一种玄秘的凝静。”[①]在郑敏的生命自觉里，还有着对于母性的独特体验。在她的诗学思想和创作实践中，母性是生命孕育者所具有的对于生命的来之不易、脆弱性、有限性及生命愿望的理解能力，这些理解能力是潜藏于女性母体而应该得到女性写作者深入开掘的独特资源。

三、解放区女性文学的创作

解放区的女作家的创作生涯大都十分漫长，且呈现出大致趋同的历史分期变化特征。在进入延安前，许多女作家即已开始创作，并形成了自己比较稳定的创作模式与书写风格。她们这一时期的作品或受五四精神的熏陶，或受“左翼”文学的影响，或二者兼而有之。虽存在着社会政治意识逐渐增强的趋势，但总的来说，她们这一时期的创作比较自由，所思所想，皆形诸文，内容丰富多彩。既有对封建压迫的反抗和揭露，又有对日本入侵的愤怒与抗议；既有悲寂灵魂的呻吟，又有对社会苦难的控诉；既有对小资产阶级知识女性的刻画，又有对广大劳动妇女的描摹；既有一己之悲的咏叹，又有国家兴亡的感慨等，几乎无所不包。及至来到延安，在经历了初期的自由阶段后，便开始了整风运动，女作家也都普遍接受了思想改造运动，创作的立场、态度、情感等相继发生变化，作品的内容、风格呈现出新的特质。这一时期，女作家的创作遵循着特定的意识形态要求，以社会阶级分析和政治价值判断来支配创作，走向与工农兵相结合的道路，作品中女性意识减弱，主要以歌颂为主，总体上呈现出一种明朗刚健的风格。

赵清阁（1914—1999），河南信阳人。著名女作家、编辑家、画家。1940年至1945年是赵清阁抗战话剧的高产时期，出版了《女杰》、《过年》、《桥》、《生死恋》、《王老虎》（与老舍合著）、《桃李春风》（与老舍合著）、《此恨绵绵》、《潇湘淑女》、《清风明月》等。其中，《生死恋》和《此恨绵绵》是改编自维克多·雨果

① 唐湜：《郑敏静夜里的祈祷》，《新意度集》，生活·读书·新知三联书店1990年版，第143页。

的戏剧《向日乐》以及艾米丽·勃朗特的小说《呼啸山庄》。自1943年开始，赵清阁开始动笔将《红楼梦》改编成话剧，分为五部，包括《贾宝玉与林黛玉》《晴雯赞》《鸳鸯剑》《流水飞花》《禅林归鸟》，可以说这五部话剧体现了赵清阁后期创作的主要实绩，也倾注了她大量的心血精力。

安娥（1905—1976），原名张式沅，河北获鹿县范谈村（今属石家庄市长安区）人。剧作家、诗人、记者、翻译家、社会活动家。安娥是位具有自由、民主思想的女性。安娥反对女人出卖自身去获取生活资源以及社会地位，她的一生全是靠自己极其勤奋的劳动而获得独立和尊严的。自由同独立，从来是一对孪生姐妹，女性唯有独立的人格，才能绽放开自由的鲜花。安娥在歌曲《四姊妹》中，赞扬了以梅、杏、兰、莲为名的四姊妹凭着自己双手获取生活的独立和自由。在《我怎样离开母亲》一文中，年轻的安娥，为投身革命，激动地喊出我愿将一切去换自由。抗战期间，安娥所写剧本如《战地之春》《警报》，报告文学《马上行》《五月榴花照眼明》等，都涉及妇女问题。这些作品呈现了抗日根据地广大妇女的精神状态及时代风貌，并提醒知识女性，千万别慕虚荣、攀高枝、只围着丈夫转而脱离抗日群众运动，乃至最后丧失了“自我”。可以说，在20世纪40年代，这些作品是相当“先锋”的，既呈现了反侵略战争的壮丽景象，又伸张了中国女性真切的“自我”。

综观解放区女作家的创作，我们不难发现，由于战争烽火迭起以及革命情绪的高涨，置身于战时特殊语境下的女作家们往往以战时文化规范和革命理性来调整、统摄自己的创作，这使得她们的创作呈现出与五四女作家迥异的风貌。在这一过程中，女作家们自觉弱化或压抑了自身的女性立场以服膺于时代与政治的需要，这使得她们的作品缺乏对女性的伦理关怀，忽略了女性的性别特征，女性“性度”明显下降，性别辨识度不高，构成了中国现代文学史上一种集体性的“被压抑的女性叙事现象”。

第二节 张爱玲

对于20世纪中国女性文学而言，张爱玲无疑是一个传奇，而她笔下的传奇故事诉说了世俗男女一个个千疮百孔的情爱纠葛，解构了关于爱情的所有美好童话，带给人无尽的苍凉感。张爱玲成名于20世纪40年代的上海沦陷区，而她的影响力持续发酵，时至今日海内外依然有众多“张迷”为其作品痴迷、沉醉。

张爱玲原名张煐，祖籍河北丰润。1920年9月30日生于上海，1995年9月8日被发现逝世于美国加利福尼亚州一公寓内。张爱玲有着显赫的家世背景，曾外祖父是晚清重臣李鸿章，祖父张佩纶是清末著名“清流派”人物，官至都察院左副都御史，祖母为李鸿章之女。母亲黄素琼是清末南京长江水师提督军门黄翼升的女儿。不过，高门巨族的显赫家世，张爱玲只赶上了一个末尾。亲历的、眼见的旧家族的衰败，给少年张爱玲以巨大影响。张爱玲的父亲张志沂是典型的遗少，旧习气既深，性情又甚坏。母亲黄素琼则是新派女性，受西方文化的熏染，向往并追求女性独立与自由。夫妻二人的价值观念、生活追求各自不同，感情自然不睦。由于父亲抽鸦片，娶姨太太，母亲曾两度抛下儿女去欧洲留学，终至离异。不久，父亲又娶了后母。这样的家庭环境，对于张爱玲日后的创作有着深远影响。

童年的体验、记忆会影响一个人的一生。父母的不断争吵、离异以及共同的自私对张爱玲的伤害是无言的、巨大的，以至于张爱玲晚年还通过撰写自传体小说《小团圆》来进行自我情感的疗愈。尽管父女俩也有过看看小报，谈谈亲戚间笑话，共同探讨文章这样一些温情时刻，但对于张爱玲而言，留给她更多的则是关于父亲的无能、不堪与残暴的记忆。当一次张爱玲与后母发生冲突，父亲不问清缘由即暴怒着殴打张爱玲，并将其关进一间空房长达半年之久。最终张爱玲在佣人的帮助下逃出了父之家。

逃出父之家的张爱玲欢欣地投奔母亲，虽然母亲收留了她并愿意抚养她，但出身于大家庭又深受西式思想影响的母亲，对子女的责任心却是有限，她不能做到如传统母亲那样，以牺牲自己的方式去抚育女儿，她有限的财产也需要为自己打算。母亲对女儿非常有限的爱，深深刺痛了张爱玲敏感的内心，相对于父亲带来的伤害，母亲的凉薄也让张爱玲感到痛苦。所以成年后的张爱玲对母爱看得非常透彻：

> 母爱这大题目，像一切大题目一样，上面做了太多的滥调文章。普通一般提倡母爱的都是做儿子而不做母亲的男人，而女人，如果也标榜母爱的话，那是她自己明白她本身是不足重的，男人只尊敬她这一点，所以不得不加以夸张，浑身是母亲了。其实有些感情是，如果时时把它戏剧化，就光剩下戏剧了；母爱尤其是。[①]

家庭的破碎、父亲的无情、母亲的自私、经济的压力，让张爱玲感受到一种无助与恐惧，一种谁都无法依靠的不安与孤独，这种“惘惘的威胁”决定了张爱玲对人世、对生命的基本态度，那是一种难以消释的怀疑。所以，张爱玲的笔下不再有神圣的爱情，也不再有伟大的母爱，她将笔触对准人性的弱点，予以毫不留情的揭示。与此同时，生命是虚空的，她需要抓住实实在在的东西，譬如金钱、物质，这些可以带给她安全感与稳定感，所以她喜欢听市声，喜欢关注俗世男女的日常生活。张爱玲认为“世上有用的人往往是俗人”，她愿意“从柴米油盐，肥皂，水与太阳之中去找寻实际的人生”。[②]

① 张爱玲：《谈跳舞》，《张爱玲文集》（第4卷），安徽文艺出版社1992年版，第159页。

② 张爱玲：《必也正名乎》，《张爱玲文集》（第4卷），安徽文艺出版社1992年版，第51页。

这样的家庭环境虽然让张爱玲感受到一种无爱的不安，但不可否认的是，同时也让张爱玲受到了良好的教育，尤其是传统文学的熏陶。父亲张志沂的旧学根底及英文都很不错，张爱玲的文学天赋得以发挥与父亲早期的“诗教”有着重要关系。张家藏书甚为丰富，张爱玲从小就阅读了大量文学作品。“我是熟读《红楼梦》，但我同时也曾熟读《老残游记》《醒世姻缘》《金瓶梅》《海上花列传》《歇浦潮》《二马》《离婚》《日出》。”[①]应该说，张爱玲的阅读远不止于此。此外，这样的家世也给张爱玲日后的创作提供了很多人生经验和创作素材。《传奇》中的不少作品，实际上都取自张爱玲耳闻目睹的李家、张家及黄家的家族故事，如《金锁记》《花凋》《创世纪》等。在这样的大家族中，成员之间往往为着财产、利益明争暗斗、彼此算计，人情淡漠，人性凉薄，而这些都影响到张爱玲日后的写作，使其能够敏感地揭示人性弱点。

张爱玲中学就读于圣玛利亚女校，这一时期，张爱玲已开始在校刊上发表习作，小说《牛》《霸王别姬》即创作于这一阶段，其展露出的文思、笔致及才情，令人瞩目。中学毕业后，张爱玲报考了英国伦敦大学并被录取，但因战争关系未能赴英，后改入香港大学读书。1941年太平洋战争爆发，继而香港沦陷，1942年张爱玲返回上海，开始了其正式的文学创作生涯。

1943—1945年，这是张爱玲创作的成名期，同时也是其创作的高峰期。从《沉香屑 第一炉香》开始，张爱玲陆续发表了《金锁记》《倾城之恋》《茉莉香片》《沉香屑 第二炉香》《心经》《花凋》《封锁》等，这些小说后结集为《传奇》于1944年9月出版。1945年初散文集《流言》出版。另外，这一时期还有两部未完成的长篇小说：《连环套》与《创世纪》。正如柯灵所说：“我扳着指头算来算去，偌大的文坛，哪个阶段都安放不下一个张爱玲；上海沦陷，才给了她机会。日本侵略者和汪精卫政权把新文学传统一刀切断了，只要不反对他们，有点文学艺术粉饰太平，求之不得，给他们什么，当然是毫不计较的。天高皇帝远，这就给张爱玲提供了大显身手的舞台。”[②]应该说，张爱玲创作的起点很高，其创作从

① 张爱玲：《女作家座谈会》，《杂志》（上海）1944年4月号。

② 柯灵：《遥寄张爱玲》，《张爱玲文集》（第4卷），安徽文艺出版社1992年版，第427页。

一开始就达到顶峰，且以二十出头的年纪取得如此成绩，在现代文学史上实属少见。

1945年之后，张爱玲的作品主要有长篇小说《十八春》，中篇小说《小艾》《多少恨》，电影剧本《不了情》《南北和》《太太万岁》等。1952年张爱玲离开大陆前往香港，在港期间创作了长篇小说《秧歌》《赤地之恋》，这两部作品具有较强的政治意识偏见。50年代中期张爱玲转赴美国，这之后张爱玲多是改写旧作，如将《十八春》改写为《半生缘》，《金锁记》改写为《怨女》，创作了《同学少年都不贱》及自传体小说《小团圆》《雷峰塔》《易经》。不过，相比较40年代张爱玲旺盛的创作精力与不凡的创作实绩，50年代之后张爱玲确是逐渐萎谢了，不管是在创作方面还是在感情方面。

张爱玲对于女性本质、女性地位、女性情感、女性弱点等一直有着清醒而睿智的认识，有着超越于年龄的世故与成熟，形成其鲜明而独特的女性观。这些女性观散见于张爱玲的散文及小说中，大致包括以下几方面：

关于女人本质的看法。张爱玲认为，首先，“在任何文化阶段中”，“女人是最普遍的，基本的，代表四季循环，土地，生老病死，饮食繁殖。女人把人类飞越太空的灵智拴在踏实的根桩上”[①]。其次，张爱玲认为女人带有原始性和神性。“超人是男性的，神却带有女性的成分。超人与神不同。超人是进取的，是一种生存的目标。神是广大的同情，慈悲，了解，安息。”[②]张爱玲信仰美国作家奥尼尔《大神勃朗》一剧中的“地母娘娘”形象，认为这一形象代表了女人的本质，是真正的女神。“奥涅尔以印象派笔法勾出的‘地母’是一个妓女，‘一个强壮，安静，肉感，黄头发的女人，二十岁左右，皮肤鲜洁健康，乳房丰满，胯骨宽大。她的动作迟慢，踏实，懒洋洋地像一头兽。她的大眼睛像做梦一般反映出深沉的天性的骚动……’她说话的口吻粗鄙而热诚。”[③]就是这样一个地母，她以母亲的慈悲与爱抚慰生者，安慰垂死者，而自己始终要承受恋爱、怀胎、生产与痛苦。

① 张爱玲：《谈女人》，《张爱玲文集》（第4卷），安徽文艺出版社1992年版，第70页。

② 张爱玲：《谈女人》，《张爱玲文集》（第4卷），安徽文艺出版社1992年版，第70页。

③ 张爱玲：《谈女人》，《张爱玲文集》（第4卷），安徽文艺出版社1992年版，第70—71页。

她为春天带来生命而愉悦欢欣，也为经历夏秋走向死亡的生命而痛切忧伤。张爱玲认为女人的精神里面都带有一点“地母”的根芽，正因如此，她认为，对于各色女人，包括妓女在内，都应给予同情和宽容。值得注意的是，张爱玲建立在“地母”形象基础上的女性观，在内涵上基本接近五四时期周作人所倡导的“神性加魔性”的女性观，即女人既非圣母也非恶魔，而是两者的混合。“地母”形象本身就是“娼妇”与“母妇”的混合体，即同时具有原始性和神性。“地母”身上的原始性，出自女性自然的生命欲求，而神性则是指具有“广大的同情，慈悲，了解，安息”的精神特质。这一女性观突破了男权文化按照男性心理需求将女性分为“母妇”或“娼妇”这样的两极，同时也褪去了五四时期女作家们所赋予女性生命神圣、浪漫、纯洁的色彩，而代之以“地母”式的女性来彰显女性生命的真实。另外，张爱玲虽强调女性身上具有神性，但这只是与女性的原始性相对而言，并不意味着将女性神化。相反，张爱玲是在否定“女神”的意义上把握女性的。在她眼中，女性代表的是人类踏实、安稳的一面，代表的是一种接近地气的人间烟火，女性生命的本真是蕴涵在凡俗生活之中。

关于男女关系及婚姻的看法。张爱玲认为，女人与男人的关系实质上包含着母与子的关系成分。某种意义上，男人是永远长不大的孩子，女人则包容博大，有似地母。不过女人在庇护男人的同时又喜欢崇拜男人，“女人一辈子讲的是男人，念的是男人，怨的是男人，永远永远”[①]。张爱玲意识到目前的文明其实是男人的文明，社会究竟是男人的天下，奉行的也是双重标准，故而所谓妇德，不过是“怎样在一个多妻主义的丈夫之前，愉快地遵行一夫一妻主义”[②]。在男权社会中，女性的生存空间是狭小的，无论女性如何做，往往都是过错方，为世人讥笑嘲讽，如《倾城之恋》中所言，“本来，一个女人上了男人的当，就该死；女人给当给男人上，那更是淫妇；如果一个女人想给当给男人上而失败了，反而上了人家的当，那是双料的淫恶，杀了她也还污了刀”[③]。女性在这种文明中的生存自然

① 张爱玲：《有女同车》，《张爱玲文集》（第4卷），安徽文艺出版社1992年版，第77页。
② 张爱玲：《借银灯》，《张爱玲文集》（第4卷），安徽文艺出版社1992年版，第179页。
③ 张爱玲：《倾城之恋》，《张爱玲文集》（第2卷），安徽文艺出版社1992年版，第74页。

要比男性艰难得多，也因此，她们把更多的精力、心思都放在婚姻上，不管是新女性还是旧女性，她们的职业都是“女结婚员”，并比男人更富于择偶的常识。不过，由于婚姻并不能保证女性的权益，张爱玲对婚姻的看法同早期的丁玲一样都是较为悲观的，两人都借人物之口指出以交换、谋生为目的的婚姻本质上不过都是长期的卖淫。所以，与丁玲一样，张爱玲对女性卖淫也是较为宽容的，因为“以美好的身体取悦于人，是世界上最古老的职业，也是极普遍的妇女职业，为了谋生而结婚的女人全可以归在这一项下。这也无庸讳言——有美的身体，以身体悦人；有美的思想，以思想悦人，其实也没有多大分别。”[①]张爱玲主张理想的婚姻应该以女性为本位，因为只要婚姻的决定权操纵在男人手中的制度存在着，那么“婚姻就一天不能够成为公平交易”[②]；“非得要所有的婚姻全由女子主动，我们才有希望产生一种超人的民族”[③]。

关于女人的特点及弱点的看法。张爱玲认为，女性往往较容易极端，“女人的活动范围有限，所以完美的女人比完美的男人更完美。同时，一个坏女人往往比一个坏男人坏得更彻底”，“一个恶毒的女人就恶得无孔不入”。[④]另外，针对社会上关于母亲形象神圣化的现象，张爱玲则清醒地指出：“自我牺牲的母爱是美德，可是这种美德是我们的兽祖先遗传下来的，我们的家畜也同样具有的——我们似乎不能引以自傲。”[⑤]对于女性的弱点，张爱玲并不讳言。一方面，张爱玲认为“在上古时代，女人因为体力不济，屈服在男子的拳头下，几千年来始终受支配，因为适应环境，养成了所谓妾妇之道。女子的劣根性是男子一手造成的”，“女人的缺点全是环境所致”；另一方面，张爱玲也认为女子自身也需担负一定的责任，“把一切都怪在男子身上，也不是彻底的答复，似乎有不负责任的嫌疑”，故而“单怪别人是不行的”。[⑥]这体现了张爱玲一定程度的女性自审意识，而这种自审意

① 张爱玲：《谈女人》，《张爱玲文集》（第4卷），安徽文艺出版社1992年版，第72页。
② 张爱玲：《谈女人》，《张爱玲文集》（第4卷），安徽文艺出版社1992年版，第65页。
③ 张爱玲：《谈女人》，《张爱玲文集》（第4卷），安徽文艺出版社1992年版，第70页。
④ 张爱玲：《谈女人》，《张爱玲文集》（第4卷），安徽文艺出版社1992年版，第70页。
⑤ 张爱玲：《造人》，《张爱玲文集》（第4卷），安徽文艺出版社1992年版，第95页。
⑥ 张爱玲：《谈女人》，《张爱玲文集》（第4卷），安徽文艺出版社1992年版，第68页。

识成为张爱玲在创作中展开对女性生命负面剖示的思想基础。

张爱玲的女性意识不仅通过她的一些散文作品来传达，更是通过她笔下的人物来体现。张爱玲早在创作之初就已显现了她的女性主义书写立场，开始了她对女性命运的探寻之旅。《霸王别姬》是张爱玲中学时代的一篇习作，作家借用历史故事并以女性主义立场将其改写。故事呈现的依旧是垓下被围的四面楚歌，依旧是英雄美人气短情长，不过故事的主角不再是“力拔山兮气盖世”的项羽，而是在《史记》中以“美人和之”一笔带过的虞姬。司马迁笔下作为英雄陪衬物的模糊身影，在张爱玲的小说中，成为了女性传统命运的代言人和质疑者。

小说描写在经历了一场厮杀后项羽沉沉睡去，虞姬走出帐篷，在澄静的夜里凝神思索自己的人生，虞姬明白她不过是项羽的影子及回声，没有自己独立存在的价值与意义。想到自己今后的命运，虞姬很清醒地知道无论项羽成功还是失败，自己都不会有好的结局。可以说，虞姬的思索不仅是对自身命运、价值的深刻反思，同时也是对父权社会男性本质的清醒认识。小说最后，虞姬没有顺从项王发出的“你得跟随我，直到最后一分钟。我们都要死在马背上”①的这一指令，而是微笑着拔出小刀刺进自己的胸膛，留给项王一句他听不懂的话，“我比较喜欢那样的收梢”②。可见，经由张爱玲的改写，传统的“霸王别姬”演变为一幕“姬别霸王”，而虞姬自刎，与其说是对项羽的愚忠，毋宁说是女性独立意识的觉醒；与其说是悲剧命运的重复，毋宁说是对传统轨迹的反叛。

虞姬这一形象虽是历史人物，但其却折射了男权中心社会中觉醒了的女性的两难困境。一部分现代女性意识到了自己的生命缺乏独立的价值和地位，洞悉了只是作为男性附庸存在的空虚，但她们却无法摆脱依附地位，无力赢得自身价值。虞姬的自刎也只是一种表面的解脱，如同五四时代出走的“娜拉”们，完成的只是一个美丽而苍凉的手势，而女性生命的真正出路并没有找寻到。16岁的张爱玲借虞姬形象表达了对女性命运、女性生存本质及女性生命价值的最初思考，她以女性主体意识改写历史文本，赋予了小说浓厚的女性主义色彩。

① 张爱玲：《霸王别姬》，《张爱玲文集》（第1卷），安徽文艺出版社1992年版，第11页。
② 张爱玲：《霸王别姬》，《张爱玲文集》（第1卷），安徽文艺出版社1992年版，第12页。

可以说，初登文坛的张爱玲即自觉地站在女性立场替女性代言，而这种女性意识也贯穿在她日后的创作中。张爱玲在作品中展示了一个正在逝去的国度、一群没落的阶级以及他们不断沉下去的生活。正如张爱玲在《自己的文章》中所言，“一般所说‘时代的纪念碑’那样的作品，我是写不出来的，也不打算尝试，因为现在似乎还没有这样集中的客观题材。我甚至只是写些男女间的小事情，我的作品里没有战争，也没有革命。”[①]确实，张爱玲更多关注大的时代中世俗男女的小情小爱，尤其是在这“旧的东西在崩塌，新的在滋长中”[②]的时代里，那些思想与情感还停留在过去的女性们，她们的惆怅、悲哀与惨伤。

张爱玲笔下的多数女性，不管是受过教育还是未受教育，不管是新女性还是旧女性，她们似乎都有一个共同的身份——“女结婚员”。这一概念是张爱玲在《花凋》中提出的，指将结婚作为自己的职业，嫁与经济上可以依赖的男人，这是她们的生活目标。“女结婚员”们将所有的心思、精力都放在寻找男人上，她们希望通过婚姻这根救命稻草改变自身命运，过上安稳的生活，哪怕彼此没有感情、哪怕只是一桩交易。这类女性从根本上说是男权社会的依附物与牺牲品，她们为了男性而存在，既没有独立的生存能力，也没有独立的自我意识。在婚姻生活中，她们是弱势的一方，即便遭遇了不公或背叛，她们也只能保持缄默，默默承受婚姻的苦果。《花凋》里，郑氏“遗老”之家的一群女儿们，因为门第关系，她们“不能当女店员，女打字员，做‘女结婚员’是她们唯一的出路”[③]。《留情》中敦凤在丈夫死后陷入困境，为了生活只好嫁给虽无感情但却有钱的米先生作姨太太。米先生每天要去看望他生重病的妻子，敦凤对此并不反对不是因为她的大度善良，而是因为她对于米先生“根本也没什么感情”。不过，尽管这样的婚姻生活是千疮百孔的，然而敦凤还是较为满足，毕竟嫁给米先生能让她在经济上获得保障。

在传统男权社会中，社会能够提供给女性的就业机会少之又少，那些未受过

① 张爱玲：《自己的文章》，《张爱玲文集》（第4卷），安徽文艺出版社1992年版，第174页。

② 张爱玲：《自己的文章》，《张爱玲文集》（第4卷），安徽文艺出版社1992年版，第174页。

③ 张爱玲：《花凋》，《张爱玲文集》（第1卷），安徽文艺出版社1992年版，第137页。

教育的、缺少一技之能的女性只能将嫁人作为一种生存技能。“对女孩子们，婚姻是结合于社会的唯一手段，如果没有人想娶她们，从社会角度来看，她们简直就成了废品”①，从个人角度来看，“女人是作为奴隶或仆人结合于父亲与兄弟所支配的家庭的，她总是由某些男性作主嫁给另一些男性”②，“婚姻是她得到供养的唯一方式，也是证明她生存之正当性的唯一理由”③。因此，对于旧女性而言，将嫁人作为一种职业实属无奈，归根究底是由于两性不平等的经济地位及社会地位所造成。而一些所谓的新女性，尽管接受过新式教育，不过教育往往成为其嫁人的资本与筹码，她们与传统女性在对男性的依附性上并无本质不同。《封锁》中的吴翠远接受过高等教育，大学毕业后留校担任英文助教，应该说，这样独立、有文化的女儿是值得家人骄傲的。然而事实却非如此，吴翠远在家里是受气的，由于过了二十五岁还未嫁人，父母逐渐对她失掉了兴趣，宁愿她当初在书本上马虎一点，匀出时间来找一个有钱的女婿。翠远是不快乐的，经济的独立没有使她获得幸福感，她的生活和理想依然和旧式女人一样：找个好男人，有个好婚姻。可见，即便是经济独立的职业女性，社会对她们的评判标准依然是嫁得好坏与否。故而，以这点来衡量，白流苏确实能够成为女性励志的榜样，以离异少妇身份，嫁与有钱华侨范柳原为妻，真的是一出圆满的传奇。

《倾城之恋》的题名显然来自“倾城倾国”的寓意，女子因貌美引起君主不计功利得失而造成国家、城市的覆亡。不过张爱玲反讽地翻转了这一成语的文化内涵，将这一成语表层所负载的文化逻辑解构，改写为因一个城市的倾覆而成全了美女的婚姻。小说中的男女主人公范柳原与白流苏，一个不过是个自私的男人，一个不过是个自私的女人，两个精明的人都将对方看得透明雪亮。对于范柳原而言，他看上白流苏是因为她代表了“真正的中国女人”，是出于“上等调情”的需要，但也只想她做他的情妇，并不愿意娶她；而白流苏则是迫于经济压力，在娘家处境已是艰难，她愿意和他在一起，无非是图他的钱，只不过她希望能够永久

① ［法］西蒙娜·德·波伏娃：《第二性》，陶铁柱译，中国书籍出版社1998年版，第489页。
② ［法］西蒙娜·德·波伏娃：《第二性》，陶铁柱译，中国书籍出版社1998年版，第487页。
③ ［法］西蒙娜·德·波伏娃：《第二性》，陶铁柱译，中国书籍出版社1998年版，第489页。

抓住这张长期饭票。两个人为着各自目的，在这场情爱游戏中彼此算计、戒备，然而一场战争的来临，香港城市的沦陷，使得这对平凡的、自私的恋人有了“一刹那的彻底的谅解，然而这一刹那够他们在一起和谐地活个十年八年”了。因为“在这兵荒马乱的时代，个人主义者是无处容身的，可是总有地方容得下一对平凡的夫妻”[①]。香港的沦陷成全了白流苏，由此改变了“倾城倾国”这一传奇故事的内在逻辑。张爱玲把“倾城之恋”的表层意义与文本意义在因果逻辑上颠倒，不动声色地反讽了涂在爱情上的“浮文”。这一看似喜剧的结局，其实蕴含着无尽的苍凉。白流苏的成功不是建立在必然性的基础上，而是具有偶然性，这一偶然性完全消解了小说的喜剧基调，如开头与结尾反复出现的咿咿呀呀的胡琴声，其实是渲染了小说的苍凉氛围。由此，张爱玲揭示了男权社会中“女结婚员”们苍凉而无奈的生存现状。

张爱玲不仅看到了男权社会中女性骨子里的依附性，同时还揭示了男权社会对女性的压迫，这种压迫使得女性的生命被窒息、被异化。“绣在屏风上的鸟”是张爱玲小说中的一个核心意象，也是张爱玲关于旧式女性生命的真实写照。在小说《茉莉香片》中，张爱玲形容冯碧落的生命状态便是用了这样的比喻：

> 她不是笼子里的鸟。笼子里的鸟，开了笼，还会飞出来。她是绣在屏风上的鸟——悒郁的紫色缎子屏风上，织金云朵里的一只白鸟。年深月久了，羽毛暗了，霉了，给虫蛀了，死也还死在屏风上。[②]

冯碧落在年轻时爱上了远房亲戚、大学生言子夜，但是长辈拒绝了言家的说亲，而冯碧落也无法答应言子夜出国私奔的计划，因为她要顾全她的家声，她要顾全言子夜的前途。冯碧落后来被家人嫁给了她不爱的聂介臣，于是，她的生命如“绣在屏风上的鸟”一般被禁锢、被扼杀，没多久便抑郁而终。其实，除了“绣在屏风上的鸟”这一意象，张爱玲的作品中还有其他类似意象，如《金锁记》

① 张爱玲：《倾城之恋》，《张爱玲文集》（第2卷），安徽文艺出版社1992年版，第82页。
② 张爱玲：《茉莉香片》，《张爱玲文集》（第1卷），安徽文艺出版社1992年版，第54页。

中“玻璃匣子里蝴蝶的标本”。小说在描写叔嫂调情一幕时用这一比喻形容曹七巧：

> 她睁着眼直勾勾朝前望着，耳朵上的实心小金坠子像两只铜钉把她钉在门上——玻璃匣子里蝴蝶的标本，鲜艳而凄怆。①

曹七巧年轻时为着钱财嫁与患骨痨的姜家二少爷，由此曹七巧正常的情欲被禁锢、被压抑，最终导致其精神畸变，亲手劈杀了儿女的幸福。此外，在散文《洋人看京戏及其他》中，张爱玲谈到《红鬃烈马》一剧，认为这出剧“无微不至地描写了男性的自私”，并用“冰箱里的一尾鱼”来比喻女性死寂的生命状态：

> 薛平贵致力于他的事业十八年，泰然地将他的夫人搁在寒窑里像冰箱里的一尾鱼。②

这里，张爱玲指出男性的自私本质是造成女性悲剧的一个重要原因，而反讽的是这样一个对女性不甚体谅的男子却在戏文中依旧被视为好人。总之，无论是“绣在屏风上的鸟”，还是“玻璃匣子里蝴蝶的标本”，又或是“冰箱里的一尾鱼”，它们原本都曾拥有生命，然而它们被绣在屏风上、被钉在玻璃匣子里、被冻在冰箱中，成为没有生命的被观赏物、被吞噬物。这些比喻形象地概括了旧式妇女在传统社会中的不幸命运，展现了女性生命活力被窒息、被异化的生存图景，象征了女性从有生命到无生命、从活生生的人到被禁锢被异化的物的变异过程，显示了张爱玲对传统女性在男性中心社会生存本相的清醒认识。

张爱玲的女性意识不仅体现在她大量书写传统女性在男权社会的命运，揭示她们的无奈、悲哀与惨伤，还体现在她以女性书写策略大胆反叛男权书写模式，

① 张爱玲：《金锁记》，《张爱玲文集》（第2卷），安徽文艺出版社1992年版，第94页。

② 张爱玲：《洋人看京戏及其他》，《张爱玲文集》（第4卷），安徽文艺出版社1992年版，第23页。

使作品具有鲜明的性别立场及反主流文化倾向。这种女性主义书写策略体现在三个方面，一是对男性的去势化书写，二是对母亲的负面化书写，三是对堕落女性的情欲化书写。

张爱玲的作品里基本没有出现过阳刚的、有能力的、有担当的男性形象，其笔下的男性多是懦弱的、无能的、病态的，这种病态包括两个层面，一是身体方面的残疾，二是精神方面的残障。身体残疾的如《金锁记》中的姜家二少爷、《怨女》中的姚二爷等，精神残障的男性形象在张爱玲的作品中可谓比比皆是。张爱玲喜欢把成年男性形容为婴孩、孩尸、未发育完全的孩子等，这其中的贬抑不言自明。《花凋》中的郑先生是个遗少，张爱玲这样描写他的外貌，“郑先生长得像广告画上喝乐口福抽香烟的标准上海青年绅士，圆脸，眉目开展，嘴角向上兜兜着，穿上短裤子就变了吃婴儿药片的小男孩，加上两撇八字须就代表了即时进补的老太爷，胡子一白就可以权充圣诞老人。”这样的描写讽刺了郑先生的双重性格特征，一方面在社会、家庭中如小男孩般幼稚、没有担当，另一方面又时时以遗老自居，处处充满名士做派。“因为不承认民国，自从民国纪元起他就没长过岁数。虽然也知道醇酒妇人和鸦片，心还是孩子的心。他是酒精缸里泡着的孩尸。”[①]“孩尸”的比喻可谓触目惊心，一针见血地指出了郑先生无用无能的本质。此外，《留情》中的米先生，张爱玲也用婴孩来形容他，“米先生除了戴眼镜这一项，整个地像个婴孩，小鼻子小眼睛的，仿佛不大能决定他是不是应当要哭。身上穿的西装，倒是腰板笔直，就像打了包的婴孩，也是直挺挺的”[②]。由于家庭环境的缘故，张爱玲自小就耳闻目睹遗老遗少们的荒诞行为与举止，在张爱玲的认识中，这些遗老遗少皆是无用可笑之人，所以她用“孩尸”“婴孩”等来讽刺他们。

这些如“婴孩”般的遗老遗少，坐享其成，坐吃山空，眼高手低，百无一用，他们将精力放在争遗产、吸大烟、养姨太太、斗家人之上。《创世纪》中匡霆谷、匡仰彝父子的无能与卑下可谓是触目惊心。由于匡家的全部财产都来自妻子紫微的陪嫁，一大家人几十年坐吃山空，终没落为弄堂平民。即便生活已经不

① 张爱玲：《花凋》，《张爱玲文集》（第1卷），安徽文艺出版社1992年版，第135页。

② 张爱玲：《留情》，《张爱玲文集》（第1卷），安徽文艺出版社1992年版，第203页。

堪，但匡家父子并不出去工作，反而是孙女潆珠出去找了份事做。匡霆谷这位也算饱读诗书的遗老，人生的志趣只是限于一杯莲子茶。此外，他的乐趣还在于和妻子闹别扭、唱对台戏，为的就是打压他一辈子未能占其上风的妻子。儿子匡仰彝更是自甘堕落，尽管已经成家，但依然伸手向母亲要钱，且丝毫不以此为耻，甚至认为真到了日子过不下去的时候，可以让两个大点的女儿去做舞女。此外，《倾城之恋》中，白流苏的父亲虽然是缺席者，但通过家人的回忆得知白父是一个有名的赌徒，因为赌而倾家荡产，而白四少爷同样狂嫖滥赌，并弄出一身脏病。可以说，在这些遗老遗少身上，集中体现了男性的无能与卑下。

而成长于这样家庭环境中的下一代，往往会受其影响，或是性格懦弱，或是心智麻木，过着一种意志消沉的、颓废的日子。《茉莉香片》中的主人公聂传庆，虽已二十岁，但“他那窄窄的肩膀和细长的脖子又似乎是十六七岁发育未完全的样子”[①]，而他的外貌很有几分女性美。由于父亲的粗暴、后母的阴冷以及家中弥漫的鸦片烟味，聂传庆渴望逃离家庭去过一种健康正常的生活，但是“他跟着他父亲二十年，已经给制造成了一个精神上的残废，即使给了他自由，他也跑不了”[②]。在粗暴父亲的阴影下，聂传庆懦弱、孤僻、自卑，他始终摆脱不掉窒息他、残害他的旧生活方式对他的影响。他和母亲冯碧落一样，都是绣在屏风上的鸟，没有能力飞下屏风去。如果说聂传庆还曾试图为改变命运而挣扎，那么姜长白、姚玉熹等则自觉地继承了父辈的生活方式，赌钱、捧戏子、逛窑子、抽鸦片，在这种病态的生活中他们心智麻木、意志消沉、浑浑噩噩，成为“精神上的残废”。

张爱玲的作品不仅揭示了遗老遗少们的无能与无用，她还敏锐地发现那些受过新式教育的男性在两性关系上的自私本质。《红玫瑰与白玫瑰》中有段被经常引用的名言：

> 也许每一个男子全都有过这样的两个女人，至少两个。娶了红玫瑰，久而久之，红的变了墙上的一抹蚊子血，白的还是“床前明月光”；娶了白玫

① 张爱玲：《茉莉香片》，《张爱玲文集》（第1卷），安徽文艺出版社1992年版，第46页。
② 张爱玲：《茉莉香片》，《张爱玲文集》（第1卷），安徽文艺出版社1992年版，第55页。

瑰，白的便是衣服上沾的一粒饭粘子，红的却是心口上一颗朱砂痣。[①]

作为“一个最合理想的中国现代人物”[②]，佟振保是成功好男人的典型。他正途出身，留过洋，有真才实学，在外商公司任高职。此外，他孝顺母亲，尽心提拔兄弟，待朋友热心周到，讲义气。不过就是这样一个有为好男人，在对待女性的态度上，却显示了男性的自私本性。对待红玫瑰，佟振保是抱着一种调情的态度与其交往的，尽管娇蕊是他同学的太太，但正因为是有夫之妇，所以他才用不着对她负任何责任。只是他没有想到娇蕊真的爱上了他，并因着爱而勇敢地向丈夫坦白。当振保知道这一切后，他害怕了、退缩了，他要顾着自己的前途与名声，于是他只能辜负娇蕊。对待白玫瑰，振保是不忠的，他嫌妻子是个乏味的妇人，于是他开始宿娼，冷落妻子，以致妻子也有了私情，而佟振保更是有理由可以公开在外玩女人。小说通过佟振保与两个女人的婚恋故事，不仅消解了爱情的诗意，也探讨了男性贪婪自私的本性。同样，小说《五四遗事》通过五四新青年罗为了自由恋爱而离婚、再婚、再离婚到最终怀抱三美的大团圆结局，不仅反讽了五四时期神圣的自由恋爱，也揭示了男性的自私、善变与不忠。

由此可见，张爱玲作品中的男性形象多是不理想的、病态的、无能的、自私的，这与作家的男性去势化书写策略有关。与此同时，张爱玲笔下的母亲形象也一反五四时期神圣化的书写模式，创作了另类负面的母亲形象。应该说，在张爱玲之前，新文学女作家笔下塑造的母亲形象多是慈祥仁爱、苦难深重及坚忍崇高的。五四时期，冰心视母爱为创造和推动社会的原动力。此外，陈衡哲、苏雪林、冯沅君、陈学昭、石评梅等女作家的作品中也都热情讴歌母爱的伟大。在女性文学产生之初，五四女作家们大量颂扬母爱，这有着特定的历史文化意义。五四女作家借对“母亲”这一女性最具社会兼容功能的人生角色的高度肯定，向男性中心社会发出女性的“人”的存在、“人”的价值及“人”的地位的呼声。30年代，随着革命文学的兴起，底层受苦受难的母亲形象开始出现在女作家笔下，如

① 张爱玲：《红玫瑰与白玫瑰》，《张爱玲文集》（第2卷），安徽文艺出版社1992年版，第125页。
② 张爱玲：《红玫瑰与白玫瑰》，《张爱玲文集》（第2卷），安徽文艺出版社1992年版，第125页。

冯铿的《贩卖婴儿的妇人》，小说塑造了为生计所迫忍痛出卖亲生骨肉的苦难的母亲形象。此外，丁玲的《母亲》以其生母为原型，展示了母亲余曼贞勇敢地从封建势力的重压下冲杀出来，艰难地走上寻求女性自立、追求知识与真理的自我解放之路。抗战爆发后，女作家在书写家国恨爱国情之时，往往赋予母亲坚忍顽强、深明大义、勇于奉献的品格。可见，尽管女作家笔下的母亲形象会因时代不同而有所差异，但母亲形象基本都是正面的。

生活在没落大家庭的张爱玲，感受到母亲对于子女的责任心是有限的，尤其在利益面前，亲情往往不堪一击。故而，张爱玲笔下的母亲形象与以往女作家笔下的母亲形象有着很大不同，她以反神圣化的负面书写塑造了现代文学史中另类的母亲形象。《金锁记》被傅雷称为文坛最美的收获之一，小说揭示了在长期封建统治的背景下，在受奴役被压抑的处境中，女性的麻木、愚昧以致精神畸变。曹七巧原是麻油店主的女儿，因家人贪恋钱财而将她嫁给患有骨痨的姜家二少爷，从此，黄金像一把沉重的枷锁窒息住了她正常的呼吸。姜家从上到下，老老小小都因为她出身低贱而看不起她，而娘家兄嫂只知道从她这里哄取更多的钱财，却不管她在姜家的处境。她想抓住小叔子姜季泽，但那个花花公子只是调起她的情欲，却又以家族的名义斥责她，躲避她。丈夫死后，曹七巧虽获得了以牺牲青春、情欲换来的黄金，但由于情欲长期得不到满足，她的人性已经扭曲、异化。她把对这个世界和姜家的报复全部变态地发泄到儿女身上，亲手毁了儿女的幸福。她破坏儿子长白的婚姻，先后逼死了两任儿媳，使得儿子不敢再娶，只得在妓院里逛逛。她不愿女儿长安出嫁，总认为别人都是冲着她的家产而来，当长安好不容易谈了一个留学归国的对象后，曹七巧不是真心地祝福，而是用谎言拆散了这一对情侣，至此，长安也断了结婚的念头。曹七巧不仅自己生活在“没有光的所在”，她把她的儿女也都一步步拉入“没有光的所在”，“她用那沉重的枷角劈杀了几个人，没死的也送了半条命”①。作为一个母亲，七巧身上几乎没有母性可言，她不仅不关心儿女、庇护儿女，反而残忍地毁灭儿女的幸福，堪称现代文学

① 张爱玲：《金锁记》，《张爱玲文集》（第2卷），安徽文艺出版社1992年版，第124页。

史上负面母亲形象的代表。

不过曹七巧终究是极端病态的，张爱玲小说中这种极端性的母亲也就这一特例。多数母亲形象都是些不彻底的人物，她们只是母性有限，不能完全付出自己的爱，也不能很好地保护自己的儿女。比如《花凋》中川嫦的母亲，尽管川嫦的墓碑上写着“知道你的人没有一个不爱你的”①，但父母对于川嫦的爱终究是有限的。郑夫人也关心女儿，但当郑先生不愿意再拿钱给女儿买药后，郑夫人有过犹豫，她有自己的私房钱，但倘若她拿出钱来买药，等于证实了自己有私房钱。考虑再三，对郑夫人而言，还是私房钱比女儿的性命更为重要。此外，一些母亲由于懦弱也不能保护自己的子女。《倾城之恋》中，离婚后在娘家居住的白流苏，兄嫂花光了她的钱财，开始嫌弃她，不断用言语刺激她。当流苏来到母亲床边，恳求母亲为她做主时，母亲只是一味地避重就轻，让流苏要理解嫂子们的难处，甚至劝流苏回到离了婚的婆家是正经，在娘家总不是长久之计。恍惚中，白流苏发现对于自己的哭诉，母亲只是呆着脸，笑嘻嘻的不做声，原来“她所祈求的母亲与她真正的母亲根本是两个人”②。这里，张爱玲指出了理想中的母亲与现实中的母亲的差距。女儿希望母亲能保护她、安慰她，让她感受到母爱的温馨，但现实中的母亲却往往因为诸多因素，如性格的懦弱、生存的压力、家族利益的考量等，并不能为女儿做主，甚至有时还会成为加害女儿的帮凶，如《十八春》中曼桢的母亲。可见，张爱玲以女性自省的目光审视母亲这一以往被颂扬的群体，塑造了一系列自私、懦弱、糊涂甚至变态的负面母亲形象，毫不留情地揭示了现实中母子关系的另一面向，从而对五四以来女性文学中的母亲形象构成了反讽与消解。应该说，张爱玲对母亲形象的负面书写，同样体现了她的女性主义书写策略。因为在男性中心文化的大背景下，对母亲的歌颂，一方面具有肯定女性生命价值的意义，但从另一方面来看，“贤妻良母”这样的颂扬恰恰渗透着男权意识形态的价值与标准。于是对母爱的歌颂往往就会陷入一种悖论：越是弘扬母性的伟大，就越是使女性无以挣脱传统角色的束缚；而要重塑女性自我，就需要冲破男

① 张爱玲：《花凋》，《张爱玲文集》（第1卷），安徽文艺出版社1992年版，第134页。

② 张爱玲：《倾城之恋》，《张爱玲文集》（第2卷），安徽文艺出版社1992年版，第52页。

权文化为女性制定的价值取向，而这就是张爱玲塑造负面母亲形象的意义所在。

此外，张爱玲的女性书写不回避女性情欲心理的揭示，尽管这种揭示不如丁玲、苏青那样大胆直接、无所顾忌，而是较为含蓄隐晦、点到即止。由于张爱玲能够站在女性立场剖析女性隐秘心理，故而同样题材的创作，其往往能够突破男性中心文化的书写模式，比如关于欢场女性堕落母题的书写。张爱玲的《沉香屑 第一炉香》讲述了葛薇龙由一个原本自尊心强并一心渴望读书的新女性，沦落为最后不是替丈夫乔琪弄钱，就是替姑母梁太太弄人的卖淫养夫的尴尬处境中。很多人认为葛薇龙的堕落是因为贪图虚荣，这其实是以男性欢场书写的立场误读了这一人物，诚然，葛薇龙堕落的原因中有着虚荣的成分，但更主要的还是其他因素。

在葛薇龙一步步堕落的过程中，在理性层面上，她一直都是清醒的，并试图进行抗拒，而抗拒的失败说明理性的、道德的力量终究是有限的，它无法战胜非理性的、情欲的力量。葛薇龙一直都很清楚乔琪是个怎样的人，这样一个不承诺婚姻与爱而只答应让她快乐的缺乏责任感的用情不专的浪荡公子，葛薇龙明知道与他结婚意味着过怎样的日子，靠出卖自己来给他弄钱，却依然如飞蛾扑火般愿意毁灭自己，这完全来自于一种可怕的情欲力量。葛薇龙自己也都明白这力量的来源，她“明明知道乔琪不过是一个极普通的浪子，没有什么可怕，可怕的是他引起的她不可理喻的蛮暴的热情”[①]。正是这不可理喻、无法控制的“蛮暴的热情”，使得葛薇龙愿意为此而奋不顾身。这里“奋不顾身”完全成了一种实指，为了乔琪，葛薇龙真的出卖自己的身体。小说中多处描写了葛薇龙感受爱的身体体验，如当她想起乔琪时的温暖感觉：

> 这姿势，突然使她联想到乔琪乔有这么一个特别的习惯，他略为用一用脑子的时候，总喜欢把脸埋在臂弯里，静静的一会，然后抬起头来笑道：“对了，想起来了！”那小孩似的神气，引起薇龙一种近于母性爱的反应。她想去吻他的脑后的短头发，吻他的正经地用力思索着的脸，吻他的袖子手肘处弄

① 张爱玲：《沉香屑 第一炉香》，《张爱玲文集》（第2卷），安徽文艺出版社1992年版，第28页。

皱了的地方；仅仅现在这样回忆起来那可爱的姿势，便有一种软溶溶，暖融融的感觉，泛上她的心头，心里热着，手脚却是冷的，打着寒战。[①]

这些感受完全是女性对于爱的身体体验，正是这不可理喻、无法控制的“蛮暴的热情”，使得葛薇龙不可自拔、无可抗拒地做了情欲的俘虏。在葛薇龙的堕落故事中，作者主要不是为了批判社会，如果说有揭示人性弱点的主题，她的态度也不是谴责的，而是充满了悲悯情怀，更多是凸显女性在非理性面前的挣扎、被动与无奈。这与男性作家对女性堕落的书写有着根本不同，男性作家对女性堕落的构想包括两种模式：一种是作为批判社会的工具，即女性的堕落是被迫的；一种是以此揭示人性的弱点，即女性的贪婪、虚荣及对物质的迷恋导致她们的堕落。《沉香屑 第一炉香》中有关女性的堕落却跳出了以上两种模式，在葛薇龙的故事中，张爱玲揭示堕落主要是基于一种无法控制的非理性的情欲力量。可见，在张爱玲笔下，她将女性堕落的原因由外在因素转为内在本体，并进一步由普遍的人性弱点转为女性的心理特质，体现了一种对于女性深层精神心理结构的理解与探测深度。

总之，张爱玲对于笔下的女性人物充满着一种“因为懂得，所以慈悲”的悲悯情怀，无论是旧式女性还是新式女性，张爱玲都揭示了她们在男权社会中的生存困境与悲凉命运。即便是接受过教育的新女性，张爱玲也意识到，其实她们的生存本质并未真正发生变化，这些新女性骨子里依然有着强烈的依附性。这既是因为男权社会的强大控制力，同时也因为女性自身卑弱的相袭。张爱玲不仅指出男权社会对女性的禁锢、压迫，同时也具有女性自审意识，对女性自身弱点予以客观审视，而这在中国现代女性文学发展进程中具有重要意义。虽然张爱玲的作品未能给女性指出一条正途，但通过其展现的女性在传统文化的裹挟中一级一级地走进“没有光的所在”，无疑是暗示了传统之路的不可行。

① 张爱玲：《沉香屑 第一炉香》，《张爱玲文集》（第2卷），安徽文艺出版社1992年版，第42页。

第三节　苏　青

成名于20世纪40年代上海沦陷区的女作家不止有张爱玲，还有苏青。作为当时同样走红的两位海派女作家，她们之间有着不少的交集点。比如，张爱玲就曾表示，“如果必须把女人作者特别分作一档来评论的话，那么，把我同冰心、白薇她们来比较，我实在不能引以为荣，只有和苏青相提并论我是甘心情愿的”[①]。而张爱玲的一些作品就是在苏青主编的杂志上发表的，如《封锁》等。此外，两人还在一起对谈关于妇女、家庭、婚姻等问题，并以《苏青张爱玲对谈录》发表。不过与张爱玲以小说创作为主不同，苏青则是以散文创作为主，故其小说数量并不多。不过也因为这一缘故，与之前一些女作家零星的、片段的女性观相比，苏青对女性问题做了较为系统而全面的阐述，其女性观大胆前卫、讲求实用。可以说，苏青是中国女性文学史上最早有意识、系统化地阐述自己女性观点的现代作家，她的某些观点即便在今天看来，仍是惊世骇俗的，也仍具有启发意义。

苏青（1914—1982），本名冯允庄。早年发表作品时曾署名冯和仪，后以苏青为笔名。苏青出生于浙江宁波鄞县（今鄞州区）的一个大地主家庭，父亲曾在美国哥伦比亚大学留学，母亲是师范学校毕业的学生，这样的家庭环境让苏青接受了良好的教育。1933年苏青考入国立中央大学外文系，读书期间，其与富家子弟

① 张爱玲：《我看苏青》，《张爱玲文集》（第4卷），安徽文艺出版社1992年版，第225页。

结婚，后因怀孕而辍学，苏青于是做了一段时间的家庭妇女。在这期间，苏青开始写作并向外投稿，1935年22岁的她在《论语》第67期上发表了处女作《生男与育女》，这篇文章已经显示了她快人快语、大胆泼辣，言他人所不敢言的写作风格。这之后，苏青的婚姻生活遇到问题，她因无法忍受丈夫的婚外情以及丈夫不肯养家的行为，于婚后十年与丈夫离婚。此时的苏青为了养育三个孩子，被迫走向社会，她以文为生，将写作视为自己的生存手段，开始了她的职业创作生涯。苏青的代表作主要有长篇自传体小说《结婚十年》《续结婚十年》，中篇小说《歧途佳人》，短篇小说《蛾》，散文集《浣锦集》《涛》《饮食男女》《逝水集》等。

应该说，40年代沦陷区的政治文化环境为张爱玲、苏青这些海派女作家提供了成名的舞台，如柯灵所言："偌大的文坛，哪个阶段都安放不下一个张爱玲；上海沦陷，才给了她机会。"[①]其实，对于苏青而言，何尝又不是如此呢？一方面，由于沦陷区的政治高压，代表国家、民族的主导意识形态普遍失声，女作家们进入了一个无神的时代，既无性别之神，又无大众之神，所以她们比以往任何一个时代都可以更加毫无顾忌地书写女性的感受。另一方面，受战争的影响，沦陷区的女作家普遍有着一种命运无常感，她们需要把握一些实实在在的东西来证明自身的存在，所以她们关注日常人生，重视物质生活，尤其肯定世俗的人生价值观。如张爱玲所言，"生在现在，要继续活下去而且活得称心，真是难，就像'双手辟开生死路'那样的艰难巨大的事，所以我们这一代的人对于物质生活，生命的本身，能够多一点明了与爱悦，也是应当的。而对于我，苏青就象征了物质生活"[②]。的确，苏青的创作也是物质的、世俗的、日常的。在实用主义的生存哲学之下，苏青展开了对两性关系的探讨，既不对爱情抱有不切实际的幻想，同时又站在女性立场务实地寻求女性在男权社会中安身立命之法。苏青对女性解放有着清醒的认识，她认为社会解放了女性并不一定随之解放，只有女性自身解放，女性才能获得真正的自主自由。苏青对男权意识的批判及其站在性别差异立场上强调两性平等的观点跟西方女性主义遥相呼应，显示了中国女性主义批评的自觉与

① 柯灵：《遥寄张爱玲》，《张爱玲文集》（第4卷），安徽文艺出版社1992年版，第427页。

② 张爱玲：《我看苏青》，《张爱玲文集》（第4卷），安徽文艺出版社1992年版，第229页。

实绩。

苏青的女性观大致包括以下几个方面：

首先，对男权社会、男权意识的批判。这又包含两个层面：其一是对男女不平等社会地位的批判。在《生男与育女》一文中，苏青首先指出生儿与生女的差别待遇，“为人妻者，无论你的德容言工好到怎样程度，可是若生不出儿子的话，按法据理，就得被丈夫逐出去；即使‘夫恩浩荡’，不忍逼令大归，你就得赶快识趣，劝夫纳妾图后，自己却躲在‘不妒’的美名下噙着眼泪看丈夫与别个女人睡觉。”反之，情形则大不同，中国一向母以子贵，生了儿子的母亲无论如何不堪，总是丈夫家族传宗接代的功臣。故而，女子从一出生就受到男权意识的压制，社会已估定了其价值为“赔钱货”。于是刚出生的女婴便因这种男尊女卑的思想，成为众矢之的，“虽有‘千金’、‘掌珠’之名而不能有‘千金’、‘掌珠’之实矣！”而“在被失望，讨厌的状态中生长着的女孩，自有她的特征，表现这个特征的工具，即此女孩之‘芳名’”，“名为‘招弟’者有，‘领弟’者有，‘来弟’者有，惟‘有弟’更爽快。”苏青进一步指出，这种男尊女卑的思想已内化到很多女性的意识深层，作为女性本体也不由得被男权意识所掌控，故而就会出现这一现象，“生产的是女人，被生的是女人，轻视产女的也是女人。生产的女人感到悲哀，被生的女人觉得（?）不舒适，轻视产女的女人困在失望的痛苦中。”[①]小说《结婚十年》中，苏怀青因头胎生养了女儿，受到婆婆及家人的冷遇，产前产后的待遇差别很大，甚至于自己哺育女儿的权利也因为还要生育儿子被剥夺，连苏怀青的母亲也因为女儿生了女儿而心有愧疚。当然，这种男女的不平等不止是体现在出生阶段，它伴随着女性今后生活的诸多方面。比如，社会对待男女离婚的不同态度，“对男人是不予重视，管他丧妻也好，离婚也好，一经续娶便没事了；对女人则是万般责难，往往弄得她求死不甘，求生不能”[②]。此外，由于男权意识的影响，女性的审美往往都是为了取悦男性，迎合男性的审美心理，于是女性自觉或不自觉地按照男性的标准来求美，实际上是将自己置于男性“玩物”的地位，也

① 苏青：《生男与育女》，《饮食男女：苏青散文》，新世界出版社2003年版，第100—101页。

② 苏青：《论离婚》，《饮食男女：苏青散文》，新世界出版社2003年版，第134页。

因此难保不“红颜薄命”了。由此，苏青指出“红颜薄命”的实质。其二是对女性自我价值失落的批判。苏青注意到在男权社会中，女性往往将男性的价值标准内化为自身的价值标准，从而在思想上成为男性的附庸，有时甚至比男性还要忠实地执行男权社会的价值标准。苏青认为，女子自小到大所接受的教育都是来自于男权社会的价值规范，在这样的教育下，女性是很容易失去自我价值观的，所以“置身在从前的男人的社会中，女子是无法说出她们自己所要说的话的”。旧式女子如此，新式女性同样也面临为男权思想异化的问题。那些新文学作品，“对不住得很，也还是男人写给男人们看的，因为现在仍旧是男人的社会呀。虽然他们也谈到妇女问题。提倡男女平等，替我们要求什么独立啦，自由啦，但代想代说的话能否完全符合我们心底的要求，那可又是一件事了。所以我敢说，读这类文章读出来的女生，她们在思想上一定仍旧是男人的附庸。她们心中的是非标准紧跟着男人跑，不敢想男人们所不想的，也不敢不想男人们所想的，什么都没有自己的主意。”[①]故而，针对五四时期出现的体现女性自我价值观的“娜拉出走”现象，苏青毫不客气地指出，“娜拉可是易卜生的理想，不是易卜生太太的理想”[②]。因为“凡男人所有的并不都是好的；凡男人所能享受的，女人也并不一定感到受用，这个观念须弄得清楚”[③]。

其次，提倡尊重性别差异基础上的两性平等。苏青不仅看到男权社会中男女不平等的现实，她同时呼吁建立平等的两性关系，但这种平等不是无差别的平等，而是尊重性别差异基础上的平等。相比较五四时期提出的宽泛意义上的男女平等，苏青的立场尤为可贵。苏青坚持女性与男性的差异、对立，以此来坚守女性的自我。苏青反对女性男性化的倾向，认为这是“男女平等”思想走向极端的结果。针对女子的教育问题，苏青指出：“严格地说来，我国根本没有所谓女子教育；学校里一切设施都是为男生而设，不是为女生而设的。”[④]然而很多人没有意

① 苏青：《我国的女子教育》，《饮食男女：苏青散文》，新世界出版社2003年版，第18页。

② 苏青：《母亲的希望》，《苏青散文集》，安徽文艺出版社1997年版，第77页。

③ 苏青：《第十一等人——谈男女平等》，《饮食男女：苏青散文》，新世界出版社2003年版，第27页。

④ 苏青：《我国的女子教育》，《饮食男女：苏青散文》，新世界出版社2003年版，第17页。

识到这点，“一般自命为新女子的还高兴得很，以为这是男女平等”[①]。苏青因此指出我国的女子教育是失败的，因为“身为女子而受着男子的教育，教育出来以后社会却又要你做女子的事，其失败是一定的”[②]。苏青站在女性立场认为真正的女子教育应包括两种：

> 一种是预备给完全以婚嫁为职业的女人来用的，就专门教给她们以管家养孩子的种种技能，相当于其他各项的职业训练，使她们将来能够所学得其所用。另一种便是除了教她们与男生同样学习各种职业技能，或同男生一样启示她们一条路径，使她们将来得从事于某种学术研究之外，还得教给她们些管家养孩子的常识，因为从事职业或研究学问的女子总还得结婚养孩子，在目前的中国社会里，男子可以专心从事职业或研究学问，把家务孩子统统交给他的家主婆，女子可没有这么好福气讨个家主公来呀！[③]

苏青针对社会中男女分工的现状，务实地指出女子教育不能忽视女性在家庭中的分工与作用，应将家务培训也纳入女子教育中，这样才能让女性更好地适应将来她所要承担的角色。此外，苏青强调女性在生理、心理等方面都区别于男性，如果不顾女性的自身条件，而以男性标准来衡量、要求女性，则很难达到真正的平等。因此，苏青对那种不顾及女性的生理、心理特点，一味空谈男女平等是不认可的，“所以我对于一个女作家写的什么：‘男女平等呀！一起上疆场呀！’就没有好感，要是她们肯老实谈谈月经期内行军的苦处，听来倒是入情入理的。”[④]苏青认为女性权利的争取首先应该从自身的生理特点出发，不能盲目地要求与男人事事相同，更不能一味地强调与男性处处平等。这是因为，“一个女子需要选举权，罢免权的程度，决不会比她需要月经期内的休息权更切；一个女人喜

① 苏青：《我国的女子教育》，《饮食男女：苏青散文》，新世界出版社2003年版，第17页。
② 苏青：《我国的女子教育》，《饮食男女：苏青散文》，新世界出版社2003年版，第20页。
③ 苏青：《我国的女子教育》，《饮食男女：苏青散文》，新世界出版社2003年版，第22页。
④ 苏青：《我国的女子教育》，《饮食男女：苏青散文》，新世界出版社2003年版，第18页。

欢美术音乐的程度，也决不会比她喜欢孩子的笑容声音更深”[①]。当然，苏青也并不认为“女子一世便只好做生理的奴隶”，而是希望女性“能够先满足自己合理的迫切的生理需要以后，再来享受其他所谓与男人平等的权利”。[②]那么，如何达到真正的男女平等呢？苏青认为，由于“男女先有一种天然的不平等，即生产是。我们要做到真正的男女平等地步，必须减轻女人工作，以补偿其生产所受之痛苦。假如她更担任养育儿童工作，则其他一切工作更应减轻或全免，这才能以人为补自然之不足，也就是婚姻的本意。”故而，“妇女运动是妇女要求合法的，也是合理的减轻工作，不是要求增加工作，或与男人一样的工作”[③]。应该说，苏青提倡的男女平等是在强调两性差异基础上的平等，这是一种站在女性立场、讲求实用的平等观，与五四时期提倡的建立在个性解放基础上的平等观有着根本的不同。

再次，大胆正视女性的身体欲望。长期以来，受封建礼教和男权思想的影响，女性的身体欲望是被遮蔽的，是沉在地表之下的。五四时期，多数女作家虽然呼唤恋爱、婚姻自由，但对女性的欲望仍是采取规避的态度。冰心的作品歌颂母爱、童心与大自然，基本不涉及爱情题材；冯沅君的小说虽大胆追求自由恋爱，但当作品中无法回避男女主人公共居一室时，她特别强调男女主人公除了拥抱、接吻，没有进一步的身体接触了，以性爱关系的缺席来保证爱情的纯洁神圣；庐隐笔下的女性对男性充满着一种神秘的渴望，但一旦走近男性后，她们又显示出逃避和厌憎的姿态；直到了丁玲笔下，女性欲望才浮出历史地表，莎菲对男性充满了欲望，她渴望凌吉士的吻，不过由于凌吉士卑劣的灵魂，莎菲处在灵与肉的矛盾冲突中，而这样的内心痛苦多少抵消了欲望的纯粹。此外，丁玲笔下女性的欲望是建立在个性解放的基础之上，具有某种精神价值的高度。而在苏青看来，欲望如同吃、喝、睡眠一样是人的正常生理需求，所谓“饮食男，女人之

① 苏青：《第十一等人——谈男女平等》，《饮食男女：苏青散文》，新世界出版社2003年版，第27页。

② 苏青：《第十一等人——谈男女平等》，《饮食男女：苏青散文》，新世界出版社2003年版，第27页。

③ 苏青：《谈婚姻及其他》，《饮食男女：苏青散文》，新世界出版社2003年版，第86页。

大欲存焉”，苏青对欲望的肯定是建立在世俗价值观的基础之上。相比较前代女作家，对于女性的欲望，苏青毫不遮掩，而是大胆正视它、肯定它，甚至专门写文章“谈性”。苏青注意到了受传统思想文化的影响，女性往往不敢承认性欲的现实，“性欲是人人有的，但是女人就决不肯承认；若是有一个女人敢自己承认，那给人家听起来还成什么话?”[①]不过在苏青看来，“性是人类自然要求之一种，也称本能”，“是促成婚姻关系的第一个原因”[②]，而“只有真正有爱情的性生活才可以使人满足”[③]。苏青不仅从生理层面肯定女性欲望的合理性，同时也指出欲望需建立在情感的基础上，只有这样，性才是美满的、和谐的。应该说，在欲望表达的大胆与直白上，她比丁玲走得更远。短篇小说《蛾》中，女主人公因着性欲苦闷，大胆地喊出“我要……！我要……！我要……呀”[④]的呼喊，如此赤裸裸的呐喊可谓惊世骇俗。作者更借扑火的飞蛾来形容女性的欲望之火，“欲望像火，人便像扑火的蛾，飞呀，飞呀，飞在火焰旁，赞美光明，崇拜热烈，都不过是自己骗自己，使得增加力气，勇于一扑罢了”[⑤]。又如《结婚十年》中，苏怀青直言性生活对于女性的重要，多次表达自己对爱欲的渴求，“我需要一个青年的，漂亮的，多情的男人，夜夜偎着我并头睡在床上，不必多谈，彼此都能心心相印，灵魂与灵魂，肉体与肉体，永远融合，拥抱在一起”[⑥]。正如谭正璧评价的，苏青往往敢言“别的女性所不敢吐露的惊人豪语”[⑦]，对于女性欲望的直白言说，苏青确实是无所顾忌。不过，也因为这样大胆的言说方式，苏青被冠以“文妓”和“性贩子”的帽子。可见，在男权社会中，女性要想说出内心欲望是要承受多大的社会压力与道德谴责。

再次，对于婚姻生活、女性生育、养育孩子等诸多问题的探讨。苏青站在世俗的生存哲学立场，对于女性生活的诸多方面予以指点，故而，从某种意义而

① 苏青：《谈女人》，《饮食男女：苏青散文》，新世界出版社2003年版，第2页。

② 苏青：《谈婚姻及其他》，《饮食男女：苏青散文》，新世界出版社2003年版，第84页。

③ 苏青：《谈性》，《饮食男女：苏青散文》，新世界出版社2003年版，第15页。

④ 苏青：《蛾》，《苏青文集（上）》，上海书店出版社1994年版，第3页。

⑤ 苏青：《蛾》，《苏青文集（上）》，上海书店出版社1994年版，第4页。

⑥ 苏青：《结婚十年》，经济日报出版社2002年版，第23页。

⑦ 谭正璧：《论苏青与张爱玲》，《饮食男女：苏青散文》，新世界出版社2003年版，第319页。

言，苏青的文章可视为女性的婚姻生活指南。对于婚姻的本质，苏青有着清醒的认识。在她看来，理想的婚姻至少需要具备三个条件，首先，“理想婚姻是应该才貌相当的。所谓才貌相当，也不仅是男有才而女有貌”，“乃是说男之才与女之才相称，男之貌与女之貌也相当之谓。男女双方之才均称则精神上愉快，男女双方之貌得当则肉体上满足，这是灵肉兼顾的顶完善办法。”除此之外，“尚有更重要者，则为道德之讲究。在婚姻关系中，若有一方不讲道德，即令才貌相当，恐亦难致幸福。”[①]不过，这种理想的婚姻是很难有的，现实中的婚姻往往都是千疮百孔。苏青对婚姻不抱乐观态度，她认为由于生理本能导致男性往往对待爱情不专一、不永久，故而，“爱情是不能够靠结婚来保障的，它的本身是性的本能与美的幻想的混合物，要使它持久而且专一最不容易”，故而“结婚之目的，乃正在于保障儿女，不在于保障爱情。”[②]所以，她建议，“为女人打算，最合理想的生活，应该是：婚姻取消，同居自由，生出孩子来则归母亲抚养，而由国家津贴费用”[③]。甚至认为，“婚姻只是一种可有可无的关系，随各人自由意思，而不必定有法律效用”[④]。而能够实现这一目标的前提是要将恋爱结婚与养孩子职业化。苏青认为由于生理原因，女性在生产及养育孩子方面付出比男性多得多的精力与心血，但往往得不到社会及男性的认可与尊重。所以，她提出由国家负责养育孩子或支付养育报酬，这可在一定程度上解决婚姻对女性的束缚以及女性对男性的依赖。另外，为女性着想，苏青认为节制生育也是必须的，“生育问题一日不得合理的解决，女人就一天不会真正抬头的。女性的将来幸福是建筑在儿童公育上，而相当的节制生育也是必须的”[⑤]。此外，对于女性离婚，苏青的态度亦是开明的，认为这没有什么不妥，不过需要考虑清楚今后的生活。“一个女子在逼不得已的时候，请求离婚是必须的。不过在请求离婚的时候，先得自己有能力，有勇气。”[⑥]因为

① 苏青：《谈红颜薄命》，《饮食男女：苏青散文》，新世界出版社2003年版，第35页。

② 苏青：《真情善意和美容》，《饮食男女：苏青散文》，新世界出版社2003年版，第67页。

③ 苏青：《谈女人》，《饮食男女：苏青散文》，新世界出版社2003年版，第6页。

④ 苏青：《谈婚姻及其他》，《饮食男女：苏青散文》，新世界出版社2003年版，第88页。

⑤ 苏青：《女性的将来》，《饮食男女：苏青散文》，新世界出版社2003年版，第81页。

⑥ 苏青：《女性的将来》，《饮食男女：苏青散文》，新世界出版社2003年版，第142页。

“娜拉并不是容易做的，娜拉离开了家庭，便是‘四海虽大，无容身之所’了。”[①]应该说，苏青的婚姻观大胆前卫，有时甚至较为偏激，她将婚姻中的男女双方视为对立的个体，由于男权社会中婚姻并不能保障女性的权益，无论是情感还是经济，故而，苏青对婚姻不抱任何希望，甚至提议取消婚姻制度。苏青的这一态度不可谓不激进，不过这恰恰体现了处于弱势地位的女性对于男权社会的一种绝望的反抗。

苏青的小说作品不多，主要有《结婚十年》《续结婚十年》以及《歧路佳人》《蛾》《朦胧月》等。与其散文风格一样，苏青的小说同样是平实直白，无所顾忌的。苏青的小说较多从自身经历出发，将自己的情感体验倾注其中，注重探讨女性的生存困境与精神苦闷。《结婚十年》是一部自传体小说，苏青从平凡的、琐碎的家庭生活入手，将女性在家庭生活中的各个方面展示出来。小说由苏怀青上花轿、洞房花烛夜写起，到丈夫的婚外情，再到生儿育女，然后战乱逃难，及至夫妻离异，到最终走向职业女性生涯，苏青完整地描绘了现代女性角色的转变历程，展现了“少女—妻子—母亲—离婚女人—职业女人”的艰难蜕变。小说不仅揭示了女性在家庭生活中的诸多问题，同时也再现了女性走出家庭之后的艰辛与困惑。“娜拉出走”是五四以来现代作家热衷表现的小说题材，出走即是宣告个性解放的胜利，不过女性出走之后如何却往往是空白。鲁迅深刻地指出如果没有经济能力，那么出走之后的娜拉，等待她的只有两种结局，堕落或是归来。“娜拉出走之后”在40年代苏青的小说中有了新的结局，苏青以自身的经历说明除了堕落和归来，女性还有第三条路即职业女性之路可走。

《结婚十年》及《续结婚十年》中，苏青强调了经济权对于女性独立的重要性。长期以来，横亘在女性解放道路上的第一道屏障就是女性经济的不独立，没有独立的经济权，女性的人格独立和个性自由就得不到保障。苏怀青最终与丈夫决裂的导火索就是经济问题，在此之前，尽管知道丈夫有外遇，尽管内心很痛苦，但苏怀青并没有选择离婚。每次当苏怀青低声下气地向丈夫讨要生活费时，

① 苏青：《再论离婚》，《饮食男女：苏青散文》，新世界出版社2003年版，第138页。

需要忍受丈夫的冷言讥讽，这让苏怀青意识到没有经济权，就没有尊严与人格。当丈夫最终不愿再提供养家费用后，夫妻彻底决裂，苏怀青也因此被迫走上职业女性之路。由于有着对生存权的切身体会，故而，苏青强调经济独立对于女性尤其是走出婚姻围城的女性的重要意义，因为“你恨你的丈夫，怕他，想逃避开他的魔掌，那只有一条路可走，便是自谋生活”[①]。

不过当女性意识到了经济独立的重要性，那么，这种经济权容易获得吗？苏青显然不太乐观，她意识到在半新不旧的过渡时代，女性的经济独立往往较难实现。“娜拉的出现曾予千万女人以无限的兴奋，从此她们便有了新理想，一种不甘自卑的念头。她们知道自己是人，与男子一样的人，过去所以被迫处于十等男子之下者，乃是因为经济不能独立之故。于是，勇敢的娜拉们开始在大都市中寻找职业。结果是：有些找不到，有些做不稳；有些堕落了！成功的当然也有，但是只在少数。”[②]苏青指出了在男权社会中女性寻求经济独立的艰难与困境。不过少数成功获得经济权的职业女性就一定幸福吗？苏青给出的答案是否定的。“这些少数的成功者当中，尚有一个普遍现象，便是她们在职业上成功以后，对于婚姻同养育儿女方面却失败了。”[③]由于整个社会充斥的仍是男权文化意识，职业女性无论是在社会还是家庭都依然摆脱不掉男权的压迫与歧视。除此之外，“在目前过渡时代，职业妇女都负着双重责任，忍受着双重痛苦”[④]，这些都加重了职业女性生存的辛苦与精神的苦闷。苏青在不少文章中都颇有同感地谈到职业女性之苦，这种苦包括三个方面：“第一是必需兼理家庭工作，第二是小孩没有好好的托儿所可托。第三是男人总不大喜欢职业妇女，而偏喜欢会打扮的女人”[⑤]。所以，在苏青看来，职业女性并不一定就优于家庭妇女，其在爱情、婚姻等方面往往会更加吃

---

① 苏青：《再论离婚》，《饮食男女：苏青散文》，新世界出版社2003年版，第139页。

② 苏青：《第十一等人——谈男女平等》，《饮食男女：苏青散文》，新世界出版社2003年版，第24页。

③ 苏青：《第十一等人——谈男女平等》，《饮食男女：苏青散文》，新世界出版社2003年版，第25页。

④ 苏青：《谈婚姻及其他》，《饮食男女：苏青散文》，新世界出版社2003年版，第87页。

⑤ 苏青：《苏青张爱玲对谈记（代序）——关于妇女、家庭、婚姻诸问题》，《饮食男女：苏青散文》，新世界出版社2003年版，第7页。

亏，这既体现了实用主义的生存哲学对苏青女性观的影响，同时也反映了苏青女性观的矛盾与新旧杂糅。

《结婚十年》中的苏怀青与丈夫徐崇贤的结合过程体现了新旧合璧的特点，先是通过父母之命、媒妁之言相识，再是通过自由通信相恋，最后举办新旧合璧的婚礼。而新旧合璧不仅体现在两人的结合过程中，同时也是苏怀青人格的写照。作为一个接受过新式教育的女性，苏怀青身上体现了很多新女性的特点，比如苏怀青具有明确的自我意识和强烈的平等观念，她要求与丈夫处于平等的地位，要求做丈夫的唯一，她不甘心只做传宗接代的生育工具，有着自己的精神追求，每天读书看报写文章。正因为苏怀青受到新思想的影响，所以她才没有在婚后的家庭生活中对丈夫逆来顺受，她有过反抗行为，尽管这些反抗往往半途而废。当新婚之夜发现丈夫与别的女性有暧昧关系后，苏怀青决心离开丈夫远走C大继续求学，在“爱的饥渴”中与应其民产生感情。然而不久之后，苏怀青发现自己怀孕便主动中断了这段“两颗樱桃”的爱情，重又回到夫家，这是苏怀青在情感上反抗的失败。同样，苏怀青在经济上的反抗也是以失败告终，因不满大家族的人际关系与生活环境，苏怀青选择出去工作，在一小学做教员，不过这段小学教员的生活只持续了三个多月，便因婆婆的要求和自己的退让而宣告结束。

可见，苏怀青是新女性但又不是一个彻底的新女性，在她身上，仍有着一些“旧”的痕迹，其行动还受到旧道德、旧思想的束缚。因此，苏怀青才会忍受丈夫的婚外情，委曲求全，希望通过维持无爱的婚姻来确保自己和孩子的生存问题，最终当丈夫不再提供经济供给才彻底打破苏怀青的幻想。应该说，苏怀青走上职业妇女之路完全是被迫的，如果不是丈夫太过绝情，苏怀青是不愿走到离婚这一步的。正如苏怀青对自己的剖析，“我是个满肚子新理论，而行动却始终受着旧思想支配的人。就以恋爱观来说吧，想想是应该绝对自由，做起来总觉得有些那个。一女不事二夫的念头，像鬼影般，总在我心头时时掠过，虽然自己是坚持无鬼论者，但孤灯绿影，就无论怎么解释也难免汗毛悚然”[①]。在苏怀青或是苏青身

① 苏青:《结婚十年》，经济日报出版社2002年版，第24页。

上，集中体现了接受过新式教育的女性骨子里所渗透的传统思想的影响。所以我们会在苏怀青身上或是苏青的言论里，看到某种矛盾性，比如，苏青一方面强调女性应该经济独立，另一方面又认为用丈夫的钱是一种快乐；一方面强调女性不要做男性的附属品，另一方面又认为女性以“失嫁”为最可怕；一方面强调女性不应一味地按男性的标准而求美，另一方面又认为职业女性吃亏就在于没有时间打扮自己去获取男性的欢心。正如张爱玲所指出的，苏青是“新式女人的自由她也要，旧式女人的权利她也要”[①]。从苏怀青及苏青身上，我们看到了女性解放之路的漫长与艰辛，这既是由于男权意识形态的强势所造成，同时也是因为女性自身所受的文化因袭的结果。

总之，苏青的女性观站在市民价值立场，讲求实用性，肯定世俗欲望，强调性别的差异性平等，其不少观点即便是在今天看来，仍是大胆前卫的，也仍具有启发意义。与此同时，苏青的女性观也具有那个时代共有的特点——新旧杂糅，这使得她的女性意识又充斥着某种内在的矛盾。

① 张爱玲：《我看苏青》，《张爱玲文集》（第4卷），安徽文艺出版社1992年版，第234页。

第四节　梅　娘

梅娘是三四十年代活跃于东北、华北沦陷区文坛的一位风格独具的现代女作家，也是一位具有传奇色彩的女性，曾与张爱玲一起被称为“南玲北梅”。梅娘1920年11月4日出生于俄罗斯海参崴（现称符拉迪沃斯托克），吉林省长春市人，祖籍山东省招远县（现招远市），原名孙嘉瑞。梅娘一生历经磨难，她的遭遇像一个悲惨的神话。幼年失母，少年丧父，青年丧偶，中年丧女，老年丧子，被错划为“右派”劳动改造，作为“黑五类”被强制劳动，这样深重的灾难，轮番而来。但她性格坚强，开朗乐观，通过给人帮佣、做苦工，熬过了生命中的重重磨难。2013年5月7日梅娘病逝于北京。

在中学读书时，梅娘就已显露她的文学才华，1938年由长春益智书店出版的《小姐集》，就是她中学时期的习作。梅娘小说创作的黄金期在20世纪40年代，从1940年到1945年，共出版小说集《第二代》《鱼》《蟹》，连载长篇小说《小妇人》《夜合花开》，童话集《聪明的南陔》《青姑娘的梦》。自1945年后，她主要写作散文。40年代她创作的小说主要有：《侏儒》、《鱼》、《旅》、《黄昏之献》、《雨夜》、《阳春小曲》、《动手术之前》、《小广告里面的故事》、《行路难》、《一个蚌》（现名《蚌》）、《春到人间》、《蟹》。此外还有短篇小说《侨民》，未完成长篇小说《夜合花开》《小妇人》等。另外有散文随笔及日文小说翻译。

梅娘的小说多以女性生活为题材，她善于用细腻的笔触表达女性内心对爱情的执着追求及苦闷，从平凡的日常生活中表现女性生存环境的险恶，批判男性中心社会给女性造成的压迫和束缚。在40年代的沦陷区，在民族蒙难的艰涩岁月中，梅娘的作品同样表现出忧国忧民的情怀。梅娘与张爱玲的作品同是沦陷区特殊境遇下的产物，同是重视个体生命的存在意义，同样表达女性婚姻爱情的爱恨怨怒，但审美个性迥然不同。张爱玲既现实又超脱，在苍凉的人生背景上，以一双冷眼俯视芸芸众生；梅娘则更为纯真与理想，她以饱满的情感表达女性对爱的渴望与追求，以激越的文字批判男性中心文化给女性造成的悲惨命运。

梅娘对两性之间的性别差异和性别压迫有着清醒的认识，她的众多作品都表现了女性所处的险恶的生存环境以及女性追求爱情而不得的悲剧与苦闷。她的水族系列小说《蚌》《鱼》《蟹》用“象征性的水族名称暗含了女性命运和生存能力，成为中国女性几千年文化境遇精辟的象喻”[①]。

《蚌》的开头这样写道：“潮把她掷在滩上，干晒着，她！忍耐不了——才一开壳。肉仁就被啄去了。——系己。”[②]梅娘用软体动物蚌的悲剧来象征女性封闭被动、软弱无助的悲剧命运。作品描写了大家庭出身的少女梅丽不愿在家过小姐的生活，中学毕业后到税捐总局上班，并与单位同事琦自由恋爱。由于环境的不允许，他们的恋爱并不充分，结果认识不足，整天吵架。恋爱的过程交织着甜蜜与痛苦。梅丽的家庭，母亲冷漠偏心，长兄抽大烟，叔伯妯娌关系不和，梅丽在家中得不到爱与温暖，更渴望在恋人那得到情感的抚慰。母亲因为贪财，要把她嫁给有钱但品行恶劣的朱少爷。琦也接到家信，要他回家完婚。由于双方家庭的压力，性格软弱的二人互不信任，关系极度恶化。在此期间，梅丽的同事翻译张先生因为垂涎梅丽的美貌而不得，在小报上编造谎言，诽谤梅丽。当二人再次见面时，琦轻信报纸上的谣言，再次不辞而别。梅丽逃脱家人的看管，在清晨赶到车站，载着琦的火车刚刚驶离车站。梅丽陷入迷茫当中。小说描绘的是20世纪40年代青年人的自由恋爱，尽管此时已经不再是子君涓生恋爱的时代，但外在环境并不宽松，加上梅丽与琦二人性格软弱，互不信任，家庭的阻力，恋爱的悲剧在

① 乔以钢、林丹娅主编：《女性文学教程》，河北教育出版社2007年版，第85页。

② 梅娘：《一个蚌》，《梅娘代表作》，华夏出版社1998年版，第88页。

所难免。这部作品给人印象深刻的并不是恋爱悲剧本身，而是作者借人物之口对女性生存境遇的描写与控诉，对男权中心社会婚姻本质的批判。梅娘与萧红一样，看到了女性生存空间的狭小、逼仄。尽管与五四时期有所不同，但女性只作为男性附庸，没有自主权的现象依然普遍存在。“这社会原不是给女人预备的，原想还可以读书、做事，现在连那样一点小希望都没有了。读书去，一天六点钟功课有三点钟家事，做事，女人是低能的，只配端茶水，一天八点钟两手不闲着，给你一块钱还觉得太多。”[①]“想着从家里走出来，其实跟着就得走进另一个家去，一样的洗衣服、做饭、还得看孩子，到天边也得扮演着受欺负的角色。”[②]这完全是男性主宰的社会，女性不论是接受教育与否，还是接受多少教育，是做家庭妇女还是从事社会工作，都得作为男性的附庸而存在，女性根本没有自己的主动权和选择权，没有自己独立的生存空间。女性的天空是低的。至于自由恋爱，作者也借秀文之口控诉女性在婚姻中的被动及人们思想的守旧导致的恋爱环境的逼仄：“‘恋爱的时候不容你选择，结婚头几天还新鲜，过几天发觉满不是那么一回事，于是就吵，于是男人出去荒唐去，女人活受罪。’雯又颦起了双眉。‘我看就是人嘴缺德，两人刚认识，一块走一次，别人就不得了，仿佛要不把两人说得如何如何就对不起谁似的。结果，两人想不好也不行，就那样马马虎虎，这好，绝不会迷路，一条道，见面——爱——结婚。’”[③]尽管是自由恋爱，但并没有自由的实质。由于受几千年父母之命，媒妁之言传统观念的束缚，人们思想僵化，风气未开，恋爱的环境仍然是险恶的。女性在恋爱婚姻中的从属性、被动性没有实质性的改变。在婚姻中，女性仍然是金钱婚姻或政治婚姻的交换品，是传宗接代的生育工具，是男性泄欲的对象，女性自身没有任何主动权和选择权。可见，鲜明的性别差异和性别压迫体现在家庭、社会的方方面面。

短篇小说《鱼》是梅娘的代表作，这篇小说以自我倾诉的方式，讲述了青年女性芬被有妇之夫林省民情感欺骗后，怀孕生子，芬拒绝做姨太太，决心打开另

① 梅娘：《一个蚌》，《梅娘代表作》，华夏出版社1998年版，第129页。

② 梅娘：《一个蚌》，《梅娘代表作》，华夏出版社1998年版，第153页。

③ 梅娘：《一个蚌》，《梅娘代表作》，华夏出版社1998年版，第130页。

一条生活之路的故事。小说情感饱满，细腻真实，满含血泪的倾诉中蕴含着女性对社会及他人清醒的认识，对自我深刻而理智的剖析，对女性内心深处的情感展露得细致真切，是一篇饱含血泪、情感真挚的女性控诉书和反省书。芬出身于思想守旧的大家庭，聪明美丽，性格活泼，情感丰盛，敢于追求爱情，在校读书期间成绩优秀，表现突出。芬暗恋国文老师，但在毕业演出时发现老师爱的是另一位女学生，芬情感上受到打击。此时，有妇之夫林省民早已看上了刚刚毕业的芬，他隐瞒了自己已婚的身份，与芬自由恋爱并同居生子。但此时的林省民由于背负经济的重担，希望芬回家做自己的姨太太，芬不愿意，丈夫经常与芬吵架，并对她拳打脚踢。芬在情感上备受折磨，向丈夫的好友琳倾诉内心苦闷，寻求精神安慰。芬很清醒地认识到自己的处境，也很清楚丈夫和琳对自己是怎样的一种情感。她拒绝做姨太太，拒绝做男人裤腰带上的附属品，决定带着孩子寻求另一条生路。“真正的快乐不是依赖别人所能获得的。我不能忍耐目前的生活，那就只好自己去打开另一条生活的路子。”[①]芬勇敢独立、情感丰富又清醒理智。她需要情感，但不祈求情感。她渴望独立，拒绝依附。当林省民欺骗了她的情感，她愤恨、控诉，但不依赖，而是自审自省，寻求夫妇的真义。当她婚姻破裂，情感陷入困惑时，琳安慰了她，芬心怀感激又清醒地认识琳所给予的情感：“你对我只如遥远的一颗灯，你的光亮照及了我，但我不能把那灯握在手里，用它的光亮来伴着我冲出黑暗。”[②]不论是林省民情感的欺骗，还是琳富人般情感的随意抛掷，都不是芬真正追求的。她不愿过锦衣玉食但情感空虚的姨太太生活，不愿做男人的附庸。她也不渴求随意抛掷的面包，她需要的是相互尊重，心灵相通，需要两颗诚挚的心真诚相对。在男性中心的社会之网里，女性要想寻求这种生活，还需要靠女性自己去努力争取。“网里的鱼只有自己找窟窿蹿出去，等着已经网上来的人再把你放在水里，那是比梦还飘渺的事。”[③]

中篇小说《蟹》以“捕蟹的故事”作为开头：“捕蟹的人在船上挂着灯，蟹自

① 梅娘：《鱼》，《梅娘代表作》，华夏出版社1998年版，第51页。
② 梅娘：《鱼》，《梅娘代表作》，华夏出版社1998年版，第28页。
③ 梅娘：《鱼》，《梅娘代表作》，华夏出版社1998年版，第24页。

己便奔着灯光来了，于是，蟹落在已经摆好了的网里。”[①]作品以蟹比喻向往美好，渴望光明的女性，以捕蟹的人张着网等待来比喻女性恶劣的社会生存环境。小说以小姑娘玲玲的视角，描写在日本占领满洲后，父亲孙二爷因政治原因病故，昔日红火的大家族迅速分崩离析的过程。孙家是一个大家族，原本是父亲孙二爷一手支撑起来的。在日本人侵占满洲，父亲病故后，大家族迅速分崩离析，衰老的老太太嗟叹流泪，各房都在盘算着自己的未来。大爷掌握着地产，不再交工；二奶奶掌握着几家公司分号的收益，私藏积蓄；三爷找到一批外帐项目，狠要了一把。狡猾的管家王福跟着三爷，在各房之间撺掇，谋取利益。原本和睦的孙家大家族树倒猢狲散，各房之间相互猜忌、分食而居。没有亲娘的玲玲在父亲去世后犹如无人照顾的孤儿，独自一人在厨房吃着没有油水的菜。聪明而要强的玲玲不愿接受祖母令人窒闷的珍爱，她拼命读书，渴望着有朝一日能逃离这个令她窒闷的家庭。她讨厌奶奶“为什么你不是个男孩”的叹息，对自己的性别身份有清醒的认识和明确的追求。“她不愿意作为男人的附属品，既然男女是平等的，为什么女人不能有自己独立的人格？她曾计划过，到北平去上大学，学工，像爸爸一样，创建有利人生的实业。”[②]在这个家庭中，自立自强，有远大理想的玲玲看清了这个家庭所有人的面目，祖母的懦弱，大伯的直性，继母的小气，三叔的专横。人与人之间除了利用与被利用，没有一点心的交流。连一向很受她尊重的堂哥祥，也被她看清了本质。从已婚的祥“多少次窥看过祥对翠那火一样的凝眸。那么这凝眸是假的了。玲玲第一次觉到了祥跟家里的所有男人一样，他们只不过是玩女人，玩女人消遣生命。她认为属于新型男人的堂哥也不过是披了张新派的外壳”[③]。玲玲以自身性别的敏感觉察到女性在男性中心社会中难以摆脱的悲剧命运。小翠是管家王福的女儿，自尊自强，希望靠自己的双手养活自己，但最终还是被贪婪的父亲像蟹一样捕进网中，作为摇钱树嫁给孙三爷做了姨太太。女性生活的世界犹如一张早已由男性张好的网，等着女性自投罗网。女性要想摆脱

① 梅娘：《蟹》，《梅娘代表作》，华夏出版社1998年版，第185页。

② 梅娘：《梅娘》，文汇出版社2002年版，第139页。

③ 梅娘：《梅娘》，文汇出版社2002年版，第202页。

几千年来被男性规范的附庸地位，只有自己冲破这张网，打开另一条生路。

梅娘的水族系列《蚌》《鱼》《蟹》分别以蚌、鱼、蟹比喻男性中心社会中软弱无助、身受束缚，无知地等待诱捕的险恶生存环境的女性。梅娘对女性的性别身份有清醒的认识和体悟，她在作品里表现男性中心社会里鲜明的性别差异和性别压迫，控诉女性生存环境的险恶，表现女性反抗的艰难，表达女性对真挚情感的渴望。短篇小说《雨夜》通过描写一位美丽的少妇在海边遇到暴风雨，躲避在小屋内遭到男性强奸而反抗的故事，表现女性外在生存环境的险恶，男性对女性的玩物心态及占有欲望。小说《黄昏之献》《春到人间》通过刻画男性对年轻女性容貌和身体的渴望表现男性对女性的占有欲望和玩弄心态，这是单纯的动物式的兽欲。在《动手术之前》中，梅娘借一位因生活所迫不得不卖淫而得了性病的妓女之口，愤怒地控诉男性中心社会中男性对女性的欺凌和压迫。小说以自我倾诉的形式表现了一个被压迫得无法存活下去的青年女性的愤怒的控诉和呐喊，艺术上虽嫌直白，但掷地有声。

童年的不幸经历不仅让梅娘看到了男性中心社会女性附属性的社会地位和险恶的生存环境，也让她清醒地认识到物质丰富并不是幸福的唯一条件，相反，在婚姻爱情中，她更追求人格的尊重，情感的交流，心灵的相通。在梅娘的小说中，她笔下的正面女性形象，都有大体相同的特征：个性独立，自尊自强，情感丰富，勇于追求爱情，如《蚌》中的梅丽，《鱼》中的芬，《蟹》中的玲玲、小翠等。她们不论是大家族的小姐，还是贫寒人家的女儿，都表现了可贵的女性独立精神，同时在追求爱情时更注重人格的尊重，心灵的相通，不愿做男人裤腰带上的附属品。未完成的长篇小说《夜合花开》中的黛黛和黛琳就是这样的一对姐妹。黛黛和黛琳是同胞姐妹，父亲是中学校长，母亲是家庭妇女，在日本人侵略中国之前，一家人生活安稳。姐妹二人都端庄美丽，且接受过良好的教育。姐姐黛黛因为美丽端庄，嫁给有钱的少爷日新做了少奶奶，锦衣玉食，物质富足。丈夫日新对自己的生活很满足，既有舒适的生活，又有美貌的妻子作为高雅的装饰。但“黛黛觉得自己被蔑视了，她愿意轰轰烈烈地作些什么，她觉得自己是池中的龙，总有一天是会腾身云上的。没有理解，没有目的，没有真正的两性体会的意义的夫妻生活像囚在笼中的鸟一样，纵然吃着最好的粮食，住着华丽的屋子，受着珍贵的照顾，纵然是——黛黛蓬勃的心被寂寞浸蚀得变质了。她要去寻找一个新鲜的、有意义的爱情来滋润着；一个新鲜的、不止于两性间肉体的爱欲的爱情。”[①]锦衣玉食的少奶奶不满足于物质享受，不愿无所事事，渴望走进社会，为社会奉献自己的力量；她不愿仅仅是丈夫的装饰品，渴望心灵相通、互相尊重的爱情。但她也有明显的局限性，软弱，且缺乏行动的力量。相对于黛黛的软弱、胆怯，妹妹黛琳更自尊也更坚决一些，她不愿接受姐姐的资助，因为姐姐的钱不是她自己挣的；她不愿再去上学，因为不希望爸爸妈妈那么辛苦，她要自食其力，减轻父母的负担。黛琳与爱群之间的爱情，更是相互尊重，相互爱慕。这是一部未完成小说，但从已完成部分，我们看到，梅娘通过描绘普通人家出身的姐妹黛黛和黛琳的同与不同，赞扬女性身上自尊自爱、自立自强的优秀品质。

梅娘笔下的女主人公执着而勇敢地追求爱情，梅娘与丁玲、苏青一样大胆突破女性不可言性的传统文化桎梏，大胆地表现女性心理和身体欲望，并进行深刻的自我反思。在《一个蚌》中，梅娘借梅丽的日记描摹女性恋爱时的心理，表达女性正当的生理和心理欲望。

> 该怨琦吗？
>
> 不，该怨的是我自己，该怨的是自己二十岁的心。纵然起意在琦，但也是自己抑制不住醉了的心才促成的。
>
> 不，也不该怨自己，那是本性之一，谁都需要的，那是想拒绝而不得的事。
>
> 我不该惋惜我处女的失去。
>
> 不，我不该现在给琦，至少应该再过些日子，那仅只相识了六月的琦。真不是一个最好的例子，认识，爱，结婚，最短的时间完成了三部，结果认识不足，整天吵架。

① 梅娘：《夜合花开》，《梅娘代表作》，华夏出版社1998年版，第298页。

容我们相处得更长一点多好？

许多人在蔑笑，许多人在注意，许多人在监视。

原本寂寞着的心，为得到不易得的可心的异性而狂跳了。

相会时间的不易更加重了会见后的热烈。

由于热烈发生了……

我同情着贞，我可怜着我自己，我可怜着和我一样的患着青春症的女人。[①]

这种自我反思，自我否定又自我肯定的心理，将梅丽恋爱时的心理欲望表达得细腻完整，真切动人。梅丽的表达既肯定了男女恋爱时正常的生理欲望，又表现了外在逼仄的环境导致恋爱的不充分，从而加速了错误的产生。这种欲望表达和心理分析切实表现了女性心理，推动了中国现代女性文学的发展，反映了40年代女性文学的特征。

在《鱼》中，尽管芬受了林省民情感的诱惑，但她并不后悔。“我作的事情并没有错，我需要爱，结果爱了。我要创造我自己的家，那我自然应该走出我爸爸的，我并没有侵害谁，我并没有给谁不便，我作的，都是只有一条路可走的。”[②]“我要那温煦的慰藉，我要一个存放我的丰盛的感情的地方。我知道我要的不是你，但我，琳，我身边只有你接近了我，我，琳，你原谅我吗，你生我气吗？你……”[③]芬真实地表达女性内心深处的情感和生理欲望，对自我及他人的情感和欲望需求也有清醒而正确的认识。但几千年男性中心社会造成的男性性别的优越感和对女性的占有玩弄欲望并不是一下就能废除的。这不仅需要女性自身清醒的认识和坚决的反抗，同样需要男性的自我反省和自我批判。

梅娘是40年代沦陷区有鲜明的女性意识、睿智深刻、乐观坚强、有爱国情怀的作家。她对几千年男性中心文化传统造成的性别差异和性别压迫有着极其清醒

① 梅娘：《一个蚌》，《梅娘代表作》，华夏出版社1998年版，第147—148页。

② 梅娘：《鱼》，《梅娘代表作》，华夏出版社1998年版，第51页。

③ 梅娘：《鱼》，《梅娘代表作》，华夏出版社1998年版，第51页。

的认识，她通过小说创作描绘女性险恶的社会生存环境，表现女性内心真挚而热切的情感追求，表达女性对性别压迫和欺凌的控诉和反抗。同时，作为沦陷区作家，梅娘用曲笔表达自己的民族意识，表现自己的爱国情怀。在75岁高龄时，梅娘撰文《我是一只草萤》，说“陆诗人的‘僵卧孤村不自哀，尚思为国戍轮台’的情愫一直潜存在我的心底，传承着愤世豪情，温暖着生命的尾日”[①]。由于“南玲北梅”的称呼，很多读者习惯于将张爱玲与梅娘进行对比，对此，梅娘在85岁高龄时撰文《我的答案》，这样评价张爱玲：“天才的激情否定了天才的自己，她只体认胡兰成之流的花言巧语，却无视胡某人的背信弃义。因而一叶障目，堵塞了通往祖国母亲的心灵通路，朦胧之下丢掉了生活的重心，陷入了不愿自拔不肯自拔的无奈螺旋。”[②]如果摒除文学作品的艺术性，单从女性意识和民族意识这个角度来说，梅娘要积极、开朗、坚强、爱国得多。

① 梅娘：《我是一只草萤》，《梅娘：怀人与纪事》，张泉选编，中央广播电视大学出版社2014年版，第210页。

② 梅娘：《我的答案》，《梅娘：怀人与纪事》，张泉选编，中央广播电视大学出版社2014年版，第202—203页。

第五章

Chapter 5

新时期以来的女性文学（上）

第一节　新时期以来女性文学概述

中国女性文学的历史新时期，即时间跨度从20世纪70年代末到21世纪初的这一段时间是中国女性文学的复苏、繁荣和成熟期。新时期女性作家群的崛起和逐渐成熟不是偶然的，它有其历史的必然性和存在的合理性。首先，伴随着新时期以来的思想解放运动，女性的自我意识也在此阶段重新浮出历史地表，并势如破竹地冲击着一切旧观念、旧意识。其次，大量西方女性主义文论被陆续译介至中国，极大地冲击了中国本土女性作家的思想意识，中国本土女性作家试图通过文学作品，寻找女性存在的自我价值，从而与主流的男权文化相抗争。再次，市场经济对传统一元化文化的消解为女性写作空间的多元化提供了可能。新时期以来，优秀女性作家辈出，女性文学的创作生机蓬勃。

一、20世纪80年代：自觉寻找女性的本我意识

20世纪80年代的女性文学，其写作主体由“人”向“女人”自觉地转变，女性作家们不断开拓女性书写的空间。这种书写空间至少包括对理想化男女平等观念的呼唤、双重性别意识的艰辛与迷茫、女性本我欲望的抒发、超现实的女性叙事四个层面的内容。

1. 对理想化爱情的呼唤

20世纪50年代到60年代的女性创作一直规避爱情主题，而到了20世纪70年代末，社会环境开始变得开明，受到压抑和桎梏的人性得到解放，女性以新的独立姿态走出自己的屋子，她们天真烂漫，以一种“小女儿”的姿态对爱情满怀期待与憧憬。舒婷和张洁的早期作品突出表现了这种历史新时期女性意识的复苏以及对理想化爱情的呼唤。

舒婷的《致橡树》旨在打破旧时期女性之于男性的依附关系，宣扬一种女性人格独立的精神。诗歌拥有鲜明的女性立场，诗人站在新时代女性的角度，借木棉树的内心独白，真挚而坦诚地歌唱女性的人格理想以及对男女两性比肩而立、各自独立又深情相对的理想化爱情的向往。如果说《致橡树》是舒婷对女性独立意识觉醒的呼唤，那么《双桅船》则是诗人对女性本我意识的自信彰显。诗中的“岸”“风”“风暴”“灯”等都具有象征意义，它们象征着女性已然能够独自行走在风浪中，勇敢去追寻自我，从而女性的独立意识得以真正确立。《神女峰》中，舒婷大胆地喊出千百年被忽略、被湮没、被埋葬的女性的心声：“与其在悬崖上展览千年/不如在爱人肩头痛哭一晚。”千百年来被作为贞操观念典范的神女峰传说被舒婷改写，从反思者的视角表达了女性内心真实的感受。这是当代女性对生命本真的呼唤，是她们对爱情的强烈渴望，也是女性全新价值观的确立。

张洁的女性主义文学创作大致分为三个阶段：第一阶段表现为对理想化爱情和生活的执迷。张洁1979年发表的短篇小说《爱，是不能忘记的》，率先突入长期被视为文学创作禁区的爱情领域，具有浓厚的理想主义色彩。小说通过一个名叫珊珊的30岁未婚女青年对已故母亲的回忆，揭开了母亲钟雨与老干部“有情人未成眷属”的爱情悲剧，同时也表达一个知识女性的爱情婚姻观。张洁在小说中深切地描写了“没有婚姻的爱情的痛苦与没有爱情的婚姻的不幸，作家并不是表层地批判所谓的封建传统道德对爱情的束缚，而是尖锐地揭示了社会现实与传统观念对人性、人的自由的剥夺以及在这种束缚与剥夺的语境中人的精神困境。”[①]张洁以女性的视角感受和体悟现实与理想存在的隔阂和矛盾，意在探讨人类情感，表现女性心灵对理想化婚姻爱情的呼唤。第二阶段张洁的创作表现了对爱情婚姻的迷惘与反思。小说《方舟》的卷头标出醒目的警语“你将格外地不幸，因为你是女人”[②]。小说塑造了三个独立自强的女性形象——梁倩、荆华、柳泉，她们都经历了婚姻家庭的不幸，她们以勇敢、决绝的态度从婚姻家庭中走出来，试图与男权社会相抗衡，摆脱男权的束缚。第三阶段的创作表现为对婚姻爱情的彻底解构。小说《无字》是张洁历时十二年呕心沥血写出的长篇力作，小说讲述了三代女人的婚姻爱情悲剧。张洁通过对三代女性命运的揭示，实现了对婚姻爱情最彻底的解构。不难看出，张洁小说中的女性主义意识随着时间和伤痛的堆积不断明晰强烈。

2. 双重性别意识的艰辛与迷茫

20世纪80年代初期，女性在男女平等观念指导的社会话语体系中参与社会生活，她们不自觉地忽视自己的性别，试图把自己打扮成坚毅勇敢的男性，以男性的观察视角、思想观念积极主动地去参与社会生活各个领域的开拓。在事业的追逐上，“她们的必然、唯一道路是由奴隶而为人（女人）、而为战士。她们将不是作为女人、而是作为战士与男人享有平等的、或者说是无差别的地位”[③]。走出家庭，女性抛却自身的性别，与男性一起成为“社会工作者”。可是，一旦她们回到家里，她们得重新拾起“妻子”和“母亲”的角色，忙碌起家庭的琐事。社会现实造就了80年代初期“花木兰”式的“女性”，这种“花木兰”式的人物形象亦表现在同时期的文学作品中。在事业上，她们是“铁姑娘”；在家庭中，她们是“贤内助”。社会意识形态的变化，让此时期的女性背负着双重性别，事业和家庭

① 朱栋霖、朱晓进、吴义勤主编：《中国现代文学史1917—2012（下）》（第2版），北京大学出版社2014年版，第156页。

② 张洁：《方舟》，《方舟》，北京出版社1983年版，第1页。

③ 戴锦华：《镜城突围：女性·电影·文学》，作家出版社1995年版，第68页。

的双重担子都压在了女性身上，这加重了女性的负担。女性在生活中感到焦虑和困惑，对自己所扮演的角色稍显茫然与疲倦，家庭和事业的两难选择让女性力不从心；“男女平等”的思想解放运动更是在实际生活中解构了女性的独立意识。以谌容、张辛欣为代表的作家，她们在80年代初的作品中鲜明地展现了这个阶段女性承担“铁姑娘”和“贤内助”双重性别的艰辛与不易。80年代初期创作的小说，女性对自己有了新的认知：她们对自己的生存状态感到困惑，对自己的双重性别意识感到迷茫。这个时期的小说戳穿了以往宣扬的“男女平等”的神话，揭示出女性生存的困境。

谌容（1936—），原名德容，当代著名小说家。谌容在1980年发表了中篇小说《人到中年》，引起社会反响。小说讲述的是20世纪80年代初，一个人到中年的眼科大夫——陆文婷，一方面承担着沉重的医务工作，另一方面又要承担四口之家的繁重家务，最后因工作、家庭负担过重，病累交加、濒临死亡。小说客观而又真实地展现了一代女知识分子的艰难人生和生存困境。陆文婷是一个长期坚守在自己工作岗位上的好大夫，但作为一个中国女性，她的内心深处一直为没有扮演好贤妻良母的角色而感到深深愧疚。小说揭示了知识女性的生存困境与精神焦虑。

张辛欣（1953—），祖籍山东。张辛欣在1980年创作的小说《我在哪儿错过了你》中，揭露了妇女解放运动后女性生存的实际境况，并对“男女都一样”的性别平等观念提出质疑。小说女主人公是一个售票员兼剧作家，在社会生活中，她明晰地感受到“现在社会对女性的要求更高些，家庭义务、社会工作，我们和男性承担的一样，甚至更多些。迫使我们不得不像男性一样强壮”[①]。为了生存和理想，女主人公“不得不常常戴起中性、甚至像男性的面具”[②]，这种无可奈何的“雄化”过程让女主人公沾染上要强的男子性格，她以为那只是一件男式外衣，却不曾想到要强的男子性格已经深深渗入个人气质中，想脱也脱不下来。因为自己被“雄化”，女主人公错失了自己的良人，她对自己感到失望却又不得不在现实生活中选择妥协，重新戴上“男性的面具”。1981年发表的小说《在同一地平线上》

① 张辛欣：《我在哪儿错过了你?》，《张辛欣代表作》，河南人民出版社1988年版，第10—11页。

② 张辛欣：《我在哪儿错过了你?》，《张辛欣代表作》，河南人民出版社1988年版，第22页。

讲述竞争激烈的社会生存环境下，一对夫妻为了追求各自的艺术理想而选择离异。小说旨在表达男女都一样的观点：女人有女人的苦恼，男人有男人的不幸。女人不再取悦和依附男人，她们与男人一样站在同一地平线上，付出更多努力，独立勇敢地去追求自我价值实现的机会。

3. 女性本我欲望的书写

80年代女性文学的创作初期表现出一种不自觉的、无意识的女性意识的觉醒，而到了80年代中期，以王安忆、铁凝为代表的作家则是向自觉的女性意识的抒发过渡，她们的作品由宏大的历史叙事向个人生活和情感的体验转变。这个时期的女性作家除了继续关注女性在社会生活中存在的意义和价值之外，她们开始把笔触伸向女性自身性爱欲求上；她们塑造的女性形象不再沉浸在无奈苦恼和困惑迷茫中，而是大胆地去体验生命、感受生命；她们试图创造独属于女性的艺术世界，从而让男性的社会中心地位遭到放逐、拆解乃至颠覆。

王安忆是新时期第一个大胆涉笔“性爱”禁忌的女作家。王安忆曾说：“如果写人不写其性，是不能全面表现人的，也不能写到人的核心，如果你真是一个严肃的、有深度的作家，性这个问题是无法逃避的。”[①]她的“三恋”系列——《小城之恋》《荒山之恋》《锦绣谷之恋》及《岗上的世纪》等作品以本能欲望的身体话语进行小说架构，小说主旨直指男女性爱生活，抒写女性性爱体验，消解神圣叙事，颠覆男性中心的性观念。“三恋”突破了女性本我欲望的禁区，王安忆以鲜明的女性生命意识，写出了女性生命的形态、女性生命的欲望以及女性生命的流程。

如果说王安忆在呈现女性的性爱意识和生命意识时，主要刻画性爱心理、欲望的变化，那么同样从性爱角度展现女性本我意识的铁凝则注重展现性爱意识被压抑扭曲或放纵宣泄后，女性生命所受到的戕害。铁凝于1986年开始发表的“三垛”系列（《麦秸垛》《棉花垛》《青草垛》）为我们打开了一扇女性的“玫瑰

① 王安忆、陈思和：《两个69届初中生的即兴对话》，《上海文学》1988年第3期。

门”，透过这扇门我们可以清楚地看到女性的生存方式、情感状态和生命流程。这不仅是一道女性的欲望之门，更是一道女性的灵魂之门。1988年问世的《玫瑰门》是铁凝的第一部长篇小说，也是女性写作的典范之作。小说讲述了一个婚前失贞女人的命运悲剧，揭示了女性在面对男权社会压迫时的反抗与挣扎，尽管这种反抗有时以极端的、变态的方式呈现，但她们仍摆脱不了女性的悲剧命运。

4. 超现实的女性叙事

改革开放后，大量前沿的西方文艺思潮和文学作品传入中国，本土女作家纷纷借鉴西方现代主义小说技巧表现本土化的女性主义思想。她们在文学创作上勇于突破，敢于尝试新的文学叙事方式，其中以刘索拉和残雪80年代中后期的作品为代表。

刘索拉（1955—），祖籍陕西志丹，生于北京，作曲家、小说家、人声表演艺术家。刘索拉的小说植根于自己的亲身经历，通过文学艺术的加工，采用西方现代派“黑色幽默”的笔法，却又不同于西方黑色幽默小说的绝望感，以戏谑、夸张、变形的方式，表现当代中国80年代的社会现实，于荒诞的氛围中克服精神困难、追求自我价值。刘索拉在1985年发表中篇小说《你别无选择》，以某音乐学院为背景，描写一批性格鲜明的教师和学生，塑造了一群不可思议的人物形象，这些人物多为“精神贵族”或“迷惘的一代”，如音乐学院的大学生李鸣，有才能，有气质，富有乐感，却总是想着要退学，他的教授对此的回答是：“你老老实实学习去吧，傻瓜。你别无选择，只有作曲。”[①]从那以后，他便赖在床上不起来。小说中的人物意欲打破传统，却又因种种原因，桎梏于传统，从而除了妥协式的反抗，别无选择。刘索拉在21世纪初发表的长篇小说《女贞汤》讲述的是一个四千年后的传奇故事，一段子虚乌有的极得乎部落的历史，一个亦真亦幻的大岛世界，那是中国曾经有过的现实的投影与折射，在似与不似之间，把中国一段历史以变形的方式隐晦地表现出来。作者在小说中显露出一种批判的姿态，极具反思的

① 刘索拉：《你别无选择》，《人民文学》1985年第3期。

力度，她把男性、女性、道与情都作为一般符号来呈现，表现了一种强劲的超现实意识。

残雪（1950—），原名邓小华，湖南耒阳人。残雪的小说具有强烈的女权主义色彩，她认为“中国男性原本是孱弱萎琐的一群”[①]。她善于颠覆传统的叙事方式和思想观念，“要写的东西不在大家公认的这个世界里”[②]，创作的内容和主题全由她自己捡拾和填充。残雪80年代的小说创作通过夸张、变形的现代派叙事方法和技巧，旨在表现人物畸形的人格和病态的自我。在《山上的小屋》中，残雪用一种超现实的先锋叙事展现了非理性人群的丑陋，以陌生化的手法叙述一个家庭中，亲人之间互不信任、相互猜忌的岌岌可危的生存关系。小说颠覆了男性的庄严和权威，父亲晚上绕着房子奔跑，发出凄厉的嗥叫。小说也解构了母性的光环，母亲暗中与女儿作对，并图谋弄断女儿的胳膊。残雪1988年发表的小说《突围表演》围绕五香街发生的“莫须有的奸情”展开，通过议论、推理及心理描写等来表现五香街居民对X女士和Q男士“奸情”的热衷。小说揭露了中国人对性的态度，并且用戏谑反讽的方式暴露每个人内心丑陋不堪的一面，“无论是对人、观念、理论还是艺术，作者都一一进行了深刻而露骨的批判”[③]。残雪构建的非理性世界不仅体现了女性的生存境遇，并且以女性的视角对人类存在进行书写，从而超越了一般意义上的女性书写。

二、20世纪90年代：女性自我的多元化呈现

20世纪90年代，文坛出现了一系列的女性作家，创作了大量的女性文学作品，女性文学的创作进入繁荣期。总的来说，90年代活跃在文坛第一线的大致有五种类型的女作家，她们都具有强烈的女性主义意识。

① 戴锦华：《残雪：梦魇萦绕的小屋》，《南方文坛》2000年第5期。

② 残雪：《黑暗灵魂的舞蹈（代序）》，《中国当代作家选集丛书　残雪卷》，人民文学出版社2000年版，第1页。

③ 孙树文：《从〈五香街〉等作品探讨残雪的荒诞意识》，《芒种》2012年第5期。

1. 成名作家的继续创作

活跃在90年代文坛的第一类女性作家是80年代已经成名，90年代仍保持强劲创作力的资深作家，如王安忆、铁凝、张抗抗、瞿永明等，王安忆的《长恨歌》、铁凝的《大浴女》、张抗抗的《情爱画廊》、瞿永明的诗歌都是这一时期女性文学的重要作品。

张抗抗（1950—），生于浙江杭州，祖籍广东新会。张抗抗最初的小说创作具有明显的童话性质的启蒙主义和人道主义特征，她以“超性别意识”的写作策略来表现自己对自然社会宇宙人生的审美感触。1980年发表小说《淡淡的薄雾》，小说讲述了一对年轻夫妇郭立枢和梅玫，起初，丈夫在妻子面前拥有着绝对的威望，妻子对丈夫满怀钦佩之情、乖巧顺从。后来梅玫受到思想解放运动的冲击而觉醒，与具有男权主义思想的丈夫分道扬镳。小说中的梅玫是理想化的幸运女性，时代给了她走向独立与自由的契机，这也让小说表现出女性主义意识的萌芽。20世纪90年代，张抗抗小说中的女性意识进入自觉阶段，她开始关注女性地位，聚焦妇女命运，表现女性自我意识。1996年发表的《情爱画廊》以一位背着画板，提着油画箱的青年艺术家周由去苏州寻求创作灵感为线索，展开一个缠绵着江南柔情和北京豪情的情爱故事。小说充满着人生的变故：阿霓带周由回家，渐渐爱上了他；周由苦恋阿霓母亲——水虹，并对其发起强烈攻势；水虹为了心中的爱想要离婚，但又割舍不下丈夫和女儿；老吴因妻子的婚外情和无法抑制的情欲与阿秀发生关系；舒丽的回归让复杂的情感纠葛变得更为扑朔迷离。小说指出追究过去的“如果论”并不能解决实际问题，迎难而上、积极主动地去想出万全之策则显得更为有益。书中的女性人物面对生活的变故，选择自我调整，选择坚强，然后以一种积极乐观的态度重新面对生活。同时，小说敢于突破传统的藩篱，大胆地把笔触伸向“情爱”与“性爱”的艺术层次，揭露人心灵深处的爱情理想——超越“性爱”之上的“情爱”。

翟永明（1955—），祖籍河南，生于四川成都。1981年开始发表诗作，1984年完成第一个大型组诗《女人》，因诗歌中的“黑夜意识”表现出的强烈女性主义立场而震惊文坛。以此为标志，中国女性诗歌进入自觉书写女性意识的时期。翟永明发表的《女人》组诗中反复出现“黑夜”这一意象，比如组诗的第一首《预感》中“我一向有着不同寻常的平静/犹如盲者，因此我在白天看见黑夜”[①]，《世界》中“我创造黑夜使人类幸免于难”[②]，《独白》中“渴望一个冬天，一个巨大的黑夜”[③]，《七月》中“我微笑因为还有最后的黑夜”[④]……“黑夜”意象是与象征男性中心秩序的“白昼”相对独立存在的女性空间。“黑夜意识”表现了翟永明对女性性别意识的归属感和认同感，同时表现出诗人于抗争中守望美好到来的愿景。20世纪90年代，翟永明继续坚持女性主义诗歌创作，陆续发表了《去过博物馆》《咖啡馆之歌》《小酒馆的现场主题》《黑夜里的素歌》等诗歌。如果说翟永明80年代的诗歌注重对女性本我意识的歌咏，那么其90年代的诗歌则更倾向于对个体生命意识的关注和反思。翟永明90年代诗歌创作具有一些新的变化：其一，诗歌的主体实现了从“女人”向“个人”的转变；其二，诗歌中女性主义意识的表现日趋自觉。

2. “个人化写作”的中坚力量

这类作家多于80年代开始创作，90年代走向创作高峰期，代表作家有陈染、林白、徐小斌等，她们规避主流文学和宏大叙事，主张边缘化写作；以私人化的生活经验和情感体验作为文本叙述的中心和重心、大胆袒露女性肉体和心灵的隐秘，这种边缘化写作的倾向称之为“个人化写作”。“个人化写作”将笔触伸向了个人生活体验和情绪情感抒发层面，使得文学作品叙事主体从“人”到“女人”进而发展到“个人”。90年代的“个人化写作”呈现出鲜明的特色：独特的“自叙传”色彩、“孤独”的情感体验、书写“女性身体”、彰显“女性情谊”等。

徐小斌（1953—），生于北京，祖籍湖北。徐小斌自1999年发表《双鱼星座》

① 翟永明：《女人·预感》，《翟永明的诗》，人民文学出版社2012年版，第1页。
② 翟永明：《女人·世界》，《翟永明的诗》，人民文学出版社2012年版，第8页。
③ 翟永明：《女人·独白》，《翟永明的诗》，人民文学出版社2012年版，第14页。
④ 翟永明：《女人·七月》，《翟永明的诗》，人民文学出版社2012年版，第17页。

以来，她的小说体现出对女性叙事话语、女性个体经验以及“对一些形而上玄妙的观念”[①]的情有独钟。徐小斌善用犀利锋芒的话语对知识女性的生存状态及其内心深处进行解剖与探究，最终得出“男女平等不过是个神话”[②]的定论。小说《双鱼星座》讲述了一个女人与三个男人之间发生的故事，“星座”“女巫”“幽灵”“上帝”等物象让徐小斌的女性主义小说中充斥着神秘主义色彩。徐小斌通过女主人公卜零深入剖析中年知识女性在男权社会中所遭受的不公正待遇，通过潜意识表达女权主义宣言：男性女性如双鱼星座一般交叠在一起，如果不能摆脱男性的桎梏，“那就同归于尽吧”。《敦煌遗梦》带有浓重的神秘宗教主义色彩，小说旨在讲述一个女性进行自我救赎的故事。小说中的神秘主义倾向表达了女性对现实生活的规避和抗拒，“隐含着回归女性生命本源的文化企图”[③]，渴望与恐惧贯串着小说始终，这让《敦煌遗梦》具有强烈的女性本我意识。

3. 新写实小说代表作家

新写实小说采用写实主义的技巧和手法，关注底层小人物的生活日常和心理体验，解构理想化的爱情婚姻神话。新写实小说既背离传统的现实主义，又背离“前卫”“现代”的先锋小说。80年代末90年代初出现了一系列优秀的新写实小说作家，代表人物有方方、池莉，她们二人被称为“新写实主义的旗手”。

方方（1955—），本名汪芳，生于江苏南京，成长于湖北武汉。方方出生于一个知识分子家庭，她密切关注市民的生活，这为方方作品中的知识分子题材和市民题材提供了现实基础。1987年发表的《风景》拉开新写实主义序幕，方方因此成为中国“新写实”派代表作家之一。自此发表的《祖父在父亲心中》《行云流水》《白雾》《桃花灿烂》《落日》《奔跑的火光》《乌泥湖年谱》等一系列新写实作品，文风冷峻深邃，引人深思。《风景》以早逝的小八子为叙事者，叙述冷酷沉重

① 陈晓明：《不可逾越的生命之轻——关于徐小斌和她的〈敦煌遗梦〉》，《当代作家评论》1995年第11期。

② 徐小斌：《个人化写作与外部世界》，《中国女性文化（第2辑）》，中国文联出版社2001年版，第64页。

③ 曹新伟、顾玮、张宗蓝：《20世纪中国女性文学史》，北京大学出版社2012年版，第153页。

的社会生存景象，“父亲带着他的妻子和七男二女住在汉口河南棚子一个十三平方米的板壁屋子里”，父亲从结婚那天起，便一直住在这里。在这种生活环境下，“夫妻打架，父子斗殴，兄妹吵闹是每个家庭中最正常的现象”[1]。方方以客观冷静的笔触不动声色地对日常生活进行描写，不仅反映了特定历史背景下个人的生存困境，还蕴含着深刻的反思意味。方方于2007年《北京文学》上发表的中篇小说《万箭穿心》表现了强烈的女性主义意识。小说讲述的是武汉社会底层女性——李宝莉的生存悲剧。李宝莉年轻时美貌能干，性格非常强势，因为夫妻感情不和致使丈夫在外偷情，李宝莉发现了丈夫和一个女人在旅馆偷情，她并未撞破，而是以举报嫖娼卖淫活动为由打电话报案，丈夫不堪现实打击跳江自尽。李宝莉的儿子小宝偏执冷情，不肯原谅母亲李宝莉对父亲的伤害，大学毕业就毅然与母亲断绝关系。丈夫的背叛、儿子的决绝、亲人的指责……李宝莉尝试了人生万箭穿心般的痛苦。李宝莉的悲剧在于她在男权社会中对贤妻良母式的女性传统形象加以“僭越”，她的这种“僭越”——不言畏惧、直面惨淡人生的生活态度，不在乎骂与夸、依旧我行我素的自我意识让这一形象绽放出独特的人格魅力和女性光辉。

4. 新生代作家

新生代作家是90年代后才步入文坛，代表作家有徐坤、孟晖、海男等，不同于60年代之前出生的背负厚重传统的作家，新生代女作家拥有更为独立坚毅的女性主义意识，率性写作，在文学创作中还原生活的本真。

徐坤（1965—），生于辽宁沈阳。徐坤被认为是极具“女性人文主义”色彩的代表性作家，其成名作是中篇小说《白话》，小说以幽默的叙事，辛辣的语言，描写了年轻知识分子下乡锻炼的事情，独到的意趣与构思引起文坛的广泛关注。小说《女娲》在女性文学史上颇具影响力，小说以戏谑反讽的方式消解中心话语，讲述了女娲造人的现代版变奏——李玉儿一家五代人反伦理、反传统的生养方

① 方方：《风景》，《当代作家》1987年第5期。

式。小说解构了母系社会的美好神话，弱化了男性的存在感，体现了对人的命运的探索。小说《厨房》中，主人公枝子是一个美丽干练、事业成功的都市白领，十多年前，她主动挣脱婚姻家庭的“围城”，去寻找女性的自我价值、实现自己的人生理想。获得事业上的成功后，枝子又义无反顾地想要重返自己曾经视为牢笼的“厨房”，准备在这里俘获能让她的心灵得到慰藉的松泽。然而，松泽却是一个玩世不恭、多情纨绔的艺术家，他视枝子的爱为游戏、为累赘，拒而不收。小说最后枝子紧紧地提着一大包厨房里的垃圾迎风落泪。如作者所言：“厨房是一个女人的出发点和停泊地。”[①]小说揭示了当代知识女性寻求自我的复杂历程以及面临的精神困境，并对当代女性的生存处境及出路进行反思。《狗日的足球》于1996年在《山花》发表，小说从主人公柳莺惊闻马拉多纳要来北京参赛写起，中间插入了柳莺被未婚夫带入足球场的经历，在球场上柳莺听到的骂人话语都是对女性的侮辱，这让柳莺感到屈辱。徐坤借此对男权政治下女性被挤压的生存状况进行控诉。徐坤有意识地运用女性叙述视角置男性于“被看”位置，试图消解男性权威并建构女性自我世界。

孟晖（1968—），达斡尔族，生于北京，自由撰稿人、专栏作家。孟晖的小说处女作《夏桃》讲述了一个神秘女性——桃花仙子的故事。在颐和园的昆明湖畔，一个美丽女子搭乘两位男士的船，在黄昏时分，她一人入山，后消失不见，唯有一株正开着白花的桃树。小说蕴含着浓郁的神秘主义倾向，这种神秘主义倾向不仅表达了女性对现实生活的规避和抗拒，还传达了女性试图在小说中构建一个女性乌托邦的美好愿景。此后，孟晖创作的女性主义文学作品一直延续着这种神秘主义色彩，如2001年出版的《盂兰变》。小说《盂兰变》立足独特的女性视角，切入历史横截面，以女皇武则天即位后的数年为背景，讲述了一段惊心动魄的宫闱故事。女帝专权，江山动荡，政治婚姻，血腥阴谋……小说充斥着无边荒凉的生命叹息。小说以“金蛇”这一隐喻式意象统帅全篇，作者通过超现实手法与技巧，营造了一种神秘的氛围，达到梦与现实的统一。此外，“编织”也是小说

① 徐坤：《厨房》，《小说月报第八届百花奖获奖作品集》，百花文艺出版社2000年版，第749页。

中的重要意象，九成宫的才人柳贞风日夜机杼为伴，编织锦绣；女皇武则天凭借权智、谋略编织天下。“编织”凸显了孟晖的女性主义立场，不仅代表一种技艺，还是一种女性性别、身份的指认。

海男（1962—），原名苏丽华，出生于云南省永胜县。虽然海男出生于一个封闭的山区小县城，但她大胆勇毅，喜欢沿着陌生的地域线去旅行，这种流浪者的艺术气质是她女性小说中所蕴含的精魂。海男前卫的创作风格和执着的写作态度让她成为中国最具争议的女性主义作家。1988年，海男以诗人的身份登上文坛。海男的创作深受博尔赫斯影响，加上亲眼目睹美女自尽、父亲病死的一幕，这都使海男的小说中充斥着死亡的哲思。海男在1989年发表小说处女作《人间消息》，小说讲述了一个又一个的人如何死亡的故事。这是“海男式”小说的开端，海男的创作志在突破传统小说的叙事藩篱，主张自由地进行心灵写作。1994年出版长篇小说《我的情人们》与陈染的《私人生活》、林白的《一个人的战争》一起构成了20世纪90年代文坛表现“私人经验”的标志性作品。海男的这部小说毁誉参半，它在表现出强烈女性主义意识的同时，亦因外露的性爱语言被批为“对淫乱的追求和扩散”①。主人公苏修用自叙的方式在时间的交叉中一边回忆过去、一边讲述现在，在回忆与现实中，小说讲述了苏修与昊、乔里、解等情人们的情爱故事。小说中的女主人公苏修像救世主一样，不仅解救女性，还成为男性的依附对象。这从根本上改变了现实生活中两性之间的地位与关系，让小说中蕴含的女性主义意识更富光彩。

5. “美女作家”

90年代文坛还有一类所谓“美女作家”，包括卫慧、棉棉等，作为文坛的后起之秀，她们对女性主义意识的抒发和阐释毫不逊色，但她们作品中反映出盲目的享乐主义、物质主义等倾向，对此需加以批判。

卫慧（1973—），现居纽约与上海，专职写作，她被称为“晚生代”“新新人

① 彭荆风：《对淫乱的追求和扩散——评海男的〈我的情人们〉》，《文学理论与批评》1997年第6期。

类”女作家。卫慧在22岁的时候发表小说处女作《梦无痕》，小说呈现出物质条件富足的青年频繁出入大都市各种声色犬马的消费场所的生活图景。小说字里行间表现出对纸醉金迷的消费主义观念的推崇，这是卫慧小说中需批判的部分。但与此同时，《梦无痕》亦有可取之处——不惧男权反传统，主张女性本我意识的解放。卫慧有着浓烈的“上海情结”，她对上海有着疯狂的迷恋，成名作《上海宝贝》就是一部发生在“上海秘密花园里的另类情爱小说”[①]。女主人公倪可时尚前卫、自由浪漫，过着小资的生活，周旋于精神伴侣和性伴侣之间。卫慧的小说充斥着不少性爱描写，作者试图借此从男性那儿赢回女性身体，建立独属女性的伊甸园。

棉棉（1970—），出生于上海，当代中国新生代作家。棉棉的女性主义文学作品旨在反映社会时代问题，尤其是凸显现代都市女性生活处境的艰难。棉棉的作品中营造了一种灰暗低沉的氛围，然而又饱含激情和希望。代表作《糖》是一份疼痛而又充满希望、献给热爱思考却又失魂落魄的都市青年的爱的礼物。小说具有鲜明的自传色彩，围绕主题“自由与选择”展开故事情节，叙述了一个“问题女孩”红困惑迷茫而又不失希望的成长史。小说详尽地反映了社会现实中的诸多难解问题，试图以此阐释个人在成长过程中遭遇不如意在所难免，但每一个不如意的生命，都能找到改变自己的“医生”。“医生”在哪、是谁，不得而知，不过，“医生”终会到来，迷惘心伤的个人也有办法让自己变得强大起来。小说整体基调是灰暗的，却又富含对生命的热情以及对美好未来的憧憬。

① 卫慧：《上海宝贝》，春风文艺出版社1999年版，封面。

第二节　张　洁

在中国当代文坛，张洁是一位女性意识相当突出的作家。在其女性主义小说创作中，张洁一以贯之地关注女性的性格心理、生活遭际和情感命运，为20世纪中国女性文学的发展做出了独特的贡献。

张洁1937年生于北京，祖籍辽宁抚顺。1960年毕业于中国人民大学计划统计系，分配到第一机械工业部工作。1978年发表处女作《从森林里来的孩子》，获当年全国优秀短篇小说奖。翌年加入中国作协，并发表短篇小说《爱，是不能忘记的》，引起文坛广泛论争而备受关注。1980年调北京电影制片厂工作，后为作协北京分会专业作家，以长篇小说《沉重的翅膀》和《无字》两获茅盾文学奖。从审美风格的角度出发，张洁的创作大致可以分为如下四个阶段。第一阶段为审美阶段：自1978年发表《从森林里来的孩子》到1979年发表《爱，是不能忘记的》为止。主要作品包括小说《从森林里来的孩子》《谁生活得更美好》《非党群众》和散文《拣麦穗》等，多表达对理想的憧憬和赞美，对人的尊严和价值的张扬。第二阶段为变奏阶段：自1979年《爱，是不能忘记的》到1986年《他有什么病》为止。这一时期创作心态发生了变化，单纯美好的理想追求变为遭遇碰壁后的沮丧和些许怀疑。这一阶段的作品中，如《方舟》《沉重的翅膀》《祖母绿》等，塑造了一系列痛苦的理想主义者形象。第三阶段为审丑阶段：自1986年的《他有什么病》到1991年的《世界上最疼我的那个人去了》为止。主要作品包括《他有什么病》《日子》《只有一个太阳》《上火》《红蘑菇》等，直指现实生活中种种丑陋之处，对之加以尖酸的讽刺和冷峻的批判。第四阶段为寻找精神归宿阶段：1991年至今。主要作品有《无字》《知在》《灵魂是用来流浪的》等。经历了丧母巨痛的张洁在这一阶段宣告所谓理想爱情的幻灭，以大彻大悟的心态，在历史的大背景下寻找精神的归宿。

在张洁整体创作分期的背景上，再来考察其小说创作，发现张洁的小说作品主要集中于社会层面的思索和女性经验的表达这两大类型，前者以《沉重的翅膀》影响最大，后者以《爱，是不能忘记的》《方舟》《祖母绿》《无字》为代表。在后一条线索中，也即就其女性主义的小说创作而言，张洁对女性命运以及女性在爱情婚姻社会中所遭遇的种种难题和困境给予了深切的关注，走过了一个"痛苦的理想主义者"从对爱情的仰望、失望、宽宥、绝望的心路历程，但到后期对女性自身的弱点和不足缺乏深刻的反省和批判。

应该说，张洁1979年的《爱，是不能忘记的》是新时期文学中一篇非常重要的作品。基于对"文革"时期文学的反思，新时期文学开始呼唤人的尊严、人的价值和人的权利，而张洁通过《爱，是不能忘记的》来呼唤女性的独立人格和价值自主，其所倡导的关心婚姻实质的婚恋观即便在今天也是有指导意义的。小说写的是一个30岁的老姑娘在嫁与不嫁的两难选择中，想到了已逝母亲的教诲和她的爱情故事。母亲曾说："要是你吃不准自己究竟要的是什么，我看你就是独身生活下去，也比糊里糊涂地嫁出去要好得多。"[1]这确是母亲痛苦人生经验的总结，因为母亲年轻时就曾迷恋过男性的外表这些华而不实的东西，并为此付出了离婚的代价。在独居的日子里，母亲爱上了一个老干部，然而对方已有家庭。由于作品触及爱情和伦理道德的关系这一敏感话题，作者将母亲与老干部的爱情写得发乎情而止于礼，两人相爱二丨多年，甚至连手都没有握过一次，彼此的接触仅有不多的几次交往：一次偶遇时的几句聊天，一次急行军似的"散步"，以及老干部相赠过一套契诃夫小说选集，相处的时间加在一起尚不足24小时。母亲唯有在笔

① 张洁：《爱，是不能忘记的》，花城出版社1980年版，第105页。

记本中与爱人倾心交谈，最终，这场柏拉图式的精神之恋在母亲痛苦的坚守中走向了浪漫的理想主义。

如果说《爱，是不能忘记的》表达了主人公对爱情的仰望，那么在《方舟》中，我们则看到了三位知识女性对爱情的失望，以及随之而来的为获得女性作为人的社会价值而不断奋斗的生存体验。《方舟》写了三位女性：曹荆华是一个理论工作者，柳泉从事翻译工作，梁倩是一位导演。她们不愿再像传统女性那样仅仅被视为性的对象，而更要力争作为人的价值。甭管她们为此所做的挣扎有多惨烈，所付出的代价有多沉重，也甭管她们的日常生活有多糟糕，小说宣告了女性最为重要的价值，那就是位于爱情之上，也为爱情所不能替代的女性社会价值的实现，也即她们对事业的追求。由此，作家张洁的女性意识由原来对爱的无望坚守和缥缈的理想主义，转向了面对现实，尽管现实难免残酷，却也更加真实，这就将作家对女性价值观的思考向前推进了一步。毋庸讳言，小说中的女性当然渴望美好的爱情，然而，当她们的爱人都是如此不堪以致这希望渺茫不可期时，她们选择艰难的转向，将希望寄托于自身，谁又能说这不是一种进步呢？

《方舟》对离异及婚姻名存实亡的女性的生存处境与心理特征把握得极为到位。她们的挣扎、奋斗、迷惘和期待，让读者感同身受，忧乐与共。首先，《方舟》写出了这群女性在社会中的尴尬处境：窥探的目光、肮脏的谣言和性骚扰，如她们常做的噩梦一般令人猝不及防。以柳泉为例，她在一家进出口公司做翻译，由于该公司的魏经理老想吃她的豆腐，她急于想换单位。于是，在没有正式调令的情况下，她愿意先借调到外事局帮忙接待一个美国代表团。不曾想，接待任务一完成，她就被诬陷和外宾之间有越轨行为。如此一来，既看不到调动的希望，又不能回原单位，等待她的是更加艰难的处境。所幸的是，在朋友的帮助下，她最终费尽周折地拿到了调令，尽管如此，仍忍不住在借住的屋子里大哭一场，任泪水宣泄数不尽的屈辱和艰辛。其次，《方舟》写出了这群爱情失意的女性的异化，包括性别特征的弱化、日常生活的不堪等。小说多次写到她们的外在形象，所用的比喻是："像风干的牛肉"，"像一只储存过久，水分失去过多、表皮已经起皱的黄香蕉苹果"，"又干又硬，像块放久了的点心，还带着一种变了质的油味儿”。都说女人是水做的，而这些比喻给人的感觉无一例外都是缺水的。难怪她们要么像梁倩那样“不大像个女人”，要么像柳泉那样“常常忘记自己是一个女人”①。除了性别特征的弱化之外，这群女性的异化还表现在她们的日常生活一塌糊涂：洗碗池里经常摞着脏碗和脏盘子，不到没碗吃饭的地步是不会洗的；暖瓶经常是空的；烧开水的铝壶盖上的帽儿丢了，一直都没有配上。这样的家居环境已然相当糟糕，再加上这三个孤身女人又常常将委屈和愤怒带回到这个暂借的住所来诉说，可以想见她们的心情也一定好不到哪儿去。再次，作品不光描绘了女性的异化，还揭示了异化背后的更深层次的东西，即女性在天性和事业追求之间的矛盾、痛苦以及她们所做出的抉择。“也许这是一个永远不可调和的矛盾：你要事业，你就得失去做女人的许多乐趣；你要享受做女人的乐趣，你就别要事业。”在这样的两难中，《方舟》中的失爱女性既不同于旧式妇女，她们“所思虑，所悲伤，耗尽心血去关注的，早已有了不同的内容”，也不同于鲁迅笔下不彻底的新女性子君，由于没有工作而陷入无言的悲哀，《方舟》中的她们理所当然地选择了事业，这是因为，“妇女，要争得真正的解放，决不仅只于政治地位和经济地位的解放，还需要以充分的自信和自强不息的奋斗来实现自身存在的价值”。这是《方舟》中的女性无论处境多么艰难也不放弃的信念，也是作者张洁关于女性价值观的新的思考。难怪这篇以“你将格外地不幸，因为你是女人”作为题记定下较为压抑基调的作品，偶尔也会出现这样的抒情文字：“荆华想起在东北林区看到过的一种丹顶鹤，在它的头顶，有一块裸露的部分，传说它成熟的时候，那一块裸露的部分，便会变成朱红色。她们的头上，早晚也会有一块朱红色。那时，她们将会飞得更高，更远。”②读到此处，我们不能不被这些不幸的女人所深深地打动，为她们不屈的心灵，为她们高贵的人格，为她们高远的志向，为她们满满的自信。

《祖母绿》是张洁继《方舟》之后又一篇重要的代表作。诸多研究文章有意颠倒《祖母绿》和《方舟》的发表时序，将《祖母绿》置于《方舟》之前，与《爱，是不能忘记的》并列为张洁第一阶段的作品，这显然不妥。不过，这种有意

① 张洁：《方舟》，北京出版社1983年版，第10、99、39—40、39、83页。

② 张洁：《方舟》，北京出版社1983年版，第24、97—98、72—73、75页。

为之的错位排序也有原因可循，这就是在艺术上，《祖母绿》没有沿着《方舟》的粗粝风格继续前行，而是向《爱，是不能忘记的》那种古典唯美风格回归。

《祖母绿》写了曾令儿和卢北河这两位女性对左葳的爱情以及各自所做出的牺牲。在卢北河的夫妻关系中，她扮演的主要是母亲的角色，因为丈夫左葳更像是她的儿子，左葳的事业发展时时需要她的暗中支持和斡旋，也因此，她为他操尽了心。与之相比，曾令儿则是一个地母式的人物。地母是宽厚、博大的，一如曾令儿的诞生石祖母绿所象征的“无穷思爱”。在这里，“无穷思爱”首先指向爱的深度，即若要爱，就拼尽全力，燃尽自己，献出所有。对曾令儿来说，爱是一种倾心的，不计回报的奉献。为了保护左葳，曾令儿一次次经受住了置身于风口浪尖的考验：大学第一次夏令营，曾令儿在大海的涡流中拼命救出左葳；大三时，曾令儿由于给患肺结核的左葳补课，累得从自行车上翻倒下来，摔破了额头和膝盖，却因为又要赶着给左葳补课，没有时间去医院包扎伤口，结果膝盖感染了，此外，曾令儿还被左葳传染上了肺结核；在临毕业时的反右运动中，曾令儿代左葳受过，顽强地为他遮风挡雨，自己却被错划为右派；明知左葳已不爱她，却主动献身，之后撕毁结婚介绍信，无言地离开，在一个偏僻小城一待就是20年；有了孩子陶陶之后，作为未婚母亲默默承受所有的舆论压力，坚决不说出陶陶的父亲是谁，并原谅了左葳当年的薄情，后又独自承受失去陶陶的打击。上述种种可见“无穷思爱”所显示的爱的深度，即“她愿为他献出自己的一切：政治前途，功名事业，平等自由，人的尊严”。难怪多年后重返旧地，曾令儿竟为自己所感动：“令她心潮激荡不已和无穷眷恋的已非左葳，而是她度过如许美好年华的大地，以及她慷慨献出自己所有的，那颗无愧的心”。其次，“无穷思爱”也指向爱的广度。除了恋人，“世界上还有很多值得去爱的东西”[①]。小说结尾，曾令儿同意与左葳合作，已经不是为了爱情，而是为了给这个社会做些有意义的事情。

客观地说，受到两位女性青睐的左葳，若与《方舟》中曹荆华和柳泉的前夫以及梁倩分居的丈夫相比，还没有那么面目可憎，不过，也并不是什么高大上的

① 张洁：《祖母绿》，《花城》1984年第3期。

人物，而仅仅是个徒有英俊外表和迷人微笑，工作能力有限，爱的能力缺乏，只会自我推脱，缺乏担当意识和男子气概的人。如果说《方舟》表现了女性对男性极度失望之后，转向自我发展的艰难超越，女性尚需克服现实障碍和自身弱点，那么，在《祖母绿》中，借助“无穷思爱”的深度和广度，主人公最终实现了对爱情的宽宥。

经历了对爱情的仰望、失望和宽宥，也即从爱情的理想主义走向现实，虽有《祖母绿》某种程度上向早期艺术风格的回归，但张洁整体的创作轨迹和女性意识的发展还是相对明朗的。历时十二载，张洁潜心撰著的长篇小说《无字》于2002年出版。小说讲述了一个家族四代女性的故事，以作家吴为为中心，辐射到其外祖母墨荷、母亲叶莲子和女儿禅月身上。其中的三位母亲墨荷、叶莲子和吴为的人生悲剧宣告了作者真爱理想的幻灭。而在这个家族第四代女性禅月身上，总算打了一个翻身仗，获得了爱情的美满，这给作品以些许亮色，不过也是以禅月远离故土到异国他乡为代价的。因而从总体上来说，《无字》表达了作者对爱情的绝望。这部长篇小说2005年荣获第六届茅盾文学奖，影响很大。但就艺术成就而论，正如学者徐岱所指出的：“完全是失败之作，一个凭借着小说的虚构权来泄私愤的文本”[①]。究其原因，作品中作家吴为与比她大近20岁的胡秉宸的婚变故事，与现实生活中作者张洁的自身经历太过贴近，尽管张洁自己承认“作家的每部作品，都可以看做是他们灵魂的自传”[②]，但假如作者不能将自己从现实生活中超拔出来，用悲悯的姿态看待笔下人物，而是身陷现实生活中的幻灭和愤慨的情绪不能自拔，一味地贬低男性，“视普天下男人为敌”[③]，完全不去寻找女性自身的原因，那么女性仍将没有出路，仍将找不到情感和精神的归所。某种意义上，无论是墨荷、叶莲子还是吴为，她们的情感悲剧很大程度上应该由自己负责，因为她们将自身幸福的希望寄托在男性身上，表现出对男性的依附或依赖，而缺乏自我意识和独立人格。换句话说，女性自我意识的觉醒到了张洁的《无

① 徐岱：《边缘叙事——20世纪中国女性小说个案批评》，学林出版社2002年版，第173页。

② 张英：《真诚的言说——张洁访谈录》，《北京文学》1997年第7期。

③ 徐岱：《边缘叙事——20世纪中国女性小说个案批评》，学林出版社2002年版，第173页。

字》这里不是进步了，而是大踏步地倒退了。

综观张洁女性主义的小说创作，作家的女性意识往往是通过笔下形形色色的人物形象，他们的心理活动、性格命运以及作家的议论表露出来的。在她的小说中，知识女性和男性形象构成了两大形象系列。在知识女性形象系列中，大致可以分为四类。第一类是以钟雨、曾令儿为代表的带有理想主义色彩的知识女性。钟雨与老干部之间完全是精神之恋，很难在现实生活中有实际接触。曾令儿则是自顾自、一厢情愿地做出各种牺牲，作品很少写到左葳对她爱情的呼应，左葳去开结婚介绍信也完全是出于报恩，并且介绍信一拿到手爱情就暴死，只剩下男性的道德自我完善。作为理想主义的化身，钟雨和曾令儿给人感觉不食人间烟火而缺乏真实感。第二类是以梁倩、荆华、柳泉为代表的被“雄化”了的知识女性。作品有意去写她们不懂得皮肤保养，她们生活的粗糙以及女性种种纤细感觉和品位的丧失，甚至三个人都有抽烟的习惯，乃至梁倩趋于男性化的性格，凡此种种都给读者感觉，在自称没有什么丈夫不丈夫只能靠自己的状态下，她们确也付出了性别异化的代价。第三类是以梦白等为代表的变态的知识女性。女演员梦白与大学教授吉尔冬是半路夫妻。梦白挣钱养家，丈夫吉尔冬想要家庭财权而不得，心存不满，于是经常拈花惹草、找茬吵架。钱的问题使彼此都产生了“一种时有时无、时来时去、时深时浅、不便清清楚楚去恨的恨”。梦白因无法忍受而起意报复。她让姐姐梦红以性为工具，引诱吉尔冬，然后梦白自己登场，和梦红“偎依在一起，一动不动，一言不发，面无表情，居高临下地看着赤身裸体的他”①，让吉尔冬本来就没有的男性尊严更加荡然无存。她们以性作为报复的工具，让人觉得变态、疯狂，甚至不寒而栗。第四类是以金乃文等为代表的被传统观念所束缚的知识女性。作为“脑外科一把金刀”的金乃文是传统贞操观念的牺牲品。她身上所表现出来的奴性，正是千百年来的传统观念对女性的精神戕害所造成的，她自身的悲剧也就转化为社会的悲剧。

上述四类知识女性形象中，或多或少都存在一些自身的问题，因而她们不能

① 张洁：《红蘑菇》，《时代文学》1991年第5期。

被奉为完美的理想女性。那么，到底具备哪些特征才能成为性别意识健全的理想女性？女性自救的出路究竟在哪里？在张洁的《方舟》中，有一位女性，作者给予的笔墨非常少，而她带给人的感动却很多。那就是朱祯祥的妻子仲兰。小说关于仲兰只写了一件事，即她作为女主人对丈夫的女客人柳泉的接待。她端进两杯加了冰块的酸梅汤，放在柳泉和朱祯祥沙发之间的茶几上。“轻轻地，没有发出一点声响。”临走时，“顺手轻轻地掩上了房门”，“甚至没有回头看他们一眼，没有投过来一瞥好奇的、审度的、鄙夷的目光”。当柳泉身体不适，朱祯祥喊仲兰过来帮忙时，仲兰既能及时应对，又不惊慌失措。之后，仲兰又给柳泉端来一碗热汤面和一盘凉拌鸡丝，小说这样写朱祯祥的心理活动：“仲兰总能巧妙地不露痕迹地帮助别人从尴尬里解脱出来。这里蕴涵着多少她对人体贴入微的爱心。”[①]这当然是对仲兰的赞美，并且是发自她亲爱的丈夫的真诚的内心。在整个待客的过程中，仲兰能够表现得如此得体、自信和从容不迫，这一方面源自她健全的内心，另一方面也与家庭关系中男女两性之间的和谐与理解密切相关。而正因此，这一形象才如此动人。联系到作家张洁的创作整体，这样美好的女性与和谐的家庭关系并不多见，张洁更多强调的是两性之间的矛盾、隔膜与对抗。而着墨不多的仲兰这一形象恰恰提示我们，女性的解放不仅仅是女性单方面的事情，而要与男性携起手来，共谋发展。

张洁小说中另一大形象系列是男性形象，主要有理想的男性和丑陋的男性两种。理想主义的优秀男性大都出现在张洁早期的作品中，他们一般都有一定的文化和地位。例如《从森林里来的孩子》中的艺术家梁启明，《爱，是不能忘记的》中的老干部“他”等。从80年代后期开始，张洁对男性形象的塑造转变为描写现实生活中带有缺陷的男性，他们大多自私卑鄙委琐无能，更别奢望有责任感和平等意识，如《方舟》中的白复山、魏经理，《七巧板》中的谭光斗，《祖母绿》中的左葳，《上火》中的唐炳业，《红蘑菇》中的吉尔冬，《无字》中的顾秋水、胡秉宸等。由赞颂优秀的男人转向批判丑陋的男人，张洁迅速完成了由爱到恨的嬗变。

① 张洁：《方舟》，北京出版社1983年版，第114、114、117页。

张洁对男人态度的改变以及由此所引发的创作转型，与她自身的创伤性记忆有关。在散文《已经零散了的记忆》和《潇洒稀粥》中，张洁说她生下100天，父亲就抛弃了她和母亲。尽管母亲设法给她一个温馨的童年，并让她接受了高等教育，然而父爱的缺失是她内心永远无法弥补的伤痛，以致成年以后的张洁不愿意承认自己的父亲。在《祖母绿》和《无字》中，张洁让作品中的孩子写下了老师布置的作文《我的爸爸》，在他们的心目中，“我的爸爸就是我的妈妈”。读者在为之动容和伤情的同时发现，张洁正是从无父走向寻父，寻找一个兼具慈父与情人双重特征的人来依靠、包容和分享，这就不难理解为什么张洁对“大丈夫/小妻子”的婚恋模式情有独钟，她笔下的袁家骝和尹眉、陈咏明和郁丽文、简和梧桐等，无不是老夫少妻，生活美满。然而这毕竟只是一种理想的状态，老夫少妻的婚姻模式一旦进入现实的生活中，仍会暴露其潜在而巨大的危机。例如，性的不和谐，以及照顾一个老人所需付出的辛劳等。

第三节 舒 婷

舒婷，原名龚佩瑜，后改名为龚舒婷，1952年出生于福建省龙海市石码镇，中国当代女诗人，朦胧诗派的代表人物。1969年，舒婷在“上山下乡”洪流中插队到闽西山区，1972年返城当工人。1979年4月，《诗刊》发表了舒婷的《致橡树》，两个月后，又发表了她的《祖国啊，我亲爱的祖国》和《这也是一切》。

作为朦胧诗派的主将和当代诗坛的代表人物，舒婷记录了处于文化转型时期中国女性最内在的精神层面，从她特有的文化视角出发，以细腻的笔触精心地抒写她所理解的人和世界，在她的诗歌中渗透着一种鲜明的女性意识。女性意识是个庞杂而变动不居的概念，主要体现为女性通过思维、感觉等心理过程对自身和外在世界的全部认识的总和。对爱情的追求是女性意识觉醒的一个重要方面。爱情不仅是女人出于天性的本能追求，更是作为女人肯定自我完成自我的一种生命实现方式。舒婷则以女性特有的视角，抒写她们在追求爱情这一过程中的独特生命体验。诗人善于捕捉自我内心的真实感受，将独特心绪融入到诗歌中，让人沉醉。

《无题（一）》写出了初恋的甜蜜和心跳，在舒婷的笔下，“我”既兴奋又羞怯，渴望爱情却又羞于表达。恋爱中的女性是难以捉摸的，尤其是初恋少女。她觉得身边所有的一切都是美好的，夜色那么动情。“我仰起脸，星星向我蜂拥。”[①]从“蜂拥”我们就可以看出“我”在恋爱中是非常快乐的，同时也把少女那种含情脉脉写活了。这首诗形象写出了初恋少女的娇羞和矜持，就像一丝丝阳光照耀下来，使人顿觉温暖。

《致橡树》是舒婷爱情诗的代表作，也是新时期女性的爱情宣言。诗中饱含对独立人格的召唤，以及对夫唱妇随、妻子依附于丈夫的传统观念的背弃。诗歌以剖析内心的独白形式，在一开始就彰显出顽强而独立的人格力量，诗中塑造的以木棉为代表的女性形象实现了对传统男尊女卑观念的颠覆和消解，并使诗中的女性形象以独立、自主的姿态和男性世界展开了平等的对话，彻底抛弃了旧的封建男女地位关系的价值评判体系。诗人传达出这样的爱情观：爱情绝不是一种依附，女人也不是生育的工具或者泄欲的工具。女人首先是作为独立的人，作为与男人相同、平等的个体存在。而女人的爱情也并不是只如凌霄花一样寄生在他人的身上，以攀高枝的心态对待爱情；也不是像只会唱歌的鸟一样，靠爱情为生，只会反复询问和乞求爱情。舒婷的爱情是并肩而立的爱情，是共同面对风雨，共同承担责任，有自己的根系，有自己扎根的泥土的独立的爱情。这首诗体现了舒婷女性独立意识的张扬，她不再把女性放在弱者的地位，做一个陪衬或者附属品，而是强调男女关系的平等。舒婷以《致橡树》代替女性发表振聋发聩的宣言：因为“我”爱你，所以“我”要和你并肩面对所有的风雨；尽管“我”爱你，我们也要有一定的距离，并不是密不可分；即使“我”爱你，“我”也要有自己的位置，有自己赖以生存的基础，无论是物质还是精神，都要有自己的根基。只有女性获得独立的人格，她才有能力去爱；只有男女平等，女性才有条件去爱；只有男性和女性把彼此看成独立的个体去爱，才会有和谐圆满的两性关系。

1981年4月发表的《惠安女子》是对中国当代女性现实处境的深切关注。这是惠安女子的雕像：“琥珀色的眼睛里”燃烧着野火一般的向往和期待；“柔软的腰肢”束着“古老部落的银饰”；习惯性地“在晚照中”“把头巾一角轻轻咬在嘴

① 舒婷：《无题》，《舒婷文集·舒婷诗》，长江文艺出版社2012年版，第75页。

里”；裸足踩在海天之间的碱滩和礁石上，这是惠安女子的现实处境，“在封面和插图中/你成为风景，成为传奇”。“女性风景”雅致优美，传奇故事委婉迷人，可这只是局外人看到的表象。惠安女子的现实处境和人生状态却被“忽略了”。“你的裸足/所踩过的碱滩和礁石”被人忽略了；不愿向人倾诉的苦难和忧伤被人忽略了；“蒲公英一般徐徐落在海面上”的“少女的梦”被人忽略了；对现代文明和幸福生活的向往、期待被人忽略了……她们的命运是最终成为供人欣赏的“封面”和“插图”，是“风景”和“传奇”[①]。这充分显示了在现实社会中，女性真实生命的要求理解与男性的猎奇心理所构成的巨大反差。1985年4月9日，舒婷写下了《惠安男子》的散文，再次呼唤：但愿“千百人将猎奇的目光从杂志封面、摄影展览收回，沉思在他的群雕之下，从惠安妇女腕上银镯的叮当声里，倾听被咸涩的海风和潮音所掩盖的年代悠久的颤栗和微语。”[②]惠安女子有美丽的外表，有奇特的装饰，有优美的姿态，更有深邃的内心，热情的向往和期待，不愿倾诉的苦难和忧伤。惠安女子需要的是理解而不是人们好奇心的满足。舒婷以此对女性的现实处境予以关切，其现实意义是显而易见的。

《会唱歌的鸢尾花》中，诗人显然已经寻到了自己的“橡树”，她渴望的爱情已经实现：“在你的胸前/我已变成会唱歌的鸢尾花。”[③]但是，爱情原本就不是生活的全部，所以诗人并未沉醉到这种业已实现的爱情中而不能自拔，而是体悟了一种类似爱情又比爱情更宽泛更深远的情感，那便是从爱一个人上升为爱所有的人，爱整个世界。在诗中，爱与欲构成诗人情绪流涌动的浪花，伟大的人格力量和更高意义上的爱情理想则构成诗歌的精神底蕴。

舒婷诗歌有一个非常显著的特点：以自身来感知世界，以第一人称“我”的视角来表现女性内在的精神层面。在传统文化和历史传说中，所谓的“烈女”“节妇”，其实都是以扭曲人性和蔑视女性尊严来彰显男性本位文化的优越感；而身处弱势的女性或自愿或被动地以放弃自身存在价值、埋葬自我真实感情为代价，捍

① 舒婷：《惠安女子》，《舒婷文集·舒婷诗》，长江文艺出版社2012年版，第122—123页。
② 舒婷：《惠安男子》，《舒婷文集》（第2卷），江苏文艺出版社1997年版，第273页。
③ 舒婷：《会唱歌的鸢尾花》，《舒婷文集·舒婷诗》，长江文艺出版社2012年版，第49—50页。

卫着封建道德对女性身心禁锢而产生的所谓荣耀。其中，人们对神女坚贞精神的礼赞，就是封建道德对女性的畸形约束的典型。而舒婷，这一新时期女性，大胆地在《神女峰》中喊出千百年被忽略、被湮没、被埋葬的女性的心声："与其在悬崖上展览千年/不如在爱人肩头痛哭一晚。"正如诗人所说，这是"金光菊和女贞子的洪流"所煽动的"新的背叛"[①]，是新一代的女性因独立意识的觉醒，而对传统道德束缚的反叛。千百年来被作为贞操观念典范的神女峰传说，被舒婷改写，从反思者的视角表达了女性内心真实的感受。这是当代女性对生命本质最本真的呼唤，是她们对爱情的强烈渴望，也是女性全新价值观的确立。

在传统文化看来，女人出嫁前从父，出嫁后从夫，丈夫死后必须从一而终，为丈夫守节。神女峰在这样的文化背景下，被涂抹上各种色彩，最终成为封建统治者所需要的女德典范。人们歌颂她的坚贞，将她塑造成一座巨大的贞节牌坊。但是在舒婷眼中，它却是女性的坟墓，葬送了一个个鲜活的女子美丽的青春和爱情。在这种对神话的解读和对传统观念的批判与唾弃中，舒婷完成了现代女性自我价值的重塑。

传统观念在规范女性的同时，施加于女性的负荷也愈加沉重。舒婷以觉醒的目光关注中国女性的命运，《奔月》是这方面的一篇力作。嫦娥奔月是我国家喻户晓的民间传说，据《淮南子·览冥训》载："羿请不死之药于西王母，姮娥窃以奔月"。又据《全上古三国六朝文》载："嫦娥，羿妻也，窃西王母不死之药服之，奔月"。嫦娥奔月的原因已无从考证，嫦娥奔月的故事却在历代文学作品中被一再演绎。如隋代薛道衡《豫章行》："当学织女嫁牛郎，莫学姮娥叛夫婿。"唐代李商隐《嫦娥》："嫦娥应悔偷灵药，碧海青天夜夜心"。鲁迅的历史小说《奔月》塑造了一个任性、刁钻、自私的嫦娥形象。随着父权制的建立，女性话语权渐渐丧失，在男性叙述者看来，嫦娥始终是弃夫叛逃的罪人。然而，如果从女性视角出发，情形可能会完全不同。

① 舒婷：《神女峰》，《舒婷文集·舒婷诗》，长江文艺出版社2012年版，第113—114页。

与你同样莹洁的春梦
都稍纵即逝
而你偏不顾一切，投向
不可及的生命之渊
即使月儿肯收容你的背叛
犹有寂寞伴你千年

作者对“春梦”的“稍纵即逝”产生了疑问，怀疑嫦娥“不顾一切”，“投向不可及的生命之渊”的价值。因为“即使月儿肯收容你的背叛”，但“独有寂寞伴你千年”。又是一个“千年”，这如同《神女峰》中“与其在崖上展览千年，不如在爱人肩头痛哭一晚”一样，作者是否定“千年”的。嫦娥走上了一条不归路，逃向“白兔捣药秋复春，嫦娥孤栖与谁邻”的月宫，唯有碧海青天，见证嫦娥的孤独寂寞。但又有谁真正了解几千年来中国被压迫女性的心声，她们的痛苦、茫然和无奈。

为什么巍峨的山岳
不能代你肩起沉重的锁链
你轻飏而去了吗
一个美丽的弱音
在千百次演奏之中
　　　　　　永生[①]

既是舒婷的质问，更是传统女性对命运的呐喊。明知“轻飏而去”是那么艰难和吉凶难卜，但仍然要纵身一跃，于是“一个美丽的弱音/在千百次演奏中/永生”。按现代观点来看，嫦娥是一个独立的生命个体，她有权利选择自己的天空。

① 舒婷:《奔月》,《舒婷文集·舒婷诗》，长江文艺出版社2012年版，第123、123页。

但在几千年的传统重压下，嫦娥的选择却屡遭非议，被视为一个背叛者。舒婷正是在这个意义上完成对传统的反叛。

如果说《致橡树》令女性独立意识觉醒，那么到了《双桅船》，女性意识已经开始被自信地彰显出来。女性不光是并肩而立、共同承担风雨的木棉，甚至能成为独自行走在风浪中，勇敢追寻自我的双桅船。诗人以双桅船自比，即使被雾"打湿双翼"，但内心感召的风已经让自己无法再迟疑。岸是男性的代表，稳定、坚实，是安逸温暖的平庸家庭生活的象征，却不能让"我"一直停泊，不去跋涉。因为唯有经历一次次的风暴，我们才能在"另一个纬度相遇"。这种相遇，代表着彼此的提升，是彼此在追求自我人生价值的过程中一次又一次的契合。正因为有这样的目标和提升，即使天涯海角"我"也不会恐惧。因为"我"知道，"你在我的航程上/我在你的视线里"①。

《双桅船》中的女性，已经不再仅仅满足于和男人并肩站立了。她需要实现自我的价值，追寻自我的梦想。到了此时，女性的独立意识才真正得以确立。她所承受的风浪，不再仅仅是爱人的风浪；她渴求的不再仅仅是"分担"，而更多的是"远航"。从木棉到双桅船，女性终于走出千百年来为女性画地而成的牢，女性终于完成了"娜拉的出走"，踏上寻求自我价值的旅途。同时，她所渴求的，也不再仅仅是安稳坚实的男性，而更多的是能够与她"在另一个纬度相遇"的男性，是能在彼此的航程和视线中，在各自独立的人生轨迹中，互相搀扶和互相提升的同伴。女性的主体意识被提升到一个新的高度：脱离他人，独自远行。

舒婷的诗歌中，还有一种深沉浓郁的社会责任感。在她笔下，女性不再仅仅存在于家这一方小天地，而是走出来，走到社会群体中，和男性一样肩负着来自社会的责任。女性的思考范围也不再仅仅局限于自我的美好形象，而更多的是一种独立意识和强烈的社会责任感。这份责任感，在《人心的法则》中被强烈地表达出来。诗中，舒婷以"为……是值得的"这一复沓句式，阐述抒情主人公坚守内心、捍卫"人心的法则"的坚定和毫不妥协，这与传统文化中女性形象的温婉

① 舒婷：《双桅船》，《舒婷文集·舒婷诗》，长江文艺出版社2012年版，第79页。

柔弱、细腻妩媚、只知风花雪月有很大不同，一个具有强烈责任感和自我意识与价值判断的女性形象跃然于纸上。诗人已经忘记了自己的女性身份，而是作为一名坚忍不屈的战士，在宣读自我宣言。诗人以一朵花被蹂躏死去开始追问，发现“既不能阻挡，又无处诉说”，于是得出“为抗议而死去”“为一句话而沉默”是值得的。诗歌最后，诗人笔锋一转，指出坚守沉默固然是一种抗争的方式，但是“最激烈的抗议”和“最勇敢的诚实”，莫过于“活着，并且开口”[①]。

诗人意识到，真正的勇者，不是始终沉默着不知表达而盲目牺牲的鲁莽者，而是首先让自己生存下来，然后让自己能够表达出观点和想法的智者。这是一种对以往斗争方式的批判和解构，它不仅仅是女性的一种浅层次地表达和诉求，而是进行深邃的思考和反思之后提出的全新认知。舒婷以女性独特的柔性方式，避开男性激烈、刚硬的抗争模式和英雄文化，提出独属于女性的更为智慧、更为柔韧的抗争方式。这不仅是女性意识的一次革新，更是一种从力量竞技到智慧竞技层面的转换，是一种社会责任感与参与意识的强烈体现。她为女性争取到独属于自身的抗争方式。至此，女性不再是柔弱的依附者，也不是只知索求爱情的乞讨者。

在女性诗歌备受冷落的今天，尽管各色女性主义诗歌努力宣扬，但总显得无力苍白。在这样的文化氛围中，重新品味舒婷诗歌，梳理诗篇中的女性意识，无疑为女性诗歌的发展提供良好借鉴。可以说，舒婷以独特的艺术魅力，为女性诗歌的发展奠定了坚实基础。她的诗歌被称为“中国当代女性诗歌的开山之作”，正如评论家陈仲义所说，“她充任了一个过渡衔接的角色，她既不是先驱，也不是通向未来的桥梁。……她适时合度地拨动通往另一个方向的‘扳道’，成为被许多目光所聚焦的中转，她的贡献和价值可能就在这里”[②]。

① 舒婷：《人心的法则》，《舒婷文集·舒婷诗》，长江文艺出版社2012年版，第10—11页。

② 陈仲义：《中国朦胧诗人论》，江苏文艺出版社1996年版，第102页。

第四节　王安忆

在当代文坛上，王安忆是一位作品丰富且风格不断创新的大家。她1954年3月出生于南京，1955年随母茹志鹃移居上海。1970年赴安徽五河插队落户，1977年开始发表文学作品，现为复旦大学中文系教授、中国作家协会副主席、上海市作家协会主席。王安忆著有《雨，沙沙沙》《本次列车终点》《流逝》《小鲍庄》《发廊情话》《叔叔的故事》《我爱比尔》《69届初中生》《纪实与虚构》《长恨歌》《启蒙时代》《天香》《匿名》等数百万字的小说、散文、论文等。王安忆创作视野开阔，能驾驭多种题材，运用多种生活经验进行文学创作。她风格多变，在新时期以来文学发展的诸多阶段，都有代表性的作品。80年代初，她以"雯雯系列"走上文坛，以一位纯真少女的眼光观察世界，抒发女性自我。1981年，她发表《本次列车终点》，成为知青文学的代表性作品之一。在这之后，她摆脱自我眼光的局限，走向广阔的外在社会，在东西方文化的高度和人生体验上表现社会，1985年发表《小鲍庄》，成为寻根文学的代表性作品之一。1996年发表个人代表作《长恨歌》，获得第五届茅盾文学奖。2011年，发表长篇小说《天香》，成为又一力作。作为女作家，王安忆与90年代其他女作家不同，不是从个人的性别体验出发，而是从人性、女性这个角度表达自己对女性生命本质和生存状态的思考。80年代中后期，王安忆写出了《小城之恋》《荒山之恋》《锦绣谷之恋》《岗上的世纪》等一系列以女性为表现主体，思考女性生命本质，张扬女性意识的作品。

1989年，发表中篇小说《弟兄们》，通过三位女性的姐妹情谊探讨纯粹的女性主体性在男性中心文化中能走多远。《流逝》《妹头》《富萍》《桃之夭夭》《长恨歌》等一列作品以上海的世俗生活为背景，表现不同时期上海女性的日常生活。在这些作品中，上海女性形象性格多样，鲜活突出，具有鲜明的上海市民的性格特征，集中体现了王安忆的女性意识和性别观点。

如果把王安忆与张洁的作品放在一起读，就能鲜明地看出二人面对传统男性中心文化迥然不同的态度。张洁是高举女性主义旗帜激烈地反抗、甚至偏执地抨击男性中心文化给女性带来的压迫和束缚。王安忆则态度温和，根植于传统，不动声色地以审美的眼光彰显女性生命本色，女性不仅不是弱者，甚至在多方面优于男性。她从不激烈对抗男性中心社会，也不猛烈批判男性中心文化。她否认自己是女性主义者，甚至认为女性主义的一些观点较为狭隘。有两篇文章比较集中地反映了王安忆的女性观点和女性意识，一篇是写于1986年的散文《男人和女人，女人和城市》，一篇是发表于2001年的对话录《我是女性主义者吗?》。在《男人和女人，女人和城市》一文中，王安忆说道："传统的、人类刚刚迈出，或正在迈出的大自然的环境，为男人和女人创造了两种不同的理想：男人的理想是对外部世界的创造与负责，而女人的理想是对内部天地的塑造与完善。……女人在这条狭小的道路上，走向了深远的境界。可惜的是，女人的范围毕竟太过于狭隘了，且没有外部世界的生活做后盾，一旦战败便一无所有，一整个人性都没了落实与寄托。"在传统的农耕社会，"土地向人索取的劳动是太过于单一、太过狭小，又太过苛求体力。女人无法取得优势，无法改变必须依附于男人生存的命运。而到了城市这一崭新的再造自然里，那才真正是'海阔凭鱼跃，天高任鸟飞'。女人与男人竟也站在了同一起跑线上了，这时候的男人便也必须有足够的思想准备接受男女平等的现实"[①]。在这篇文章中，王安忆将传统农耕社会与现代城市社会中的男人与女人进行对比，认为现代都市社会更能体现女性得天独厚的优势。在《我是女性主义者吗?》一文中，王安忆说："我和张洁不一样，我对男性

① 王安忆：《男人和女人，女人和城市》，新星出版社2012年版，第99—102页。

没有那么多仇恨。……如果说女性主义，我觉得中国只有一个是女性主义者，就是张洁，其他人我都觉得够不上。”“我们容易把女性小说归结为一种女性自觉地对男性的反抗，清醒地对男性的批判。”[①]王安忆不直接批判男性中心文化给女性造成的种种压抑和束缚，而是以审美化的态度面对女性，张扬女性独立的主体意识。她笔下的女性人物从不“寻找男子汉”，或对爱情充满浪漫美妙的幻想，而是摆脱文化规范的束缚，遵从内心需要、主动追求目标、实现美好生活。如果单纯从女性主义的角度去阅读王安忆以女性为主人公的作品，根本不能说王安忆是一位女性主义者，因为她少有对男性中心论的反抗和颠覆。但王安忆的作品却表现了鲜明的女性主体意识。因为从女性主体的角度来说，女性意识包含两个层面：“一是以女性为眼光洞悉自我，确定自身本质、生命意义及其在社会中的地位；二是从女性的角度出发审视外部世界，并对其加以富于女性生命特色的理解和把握。”[②]王安忆既能深刻地洞悉女性自我的内在与外在，也从社会和人性层面去表现女性生命本色。

创作于80年代中后期的《小城之恋》《荒山之恋》《锦绣谷之恋》《岗上的世纪》（简称“三恋一岗”）四篇中篇小说，集中体现了王安忆从性爱角度对女性生命本质的思考，也是比较早地体现王安忆女性意识的作品。

发表于1987年的《小城之恋》，是王安忆“三恋”系列作品的第一篇，也是其早期比较有代表性的作品。这篇小说以心理分析的方法叙述了一对剧团演员分分合合长达十二年的情爱故事。在一个小剧团的一间练功房里，两个还不怎么懂事的少年成天在勤奋地练功。男孩十六岁，女孩十二岁。在练功房相对封闭的环境里，“他”和“她”朝夕相处，共同成长。正处在青春发育期的男孩和女孩，极其自然地有了一种对彼此身体的好奇与渴望，慢慢发展为性的接触和交往。在这过程中，他们极其苦闷焦虑，既有对对方身体单纯的热切渴望，又由于缺乏精神支撑带来心理上的苦闷和强烈的罪恶感、不洁感。最后，女孩怀孕，在与生俱来的母性的光辉烛照下，“多年来折磨她的那团烈焰终于熄灭，在那欲念的熊熊燃烧

① 王安忆：《我是女性主义者吗?》，《弟兄们》，中国文联出版社2001年版，第337、344页。

② 康正果：《女权主义与文学》，中国社会科学出版社1994年版，第198页。

里，她居然生还了。”[①]在一迭声的“妈妈”的叫唤声里，她感到一种博大的神圣的庄严，躁动的生命终于复归平静。而男主人公却无处着落，开始了赌博酗酒，最后被单位开除，在乡下和老婆过着无性无爱的日子。从故事的结尾可以看出，女性似乎是最后的胜利者，女性身上天生的母性战胜了性欲。正如王安忆自己所说：“男人与女人同时出发，并肩前进，而到了孕育生命的时刻，女人便将男人甩在了身后，飞快地却孤独地超越了。”[②]王安忆大大彰显了女性与生俱来的母性意识，经过热烈情欲的骚动和洗涤，女性在母性的皈依中获得内心的安宁与纯净，达到从未有过的生命和谐。如果单纯从性心理来说，王安忆在这篇小说里无疑张扬了女性主体意识。因为按照传统男权社会的性观念，在性活动中，男性永远是征服者，男性对女性的性占有是男性对女性的自然的征服。而在此文中，王安忆不仅让女性占主导地位，而且让女性超越男性，首先获得生理和心理的平静。而男性却因为无法体会孕育生命带来的安宁而陷入更深的苦闷之中。当然，母性的本能是“她”获得胜利的主要原因，张扬为孩子而牺牲自身的母性本能，且独自承担抚养双胞胎子女而带来的生活重担，也在一定程度上使女性失去了自我。而且，在“她”与“他”性的接触与交往中，双方所体会到的多的是焦虑和罪恶，少的是性带来的快乐。“她”在贪欲和罪恶感的忏悔中来回挣扎，甚至想以死来摆脱性爱的巨大诱惑。这种描写一方面体现了人类嗜欲的原始生命力与社会文化观念之间的冲突给人带来的心灵痛苦，另一方面也说明此时的王安忆并未摆脱传统男性观念，而是不自觉地采用男性文化规范来叙事。

《荒山之恋》描写了以征服男人为内心骄傲的金谷巷女孩爱上了从外貌到内心都极其软弱的大提琴手，最后双双殉情的故事。这不是一般的言情小说，而是揭示女性性爱内心奥秘的故事。金谷巷女孩容貌姣好，个性独立，常以善于征服各种各样不同的男性为内心的骄傲。她喜欢在与异性的调情中实现自我感受，达到对自我的肯定。她鄙视文化习俗，善于驾驭男人，在爱情的游戏里扮演自主又自得的角色，表现出极强的对男性的征服欲。她的丈夫就是她征服的结果。但是，

① 王安忆：《流逝》，春风文艺出版社2002年版，第284页。

② 王安忆：《男人和女人，女人和城市》，新星出版社2012年版，第98页。

当她认识大提琴手之后，她认识到，爱的真正价值在于它能高度地体认到自我，同时又能高度地专心的爱他人，在一种自由的境界里达到两性合一。她的那种调情式的爱不能扬弃与对象之间的疏离，更难以获得“自我投入”的忘形欢乐。于是，她“想找一个人让自己使劲儿地爱爱，看看自己究竟能爱到什么程度”。由于这种强烈的自我投入的欲望，也由于她的任性，使她陷入了两性试探的险境，最后毁灭了自己，也毁灭了懦弱的大提琴手。大提琴手的妻子是一位富有母性情怀的女人，大提琴手女人般纤弱的气质中流溢出的忧郁唤醒了她沉睡的母性，她深深地爱着弱怯的丈夫，“她愿意被他依赖，他的依赖给她一种愉快的骄傲的重负，有了这重负，她的爱情和人生才充实。他的依赖也使她深厚的柔情和爱心有了出路。”她像个小母亲，熨帖着他少时留下的心灵创痛，小心翼翼地维护着她的丈夫，爱护着他的事业和前程。当他背叛了她，堕入新的情网，她的一切痛楚、怨愤却被博大宽厚的母性软化了，“她忍住心里的苦楚，将他抱进怀里，心里一声声叫着他，求他魂兮归来，徒然地希望用自己的温暖召回他来。”即使最后他因为婚外恋弃绝了她，她也不恨他，因为太心疼他而怀着宿命的怨悔。

这样的性爱题材完全不同于80年代张洁、张辛欣等一些作家的创作。“寻找男子汉”曾是80年代两性主题中的一个重要话题。张洁率先在短篇小说《爱，是不能忘记的》中塑造了伟岸、坚强、高大的老干部形象，树立了理想化的男性形象，且将女主人公命名为“钟雨”以表达女主人公忠于老干部、崇拜男子汉的心理。张辛欣也在《在同一地平线上》塑造了传统文化规范中的男子汉形象，且表现了坚强能干、富有事业心的丈夫“他”与同样积极进步、富有上进心的妻子“我”之间的冲突与离异。剧作家沙叶新在实验话剧《寻找男子汉》中直接表现了女雕塑家舒欢在恋爱时寻找心中的“男子汉”而不得的一次又一次失望的心理。王安忆不塑造也不批判“男子汉”形象，而是直接彰显女人并非都倾心于高大坚强的男子汉。像“她”那样独立性很强，并以母性融化爱情，用母爱包容一切的女性，情爱像是一双用心展开能够给人以庇护、能够被人所依偎的柔软温暖的巨大羽翼，永远与给予、怜悯、保护连在一起。这样的女性往往不羡慕、不崇拜高大坚强且自负的男子汉，而倾向于在比较弱怯的男性那里搭建爱情的温床。爱情对她们而言，不是对男人的崇拜、羡慕，而是深深的同情。大提琴手是软弱的、怯懦的，金谷巷女孩和“她”却都很爱他，其实，他配不上她们那样的挚爱，而她们都爱得欲罢不能。王安忆写道：“女人爱男人，并不是为了那男人本身的价值，而往往只是为了实现自己的爱情的理想。为了这个理想，她们奋不顾身，不惜牺牲。”[①]波伏娃曾经感叹：“男性的欲望急切多变，朝生暮死有如蜉蝣；一旦满足后马上就消失了。女人常常在这之后变成爱情的俘虏。这就是所有伟大的文学、诗词、音乐的主题所在。”[②]应当说，这是一个属于女性感觉和经验的主题。王安忆不仅塑造了金谷巷女孩这样不同于80年代其他女作家笔下女性的另类形象，表现了女性性爱的伟大包容，同时也深刻揭示了女性将爱情看作理想，为了实现它而不惜牺牲的潜在心理。

《锦绣谷之恋》表达的是女性性爱中纯精神性的一面。某杂志社人近中年的女编辑依旧清新美丽，富有智慧，拥有独立的审美意识。但在日复一日的平凡生活中日益感觉到婚姻的乏味。“双方并不留意对方，彼此深知了底细似的，再难互相仰慕了。”婚姻生活的乏味与单调使她变得易怒与烦躁，对丈夫近乎麻木的忍让也很生厌，更厌恶自己的易怒烦躁。她渴望婚外恋情给自己新的感觉，重新找回对生活的审美感受。不期而遇的庐山笔会，让她与一位有过文字交往但未曾谋面的男作家有了十天的浪漫精神之旅。两颗尘世的心灵在庐山云遮雾绕的美妙景色中达到一种无言的默契，带给双方一种无言的幸福。这种柏拉图式的精神之恋让她获得内心的宁静与明澈。“她只觉出自己在这太阳和月亮的交换中幻化了，有一个自己在退出，另有一个自己在靠近了，她换了一个人。她是她自己，又不是她自己。”她褪去了那个在婚姻中絮聒、乏味的自己，重新燃起了美好的审美意识，回归自然与沉静。她觉得这样明澈、宁静的自己才是真实的自己。

小说的重点并不是讲一对男女之间精神之恋的故事，而是将自我置于乏味的

① 王安忆：《荒山之恋》，《王安忆作品精选》，长江文艺出版社2001年版，第102、86、155、152页。

② ［法］西蒙·德·波伏娃：《第二性——女人》，桑竹影、南珊译，湖南文艺出版社1986年版，第451页。

婚姻与纯粹的爱情之中进行思考，从而去发现女人内心的奥秘。在小说开头不久，作者说道："我想说一个故事，一个女人的故事。"[①]这就意味着王安忆想叙述的其实是关于一个女人的话题。在小说中，王安忆有意模糊丈夫和男作家的形象，用极大的篇幅去描写女编辑的心理变化、内心独白及情感游动，用抽象性叙述突出女编辑身上所具有的诗意与审美特征，将她的内心、她的思考表现得淋漓尽致，深刻彻底。小说中有几处代表性的关于女主人公的心理刻画，"她婚后是沉睡了太久，异性的所有秘密，就那么和盘托出，不须她花费一点想象与好奇去探询，去深究。……她重新发现了男人，也重新意识到了，自己是个女人，她重新获得了性别。""她再清楚不过地意识到，自己是个女人，一个女人，她多么幸运地身为女人，可以爱一个男人，又为一个男人所爱。"[②]这是一个美丽且智慧的女性，乏味的婚姻生活，凝固了自己的性别意识与审美能力，而这场美丽短暂的锦绣谷之恋让她在纯粹的精神爱恋中找回了自己。她发现并不是自己多么爱庐山云雾中的男作家，而是这位男作家让她重新意识到自己是一个女人，意识到作为女人可以爱和可以被爱的欢愉与幸运，这使一个女人重新具有了女人的能力和特质。这才是作品的深刻之处。作为一个生活中的女人，应该具有独立的人格特质，独立的审美能力，能清楚地认识到作为女人的美好与独特。否则你只能是一个人，而不能称之为女人。这种内涵已经离开了女性自我觉醒的层面，而延伸到性别诗学层面上来了。在小说结尾，女编辑又回到了平凡琐屑的婚姻生活中，这也不免为王安忆关于女性问题的思考蒙上了诗意且带有悲剧特征的意味。

发表于1989年第1期《花城》杂志的中篇小说《岗上的世纪》同样是写男女性爱故事，但与"三恋"完全不同，它彰显女性在性爱上的无穷魅力，赞扬女性性爱给人带来的新的生命活力。"文化大革命"期间，大杨庄知青李小琴为了得到招工回城的表格，主动用年青而富有魅力的少女身体勾引小队长杨绪国，李小琴的性爱魅力让结过婚且有孩子的杨绪国真正体会到性爱的无穷美妙。"她就象他的

① 王安忆：《锦绣谷之恋》，《王安忆作品精选》，长江文艺出版社2001年版，第239、276、238页。

② 王安忆：《锦绣谷之恋》，《王安忆作品精选》，长江文艺出版社2001年版，第284、285页。

活命草似的，和她经历了那么些个夜晚以后，他的肋骨间竟然滋长了新肉，他的焦枯的皮肤有润滑的光泽，他的坏血牙龈渐渐转成了健康的肉色，甚至他嘴里那股腐臭也渐渐消失了。他觉得自己重新地活了一次人似的。”而她呢？“他也象她的活命水，自从他们暗底下往来，她的身子就好像睡醒了，又知疼，又知热；她的骨骼柔韧异常。能屈能伸，能弯能折；她的皮肉象是活的，能听话也能说话，她的血液流动，就好像在歌唱，一会高，一会低，一阵紧，一阵舒缓。”最终，姓杨的学生拿到了招工推荐表，李小琴没能如愿以偿。此时，李小琴状告杨绪国奸污少女，杨绪国被公社带走，李小琴也离开大杨庄，转到了另一个村庄小岗上。杨绪国在经历了关押、劳动及巡回批斗后，恋恋不忘李小琴，他到处找寻，最后在小岗上找到了李小琴。面对杨绪国的爱恋，李小琴同样激情四射。她们在岗上的小屋里重续旧情，经历了生死度外的七个昼夜。“他们就象两个从不失手的弄潮儿，尽情尽心地嬉浪。他们从容而不懈，如歌般推向高潮。在那汹涌澎湃的一刹那间，他们开创了一个极乐的世界。”①

《岗上的世纪》从生命本体价值的高度，以审美的眼光来写女性的性体验和性活力，揭示生命本体的奥秘。王安忆将故事发生的背景置放于性受到极大压抑和束缚的文革年代，以现代人的眼光来写性对人的重新塑造，性对人心灵的净化，这是对传统男权中心意识中性的征服、占有、传宗接代、污秽等观念的自觉反叛。王安忆对性爱的描写，既不像传统小说中的宣泄或挑逗意味的粗俗描写，也不像《小城之恋》描写性给男女主人公带来的内心苦闷、罪恶感、不洁感，而是以诗意和审美的眼光来写性。在她笔下，女性的性爱不仅在爱欲的宣泄中超越了世俗利害，而且在欢悦中净化心灵的污秽和社会的卑鄙。这种净化已不再是《锦绣谷之恋》中的纯净了，而是混沌之后的升华——从出卖肉体和私通到发现生命的意义和力量，人物形象已不再是世俗意义上的美丑了。在《岗上的世纪》中，性成为一个神圣的宗教祭台，诱导人们怀着美的心理去理解和感受人类的生命之根，从而上升到生命本体的高度。在这篇小说中，王安忆以第三人称的叙事视

① 王安忆：《岗上的世纪》，《伤心太平洋》，时代文艺出版社2001年版，第236、237、239、281页。

角，以女知青李小琴为主要描写对象，小说的创作主体完全倾向于女性，是女性性的主动让男性产生了新的生命活力，是女性性的魅力让男性重新认识了生命的本质意义，从而真正发现并展示了人的生命存在的本质意义。这是一篇高度张扬女性意识的作品。

王安忆的“三恋一岗”以性爱为中心，表现了女性性爱的多种特点，集中体现了作家的女性意识和性别观念。《小城之恋》中纯净的母性对单纯生理欲望的战胜，《荒山之恋》中女性性爱的包容与伟大，《锦绣谷之恋》中知识女性纯粹的精神之恋给人带来的美好审美感受，《岗上的世纪》中女性性爱的超功利性及对生命活力的激发。王安忆一反传统男性中心文化观念中，男性在性爱中的主动性、征服性、占有性、功利性及传宗接代的作用，而以女性为中心，表现女性在性爱中孕育生命的纯净性、主动性、包容性、非功利性及对生命活力的激发等特征。从表面上看，王安忆不批判男性中心文化，但她在张扬女性性爱的多样特征时已经反叛了男性中心观念，鲜明地彰显了女性在性爱上优于男性的女性意识及性别观念。

中国女性文学中女作家对女性主体性的建构和探寻一直是女性文学中的一个重要主题。张洁的《方舟》就是这方面的代表作。1989年，王安忆发表的《弟兄们》同样是一篇思考以建构女性主体性自我来对抗男性中心文化的作品。三位年轻的女性，同住一间宿舍，相互之间以老大、老二、老三自称，将各自的丈夫称作为老大家的，老二家的，老三家的。她们是这班上唯有的三女生，可是样样事情都做得比男生出色。她们以兄弟互相称谓，实际是通过模仿男性来建构女性同盟，通过互相激励互相督促来保持女性的自我主体性不被男性中心文化规范所侵蚀。因为在传统男性中心文化中，女性是依附于男性的，缺乏自我主体性，尤其是在为人妻为人母之后。三位女性像男人一样生活，不爱美、不爱整洁、不爱干净。她们敞开心扉，将自己最隐秘的心思说了出来，彻夜不眠地进行纯粹的精神交流，互相激发，灵感闪现。但她们也有无限的懊恼。“她们付出了很大的代价，几乎将自己的情感与思想都掏空了，结果竟越来越不明白自己究竟是什么面貌。”她们出现了对自我的无法确认。老三的丈夫经常来学校，每当丈夫来了，她就觉得原先的美好被破坏了。“无论怎么自己叫自己‘兄弟’，叫别人‘家的’，弄到底，女还是女，男还是男，这是根本无法改变的。”男女之间天然的性别差异无法改变。随着老三的丈夫越来越频繁的来找老三，随着交流的越来越深入，她们认识到：“其实，完全彻底的‘自我’是不可能实现的，说说开开心而已。实际上，吞没‘自我’的也不是男人，我们不应该把矛头指向男人。说起来，男人和女人都是受害者，是同一战壕里的战友，我们应当互相支持，战地黄花分外香嘛！”三位女性中，老三最先退出了姐妹同盟，放弃了留校任教，回到小县城，接受了丈夫为她安排的工作，过起了平凡女人的平凡生活。

老大在一所中学教美术，在一次集体游玩中，面对同事孩子的表现，“她暗下决心：这一辈子坚决不生孩子”。“自由是多么宝贵啊！”可随着时间的推移，随着同事的孩子日益长大，她越来越感觉到真正的自我难以充分实现，青春无法永驻，也想生一个孩子。“她听人说，母爱是可将一切牺牲掉的，并且没有一点怨言。她想：自己的一个我，既然得不到充分的实现，还不如让它伟大地牺牲掉算了。”[①]当老大怀孕后，老二无意之间遇见了老大，二人再续前缘。但这时，她们不再用老大老二来称呼，而称老大为老李，老二为老王。这种称呼的转变说明随着老大母性的回归，她们的女性社会身份也不自觉地回归。在这过程中，老李也多次反思自我，要了孩子会增加负担，会失去很多，但她仍然想念小孩子，没有小孩子，她心里头空落落的。孩子生下后，老王经常来老李家，并以“教母”的身份自居，连过年都住在老李家，甚至在丈夫回去时她仍然住在老王家。一次，老李老王带孩子去公园玩，由于二人谈得太投入，没照看好孩子，孩子从婴儿车里翻下来，摔得满脸是血，老王想去帮老李抱孩子，老李却厉声喝道：“别碰我的孩子！”这一声自发产生的饱含母爱的厉喝使她们二人维持了多年的姐妹情谊瞬间崩塌。老李与老工的姐妹情谊苟延残喘了二天之后，老王离开了老李，她们再也没有见过面。

鲁迅曾经说过女人具有女儿性、妻性和母性。女儿性、母性是天生的，而妻

① 王安忆：《弟兄们》，中国文联出版社2001年版，第3、5、13、24页。

性是被男性中心社会文化规范出来的。妻性、母性都必须依赖它物而存在。纯粹的女性却不需要它物，是自我独立的。在这篇小说里，王安忆通过三"兄弟"的故事试图探讨纯粹的女性能够存在多久？能够走多远?在这过程中，老三因为妻性最先离开姐妹同盟，其后，老大因为母性再一次宣告纯粹的、精神性的姐妹同盟无法存在。在男权中心社会里，"老二"可以说是最坚定的，她坚持建构纯粹的、不丧失女性主体性的自我。但在小说的最后，王安忆写到"她一直在调动工作，调动来，调动去，始终不能满意，调到后来，自己都不知道自己是要什么了。船走在峡谷里，两边是笔直的峭壁，很高的崖壁上，露出了一条蓝天"。作为纯粹的女性，只能在非现实的自由中徘徊，一旦回到现实只能是一个孤独的失语的存在。所以用这种纯粹的女性主体性来对抗男性中心社会秩序是不可能的。同样，纯粹的兄弟同盟也不可能永远存在。因为，这样的同盟只能在没有家庭生活和子女干涉的情况下存在，一旦进入家庭生活，这种同盟就会违背人性的自然欲求。王安忆通过这个理性的故事解构了以建构纯粹的女性主体性自我来对抗男性中心文化规范的企图。

王安忆从不有意借鉴西方女权主义理论，而是扎根于中国几千年的社会现实，通过自己的观察和思考来反映两性关系和性别文化。她的创作具有独特的中国经验。她在男女平等的前提下，提倡曾经长期被忽略的女性特点和性别差异，力图展示真实的更为复杂的女性形象。她潜入自然人性深处，对生命本体及女性生存进行探索与思考，形成了自己独特的女性意识。在根植传统又直面现实的基础上，以彰显女性先天优势的方式改变男性中心文化观念中的错误，从而建立和谐的两性关系。她认为女性本来就比男性要精神性一些，独立一些，自主一些，丰富一些。王安忆以独有的温和与理智与女权主义拉开了距离。

中篇小说《姊妹们》写的是六七十年代，一个村庄的少女们在出嫁以前的美好生活，她们听从父母之命、媒妁之言安排自己的婚姻，她们打扮自己、平静而幸福地准备着嫁妆，对未来的婚姻生活充满期待。王安忆认为这篇小说体现了自己自觉的女性立场。她说："我写的是一个很美丽的女儿国，在那么一个黯淡无光的背景下，她们那么明亮，那么美，事实上就代表了一种我对女性的看法。""我是非常审美化的态度。”“小说对我而言就是艺术化，对象的审美性质决定了我写什么。”[①]王安忆从不在文学作品中直接批判男权中心社会对女性的压抑和束缚，也不直接写女性对男权中心社会的激烈反抗和正面批判。她总是以审美的眼光去描写形形色色的女性形象，以欣赏的态度面对女性的日常生活，以诗意的语言表现女性的生活世界。她笔下的女性形象形态各异，性格不同，大多数都是普通女性，但这些普通女性形象却鲜明突出，女性的光彩大大超过了男性。

《流逝》是王安忆创作于1988年的作品，这部小说描写了“文革”时期上海一个资本家家庭被抄家后，一家人在长媳欧阳端丽的努力下，度过艰难岁月，并在思想上发生变化的故事。小说中的主人公欧阳端丽是一位极其出彩的女性。欧阳端丽一家原本是资本家家庭，生活非常富足。但“文革”开始，家产被抄，经济巨变，端丽一家一下子由以前的锦衣玉食跌到贫困的谷底。面对这种翻天覆地的变化，公婆只是哀怨和叹息，丈夫无能为力，端丽毅然担起家庭主妇的全部责任，为一家人的生活竭心尽力。为了贴补家用，她求人领孩子回家带，去里弄工场间绕电线，在金花阿姨的帮助下接织毛衣的活，想尽一切办法改善家人的生活。除了外在行为，欧阳端丽在内在性格上，也发生很大的变化。她一改以往的胆怯柔弱，到学校和里弄为小叔子文光下乡争取补助；她勇敢面对陌生环境，独自一人远行千里，去江西农村为小姑子文影办理病退；她变娇羞柔弱为大胆泼辣，为女儿留城据理力争。欧阳端丽由柔弱胆怯的少奶奶变成了精明干练、屈己待人、宽容大度、顾全大局、吃苦耐劳的家庭好主妇，全家人的主心骨。王安忆细致地描写她的内心活动，在日常艰辛生活的点滴中表现她对以往富足生活的留恋，同时，也表现她对奢靡物质生活的危害及对自我的反思。

“文革”结束后，一切家产原样回归，公公扣留的工资补发，一家人一下子得到了一大笔钱。欧阳端丽的生活又回到以前丰富物质的享受中，对于工场间的工作，丈夫也要求她辞掉。但在单纯物欲的享受中，欧阳端丽却感觉到生活的空虚无聊。她反思自己：“那个能干的女人这会儿到哪儿去了呢？”[②]她在思考生活的意

① 王安忆：《弟兄们》，中国文联出版社2001年版，第345、346、348页。

② 王安忆：《流逝》，春风文艺出版社2002年版，第92页。

义，她在思考人为什么活着？十年的艰辛生活，及在这生活中所体会到的酸甜苦辣、生存哲理不会随岁月的流逝而白白逝去，历史也不让它白白地流逝。这是作品“流逝”这一标题本身和端丽的形象所诉诸读者的不尽的深意。

在《上海的女性》这篇文章里，王安忆说道：“上海的女性心里都是有股子硬劲的，否则你就对付不了这城市的人和事……她们的硬不一定硬在‘攻’字上，也是在‘守’。你没见过比她们更会受委屈的了，不过不是逆来顺受的那种，而是付代价，权衡过得失的。你绝不能将她们的眼泪视作软弱，就是这道理。”上海的女人对男人不过分幻想，不寻找“男子汉”，而是寻找体己与知心。“嚷着‘寻找男子汉’的，大多是那些女学生，读饱了撑的。凡是浴血浴泪过来的，找的不是男子汉，是那体己与知心，你搀我，我搀你的。要说都是弱者，两条心扭成一股劲，就是这地方的最温存和最浪漫。”

王安忆笔下的女性都是平常女子，她们可能出身较好，如欧阳端丽，也可能出身卑微，如郁晓秋、奶奶、富萍，但不论出身如何，她们都从事最普通最平凡的工作，其中绝大多数是家庭妇女。但她们却有一种可贵的精神，她们柔弱但不软弱，浪漫但不幻想，精明但不世故，骨子里有股硬劲，面对困难，从不退缩。她们直面现实、不卑不亢、精明务实、富于行动、将个人和家庭经营得有声有色，靠劳动和智慧创造美好生活。

王安忆以审美的眼光描写上海女性，以诗意的语言描绘女性的日常生活，避开宏大叙事选择日常叙事，而且通过日常叙事写出真正的女性化的历史。长篇小说《长恨歌》就是这样的作品。作品通过弄堂里走出来的上海三小姐王琦瑶的一生沉浮写出了上海这个都市从40年代到80年代的历史变化，用诗意的语言表现都市的日常生活，真正写出了一部女性化的历史。当然，对于女性，王安忆并不都是用审美的眼光进行褒扬的，她同样客观揭示女性自身的弱点。《长恨歌》中的王琦瑶追求虚荣浮华，拒绝真正的爱情，最终丧生于自我无法克制的欲望。王安忆认为：“要写上海，最好的代表是女性……上海女性中，中年女性更有代表性。”①

① 王安忆：《男人和女人，女人和城市》，新星出版社2012年版，第119、120、120页。

王安忆以审美的眼光描写女性，以她笔下女性的美好与精神来彰显自己的女性意识，从她笔下的女性身上，我们看到了现行规则下女性的魅力与行动的力量。应该说，这种务实的精神和行动的力量比单纯的抨击或批判更能改变男权中心的一些不公正规则。只有当女性自身成为强者，才能真正地改变自己弱者的身份和地位，同时改变当今社会种种不合理的社会规则。

王安忆虽然在创作中自觉不自觉地运用女性话语，以女性视角来构建小说，但没有夸大两性之间的冲突和对抗，而是积极地平衡两性关系，让两性产生观念意义上的和谐。王安忆以作品启示读者，作为女性，性别的差异并不是男女差异的唯一原因，在现代城市社会，女性在很多方面优于男性，在爱情、婚姻、家庭中，女性可以和男性一样去付出、去索取，以自己的人生态度和价值理想去编织自己的精神乐园。总之，王安忆的女性观点主要表现的是两性间的紧密联系，在此基础上有意突出女性的感知方式、表达方式以及女性独具的心态、追求两性平衡的诗意美。作为当代文坛上的大家，王安忆笔下的女性多是普通女性，她很注重对女性家庭日常生活进行审美化的再现，也深入挖掘人性中最自然、最本真的生命存在方式，但不揭示日常生活中所蕴含的社会问题。这种审美的眼光，让人欣赏女性美的同时，也掩盖了现实存在的多种问题。王安忆笔下的职业女性同样以家庭为重，她很少写女性在职业场中的奋斗。而且，她笔下除了《锦绣谷之恋》中的女编辑、《我爱比尔》中的阿三外，也鲜有对知识女性的描绘。这是让读者不能满足的地方。

第六章

Chapter 6

新时期以来的女性文学（下）

第一节　铁　凝

铁凝是新时期以来当代文坛重要的女作家，她成名较早，很多作品都获得较高的声誉。铁凝1957年生于北京，后在保定度过其童年和少年阶段。1975年高中毕业后，铁凝选择到农村体验生活，这为她日后的创作提供了不少素材。1979年回城后，铁凝担任《花山》的小说编辑。铁凝的文学创作从70年代中期开始，目前已发表百余部中、短篇小说，长篇小说有《玫瑰门》《大浴女》《无雨之城》《笨花》，此外还有大量的散文、随笔。铁凝的不少作品被翻译成英、法、德、日、俄、丹麦、西班牙等文，有着国际影响力。其作品多次获得国家级文学奖项，其中《哦，香雪》《六月的话题》分别获得当年全国优秀短篇小说奖，《没有纽扣的红衬衫》获得1985年全国优秀中篇小说奖，散文集《女人的白夜》获中国首届鲁迅文学奖，《永远有多远》获中国第二届鲁迅文学奖中篇小说奖和首届老舍文学奖，艺术随笔集《遥远的完美》获中国第二届冰心散文奖。小说《没有纽扣的红衬衫》改编成电影《红衣少女》，获得中国电影"金鸡奖"、"百花奖"优秀故事片奖；小说《哦，香雪》被改编为同名电影，获得第41届柏林国际电影节青春片最高奖。此外，铁凝的多部作品还获得"小说月报百花奖"，《人民文学》《小说选刊》《十月》《中国作家》优秀作品奖等诸多奖项。2006年起至今，铁凝担任中国作家协会主席。2015年，铁凝被授予法国艺术与文学骑士勋章，成为中国文坛首位获此殊荣的女作家。

在铁凝三十多年的创作生涯中，其始终关注女性的情感与命运。不过铁凝作品中的女性意识并不是一成不变的，而是经历了由无性别意识写作到强烈的女性意识写作再到超性别意识写作这样三个阶段，体现了铁凝创作中不断探索的精神。

第一阶段为铁凝的"香雪时代"，大致从70年代中期到80年代中期。这一时期铁凝的创作主要是中短篇小说，包括《罗薇来了》《两个秋天》《一片洁白》《那不是眉豆花》《短歌》《哦，香雪》《东山下的风景》《明日芒种》《意外》《没有纽扣的红衬衫》《六月的话题》《月亮伴星星》《穿过大街和小巷》《杯水风波》《村路带我回家》等。早期铁凝的创作受孙犁的影响较大，作品风格清新秀润，具有含蓄诗意的美。小说主人公多为青年女性，她们单纯、善良、朴实、自然，在她们身上，充满着人性人情之美。代表作《哦，香雪》中的香雪即是早期这类女性形象的代表。小说描写了一个偏僻的小山村台儿沟，每当火车经过时就会打破小山村原有的宁静。火车挟带着山外的物质文明带给台儿沟一群十七八岁的姑娘新奇与希望，每逢火车经过时，她们就会聚集在村口，贪婪、专注地望着火车。尽管火车停在台儿沟只有短短的一分钟，但这一分钟成为了姑娘们的节日，饱含了姑娘们的喜怒哀乐。时间久了，姑娘们便利用这一分钟与旅客们做买卖，用鸡蛋、核桃、枣子去换取台儿沟少见的发卡、香皂、火柴等。一次，香雪为了用四十个鸡蛋换火车上女学生的一只铅笔盒，她义无反顾地登上了即将开动的火车。最终香雪实现了自己的愿望，带着闪闪发光的铅笔盒走了三十里的夜路回到了台儿沟。这里，火车、铅笔盒成为了现代文明、文化的象征，香雪换取铅笔盒的行为象征了被封闭在大山里的乡村女孩渴望接受山外文明的熏陶与洗礼。小说以诗意的笔调写出了山村女孩的梦想与追求，如孙犁评价的，"这篇小说，从头到尾都是诗，它是一泻千里的，始终一致的。这是一首纯净的诗，即是清泉。它所经过的地方，也都是纯净的境界"①。

这一时期的铁凝尤其关注乡村女孩对文明的向往与追求，小说《意外》讲述了一个类似的故事。住在大山里的山杏一家为了照一张全家福，"他们搭了五十里

① 孙犁：《读铁凝的〈哦,香雪〉》,《小说选刊》1983年第2期。

汽车，走了二百里山路，喝凉水、住小店，吃了多半篮子干饼，第三天才来到县城。”[①]不过半个多月后他们收到的照片却并不是山杏家的全家福，而是一个陌生姑娘的照片。尽管如此，山杏家还是挂上了这张照片，当别人问照片是谁时，山杏便说是她未来的嫂子。山杏虽然知道撒谎不好，但不管怎样，她家也终于有照片了。小说笔调清新活泼，山杏的善意的谎言不仅体现了乡村女孩对文明的向往，也让这一“意外”充满了诗意。不过尽管早期这些作品写的都是女性，且女性形象都是单纯美好的，但这些作品并不具有鲜明的女性意识，人物更多是一个象征性的符号，体现的是现代化进程中乡村青年的精神风貌。

为铁凝带来广泛声誉的《没有纽扣的红衬衫》，创作视角由乡村女孩转向了城市女学生，不过不变的依然是作家对人性美的颂扬。小说中安然“像一头精力充沛的小鹿，灵巧敏捷不受约束，无遮无拦的四处乱撞”，透过她那双“清纯似水”的眼睛，勾勒出社会的百态图，揭示了社会阴暗面对纯真、正义、理想价值观的无情践踏。安然率真善良、敢于向庸俗伪善发起挑战，她敢于批评年年稳拿“三好学生”的班长，敢于当堂指出班主任老师的错别字，敢于和一个叫刘冬虎的男生待在一起，这些行为显然与当时人们认可的规范是不相符的，也让成绩不错的她一直与“三好生”无缘。这一次的“三好生”评比，本来安然很有希望，可是由于在评比那天，她穿了一件没有纽扣的、带一条银色拉链的红衬衫，结果还是落选了。因为在那个年代，这件没有纽扣的红衬衫代表了标新立异，这是保守派们无法接受的。尽管落选了，安然却内心坦然，在日记中，安然为自己点赞，同意选自己为本年度的“三好生”，并告诉姐姐明年选“三好生”她还会穿红衬衫。在安然身上体现了一种纯洁、率真、明净的诗意美，是一种未受社会不良风气影响的无拘无束、自在的生命状态。小说中那件红衬衫也成了一种打破传统、对抗庸俗社会的象征力量。可以说，在安然身上寄托了铁凝的愿望，“我盼望社会不要（有意或无意地）再忽略乃至扼杀这种难能可贵的品性，因为她对于净化人的心灵，对于更新那些活着但已衰老的生命，对于人类的进步甚至民族的兴盛永远是

① 铁凝：《意外》，《铁凝小说集》，花山文艺出版社1985年版，第39、40页。

不可缺少的”[①]。可见，作者虽聚焦于少女成长问题，但背后折射的是社会问题，而不是少女独特的成长体验与心理。同香雪形象一样，安然也是一个象征性符号，是社会问题的一个载体。这一时期铁凝创作的女性特色更多是体现在委婉细腻的语言风格上，从真正的女性意识而言，作品的性别意识并不强，故而这一阶段可称为是“中性写作”或“无性别写作”。

80年代中期以来，铁凝陆续创作了“三垛”（即《麦秸垛》《棉花垛》《青草垛》）和《玫瑰门》《无雨之城》《对面》《永远有多远》《大浴女》等中长篇小说。这一时期铁凝的作品具有鲜明的女性意识，作家以冷峻深邃的笔触来审视女性的历史命运和现实处境，刻画了一系列复杂甚至扭曲的女性形象，站在性别立场展示女性的欲望与心理，揭示女性主体意识崛起的艰难历程。“三垛”及《玫瑰门》《大浴女》是这一时期女性主义的代表作。

《麦秸垛》是“三垛”系列中最早创作的，发表于《收获》1986年第5期。小说叙述了两代女性受传统观念影响坎坷而悲怆的爱情悲剧。大芝娘无疑是传统女性的代表，在她身上，体现了传统妇女的所有美德。大芝娘善良、勤劳、宽容、忠厚，她坚守着传统文化对女性的道德规范，对丈夫无条件地服从、顺从，哪怕这场婚姻早已没有实质内容。但大芝娘的顺从、隐忍并没有换来在城里已提干丈夫的理解与同情，丈夫提出了离婚的要求。对此，大芝娘没有哭闹、没有怨恨，她答应了丈夫，只是在离婚后大芝娘提出了一个常人无法理解的要求，就是要和离了婚的丈夫有个孩子，因为不能白做了一回媳妇。此后，大芝娘独自抚养大芝，在大芝意外死亡后，她又将这份母爱播撒到那些缺失母爱的孩子身上。母爱虽然充实了大芝娘的生活，但仍无法完全排遣大芝娘内心的孤独，漫漫长夜中那低沉的纺线声和那只被抱得发亮的枕头，无言地诉说了大芝娘的寂寞与孤苦。小说通过大芝娘的形象，反思了所谓的传统美德带给女性的精神伤害，而母爱有时也会成为女性建立自我意识道路上的一种障碍。

知青沈小凤的爱情与人生态度可以说是大芝娘的现代翻版，不过两者又有很

① 铁凝：《我爱，我想》，《中篇小说选刊》1983年第5期。

大的不同，大芝娘的婚姻是包办婚姻，她只能是被动地接受，而沈小凤对爱情则是主动地追求。尤其是当她与陆野明发生关系被发现后接受调查，沈小凤将所有责任都揽到自己身上，大胆无畏地正视人们蔑视的眼光。可惜陆野明并不爱她，与大芝娘一样，沈小凤也面临被男人抛弃的命运，于是她也要求为陆野明生个孩子，只是这一要求被陆野明拒绝。从沈小凤身上，我们一方面看到了时代的进步，她可以主动追求爱情，但另一方面，女性依然没有摆脱对男性的依附，所以当沈小凤失去爱情时，她依然选择重复大芝娘的道路，以母爱来做无谓的牺牲。此外，通过这两个人物形象，我们还看到了女性欲望的不被正视、认可，大芝娘以传宗接代为目的的性行为是可以被接受的，而沈小凤发自女性本能欲望的性行为则是被排斥的。作者不仅揭示了封建意识、传统观念对女性的禁锢、压抑，同时这种禁锢、压抑还来自于女性自身，大芝娘即是这类女性的代表。故而，铁凝不无沉重地说："在中国，并非大多数女性都有着解放自己的明确概念，真正奴役和压抑女性心灵的往往也不是男性，恰是女性自身。"[①]

《棉花垛》发表于《人民文学》1989年第2期，小说摒弃了从传统认识论角度对女性世界所作的政治、社会、道德的评判，而将"性"置于政治与暴力中考察女性身体所承受的践踏与蹂躏，无论是来自正义方还是非正义方，女性都无可避免地成为被伤害的对象，都是悲剧的承担者。小说主要讲述了三个女人的故事，通过对米子、小臭子、乔生存状态、生命欲望的真实呈现，揭示了三个女人本质上对男性的依附心理和各自殊途同归的悲剧命运。小说中三个女性构成了纵向与横向的两组比较关系，纵向的一组是米子与小臭子之间，两人是母女关系。在这个世代靠种棉花为生的村庄里，米子可以不种花，不摘花，但家里却有花。因为米子长得好看，每当棉花收获的季节，米子就钻看花人的窝棚，靠出卖色相理直气壮地换取棉花。在米子身上，"性"成为她获取生活资料的一种手段，一种为了生存而委身于男人的变相卖淫。米子并不觉得这种生活方式有何不妥，而她的这一观念直接影响了女儿小臭子的人生。和母亲一样，小臭子也通过"性"来换取

① 铁凝：《写在卷首》，《铁凝文集》（第4卷），江苏文艺出版社1996年版，第1页。

物质，她和娶了媳妇的秋贵“淫乱”，就因为秋贵可以满足她的物质欲望，为她买葱绿毛布大褂。这里，“性”成为了母女两代人的生存手段，她们以此在经济上依附男性，成为男性享乐的工具，而她们的人生价值也仅体现于此。不过与母亲不一样的是，在新的时代背景下，小臭子的生存方式不仅仅是获得物质层面的满足，还有着以此换取抗日情报的精神层面的荣誉感，而这恰恰将其推入到危险残酷的境地，并最终因出卖抗日干部乔而被枪杀。

小说横向的一组比较发生在乔与小臭子之间，两人虽是从小的玩伴，但之后所选择的道路却是不一样的。乔追求进步，成为了共产党领导下的一名抗日干部，而小臭子则没有追求，整日与汉奸秋贵厮混。之后，乔与国决定利用小臭子与秋贵的关系，换取抗日情报。小臭子虽不是理性自觉地选择抗日，但她也以此为荣。不过很快小臭子的身份就暴露了，在敌人的威胁下，小臭子为了保全秋贵的性命而出卖了乔，于是乔被日本兵轮奸后残忍地杀害。国为了给乔复仇，在带小臭子去县抗日敌工部受审的路上，先是占有了小臭子，当小臭子还沉浸在温柔的情意中时，国又冷静、理性地枪杀了小臭子。从民族国家大义而言，乔与小臭子的死的意义是完全不一样的，乔为了民族的解放事业而牺牲，是抗日烈士，而小臭子则是民族败类，是为人所不齿的汉奸，死是对她应有的惩罚。但是，如果我们从性别立场来审视两人之死时，却发现作为女性，她们同样都是男权社会的牺牲品，是男性肆意践踏、蹂躏的对象，体现了战争之于女性的残酷。无论是正义方还是非正义方，“争相糟蹋和强奸对方的女人，成为征服、凌辱对方(男人)社群的主要象征和关于社群的具体想象”①。一个正义的乔被非正义的日本兵先奸后杀，一个非正义的小臭子被正义的国也是先奸后杀。由此，铁凝揭开了男性世界对女性强暴式的占有欲和征服欲，呈现了男性对女性残酷蹂躏的性文化态势。小说中，女性的身体或是交换对象，成为生存的方式，或是践踏对象，成为征服的手段，而无论哪一种，女性都无法摆脱被塑造、被物化、被蹂躏、被牺牲的悲剧宿命。残害乔的日军最终惨遭失败，而同样奸杀了小臭子的国却因为有着正义的

① 刘健芝：《恐惧、暴力、家国、女人》，《读书杂志》1999年第3期。

掩护，却没有受到惩罚。通过小说结局的这一安排，铁凝深刻地揭示了男权意识的根深蒂固与无处不在，它超越时代、政治、国族，成为女性悲剧命运的根源。

“三垛”系列中的《青草垛》写于1995年12月，距离《麦秸垛》的发表已有9年。在《青草垛》中，铁凝继续站在女性主义立场，以一个在车祸中丧生的农村青年的鬼魂为视点，用超现实主义的荒诞手法讲述了这个成为鬼魂的“空人”在茯苓庄的所见所闻。在商业社会的残酷现实面前，女主人公十三苓的梦想被无情击碎，她的情感世界被抽空，她学会了跳脱衣舞，逐步变成了靠与男人“办事”挣钱的“小黄米”。作者直面当代并不完美的现实生活，女性再次重复了米子、小臭子们的生存方式，心甘情愿地通过身体交换来获取物质，沦为商业化社会的物化对象，以此质询现代社会中女性依然摆脱不了被物化、商品化、工具化的悲剧命运。可见，“三垛”系列中，铁凝不断书写女性生存的艰辛和生命的惨痛，尽管时代在变，从抗战年代到70年代再到90年代，但是女性的命运在本质上并没有改变，她们始终是依附于男性的、缺乏自主意识的男权社会的附属品、牺牲品。对此，铁凝不仅指出男权社会的压迫，更是拷问女性自身，犀利地、无情地解剖女性自身的负面因素，从而在对男权意识的批判中显示出一种超越性。

1988年问世的《玫瑰门》，既是铁凝的第一部长篇小说，也是她最重要的一部小说。这部作品具有极强的个人化色彩和女性意识，也是由这部作品开始，铁凝走上了女性自省之路，为中国当代女性文学开启了通往女性自身的玫瑰之门。小说以多重叙事结构和繁复的语言为我们呈现了以“文革”为主要背景，以老少三代女性为主要人物的充满了丑陋、阴暗却又真实的女性生活空间。在这样的空间中，我们看到了女性所受到的多重压迫，既有来自封建传统、男权制度本身，又有来自男性的性别压迫，还有来自于女性自身。在这多重压迫下，不同女性的应对策略及她们不同的生存方式与生存状态，由此，铁凝质询、探索女性的生命价值与情感命运。“铁凝之于女性体验的书写，更多的是一种内省，是对女性的历史与现实境遇的深刻的、近于冷峻的质询，一种对文明社会中女性位置的设问。铁凝冷静而困惑地书写着那份属于女性的尴尬，细腻而不无幽默与自嘲地记述现实情境中的女人，一个解放了的女人之社会地位的可疑。”[①]

《玫瑰门》具有浓厚的女性意识，它揭示了女性在面对男权社会压迫时的反抗与挣扎，尽管这种反抗有时以极端的、变态的方式呈现，但她们仍摆脱不了女性悲剧的宿命。小说真正的主人公司猗纹是一个性格极其复杂的人物，在她身上，集中体现了女性的性别宿命以及她们对命运安排的不甘与变态地抗争。曾经的司猗纹也是一位浪漫纯情、对革命充满激情的少女，她爱上了从事学生运动的男学生华致远，并为爱情奉上了少女的初夜。然而家庭的反对，爱人的离去，让司猗纹爱情之梦很快幻灭。由于不忍心违背母亲的意愿，司猗纹在家人的安排下嫁给了庄家大少爷庄绍俭。婚礼上的司猗纹被眼前这个高大挺拔的男人所感动，她开始懊悔自己的不洁，并决心在这个家庭中做一个贤妻良母孝妇。然而在男权社会中，在不平等的两性关系中，司猗纹的这个愿望却无法实现。由于不满包办婚姻，不能原谅妻子的不洁，庄绍俭对妻子充满了冷漠、厌恶与仇恨。无论妻子如何在家庭的经济困境中施展才能、辛劳付出，如何恪尽妇职母职、孝顺老人抚育孩子，都换不来丈夫的温情与理解。为了报复妻子，庄绍俭经常出去寻花问柳。当妻子带着儿女千里迢迢赶去扬州看他时，庄绍俭却留宿妓院，并最终把性病传染给妻子。至此，司猗纹想要做一个贤妻良母的愿望被彻底击碎，她开始接受了她失败的人生，也开始展开了她疯狂的报复。司猗纹以“性”为武器，引诱了道貌岸然又羸弱无能的庄家老太爷，使其一命呜呼。这种乱伦式的反抗是一种极端的颠覆男权文化的反抗形式，也是一种“以毒攻毒”的绝望的抗争。此后，司猗纹如一株沾着毒汁的罂粟花，开始了她自虐与虐人的一生。由于长期的性压抑导致性心理变态，司猗纹不仅偷听儿子与媳妇的床事，在儿子死后还带着年幼的外孙女去抓奸儿媳，甚至当少女苏眉受到流氓的性骚扰时，她不仅不去安慰受惊吓的孩子，反而对苏眉细加盘问、审查、责怪，偷看她的日记，最后还跟踪苏眉与男人的约会。可以说，晚年的司猗纹已经异化为男权文化的帮凶，成为一个心理阴暗、世故、变态、伪善的自虐者与虐人者。当然，晚年的司猗纹也有温情的瞬

① 戴锦华：《涉渡之舟：新时期中国女性写作与女性文化》，北京大学出版社2007年版，第248页。

间，当已经瘫痪的她打听到初恋情人华致远的地址后，她坐在车里远远地等着，就为看华致远一眼，在看到的那一刹那，司猗纹的脸上先是惊讶，然后是瞬间的羞涩，这可能是司猗纹一生中不多的幸福时刻。在司猗纹身上，面对非理性时代，面对男权压迫，她以自己独有的生存智慧甚至是“恶”来抗争着，在自虐与虐人中耗尽一生而无所得。

如果说司猗纹的反抗是极端的、扭曲的，那么姑爸的反抗则是另一种形式的扭曲；如果说司猗纹是不幸的，那么姑爸则更为不幸；姑爸的悲剧更加揭示了男权体制对女性人格的扭曲与异化。姑爸本是一个大家闺秀，仅仅因为她长了一个异乎常人的长下巴，新婚之夜吓跑了新郎，于是姑爸被送回了娘家。从此，姑爸开始否认自己的性别，努力掩盖自己的性别特征，她剪掉辫子，抽着烟袋，穿上男式服装，并给自己起了一个非男非女的名字——姑爸，以此来反抗男权社会诉诸女性的规范与要求。然而这种反抗只是表面的形式，其骨子里却是对男权文化的认同与服从，尽管这种服从是无奈的、潜意识的。也因此，姑爸对自身性别的反抗是徒劳的，她最终还是死于作为女性所受到的性别戕害，还是没能逃脱作为女人的性别宿命。可以说，在司猗纹及姑爸身上，体现了男权意识形态下女性被扭曲、被异化的悲剧命运。

《玫瑰门》中另一具有抗争性的人物是儿媳宋竹西，与司猗纹一样，竹西也是一个生命力旺盛的女性，当性无能的丈夫庄坦无法满足竹西的欲望时，她把过剩的精力放在捕捉老鼠、解剖老鼠上，最终丈夫被这些老鼠吓死。不过，与婆婆司猗纹不一样的是，竹西在多重的压迫下始终能按照自己的想法我行我素地生活，始终反抗着男权社会文化和社会秩序。在丈夫死后，她大胆正视女性的欲望，敢于冲破世俗藩篱跟比她小很多的大旗结合。但当她发现和大旗之间无法沟通后，她又坚决地选择离婚，因为自然欲望的满足并不能解决精神层面的追求。离婚后的竹西又去找了她一直深爱着的叶龙北，直到这时，竹西才意识到她要的究竟是什么。相比较司猗纹、姑爸对男权社会的抗争，竹西的反抗具有更多积极色彩，尽管也曾有过误区，但她始终不曾放弃，主动地、坚定地去追求自己想要的生活。

《玫瑰门》是“女性之门”，也是“生命之门”，小说中的女性在多重压迫下采取了各自的应对策略，有极端的抗争，有表面的反抗，也有积极的追求，这些女性多是生活中的强者，而反观小说中的男性却往往自私自利、懦弱无能。这与铁凝这一时期的女性主义创作思想有关，出于对男权主义的批判，铁凝在创作中对男性进行“去势化”书写，通过瓦解男性形象来实践女性主义的创作思想，所以《玫瑰门》中没有理想的男性形象，如庄家三代男性。庄家第一代庄老太爷道貌岸然又羸弱不能，最终被儿媳诱惑后一命呜呼；第二代庄绍俭，由于不满意包办婚姻，并对司猗纹的过去耿耿于怀，于是他采取各种手段羞辱、践踏一个为家庭尽心付出的妻子，而自己却不尽一个父亲及丈夫应尽的责任；第三代庄坦，性格懦弱，毫无男子之气，“从精神到肉体他好像都缺乏必要的根底，哪怕是人最起码的那点根底。从外表看，他那颗大而沉重的头就难以被那根纤细的缺钙的颈骨所支撑，这使得他的头看上去有一种倾斜感。颈下是一副窄而薄的肩，两条乏力的胳膊就悬挂在那里。腰倒是一杆正常人的腰，不粗也不细，但当需要它扭转时却又缺少必要的灵便”[①]。而最让庄坦沮丧的便是他与生俱来的随时随地打嗝儿的毛病，这个毛病常常让庄坦丧失信心。有意思的是，当庄坦这一毛病治愈后，随之而来的却是其丧失性能力。通过这一情节安排，铁凝以戏谑的笔调讽刺了男性的懦弱与无能。

在这部讲述女人的小说中，铁凝不仅揭示了男权社会种种的外在压迫，同时也将笔触探向女性自身，挖掘女性的人性弱点和阴暗面，女性如何由受害者一步步蜕变为虐人者，体现了铁凝的女性自省意识与自我批判精神。“铁凝所关注的，不是或不仅是社会的性别歧视与不公正；因为她不曾仰视并期待着男性的崇高与拯救，所以她也不必表达对男人的失望与苛求，她所关注的，是女性的自省，是对女性自我的质询。”[②]同样，在长篇小说《大浴女》中，铁凝通过尹小跳这一形象，说明女性只有不断自省，不断反思，才有可能实现自我救赎，获得理想的生存与健康的人性。在尹小跳的一生中，她的灵魂深处有两大罪恶是永远也抹不掉的。一个是妹妹

① 铁凝：《玫瑰门》，人民文学出版社2006年版，第241页。

② 戴锦华：《涉渡之舟：新时期中国女性写作与女性文化》，北京大学出版社2007年版，第262页。

尹小荃的意外死亡，一个是好朋友唐菲为她的调动而主动受辱，尤其是尹小荃之死对尹小跳的一生都产生了影响。由于尹小荃是母亲偷情的产物，所以尹小跳对尹小荃的到来感到耻辱并充满仇恨，这种仇恨让她无法释怀。故而，当年幼的尹小荃摇摇晃晃地走向污井边时，尹小跳拉住了尹小帆的手，眼睁睁地看着尹小荃走向了死亡。然而尹小荃的死并没有让尹小跳感到释然，反而让其一生充满了罪恶感。由于意识深处曾潜隐着罪性情结，尹小跳一直将“杀人凶手”这个枷锁套在自己身上，这个沉重的枷锁不断折磨她的内心，拷问她的灵魂，也让她的人生变得灰暗。在经历了成年后的种种人生波折后，尹小跳终于带着赎罪心理获得自救，走向了新生。铁凝借尹小跳最终获得完善人格试图说明，女性理想生存的获得必须依靠女性自身的力量进行自我救赎，而这就须正视自身弱点，直面人性丑恶，敢于同女性的生存宿命做基于健康人性的抗争，从而寻找到女性自救的出路。可以说，《大浴女》中的尹小跳、《玫瑰门》中的苏眉都是这一类审视自我、反思自我并超越自我的女性，体现了铁凝对女性内心世界探寻的深度与质询的勇气。

这一时期，受90年代女性主义创作普遍存在的男性“去势化”书写的影响，铁凝笔下的男性形象也基本是卑弱无能的，他们或是现场的缺席者，或是压抑女性的他者，总之，男性形象是不具有理想化色彩的。不过，一味地强调性别对立、矮化男性，并不能从根本上解决女性主义所面临的困境。作为一个不断反思、有着自己判断力的作家，铁凝意识到解构并不是女性主义的出路，因为男女两性并不能独立或对立地存在。“性别诗学”追求的是“阴阳互补”、男女两性“和而不同”。真正成熟的女性意识应该是性别意识和人的意识的结合，应致力于构建和谐的两性关系。铁凝在谈到《玫瑰门》创作时曾说：“我本人在面对女性题材时，一直力求摆脱纯粹女性的目光。我渴望获得一种双向视角或者叫作“第三性”视角，这样的视角有助于我更准确地把握女性真实的生存境况。……女性的本相和光彩才会更加可靠。进而你也才有可能对人性、人的欲望和人的本质展开深层的挖掘。”[①]不过，写作《玫瑰门》时期的铁凝并未能做到摆脱纯粹女性视角

① 铁凝：《写在卷首》，《铁凝文集》（第4卷），江苏文艺出版社1996年版，第1页。

来进行创作，直到2006年长篇小说《笨花》的出版，标志着铁凝的创作进入了超性别意识的写作阶段。

铁凝曾表示，《棉花垛》是《笨花》中抽出来的一个枝杈，即是说《笨花》是在《棉花垛》的基础上发展而来，有学者指出，《笨花》=《棉花垛》+“向喜传奇”[①]，这种判断是对《笨花》这部大书的一种简单化理解。诚然，在《笨花》中，我们能发现与《棉花垛》相近的情节，也能找到一些人物的对应关系，如《笨花》中的向取灯对应《棉花垛》中的乔，大花瓣儿对应米子，小袄子对应小臭子，西令时贝对应国，金贵对应秋贵，向有备对应老有等。但无疑的，《笨花》蕴涵的社会性、历史性、民族性、地域性等内容要比《棉花垛》丰富得多，也深刻得多，尤其对人性的挖掘，作家没有完全站在女性主义立场去一味贬低、矮化男性，而是以一种更为客观、冷静、包容的眼光去重新审视男性，也因此，《笨花》中的男性形象更为复杂、多元、真实。《笨花》截取了晚清民初至20世纪40年代的这段历史，以冀中平原的一个村子为背景，讲述了向氏家族的发家史，并将家族生活与当时的中国历史相结合，使作品具有了厚重的历史感，而向喜是这段历史重要的见证者、参与者。

铁凝在接受采访时曾谈到向喜这个人物，“他（向喜）一个普通人，能够拒绝诱惑，远离违背内心的道德秩序，是人伦的力量赋予他的道德秩序，而不是一些玄而又玄、高不可及的政治主张”[②]。可见，对于向喜这一人物，铁凝将其置于民族国家、传统人伦话语中去加以刻画，既不刻意拔高，又不有意矮化，而是将其还原为一个既有着民族正义感、有勇有智的军人，同时又是一个有着根深蒂固男权思想的男人。向喜一生娶了三房太太，即同艾、顺容与施玉蝉，铁凝既写出向喜身上与生俱来的男权意识及其带给妻子的精神伤害与内心隐痛，但又不将其引向性别对立去一味批判，而是呈现一种人性的、温情的理解与包容，并不因这一点就将人物丑化、矮化。小说更多展现了向喜身上的正面价值与闪光点。向喜出

① 程桂婷：《未及盛开便凋零——铁凝的〈笨花〉批判》，吴义勤主编：《铁凝研究资料》，山东文艺出版社2009年版，第356页。

② 夏榆、纪冰冰：《铁凝：任何状态都能回到自己的灵魂中》，《南方周末》2006年2月9日。

身卑微，凭着自己的英勇善战在部队逐渐获得较高官职，有了一定地位的向喜没有忘本，他把军饷积攒下来寄给老家妻儿，让家人盖房子买土地，过上舒服的日子。向喜有着自己做人的准则与对社会时局的判断，他守信、坚韧，在战斗中顽强、英勇，他审时度势，有自己的道德坚守，面对官场的黑暗与军阀之间的阴谋倾轧、利益相争，他困惑、痛苦，因为这些都违背了他做人的理念。最终向喜放弃高升的机会，选择遵从内心的良知，返回笨花老家。抗战爆发后，向喜头脑清醒，态度坚决，拒做日本人在冀中伪政权的代理。与此同时，他支持儿子去西部抗日。为了躲避日军的骚扰，向喜到粪厂去工作，当得知女儿取灯惨死日本人之手后，他为着民族大义完成了壮烈一死，“差不多是在又一个日本人倒下的同时，向喜冲自己的太阳穴开了第三枪，他倒在了粪池里”[①]。可以说，向喜之死赋予这一人物以完美收场。《笨花》中的男性形象大多不再卑弱无能，而具有了某种精神人格，除向喜外，他的儿子向文成同样具有较多正面意义。向文成是向家第二代的核心人物，作为一名乡村知识分子，向文成天资聪颖，本性善良，虽双目有疾，却向往光明。作为一名医生，他医术高超，医德高尚，有文化，有见识，尤其难能可贵的是其不排斥现代文明与外来文化。在向文成身上，体现了乡土文化与现代文明的融合。可见，《笨花》阶段的铁凝，不再一味地对男性进行“去势”书写，而是对男性形象进行了修复、还原，这种转变并不意味着铁凝对男性世界的妥协，而是说明了她对两性关系的重新思考，即两性关系重在和谐而非对立。

《笨花》中的女性形象相比《玫瑰门》时期也较为平和，铁凝没有放弃女性立场，只是这一时期铁凝不再强调对男权压迫的疯狂报复，而是注重强调女性自身要追求独立自我，摆脱精神禁锢。小说中施玉蝉、取灯母女即是这种独立型女性的代表。施玉蝉是向喜的三太太，原是一名走江湖的名伶，嫁给向喜并生下女儿取灯后，施玉蝉却感受到一种不自由、不快乐。为了追寻自己的事业及江湖儿女的自由，施玉蝉宁愿放弃舒适安逸的生活也要走出夫之家。对于施玉蝉的选择，向喜先是恼怒，但随后被施玉蝉的执着与追求打动，最终同意施玉蝉出走，条件

① 铁凝：《笨花》，人民文学出版社2006年版，第500页。

是女儿不能带走。在施玉蝉身上，体现了女性的独立性要求，不再顺从、依附于男性，不再囿于家庭这样一个小天地，而是有着自我精神追求，愿意走向社会大舞台。当然，铁凝也指出了这些走出家庭走上社会的女性，往往被永远放逐了女性的家庭角色与母亲责任，显示了女性的生存困境与两难抉择。与母亲一样，取灯也是主动选择自己的人生道路。她对自己的生活充满着美好憧憬与主动选择，她在时代精神的感召下，对革命抱有真诚的信仰，积极投身到抗战工作中。她为抗日夜校讲课，鼓励大家共同抗日，最后惨死在日军手中。取灯的人生价值与母亲一样，都体现在走出传统的父之家或夫之家后投入的社会工作中，这也是她们超越于传统女性的地方。这里，铁凝将女性置于社会与政治中，让女性的生命价值不再囿于家庭小天地，而是融入到民族、国家的宏大话语之中并焕发出勃勃生机。

当然，在《笨花》中也有传统型女性，向喜的大太太同艾即是代表。在同艾身上体现了传统女性的美德，勤劳贤惠、隐忍宽容。由于丈夫常年在外打仗，同艾在家独自带孩子照顾老人，苦心经营以免除丈夫的后顾之忧。不过同艾的辛劳付出并没有留住丈夫的心，丈夫还是娶了二房、三房姨太太。当同艾见到二太太顺容和她的两个孩子时，同艾惊骇得晕死过去。醒来后的同艾没有大吵大闹，而是选择了沉默。直到和儿子上了火车，她才开始放声大哭，这是她压抑已久的发泄。不过，哭过之后的同艾像是什么事也没发生过，回到老家后又照常守家、带孩子。表面上生活似乎依旧，只是同艾的爱情幻灭了。此后的四十多年同艾独自承受情感上的孤独与空落，她只能靠回忆、期盼、幻想来填补情感的空白，将爱情转化为亲情，无奈地守望着、等待着。可以说，同艾以她的宽容与隐忍来面对男人情感的背叛，并为男人提供精神栖息地。一方面，铁凝揭示了男性的背叛给女性带来的情感伤害与内心隐痛，她们常年忍受着孤独与寂寞；另一方面，铁凝不再以激烈的反抗作为女性解决情感背叛问题的方式，而代之以寻找新的情感转换方式，以亲情来化解矛盾，以母性来寄托情感。

《笨花》中的女性意识不再如“三垛”及《玫瑰门》时期那般强烈了，铁凝笔下的两性关系也由对立对抗转为了相和包容，这体现了铁凝女性意识向传统的回归，但这种回归不是简单的回归，而是站在了更高更成熟的历史起点上的理性回归。铁凝既从传统中找寻女性生存的情感依托力量，又将女性置于社会、历史、民族、国家的话语中去确立女性的生命价值，强调女性的独立自主。由此，铁凝的女性书写没有继续滑入对男性绝望的深渊，也没有落入欲望化写作的窠臼，而是努力找寻女性书写的另一种可能性，在宏大话语与女性话语中寻求平衡点。从无性别意识写作到强烈女性意识写作再到超性别意识写作，铁凝不断探求女性的自由、平等、幸福之路，努力构建和谐的两性关系，从而给处于困境的女性文学带来了一丝亮色。

第二节 池 莉

进入90年代以来，女性写作成为一个热门的话题，文坛上活跃着一批女作家。她们各以日渐丰满的个性化写作，使女性写作在整体格局上越来越丰富多彩，池莉作为80年代末以来一直备受欢迎的女作家，亦有她鲜明的个性化特征。

池莉，1957年出生于湖北仙桃，1974年高中毕业后成为下放知青，1976年作为最后一届推荐入学的工农兵大学生，进入湖北冶金医学院学习。虽然是一名医学院大学生，池莉却始终坚持着她的文学梦，1979年由于成绩优异毕业分配至武钢职工医院卫生处，成为一名流行病医生，这一年开始发表处女作《妙龄时光》。出于对文学创作的热爱，池莉参加成人高考，进入武汉大学中文系作家班学习。1987年，池莉进入武汉市文联《芳草》编辑部任文学编辑，也就在这一年她发表了著名的《烦恼人生》，一炮而红，成为“新写实”小说的代表作家之一。

池莉小说的女性主义特征，首先表现在小说中的女主人公们无论在怎样艰难的处境下，都能支撑门户，坚强独立地过着自己的生活，如《你是一条河》《青奴》《小姐，你早》《云破处》《生活秀》《看麦娘》《所以》《她的城》等小说中的女性。

《你是一条河》中，辣辣是一个带着八个孩子的寡妇。为了养活大小七八张嗷嗷待哺的小嘴，辣辣想尽了一切办法，调动了一个女人和母亲所能够有的智慧和力量，在极为饥饿的年代甚至不惜奉献自己的肉体只为一袋粮食。她的一生经历了许多难以想象的重创，三十岁守寡，八个孩子多灾多难，死的死，疯的疯，傻的傻，绝情的绝情，离开的离开。辣辣像她的名字一样，以泼辣、爽朗、饱满的姿态，虽然不断接受打击，却一次次在打击中顽强生存。对于这样一位女人和母亲，池莉充满了同情和赞赏，笔下流淌着汩汩的温情，让对母亲充满憎恨、不惜与家庭断绝关系的女儿冬儿在也为人母之后终于体谅并理解了母亲。辣辣就像一条腾挪跌宕的河流，在生命的挣扎中历经险滩、巨石，终于在女儿的体认中流淌成一条母亲河，尽管这体认来得太迟，是在辣辣的弥留之际。而辣辣的后代中，儿子们或者犯罪或者发疯，女儿们却凭借自己的能力闯出属于自己的天地。

《生活秀》中，来双扬是当之无愧的女主人。在家里，来双扬是家中的主心骨。来家兄妹四人，然而家中面临的所有困难，却都由来双扬承担。母亲去世父亲离家与继母单独生活，来双扬依靠在街头摆摊来养活弟弟妹妹。祖传房产被他人霸占，只有来双扬多管齐下软硬兼施最终取得了房产权。嫂子小金泼辣俗气，无理取闹，哥哥也拿她没辙，只有来双扬制服得了她。在吉庆街夜市，来双扬是卖鸭颈的女人，是雷打不动的定海神针。作为第一个敢于户外摆摊的个体户，来双扬顺理成章地成为吉庆街的偶像。她在夜市的最中心位置拥有一个小小的摊位卖鸭颈，从不需要担心生意。她做生意的姿态是不骄不躁不急不缓，一边抽烟一边等待，把自己端坐成一棵树，一棵吉庆街人看见便心安的树。

即使在那些以男性为主要人物的小说中，看似陪衬的女性形象也比男人更积极主动，更有力量，更有智慧。《你以为你是谁》中，陆武桥人到中年，生意兴隆，是全家男女老少的主心骨，是顶天立地的男子汉，不成器的弟弟需要他来管教，婚姻不幸的姐姐需要他来拯救，年迈的父母需要他来照顾，餐厅里的生意需要他来掌控。面对这一切烦恼，陆武桥虽竭尽全力去解决，然而似乎并不怎么奏效，他觉得疲惫不堪，甚至暗暗想到“怎么我不死啊！里里外外都是我撑着，我他妈算什么人？怎么没人肯说陆武桥死了啊！”武汉大学女博士宜欣的出现，为他的生活打开了新的世界。她凭借完全不同于陆家底层平民立场的豁达和智慧，使

"陆武桥的人生起了质的变化。好女人真是男人的人生课堂"。[①]在宜欣的影响下，陆武桥开始以不同的视野看待那些麻烦，不再耍狠斗勇，不再狭隘残忍，而开始用智慧和谋略来解决问题。然而无论陆武桥多么喜欢宜欣，多么珍惜宜欣带来的新生活，多么想娶她为妻，宜欣却并不属于陆武桥，她只属于她自己，她有自己的人生规划，有自己的生命轨迹，她由于一场闹剧而出现，由于一段感情而驻留，由于一场婚姻而远走。陆武桥不过是她生命之舟短暂停留的码头，这艘小舟什么时候行驶，驶往何方，主动权从来都在宜欣自己手中，与陆武桥无关。

在小说《不谈爱情》中，庄建非的成熟，其实是由身边的女性一步步引导的。庄建非感情和性的启蒙，是同事大姐梅莹来完成的。梅莹四十出头，在一个学术场合偶然与庄建非相识，凭借自己丰满而优雅的女性气质，立刻吸引了年轻单身的庄建非。梅莹不仅有知识有学问有修养，更懂男女情爱和人间冷暖。梅莹是庄建非事业上的导师，指导庄建非慎重而准确地选择专业，迅速成为胸外科年轻有为的骨干医生；梅莹也是庄建非性的导师，帮助庄建非从一知半解莽撞青年一日之间成长为经验丰富的成熟男子；梅莹更是庄建非生活的导师，温和而又冷静地帮助陷入婚姻和事业困局不得要领的庄建非，使他不仅顺利地渡过难关而且更深入地理解婚姻和人生。

此外，女性情谊是女性主义写作的应有之意。因为男人无法使女人寻找到安全感，所以女人们不得不自己开拓人生，在磕磕绊绊中相扶相助，寻找自己的家园，达成心灵的慰藉。池莉毫不掩饰地宣称，"闺蜜情谊真正有义薄云天气概，互相之间不隐藏秘密，无话不说，连她们的男人，也都是她们的话题。男人再亲，是她们的儿子、丈夫和父亲，她们自己就是一个整体没有外人。"[②]就这一点来说，《她的城》中的女性主义意识再明显不过，小说讲述了三个生长在水塔街女人的如戏人生。水塔街长大的漂亮女孩傅逢春嫁给同样水塔街长大的英俊男孩周源，然而儿子出生后周源的同性恋取向日益显露，夫妻关系难以维系。逢春一气之下辞了大公司白领职务，来到水塔街街口的蜜姐擦鞋店当擦鞋女，意在与世代

① 池莉：《你以为你是谁》，江苏文艺出版社2007年版，第3页。

② 池莉：《她的城》，《中国作家》2011年第1期。

居住在水塔街的婆家赌气。中年守寡的擦鞋店老板蜜姐及丈夫宋江涛，两家祖上都是高门世族，从民国初年开始为水塔街和汉口的繁荣立下汗马功劳，是街坊邻居最信得过的人家。两人由青梅竹马到结婚生子一帆风顺，婚后生意兴隆却暗藏危机。宋江涛豪爽热情不拘小节，难免莺莺燕燕绯闻缠身，蜜姐满心情绪无以排遣，暗中与人相好七年。宋江涛母亲大家闺秀出身，八十多年来经历过无数跌宕起伏，心思缜密处变不惊，有情有义有礼有节，包容儿子的性格缺点，细心抚育孙子教导有方，对蜜姐的婚外情不痴不傻不闻不问。三个女人各自背负着内心的惊涛骇浪，守着各自的秘密，相遇在一片小小的擦鞋店里。三个月来，相安无事，日渐和谐。不料无意中闯入店里来的外地商人骆良骥，却搅乱一池春水，与逢春一见钟情互生情愫。蜜姐为了自家在水塔街世世代代的信誉，不能容忍逢春的行为。两人大吵一架，被一言不发却洞若观火的婆婆轻松化解。第二天两人互相袒露心扉，将各自的秘密脱口而出，前嫌冰释，互相体谅，蜜姐决定帮助逢春解脱尴尬的婚姻关系。

蜜姐与逢春的关系体现了女性之间的相扶相助、互相安慰。逢春婚姻不幸，好不容易遇上一个心动的男人，却是身份尴尬，一如多年前的蜜姐，所以“蜜姐看逢春都是怜惜，那是她自己年轻的影子：三十来岁的女子，最是苦闷人生——六七年的婚姻，刚够发现老公不是恋爱中那个人，却膝下已经拖了一不知母苦的童孩”。蜜姐心疼逢春，就是心疼多年前的自己，那个在婚姻中不知所措一头扎进婚外恋寻求安慰的少妇。刹那间的理解，足够照亮彼此的心灵，互相怜惜，无话不说却又无需多说，不离不弃莫痴莫忘，让人心生安稳。小说结尾充满温情地写道：“大江滚滚东流，林风飒飒作响。这是一片多么罕见的巨大阔叶杨，从她们的儿时到现在都与长江在着，让人感觉牢靠。这两个女人坐在大树下，在江边，在汉口，在她们的城市她们的家，说话与哭泣。”[①]这是小说中最打动人的地方。

与其他作家相比，池莉小说女性主义特征另一个鲜明特点是具有强烈的母性。其实在女性主义写作中，女人的妻性和母性往往并不特别受重视，无论是自

① 池莉：《她的城》，《中国作家》2011年第1期。

觉的还是被动的女性主义作家，往往更关注女性自身的境遇，比如萧红和张爱玲，如果女作家笔下的母性过于强烈，反而不能成为女性主义的经典文本。池莉在这一点上却有些与众不同，池莉不仅在小说中塑造真实而令人动容的母亲形象，如《你是一条河》里的辣辣，《太阳出世》里的李小兰和王珏，而且其创作中的一个独特现象，是曾经在不同时期为自己的女儿写作，2000年《怎么爱你也不够》、2008年《来吧，孩子》和2013年《立》。这三部纪传性质长篇散文，池莉根据女儿成长的不同阶段写作而成，三部作品之间具有关联性和延续性，详细记录了池莉从怀孕到生产到养育女儿的过程中经历的所有酸甜苦辣，和一个孩子从出生到长大成人过程中许多快乐和受挫的点点滴滴。虽然内容上不免自我重复，而三次重复背后，明确无误地传达了一个母亲对孩子无以复加的爱，这种爱不是毫无原则的溺爱，而是随着孩子不同成长阶段而不断调整的深沉而理性的母爱，其中又包含着一以贯之的宽容、积极而饱满的母性力量，一如三部作品的名称，从毫不掩饰的“怎么爱你也不够”，到大声呼唤“来吧，孩子”，再到将孩子培养成独“立”、自“立”的真正的人。

总体而言，池莉小说中的女性形象往往是美好的，她们比身边的男人更加睿智、更有行动能力，更能领悟生活的真谛。描写女人，她的笔下总流淌着温情和赞美。她可能是雅丽，既无限风情又善解人意，激发起印家厚高涨的加班热情（《烦恼人生》）。她可能是王珏，优雅又见识有气质，敢于蔑视丈夫的见异思迁，勇敢地承担起母亲的责任（《太阳出世》）。她可能是柳真清，浪漫又充满正义感，追求理想，忠实于自己的内心（《凝眸》）。退一步说，即使这个女人不那么完美，但她仍具有女性的可爱与可敬之处。也许她像吉玲一样一肚子计谋，爱情于她是一步步通向康庄大道的计谋，但也只是青春少女向往更美好生活的机灵和心机（《不谈爱情》）。池莉赋予女性以美丽、智慧、优雅、勇敢、真诚等种种美好的品质，使她们容貌美丽，务实能干，不乏浪漫情怀，具有旺盛的生命力和顽强的生活能力。相比之下，池莉小说中的男性往往显得无能、猥琐、庸俗、粗鄙、可笑甚至腐烂，无可救药，以至于在小说《云破处》里，干脆让女主人公名叫曾善美，让她凭借智慧消灭了灭绝人性、罪大恶极的男人金祥。

再有，池莉小说的女性主义特征还体现为比较明显的日常生活叙事。匈牙利哲学家阿格妮丝·赫勒认为，“日常生活包括两大部分，一是随着历史的沉浮而不断生灭的可变的部分，其变化和消失不会从根本上影响人类的生活；二是基本的不变的部分，这是人类存在不可或缺的基础”，而“日常生活批判的任务主要是研究这一相对不变的部分”。[①]对于文学创作来说，关注日常生活的常态，叙述和描写日常生活的恒常内容，是日常生活叙事的不可或缺的内容。池莉小说的绝大部分题材和内容，都是与人们日常生活息息相关的内容，恋爱结婚、衣食住行、烧饭洗衣、买东卖西、上学上班、家长里短、鸡毛蒜皮。池莉关注生活中的细微之处，每一个“真实的日子”，“生趣竟从生在这如丝如缕如烟如梦的些微细节之中”[②]，具有超乎寻常的“人间牵挂”，正是在这些极不起眼的小事上，人才能感觉到真切地活着。所以池莉不厌其烦地描写普通人的生活状况，她说：“生活，我非常喜欢这两个字。它有着毛茸茸的质感，它意味着千奇百怪，包含着笑容和泪水。它总是新的新的新的，它发生着的形态总是大大超出人们对它的想象，一切的新认识，一切的新感觉，一切的新精神，一切的新梦想以及一切的新理论都是由它这里生发，好像树木到了秋季结出的累累果实。”[③]生活是沉重的五味瓶，活着非常不容易，所以池莉看重“当代一种不屈不挠的活”[④]，愿意描写“当代一种不屈不挠的活”。

在《太阳出世》中，赵胜天李小兰这一对文化素质不高的小夫妻，结婚当天新郎找人打架，新娘破口大骂，池莉用带有调侃的喜剧笔调将他们的生活写得多姿多彩。工资不高，房子不够住，孩子老生病，保姆难请，可他们还是以朴实的心态迎接生活的挑战，和孩子一起创造新生活。《冷也好热也好活着就好》里，在武汉令人窒息的酷暑中，人们仍然能够找到活下去的方式，有滋有味地将生活进行到底。他们在城市的车水马龙中袒露着胳膊大腿，热火朝天地烧菜，津津有味

① ［匈］阿格妮丝·赫勒：《中文第二版译序》，《日常生活》，衣俊卿译，重庆出版社2010年版，第3—4页。

② 池莉：《人间牵挂》，《池莉文集》（第4卷），江苏文艺出版社1995年版，第23页。

③ 池莉：《写作的意义》，《池莉文集》（第4卷），江苏文艺出版社1995年版，第243页。

④ 池莉：《我坦率说》，《池莉文集》（第4卷），江苏文艺出版社1995年版，第222页。

地谈着小吃，正儿八经地打麻将，痛痛快快地骂人、逛大街，一支体温表被晒爆也能引出街坊邻里半天议论。正像批评家於可训指出的那样，这里问题不在于人们是否有一个适宜的生活环境，哪怕气温高到体温表也被晒爆，也不在于在大街上乘凉、睡觉、打麻将、说粗话是否是一种文雅的生活方式，而在于人们在这种特殊的生存环境中表现出来的独特生活情态和说不尽的人生滋味，它正是人们用自己的感官所触摸和把握到的现实生存的意义所在。所谓"冷也好热也好活着就好"，并不仅仅是苟且偷生的活命哲学，同时也可以理解为无论是"冷"还是"热"，活着就能体味到人生的滋味。[①]所以在《致无尽岁月》中，冷志超宁愿忍受武汉骇人的酷热和严寒，也不愿意留在气候宜人的德国。在这里，"冷"和"热"无疑是生活所呈现出来的感性形式的一种象征，而生存的意义就寄寓于人们在这个充满感性色彩的生活世界里所经历的丰富复杂、具体而微的人生体验，这种体验把人们引向对于世俗的亲近，知"冷"知"热"，嘘寒问暖，而不是背弃生活，无"冷"无"热"。这或许从另一个视角提醒我们，为什么池莉总是在小说中嘲弄那些生存能力弱的人。

池莉小说的这些女性主义特征，究竟来源于何呢？原因当然是多面的，然而通观池莉小说，会发现其中有两重因素发挥了不可忽视的重要影响，一是武汉恶劣的气候，二是池莉的习医经历。

武汉恶劣的自然气候更坚定了这类女性的性格。武汉气候之恶劣众所周知，春天忽冷忽热，漫天潮湿，雨大得惊人，雷则更可怕，使人只能像动物一样匍匐。夏天酷热，经常在摄氏40℃左右的高温里持续生活一两个月，还要时刻警惕洪水。冬天则有着长江中下游地区罕见的寒冷，人人从里到外一层层包裹得像太空人一样厚重严实，手脚生满冻疮。在这种自然气候之下，人只能顺应自然，以一颗平和安宁之心去习惯它，学会忍耐，学会坚韧，学会执着，学会以不变之心应对善变的生活。

池莉小说常常写到医院、医生或相关的科研院所等，如《鸽子》《未眠夜》

① 於可训：《池莉论》，《当代作家评论》1992年第5期。

《雨中的太阳》《不谈爱情》《一冬无雪》《霍乱之乱》《一去永不回》《毽子》《白云苍狗谣》《致无尽岁月》《锦绣沙滩》《看麦娘》等。当然这并没有什么好奇怪，人人都知道池莉学医出身，当过医生，不过池莉小说一而再再而三地写到医生和医院，并不仅仅是对青春岁月的复写、追忆与美化，这其中至少还有一点值得注意，即对池莉小说的人物塑造产生很大影响。如前所述，池莉小说中的女性形象总体而言较为美好，而池莉小说又向来深深扎根现实土壤，并非探索先锋，因此池莉小说中的女性并不存在于理想的彼岸，而是立足现实世界，池莉以很大精力塑造现实生活中可能有的完美女性。这类女性受过高等教育，有知识有教养，性格随和，却又不无原则的忍让和退缩，温柔中透出冷静和坚韧，而内心深处仍保有浪漫气质和女性情怀。

医学是一门严丝合缝的绝对理性的科学，容不得半点差错和浪漫幻想。《锦绣沙滩》中严谨的工作培养了李立雪的理性，按照生活的常识中规中矩地过日子。《看麦娘》里的"我"易明莉，国家一级药剂师，多年的医学训练早已深入"我"的骨髓，生活像钟摆一样准确，规律到刻板，"上班下班，日复一日，永不厌倦地做血清试验，与碰撞出清脆声响的洁净的玻璃器皿打交道。""每个周末去看望母亲和弟弟，每隔两周到三周去枫园看望上官瑞芳，每隔一个月去一次郑建勋的汽车修理铺，为上官瑞芳取一次医疗费"①。《致无尽岁月》里的"我"冷志超，医学博士，"喜欢在安安静静的解剖室里待着，把人体构造分析得清清楚楚"②。无论是解剖室还是实验室，都是井然有序之地，容不得半点混乱和马虎，人体的组织构造天生是什么样就是什么样，你没有办法凭自己的一时喜好来改变什么，人唯一能做的就是将它分析得清清楚楚，顺应自然规律来安排一切。也许正是已经习惯于这种生命原始状态的寂寞和一丝不苟的训练，所以无论是易明莉还是冷志超，性格平和安定，工作努力上进，波澜不惊地接受生活给予的安排。

然而另一方面，身为女人，无论她的职业多么需要她冷静甚至冷漠，她的内心深处仍然留存着一份渴望，渴望浪漫，渴望激情，渴望火花，渴望童话。《致无

① 池莉：《看麦娘》，江苏文艺出版社2007年版，第52页。

② 池莉：《致无尽岁月》，《池莉文集》（第6卷），江苏文艺出版社1995年版，第16页。

尽岁月》里的冷志超，并不缺乏这种情趣，只是这个医学博士用强有力的理性约束着自己的浪漫，而《锦绣沙滩》里的李立雪则没有抑制住冲动，这种差异，就像她们的名字一样，冷志超，冷静、安详，略带锋芒，既适合男性也适合女性，这是一些中性的名字，一种中性的心态，中性的人生；而“雪”虽然也是冷的，却被赋予了清新浪漫飘逸的情趣。《看麦娘》中，池莉则提供了女性心灵救赎的另一种可能性。易明莉作为国家一级药剂师，严谨而寡言，喜欢规规矩矩平和守信的感情关系，但这并不意味着她是一个情感上寡淡无趣的人，相反她情深义重，内心有自己的坚持，始终有一块最柔软的地方，那就是她儿时的朋友上官瑞芳，以及那些和上官瑞芳共同度过的童年和少年时光。上官瑞芳认识郑建勋和金农后，就立刻沦陷在由这两个男人主宰的一场热烈、奇特、缠绕、病态的不伦之恋里终至发疯。易明莉与上官瑞芳看似完全不同的两种人，但她完全理解上官瑞芳，支持、陪伴和心疼她的所有行为和遭遇，收养她的女儿容容，为她料理后半生。每个月看似是易明莉来精神病院看望和照顾上官瑞芳，其实是易明莉在上官瑞芳那里获得了智慧和情感体悟，这种体悟，与她们的生命休戚相关，与她们逝去的昨天有着千丝万缕的联系，让人有足够的勇气与耐心活在现在，并以日渐宽容和慈祥的心态善待未来。就像小说的名字“看麦娘”，其实只是狗尾巴草的学名，这种因为过于常见而被轻视为“狗尾巴”的小草，其实有着令人动容的属性，它“所有的草穗子都懂得回护麦地，无论日出日落”[①]，所以“看麦娘”这个拥有温暖感情和贴切修辞的美丽名字，才更符合它的特性，而这一特性和名称，就像这世上所有普通到卑微的女性，都有着自己的坚守。《锦绣沙滩》《致无尽岁月》和《看麦娘》可以看成一个问题的三个不同文本，受过高等教育而又富有情趣的女人，如何面对平凡生活与精神依恋、理智与情感的选择。

同时，我们还必须注意到，池莉的习医经历不仅对其小说中的理想女性形象产生重要影响，也对男性塑造有深刻痕迹。在小说《未眠夜》中，杨维敏对自己有一句评价，“她是医生，早就没有了对异性的神秘感，能打动她的只有爱。”[②]这

① 池莉：《看麦娘》，江苏文艺出版社2007年版，第14—15页、73页。

② 池莉：《未眠夜》，《池莉文集》（第3卷），江苏文艺出版社1995年版，第357页。

句话可以看作池莉小说男性塑造的基点。由于失去了对异性的神秘感，池莉首先不会人为地、盲目地美化男性，高大的身躯，劲健的肌肉，强大的力量等男性特征仅仅是正常的胜利现象而已，并不值得为此大唱赞美诗。这一点与很多作家不同，比如舒婷在《致橡树》里对寓意男性形象的橡树的铜枝铁干和伟岸身躯表示过赞赏。池莉更注重的是男性的精神因素，以此为依据观照男性，往往是让人失望者居多。

与女性形象相比，池莉小说中的男性大多不怎么讨人喜欢。《看麦娘》中，易明莉的丈夫于世杰总体而言是个世俗世界里的能人兼好人，家庭生活也算和美，然而易明莉却常常觉得生活在焦渴和孤独之中，于世杰永远也不可能完全理解他的妻子。《未眠夜》中，童海良平庸俗气，尹宁不敢为爱负责。《你是一条河》中，男人处于缺失或无能的状态。辣辣的丈夫，在小说开篇即已死亡，留下一堆孩子和怀着身孕的妻子。小叔子王贤良是一个十足的书呆子，没有任何实际生活的能力。《不谈爱情》中，庄建非表里不一，鲁志劳金屋藏娇，孙志认真琐碎得像个小老头。《你以为你是谁》中，餐馆老板陆武桥有勇无谋，湖北大学中文系的李老师智商和生活能力都低下无能。《所以》中，叶紫的三任丈夫都是自私自利人品低下的无耻之徒。《生活秀》中，来双扬身边的男人们，父亲、兄弟，无一人能承担起拯救来家的重任，对来双扬暗生情愫的卓雄洲，表面上事业成功，春风得意，每天以沉稳不张扬的方式来吉庆街欣赏来双扬。可一旦来双扬想托付终身而真正与之亲近，却发现他褪去西装革履之后不过是一个五十来岁的平凡无能的男子。《她的城》中，老中青三代女人的丈夫以或自杀或病逝或同性恋的方式缺席妻子的生活。《小姐，你早》中，作者借人物之口断言现在已经没有好男人了，自以为是的王自力已经腐烂，儿子王壮则患上了先天性地中海贫血症，丑陋并且永远长不大。

写作20多年，池莉小说水准不一，有时一鸣惊人，有时大跌眼镜，有时温暖体贴，有时哗众取宠，然而不管怎样，其小说中的女性主义特征既鲜明又独特，成为中国当代文坛女性主义写作中无法忽视的存在。

第三节 陈 染

20世纪90年代，女性写作成为文坛最为引人瞩目的文学现象。而这一时期，以女性“个人化写作”“边缘写作”见长的陈染，无疑成为这种文学现象下的特立独行的存在。陈染作为90年代女性文学的领军人物之一，所起的作用不容忽视。

陈染，1962年4月生于北京，当代著名作家。陈染幼年学习音乐，具有很深厚的艺术造诣。18岁兴趣转向文学，读书无数，几乎所有的名著都读了，这为陈染小说中弥漫着的古典美提供了艺术滋养。18岁时，父母离异，于是陈染开始了和母亲相依为命的日子。童年的创伤性体验，父爱的缺失、家庭的不和睦等都为陈染的自传性小说提供了创作素材和情感体验，这使得她的小说中满溢着孤独的执念。1982年7月，陈染考入北京师范大学分校中文系，并开始在《诗刊》《人民文学》等期刊杂志上发表诗歌。1985年，陈染由诗歌创作转向小说创作，她是一位由诗歌起步的小说家，并且一直用诗的方式来写小说，因此陈染的小说是一种诗化的小说，深刻真实而又不失含蓄蕴藉。同年11月，陈染的小说处女作《嗨，别那么丧气》在《青年文学》发表。1986年4月，陈染以小说《世纪病》在文坛脱颖而出，各种纯文学选本纷纷选载该小说，她也因此被视为“纯文学”“先锋小说”的代表作家。1992年，陈染创作《嘴唇里的阳光》《无处告别》等大量中短篇小说。1995年，陈染完成长篇小说《私人生活》，该小说很快出版，并由此引发了中国文学界关于“私人写作”“个人化写作”的强烈争议。1999年，完成《声声断断》《不可言说》两部书稿并出版。2002年后，陈染生活日趋低调，极少外出。2003年，陈染发表小说《梦回》《离异的人》等。2009年4月，陈染的《人语·物语·狗语》出版，该小说阐释生活本初的意义。

陈染喜欢从容不迫的生活，坚持“边缘化”创作，她认为自己被套进任何一个“主义”或流派都不太得体。她特立独行，不落窠臼，边缘于世俗之中，幽默有思想。在外来文化的传入与引进中，女作家玛格丽特·尤瑟纳尔、弗吉尼亚·伍尔芙、玛格丽特·杜拉斯等人对陈染的影响为深刻，这些女作家的著作为陈染女性主义思想的成熟提供了精神支柱和理论支撑。

陈染小说中女性主义意识的表现随着时间的推移，经历了一个从青涩到成熟的过程。据此，陈染的女性小说创作大致可以分为青春期、转型期、成熟期三个时期。陈染在不同的创作时期，女性小说的内容、风格等都有着极大的变化，但她的个人化创作理念、写作手法和技巧有着明显的承接关系。

陈染女性小说创作的前期从1985年《嘿，别那么丧气》的问世开始，直至1986年发表《定向力障碍》《世纪病》《消失在野谷》《孤独路程》等作品。这段短暂的创作期可以称之为陈染女性小说创作的“青春期”：懵懂青涩、桀骜不羁并且充斥着叛逆气息。小说中的个人化写作、自我意识主要通过女大学生的孤独体验和忧虑情绪表现出来，她们在大学生活中孤寂苦闷、彷徨无助，特立独行，有自己的想法却不为世事所接受首肯。这些女主人公的潜意识中充满着逃亡意识，她们试图借逃亡以抚慰内心不安定、焦灼的情绪。小说最后，她们或远走他方，试图去寻找自己理想中的生活；或通过自杀，使自己的生命走向终结，从而期以获得心灵上的安抚和慰藉。如《嘿，别那么丧气》中，女大学生奔犇“有一股子百折不挠的热情”[①]，她“聪明、热情、有魄力”，她最讨厌“连情书都写得像中央文件”的“假人”，她不愿做典范、特立独行，她叛逆、奔放、执着地追求自由。女主人公这种积极向上、意欲冲破牢笼的女性主义萌芽意识，与同时期压抑昏暗的社会现实以及困苦不争的群众心理形成了鲜明的对比。但也因为这种与众不

① 陈染：《嘿，别那么丧气》，《青年文学》1985年第7期。

同，奔犇脱离了她所处社会环境的主旋律，她被视为“异类”，很难在既定的常规社会环境中存活，而她又固守自己信念的城堡，不愿意一味地做着妥协，所以她不得已选择了主动意义上的“逃离”。陈染此时期小说中的女性主义意识开始萌芽，作家试图通过女主人公“我”情绪的喷发，卸下女性作为第二性的枷锁，从而去思考女性作为生命个体的意义，实现女性的个人价值和社会价值。

1987—1988年，这两年里，陈染创作了一系列风格神秘诡异的“小镇神话文学”作品，其中包括《小镇的一段传说》《塔巴老人》《不眠的玉米鸟》《纸片儿》《麻盖儿》等小说，这些作品的出现可以称为陈染女性小说创作的转型期。“小镇神话文学”系列作品的背景设置在南方的小镇，与以往小桥流水、婉约浪漫的南方小镇截然不同，陈染塑造的“南方小镇”：诡异神秘、怪诞不羁、人性扭曲、弥漫着忧伤与死亡之气。陈染不再局限于对主人公情绪喷发的书写和描摹，更多地把笔触转入到主人公的潜意识，通过对人物内心活动的陈述和解析，彰显女主人公的女性主义意识。陈染的“小镇神话文学”营造了一股惊悚阴冷的氛围，字里行间表露出一股淡淡的忧伤。陈染的这些带有先锋意识的女性小说作品，“走远是神话，回头即现实”①，它们更像一则则寓言童话，有所寄托，有所传达。“小镇神话”系列作品使陈染在80年代末一度被文界称为“神秘主义者”“现代主义童话作家”等。在小说《纸片儿》中，纸片儿单薄、苍白却不失清秀，她沉浸在自己的世界里，却与年长她许多的单腿人乌克一见钟情，由此产生了一段畸恋。纸片儿的外祖父因心理病态扭曲不满她与单腿人的不予人知的情欲恋情，残忍地指挥自己豢养的几十只猫咬死了单腿人乌克，最后他的结局是悲惨的——被水耗子王咬破脖颈毙命。纸片儿失去恋人后，变得更加诡异、神秘，最后她嘴里的软弱无力地翕动的“荒原”更是发人深省、启人深思。陈染女性小说创作的转型期通过一个神秘诡异的南方小镇，对病态扭曲的人性进行冷漠地控诉，旨在表现出更富有张力的女性主义意识。

90年代可以说是陈染女性小说创作的成熟期，与女性写作的整体走向相比，

① 陈染：《走远是神话　回头即现实》，《当代作家评论》1988年第6期。

陈染另辟蹊径，规避历史、政治、社会而直视女性自我，主张个人化写作，剖析个体外在的生存状态和内在的精神体验，且在相当多的作品中呈现出“自叙传”的色彩。王蒙称其写作风格是“陌生”——“这就是独一无二的陈染！她有自己的感觉，自己的语汇，自己的世界，自己的符号！”[①]陈染成熟期的女性小说以自叙传的形式思考并反映新时期“娜拉”离家出走以后的境遇。在小说《与往事干杯》中，小说主人公“我”（肖濛）和母亲从那个充斥着父权和夫权的“家”离开之后，过着艰苦、匮乏的生活，纵然这些物质的缺失使平日的生活蒙上了一层晦暗的阴影，但她们认为拥有自由比拥有什么都让人觉着富有。陈染成熟期的作品蕴涵着浓浓的情感，表现了一种边缘化的女人在现代文明冲击下的犹豫和妥协。在小说《无处告别》中，黛二作为一个新型的知识女性，画着具有迷蒙神秘魅力的眼影，涂着泛亮的暗红色口红，时尚性感，她对工作充满热情，有冲劲、不惧艰苦。但在现实的压迫下，她只能暂且放下所谓的尊严，去迎合，去奉承。黛二为了办离职手续，在与人事处办公室“大肥猫”进行斡旋抗衡，深悟“你如果想要活下去，别人会是你爷爷”的“处世箴言”。陈染成熟期的“情感体”作品语言戏谑、情感诚挚、写作手法纯熟。这些“情感体”作品深入人物内心世界，用私语化的形式反传统叙事、反男性经验，让作者意欲传达的女性主义意识得到了明确体认。

陈染的“个人化写作”，在历史的纵向坐标上，有着鲜明的代表性和独特性，这也使得她成为第六代女性作家的先驱者。陈染一直沿用诗的方式写小说，致力于创造“思考着的女性”，她曾经说过：“对我产生影响的倒是我所喜欢的几位哲学家和精神学家，我更喜欢的是他们”[②]，所以，陈染的女性小说体现出别具一格的“古典哲思”式的个人化写作审美效果。

① 王蒙：《陌生的陈染》，《读书》1996年第5期。

② 陈染：《陈染文集：女人没有岸》，江苏文艺出版社1996年版，第266页。

一、自己的房间

陈染个人化写作的特色首先表现为“自己的房间”。弗吉尼亚·伍尔夫认为女性主义意识的重要表现之一就是“要有一间自己的屋子”①。一间自己的房间既是女性生存境地的物化，也是女性意识存在的温室，更是心灵得到慰藉的天堂。在陈染的个人化写作中，一间属于自己的温暖的屋子显得格外重要，尤其表现在“房间”这个意象上。“女人与房间密不可分。女人的创造活动绝大部分仰仗在房间完成。如果说男人是由于走出洞穴才找到历史的自由；那么女人，进入房间才可以找到在世的前提。”②在《与往事干杯》中，主人公“我”在经过长时间的奔波和追寻，身心俱疲，这时候，回归到自己“暖暖的房间”里，任身体“全部都伸展在温情的阳光中”，这便是最和“本性合拍的生命节奏和状态”。在自己温暖的房间里，“我可以自由呼吸、喝茶、写字、思想”③，在自己的房间里，“我”是以一个“人”的身份存在，自由独立。又如在《无处告别》中，直接以“黛二小姐慵困倦怠地躺在床上胡思乱想着什么”开头，小说将故事情节的发生设定在黛二小姐自己暖暖的房间里，这一设定显现出一间自己的房间对女性的必要性和重要性。主人公自己的房间与外界保持着恰如其分的距离，一片“黯黯淡淡的暖颜色”的房间便能给黛二小姐创造一个独属于她自己的“边缘地带”，隔离掉都市的喧闹、人群的猜忌。陈染的小说中多次提到“自己的房间”：《私人生活》中，女主人公倪拗拗在“自己的房间”里获得了温暖、勇气，主人公剪去了那象征男权、父权的爸爸的裤子；《时间不逝，圆圈不圆》中，女主人公维伊在“自己的房间”里可以投入到时而忙碌时而闲适的日常中；《空的窗》中，“我”在“自己的房间”里，创造出一处独属于自己身体和灵魂的憩园。“自己的房间”为女主人公

① ［英］弗吉尼亚·伍尔夫：《一间自己的屋子》，王还译，生活·读书·新知三联书店1989年版，第2页。

② 艾云：《用身体思想》，江苏人民出版社2003年版，第24页。

③ 格非主编：《中国小说50强 第4辑：1978年～2000年 沙漏街的卜语》，时代文艺出版社2001年版，第218页。

乃至作者自己的女性意识的成长和壮大提供了空间和可能性。

二、自叙传色彩

陈染在小说中赋予了自己独特的人生体验，用独树一帜的私人化话语进行小说创作，抒写一个孤独的灵魂。诸此种种使陈染的小说具有独特的“自叙传”色彩。陈染小说中独特的“自叙传”色彩首先表现在叙事者层次。一方面，第一人称“我”总是作为小说建构的叙事主体出现，“我”是一个自觉的叙述者，表达出女性个人独特的生活体验和精神状态。如在《私人生活》中，“我”极大地发挥了叙事主体的作用，“时间是由我的思绪的流动而构成”[①]，这是一部“我”的青春成长史。另一方面，在陈染的小说中，第三人称“她”作为叙述者的例子也存在着，但小说中更多地表现为“我”与“她”两个叙事角度自由切换，从而推进文本发展。如在《嘴唇里的阳光》中，小说中存在两条并行不悖的叙事主线，一条是叙述“我”与“他”相遇、相知、相恋、相守的过程，另一条是叙述黛二小姐“她”去看牙医、从害怕拔牙到勇敢拔掉牙的过程。“我”与“她”交错切换，属于同一个人，却拥有着两种话语的声音，从而完成了一次“我”/“她”独特的个人体验和心理治愈的“自叙”。其次，独特的“自叙传”色彩表现在私人化话语层面。如果说“一间自己的屋子”为陈染小说的个人化写作提供了抒发女性意识的空间，那么“私人化话语”则极大程度地赋予其个人化写作女性话语权。福柯认为“话语即权力”[②]，这是“反应者与说”理论的具体化，即：说话者主体和对象主体（语言）之间的“主体间性”关系，两者相互对话、相互理解。女性有了话语权，占据说话者主体的地位，与男性相互对话、理解，才有了消解男性雄踞“第一性”神话的可能，从而向着两性和谐的方向迈进。在陈染的小说中，女性的

① 《中国文学年鉴》编辑委员会编：《中国文学年鉴 1997—1998》，作家出版社2002年版，第155页。

② ［法］福柯：《话语的秩序》，许宝强、袁伟编：《语言与翻译的政治》，中央编译出版社2001版，第5页。

私人化话语随处可见，如在小说《另一只耳朵的敲击声》中，“我”与母亲之间绵延无尽的争战，以及近乎病态的爱与被爱，让“我”觉得母亲之于“我”是“永恒的责任和爱的负疚”，“母亲，饶我！”“窥视”“姐妹情谊”[①]等私语化话语把女性独有的、复杂的或者变异的心理表露无遗，把一个女人的欲望、心智、孤独、恐惧、病态、阴暗等一切的本来面目都呈现了出来，这也是该小说被视为中国女性主义的先声和代表作的力证。再次，个人化的回忆是陈染“自叙传”小说的又一特点。陈染小说中的主人公多次提及“习惯性地沉浸到对往事的追忆”，这一点尤其凸显在小说《与往事干杯》中，小说主人公“我”（肖濛）的成长经验是陈染私人经验的表现。女主人公“我”回忆了一个“死于华年”的真实故事，采取倒叙和顺叙叙事手法，小说从“我”的现状回到童年，展开那一段城南旧事：父亲的暴躁，家庭的破裂，人群的冷漠，在“我”的心灵烙上了巨大的阴影，使“我”变得孤独自卑。然后回忆到苦闷孤独的青春期，尼姑庵里的“误入歧途”，“我”的不算初恋的初恋，那一段荒唐真挚的“恋父”情爱史。接着回忆到大学毕业后，“我”与老巴的情感过程，祭奠那最终被埋葬的爱情。最后回到中国，重遇“初恋”，“爱情不来，婚姻难在”[②]，生活仍要继续。陈染的小说通过叙事者“我”回忆“我”/陈染的过去，叙写那一段带有主观态度和评价的“自传”，从而获得一种对自身现状的思考以及对出路的探求。

三、身体描写

“写你的身体吧，只有到那时潜意识的巨大源泉才会喷涌，而潜意识正是妇女居住的地方。”90年代个人化写作的文潮中，作家致力于个人私密和隐晦事件的描写，记录下女性生存的个人体验和精神状态，其中具有里程碑意义的写作特色就体现在小说中的身体描写上。90年代本土女性作家们学习借鉴的典范——

① 格非主编：《中国小说50强 第4辑：1978年～2000年 沙漏街的卜语》，时代文艺出版社2001年版，第289—307页。

② 陈染：《嘴唇里的阳光》，长江文艺出版社2001年版，第42页。

埃莱娜·西苏，她在《美杜莎的笑声》中强调“妇女必须通过她们的身体来写作”[①]。因此，女作家们对身体描写执着、坚定，她们在作品中打破传统的桎梏，勇于描写自己的身体。身体描写不仅让女性的形象更加立体生动，还消解了文学作品中男性对女性身体的绝对话语权，从而打破男性对女性形象的种种歪曲。20世纪90年代，对身体进行描写的女性文学作品浩如烟海，作品质量良莠不齐，有的女性作品的身体描写甚至有些低俗不堪。在陈染的小说中，身体描写是她小说中必不可少的组成部分，也是陈染女性主义意识的体现。从内容上看，陈染小说中的身体描写有时通过明亮光洁的镜子反射表现出来，主人公站在镜子面前，抚摸膜拜自己的胴体，用手开始了对一个新的世界的发现；有时通过隐喻象征的手法诗意地进行着语言的创造和解码，无论是“生命钟”“嘴唇里的阳光”，还是一只公鹿与一只疲弱的母鹿之间的追逐等，小说对身体的叙述娓娓道来，不仅不露骨，还具有一种诗意的含蓄之美。陈染个人化写作中的身体描写构建了一个美好的女人身体世界，开拓了女性文学的写作领域，也让女性主义意识日臻成熟。

四、知识女性的生存焦虑

陈染小说中对知识女性生存焦虑的描述或一针见血，或冷言戏谑，或充满哲思。小说所表现出来的知识女性对社会的陌生感、孤独感和恐惧感，容易使人产生共鸣。知识女性在新时期，一方面有着自己独立的思想和生活，另一方面，以父权、夫权主导的男权社会对女性的生存生活构成了巨大威胁。知识女性在新时期仍旧属于弱势群体，她们举步维艰，焦灼孤独，坚守“初心”谈何容易。生活中，她们有的时候不得不做出某些妥协。在《无处告别》中，黛二原先的好姐妹缪一，大方得体，有理想有追求，尽显女性的美好，但是在现实环境以及现代文明的侵蚀下，女性一个人战斗力量的薄弱显现出来，她成为了妥协的知识女性，

① 张京媛主编：《当代女性主义文学批评》，北京大学出版社1992年版，第189、201页。

凭着是“谁谁”的儿媳，摆脱平凡，生活无忧，官派十足，却也成了男性豢养的金丝雀，失去了自我意识。与此同时，仍有一些知识女性保持着不同流俗的特质。比如陈染笔下的黛二小姐，她有一股与生俱来、挥之不去的孤独感，她仿佛就是“一个残缺的时代里的残缺的人”[①]。她常常以戏谑的方式道出生活诚然不易，现代文明现实而残酷，而一味的逃离并不能解决问题，若是想要一直笑下去，就会变成“小丑”。知识女性孤独焦虑，她们在镜中审视着自己，又迫切地想要“躲开了那种不愉快的自我醒悟和剖析”[②]。

五、超性别意识

陈染小说中的超性别意识同样值得关注，“超性别意识”这一新词也是陈染首先提出的。新时期到来，社会大环境的急剧变化，女性意识不断成熟，两性之间的隔膜与疏离，女性对男性的失望以及女性与男性在精神上的无法沟通等原因造成了女性迫切地希望挣脱父权、男权的藩篱，打破性别之间的禁锢。陈染小说中的超性别意识首先表现为“真正的爱超于性别之上”[③]，这种超于性别的爱多指“同性情谊”。男性为绝对权威的第一性，女性处于从属地位的第二性，两性结合天经地义。而陈染小说则表明：“同性之间的亲近是一种心灵的关系，更简洁、更单纯一些”[④]，陈染试图打破这种性别界限，让女性在生活和情感中崭露头角。女性与女性之间的相处更容易达成一种心灵的契合，无论是倪拗拗和禾寡妇，还是黛二与伊堕人，她们之间的爱与情谊都超越于约定俗成的两性情感之外的，这种同性情谊是对传统的反叛。同性别之间的爱也包含一种自恋的意志倾向，陈染的小说中经常出现女性主人公对镜自照，顾影自怜的情

① 王蒙、王元化总主编：《中国新文学大系·1976—2000·第8集·长篇小说卷5》，上海文艺出版社2009年版，第314页。

② 陈思和主编：《逼近世纪末小说选·1990—1993·卷一》，上海文艺出版社1995年版，第92页。

③ 王蒙、王元化总主编：《中国新文学大系·1976—2000·第2集·文学理论卷2》，上海文艺出版社2009年版，第638页。

④ 齐红：《世纪之交的女性写作》，安徽大学出版社2009年版，第139页。

节。“我不想见人，任何一种‘别人’”[①]，然后对镜自伤自赏。陈染塑造的女性形象多为由诸多外因遮掩或忽略了性别的人，她们是无性别者，内心对外物感到失望从而恋上镜中理想化的自己。其次，超性别意识表现为“我们首先是一个人，然后才是一个女人”[②]。“一个作家只有把男性和女性两股力量融洽地在精神上结合在一起，才能毫无隔膜地把情感与思想传达得炉火纯青地完整”，陈染恰恰做到了这一点，她的小说不是单纯地以女性视角进行叙事，更多的是站在“个人”的立场上，去剖析人性，解构人生。《无处告别》中，黛二小姐以“个人”身份对人事处“大肥猫”的诸多讽刺、对“中国式小丑”的犀利批评，直指人性最深处。再次，超性别意识在于说明“一个具有伟大人格力量的人，往往首先是脱离了性别来看待他人的本质”[③]。这一点主要表现为陈染小说中对父权、男权的反叛。女主人公们幼年时期对自己父亲充斥着敬畏和恐惧。《私人生活》中，父亲——作为父权和男权的象征，无论在地位权力、生理优势、还是在经济实力上，无疑都是家中的绝对权威。作为女性，对父亲说“是”，对生活说“是”已然成为一种惯性。时光荏苒，父亲的粗暴专横，自私残忍让“我”萌发了想要报仇的心思。日渐长大，“我”鼓起勇气剪去那条象征着父权、男权的父亲的裤子。最后“我”与母亲出走，追求精神自由，这是对父权、男权的反叛与割裂，攻破了男性作为“第一性”的壁垒，更是唱出那个时代女性作为独立的“人”的最强音。

陈染在90年代女性文学史上，是一个不容忽视的女性作家，她与林白二人，在某种程度上撑起了90年代女性个人化写作的文学潮流，她们也是个人化写作的集大成者。自1985年陈染发表小说处女作以来，她创作了一系列优秀的女性小说，自始至终贯穿在陈染小说中的是强烈的女性自我意识。纵观中国现当代女性

① 王蒙、王元化总主编：《中国新文学大系·1976—2000·第8集·长篇小说卷5》，上海文艺出版社2009年版，第311页。

② 格非主编：《中国小说50强 第4辑：1978年～2000年 沙漏街的卜语》，时代文艺出版社2001年版，第57页。

③ 王蒙、王元化总主编：《中国新文学大系·1976—2000·第2集·文学理论卷2》，上海文艺出版社2009年版，第642页。

文学史，女性小说的主体实现了从“人”到“女人”再向“个人”层次的转变与深入。陈染的小说即是一种个人化、私语化的创作类型，她始终坚持用诗的方式来写小说，致力于创造“思考着的女性”，使她的小说呈现出别具一格的“古典哲思”式的审美效果。

第四节 林 白

林白，“女性写作”和“个人化写作”的代表人物，90年代女性文学创作的中坚力量。林白因其独特的创作风格和给人强烈冲击感的身体描写而受到文坛瞩目。

林白，当代作家，原籍广西博白，1958年生于广西北流，原名林白薇。林白三岁丧父，母亲从事医生职业，因为工作需要经常出差。童年时期，林白便独自一个人在黑屋子里生活。一个守在黑屋子里的小女孩，独自一人承受着黑暗的恐惧和惊吓，她与这个世界缺少交流的通道，几乎与外界失去了联系。故而，林白从小就对外界充满了恐惧和敌视。父亲的缺席，母爱的缺乏，生活环境的窘迫等童年的创伤性体验让林白内心满是熬煎。林白19岁开始写诗，她把心中所思所想写于纸上，“何以解忧”，唯有写作。林白在访谈中说：“我的写作是从一个女性个体生命的感官、心灵出发，写个人对于世界的感受，寻找与世界的对话。对于我来说，写作是一个通道，因为我与世界的关系始终是紧张的，在我的成长过程一直感到世界是恐怖的、难以沟通的、隔膜的，写作从根本上说是为了缓解与世界的冲突。”①林白一直寄情于写作，试着在写作中调和与现实尖锐隔离的关系。林白19岁只身一人到武汉求学，1982年毕业于武汉大学图书馆系。后林白被分配到广西图书馆工作，再调到广西电影制片厂任职，后又到北京某报社供职。这期间

① 林白、荒林、徐小斌、谭湘：《九十年代女性小说四人谈》，《南方文坛》1997年第2期。

林白总是遭到无名的解职，然后再次陷入奔波。生活中，林白与外界相处很不融洽，她认为："跟北京相比，北流是蛮荒之地。这种边民的身份就是我生命的底色。"[①]置身于大城市工作、生活，林白没有归属感，这种"在而不属"的社会生存状态，让她更显焦虑。于是林白把这种一个人的恐惧、焦虑、坚忍的感受用笔记录下来。

林白的创作由诗歌起步，后从事小说写作。林白认同埃莱娜·西苏的观点，"妇女必须参加写作，必须写自己，必须写妇女……妇女必须把自己写进本文——就像通过自己的奋斗嵌入世界和历史一样"[②]。林白的小说创作始于1983年的《土平房里的人们》，直到1989年发表小说《同心爱者不能分手》才引起文坛关注。1994年，林白发表长篇小说《一个人的战争》，因其小说深刻细腻地表现了女性个体生存经验和情感体验而引起文坛反响。此后林白被公认为是90年代"个人化写作"的代表之一。林白喜欢独自一人在昏暗的屋子里进行封闭的自我指涉式的文学创作。一间自己的屋子将林白与纷繁复杂的外界分隔开，她有了自己排忧解难的小天地。90年代林白创作了大量女性文学作品。2005年以后，随着《妇女闲聊录》的发表，林白进入她小说创作的转型期，她开始关注外面的世界，不再沉浸于自己（作为女性）一个人的孤独体验中。林白主要作品有：长篇小说《一个人的战争》《说吧，房间》《万物花开》《妇女闲聊录》《北去来辞》等，中篇小说集《子弹穿过苹果》《回廊之椅》等，散文集《前世的黄金》等。林白曾获第三届华语文学传媒大奖年度小说家奖及首届、第三届中国女性文学奖创作奖。

文界常会把陈染、林白两个人放在一起进行言说，将她们俩并称为90年代女性文学的中坚力量。即使同为个人化写作，林白与陈染的作品也存在着明显不同。陈染擅长写"思考着的女性"，写一种守望式的等待，含蓄蕴藉；林白致力于"感受着的女性"的创作，文笔开放直白。林白的创作一直坚持不忘初心，单纯地为了写作而写作，并且把写作当作生活中不可或缺的一部分，她"一如既往地写

① 林白：《生命热情何在——与我创作有关的一些词》，《当代作家评论》2005年第4期。

② ［法］埃莱娜·西苏：《美杜莎的笑声》，张京媛主编：《当代女性主义文学批评》，北京大学出版社1992年版，第188页。

作，倾诉，顽强地表达内心生活”[①]。林白是一个拥有强烈女性意识的小说家，她写作的出发点很简单——表现“一个人的战争”，女性因自我的孤独忧虑、因环境的复杂变异而变得战战兢兢，与现实生活之间的战争难以调和，但这种战争，却又不乏奋进的激情，令人不屈不挠，继而重新启程。纵观林白的文学创作，“感受着的女性”一直贯串其创作的始终，按照林白对女性人生道路的探索及作品中女性意识的变化，可将其创作分为三个阶段。

林白创作的第一个阶段从1983年小说处女作《土平房里的人们》的发表开始，陆续发表了《从河边到岸上》《去年冬季的街上》等作品，直至1989年发表小说《同心爱者不能分手》，这一创作阶段可称为林白女性主义文学创作的摸索期。《同心爱者不能分手》以女性的视角讲述了三个女人的故事。一个是花一样的神秘女人，在沙街暗黄色的木楼和土灰色的砖房前，穿着月白色的绸衣，撑着一把闪亮的黑绸阳伞，喜欢独居于常年垂着窗帘的幽暗房间里，她有一只干净无比的没有牙的母狗叫作吉，一个年轻的男教师闯入二者之间，神秘女人、吉、年青男教师三者之间的关系让人感觉扑朔迷离。小说中第二个女人是“我”。一个坐在一个远方城市的窗前回忆着十三岁过往的女人。“我”是一个觉得幸福就是和“一个自己喜欢的男人一块去看电影”的简单女人，认为爱情至上。“我”爱上了一个坚持不婚的天秤男，为了这个男人，“我”舍弃了尊严和孩子，结果这个男人让“我”伤透了心，幡然醒悟，爱比死残酷，爱情是靠不住的。第三个女人是坏女孩都噜，一个对人的相貌衣着只有“富”与“穷”两种评价的女孩，一个现实的利己主义者。都噜周旋于三个男人中间，权衡自己利益的最大化（拿到象征衣食无忧的美国绿卡）。三个女人的结局不免让人唏嘘：神秘女人——“本世纪最后一个浪漫主义者”在一场大火中消失了，都噜去了美国，“我”在另一个城市心灰意冷地等待着我心中的“天秤”。爱情或性，让人难以分清。《同心爱者不能分手》是一部没有男主角的小说，在小说中，男性只是一个可有可无的符号。小说以三个女人的爱情经历和女性话语，消解了爱情，旨在说明男人不再是女人生活的全部，

① 陈晓明：《仿真的年代——超现实文学流变与文化想像》，山西教育出版社1999年版，第63页。

并对男权主义进行解构。小说中的女人进行着一个人的战争，她们试图摆脱男人的桎梏。文本凸显了强烈的女性意识，对传统男性为中心的文学进行了颠覆。

20世纪90年代，可以说是林白女性小说创作的成熟期。1990年，林白小说《子弹穿过苹果》发表于《钟山》杂志第4期，这标志着林白的女性主义小说创作由探索走向成熟。《子弹穿过苹果》讲述了一个爱情悲剧，美丽妩媚、自由浪漫的巫女蓼奋不顾身地苦恋着自己煮颜料的父亲，父亲却因为煮不出好颜料而冷落她拒绝她，蓼带着哀怨的心选择自杀却依然得不到父亲的青睐，最终她选择离开。小说记述了中国版的"厄勒克特拉情结"之恋，表现出女性在勇敢追求自我幸福、实现自我价值的时候，会受到来自男权社会的拒斥。蓼带着伤痕累累最终逃离，旨在表明"女人总是在将身体撕裂了以后才能够最终逃脱出来"[①]，在一定程度上逃离也是一种女性实现自我救赎的表现，以逃离为反抗，以期实现女性的自我价值。继《子弹穿过苹果》后，林白又陆续发表《晚安，舅舅》《日午》《回廊之椅》《瓶中之水》《一个人的战争》《致命的飞翔》等一系列小说。这些小说规避传统的宏大叙事，致力于边缘化、女性私语化的女性书写。林白成熟期小说直面女性的内心世界、对女性的隐私及其情感体验进行大胆揭示。小说《一个人的战争》，采取"回忆"的方式，它是一部女性的成长史，也是作者生命体验的投射。小说中，主人公多米爱上自己理想化的男人N，倾尽自己爱与欲，但在"爱比死残酷"的现实体验中，主人公遭受着来自男性世界施加的身体以及心理的伤害。最后，多米决定逃离，逃离出这纷繁复杂的现代文明社会；逃离进自己的小屋子，逃离进她自己构造的女性乌托邦世界。主人公通过身体将自己的想法物质化，用肉体表达思想，宣泄自己内心的渴望、欲求与绝望，从而表现女性主义的本我意识，实现对男权社会的解构。

2000年至今是林白文学创作的转型期。林白在自己的小说中这样说过："第一怕人，第二怕光，第三睡眠时间比常人多出一倍。"[②]这句话尤其适用于20世纪90年代林白的写作境况。林白在进行个人化写作的时候，她独自一人在昏暗的小屋

① 徐坤：《重重帘幕密遮灯——90年代的中国女性文学写作》，《作家》1997年第8期。

② 林白：《一个人的战争》，《花城》1994年第5期。

子里孤独地写着，用回忆的方式把内心经验层面的个人生命体验表现出来，但从2000年《琉璃虫》的发表开始，林白的女性主义小说创作有了变化。《琉璃虫》讲述的是主人公林蜘蛛在80年代广西电影制片厂发生的故事。小说看上去像是一段生活经历全景的真实记录而不是个人情绪情感的宣泄和抒发。林白开始尝试把小说创作的叙事角度从个人生命体验延伸到社会生活领域，她开始关注这个时代女性的生存状态和整体情绪。之后，林白创作了《猫的激情时代》《万物生长》《妇女闲聊录》等一系列作品。自2004年发表长篇小说《妇女闲聊录》开始，林白便不再局限于自己一个人的世界里，她渐渐走出自己的小屋子，走向自己的家人，走向各式各样的人群中。林白开始把笔触伸向普通人的日常生活，从这些生活小片段中，获取写作的灵感。林白也不再拘泥于写女性的个人体验和精神状态，孤独意识、躯体觉醒、女性情谊等内容在林白的转型期写作中虽仍有涉及，但不再成为其文学作品中的重头戏。林白在转型期对自我进行了深刻的剖析："虽不擅长参与社会现实的写作，但我确信，对底层和弱势群体的关注会使我的内心变得健康一些。"[①]新世纪以来，林白把文学创作的重心转移到农村，转移至底层和弱势群体身上，用因地而异的说话方式进行小说创作。

林白是一个有着独立思想的女性，她创作的转型期对后现代文学思潮有着一种天然的亲近与推崇。后现代主义的核心主张就是反理性主义，这与林白试图打破以男权主义为核心的意念不谋而合。被誉为"后现代之父"的哈桑在《后现代转折》中对后现代主义的总体特征进行了一些概述，认为零乱性或片断性是后现代主义的一个重要特征，"后现代主义者只是割断联系，他们自称要持存的全部就是断片"[②]。简而言之，在后现代主义者的眼里，世界只不过是由无数的碎片拼凑成的。林白曾坦言："我有相当一部分作品是片断式的。长中短篇都有。"[③]后现代的片段性、反理性、反常规的意识在林白转型期的作品中多有体现，尤其是在

① 林建法、徐连源主编：《中国当代作家面面观——寻找文学的魂灵》，春风文艺出版社2003年版，第167页。

② ［美］伊哈布·哈桑：《后现代景观中的多元论》，王岳川译，《后现代主义的突破——外国后现代主义理论》，敦煌文艺出版社1996年版，第37页。

③ 林白：《生命热情何在——与我创作有关的一些词》，《当代作家评论》2005年第4期。

《妇女闲聊录》中。《妇女闲聊录》由“217个片断组成的，它暗寓着世界的整体性已经被彻底粉碎。”[①]小说语言全由方言构成，小说的叙事者是一个名叫木珍的农村妇女，她来自一个叫做王榨的地方，说着一口湖北方言。林白在该部小说中把自己定位为一个倾听者和记录者，以“完全的他者”身份进行着创作。小说以全然的女性视角，通过一个乡村能说会道的妇女的嘴发起了一次“叙述的革命”，这次“叙述的革命”不仅让林白的女性写作有了巨大的突破，从坚守的个人化写作向日常化的大众生活创作迈进；还为女性文学创作提供了一种新的文学理念和写作样式。小说以一个农村妇女的角度去闲聊农村，在侃侃而谈中对农村的权威话语机制进行解构，并展示出农村现实生活中被权威话语遮蔽的另外一面。

林白的“女性写作”有着独树一帜的艺术特色和审美情趣，“个人化写作”、镜像话语下的身体描写、同性情谊、女性话语权的呈现与蔓延等极具个人标签式的艺术特色为林白的女性主义小说增色不少。

一、个人化写作

林白坚持个人化写作，沉浸在一个人的创作世界里，对于她来说：“写作是一个通道，因为我与世界的关系始终是紧张的，在我的成长过程中一直感到世界是恐怖的，难以沟通的，隔膜的，写作从根本上说是为了缓解与世界的冲突。”[②]林白的个人化写作表现在两个层面，首先表现出一种孤独的生命体验，林白曾这样说过：“世界是冰冷的，亲人那里也无法给出足够的温暖。内心寒冷而黑暗，我作为一个心理有问题的人生存于世，面临各种困难，常常感到自己脆弱、无助、绝望。”[③]父亲的缺席、母爱的缺失、生活环境的恶劣等强烈的压抑性情感体验构成了林白的童年孤独体验，这种孤独体验延续到了林白的小说创作中。小说《同心

① 贺绍俊：《叙述革命中的民间世界观——读林白的〈妇女闲聊录〉》，《长篇小说选刊》2005年第1期。

② 林白：《一个人的战争》，《花城》1994年第5期。

③ 林白：《生命热情何在——与我创作有关的一些词》，《当代作家评论》2005年第4期。

爱这不能分手》中的神秘女人是孤独的，她独居于常年垂着窗帘的幽暗房间里，唯有和狗在一起时才会感到心灵的慰藉。《回廊之椅》中的朱叶是孤独的，古老宅园里没有了她心意相通的人，徒留她和一园寂寥。《一个人的战争》中的主人公多米是孤独的，父亲在其幼年时便已去世；母亲忙于工作，无暇照顾她；家对于她而言，只是一个黑暗的小屋子，缺乏爱与温暖。多米变得孤独封闭、自恋极端。林白的个人化写作的另一层面表现为一种战斗的生命态度。《一个人的战争》中的多米就是这层含意的代表人物。多米作为一个孤独的边缘化人物，她在现实生活中的处境其实就是一个人的战争，一个人的战争“意味着一个巴掌自己拍自己，一面墙自己挡住自己，一朵花自己毁灭自己。一个人的战争意味着一个女人自己嫁给自己。”[①]林白试图从一个孤独怯弱的“女性个体生命的感官、心灵出发，写出个人对于世界的感受，寻求与世界的对话。”[②]主人公多米虽逃避着生活，躲进自己的帐子里挖掘着内心深处的感受与体验；而她却又对生活充满了期待，并为之不断奋进和战斗。正如陈思和说的那样：“其实真正的女性主义文学都是产生在现实社会的批判和反抗之上的，只有战斗的女性主义，没有逃避和遐想的女性主义”[③]。战斗的生命态度，战斗的女性主义，应该说是对林白的女性主义创作最为中肯的评价。

二、镜像话语下的身体描写

“镜像论”是由法国精神分析学主要代表雅克·拉康提出，对人的心理结构进行分析，阐释自我和主体的联系，“镜像论”为女性主义文学的发展提供了重要的理论来源。在林白的女性主义写作中，镜子是一个重要的物象。林白在《室内的镜子》一文中说道：“在镜中有一个自己的故事，或一个自己的幻想，或一个自己

① 林白：《一个人的战争》，《花城》1994年第5期。

② 林白、荒林、徐小斌、谭湘：《九十年代女性小说四人谈》，《南方文坛》1997年第2期。

③ 陈思和：《不可一世论文学》，人民文学出版社2003年版，第128页。

的梦，那该多么好？ 回忆如花瓣，幻想如闪电，梦境如车轮，这是多么好？”[①]这句话一语道出了林白沉迷于镜子的情感渊源。女性在镜子中展示身体，像婴儿初次在镜子中认识自己一样观照自我，以此阐释、重新认识处于现时男权语境压抑下的本我。林白作为“身体写作”的旗帜性作家，她的身体描写伴随着镜子的形象在作品中频频出现。小说《一个人的战争》中，小说开头便写多米“经常把门窗关上，然后站在镜子前，把衣服一件件脱去。她的身体一起一伏……”，她“最喜欢镜子，一镜在握，专看隐秘的地方……”。[②]处于孩童期的多米，镜子就成了她的同谋，梦中那七色的光谱暗喻的恰是镜子的折射，多米虽然“至今仍无法猜到它隐秘的意义”，但对镜子的渴求来源于她的内心原欲是毋庸置疑的。小说《致命的飞翔》也有镜像话语下的身体描写：“她（北诺）从镜中看到自己的身体撩人地陈列在床上，她的双腿双臂光滑地裸露出来……在镜子里她看到自己细腰丰乳，她有些病态地喜欢自己的身体，喜欢精致的遮掩物下凹凸有致的身体……”镜子之于北诺而言极具诱惑，作家在文中谈到对镜子执迷的原因：“镜子的最大功能就是使女人产生完美的欲望。”[③]又如在小说《说吧，房间》中，“我（多米）再次从蒙了一层水汽的穿衣镜里看到了自己，从我自己的叫嚷声中，从给孩子洗澡的动作中，从我的手对她皮肤的触碰中”[④]，在“我”的生活中，镜子成为必不可少的一部分，“我”从镜子里重新审视自我。主人公通过身体将自己的想法物质化，宣泄内心的欲求希冀。林白通过作品中镜像话语下的身体描写表现了强烈的女性主义意识，以“个人”的角度更立体、更完整地去认识和探究女性。

三、同性情谊

随着社会大环境的急剧变化，两性之间的隔膜与疏离，女性对男性的失望以

① 林白：《室内的镜子》，《钟山》1993年第4期。
② 林白：《一个人的战争》，《花城》1994年第5期。
③ 林白：《致命的飞翔》，《花城》1995年第1期。
④ 林白：《说吧，房间》，《花城》1997年第3期。

及女性与男性在精神上无法沟通等原因造成了女性迫切地希望挣脱父权、男权的藩篱，打破性别禁锢。这种超性别意识主要通过“同性情谊”在林白小说中表现出来，女人间的相互认同，女性之间的情谊，显得神秘而诱人。小说《回廊之椅》中讲述了同性情谊的珍贵与矢志不移。在古老的宅院中，朱凉和七叶主仆二人：相依为命，不分彼此；两个美丽的女人：惺惺相惜，心心相印。这种女性之间心灵契合的情谊已经超越了友谊的界限，升华成了不离不弃的爱情。七叶在多年后讲起朱凉时，“声音充满了无限的怀旧和眷恋之意，就像一个垂暮的之年的老人怀念他年轻时代铭心刻骨的爱情”[①]。林白小说中的“同性情谊”旨在表现“女性对于自身作为男性平等的主题存在的地位和价值的自觉意识”[②]。女性自觉肩负起破除异性恋迷信的任务，试图以此挣脱男权社会的桎梏，以一种叛逆的姿态，去寻求女性自我，从而实现对男权中心的解构和颠覆。

四、女性话语权的呈现与蔓延

福柯认为“话语即权力”[③]，女性有了话语权，占据说话者主体的地位，才有了与男性相互对话、理解的机会，才有了消解男性雄踞“第一性”神话的可能。林白小说中的女性话语权主要表现为“一间自己的屋子”[④]。弗吉尼亚·伍尔夫曾说：女性主义意识的重要表现之一就是“要有一间自己的屋子”。在现代文明的冲击下，在男权主义的裹挟下，在“爱比死残酷”的现实体验中，女性遭遇身体以及心理的伤害，她们在社会生活中倍感焦虑与疲惫。女性决定逃离，逃离出纷繁复杂的现代文明社会；逃离进自己的私密领地——一间自己的屋子；逃离进自己构造的女性乌托邦。小说《一个人的战争》中，主人公多米有着创伤性的童年体

① 林白：《回廊之椅》，《钟山》1993年第4期。

② ［英］西德尼·詹尼特·卡普兰：《现代英国小说中的女性意识》，转引自林广泽《试论“女性意识”和女权主义文学批评》，《四川师范大学学报》（社会科学版）1997年版第1期。

③ ［法］米歇尔·福柯：《话语的秩序》，肖涛译，许宝强、袁伟选编：《语言与翻译的政治》，中央编译出版社2001年版，第5页。

④ ［英］弗吉尼亚·伍尔夫《一间自己的屋子》，王还译，生活·读书·新知三联书店1989年版，第2页。

验，从小就被关在一间紧闭的幽暗的小屋，在这里，她独自舔舐着伤口，将外界对自己的伤害降到最小化。“一间自己的屋子”是女性的“私人领地”，只属于女性自己。在女性自己的屋子里，男性是“缺席的”，只是作为一个可有可无的符号存在。小说《说吧，房间》直接以“房间”为名，把房间作为女性物化的标志，进而说出新时代女性在家庭中的艰辛与不易，逃离家庭后在男权社会举步维艰的困境。这部小说，女性主动站在男性话语权的对立面，试图通过客观现状的陈述实现对男权的控诉与反叛。林白小说中的女性话语权的蔓延表现为：处于底层、弱势群体的农村妇女，她们对女性话语权的接棒。现代文明对农村的冲击是显著的，但文学对农村妇女的“印象”依旧停留在“封建保守”“愚昧无知”这些层面，林白的《妇女闲聊录》为大众认识现代化进程中的农村妇女开启了一扇窗。小说通过叙事者木珍，还原了农村妇女在赌博、离婚、偷情、“拉边套”等农村现实生活场景下的生活原态。林白自觉站在“他者”的位置，通过片段的方式，只记录、不介入，让长期默默无语的农村妇女发出了自己的声音，对中国女性尤其是农村女性的生存状态进行了反思和质疑。“话语即权力”，林白的作品由“自己的独音”向底层和弱势群体的“集体亮声”过渡，这种女性话语权的呈现与蔓延，让林白作品中的女性意识得以更加鲜明和强烈。

无疑，林白的女性主义小说是对弗吉尼亚·伍尔芙的“房间”说和埃莱娜·西苏的“躯体写作”理论的实践。林白在作品中塑造了一系列具有强烈女性意识的女性形象，她们进行着“一个人的战争”，在逃离与融合的矛盾对立中展现出女性的生存焦虑和生活期盼。林白是一个感受型的作家，她用大胆外露的文字对女性隐私进行揭示，敢于挑战传统文学批评对女性写作的认知，并且不断思考女性生命的本质与意义。林白小说反抗男性的权力话语体系，试图建立一个女性乌托邦，她以一种积极向上、不断向前的生活态度展现女性在社会生活中的熬煎与果敢。可以说，林白为女性文学的发展开拓了新的空间，让代表着女性权力的女性声音“浮出历史地表”。

第七章 Chapter 7

台湾女性文学

第一节　台湾女性文学概述

第二节　李昂

第一节　台湾女性文学概述

台湾女性文学发轫于20世纪50年代，60—70年代为发展期，80—90年代为繁荣期。可以说，半个多世纪以来，台湾女性文学取得了丰硕成果，产生了一批又一批的女性作家，如活跃于50—60年代文坛的新移民女作家，崭露头角于60年代现代主义文学思潮的学院派女作家，成长于70年代乡土文学的台湾本土女作家，独领风骚于80年代文坛的"闺秀文学"与"新女性主义文学"女作家，以及90年代后涌现出来的"新世代"女作家。这些女作家活跃于不同阶段的台湾文坛，标志了台湾女性文学的发展、繁荣。尽管台湾女性文学产生了一大批优秀作品，但在台湾文学史的构建过程中却没有得到足够的重视，往往处于一种被缺席状态。这其中，既有作者的性别身份对作品是否成为经典的影响，也有撰述者的文学史观、意识形态以及女性观念对解读女性文学作品的影响。可见，正视台湾女性文学的创作成果及影响，这不仅是女性文学史撰述需要重视的，同样也应该是台湾文学史书写需要关注的。

一、20世纪50年代：人生流寓过程中的女性书写

台湾女性文学起源于20世纪50年代，这一时期，活跃于文坛的大多是来自大陆并已成名的作家，如林海音、苏雪林、聂华苓、於梨华、郭良蕙、孟瑶、张秀

亚、谢冰莹、琦君、罗兰等，这一批新移民女作家承担了台湾女性文学拓荒者的角色。“活跃于50年代台湾文坛的女作家大部分是随国民政府迁台的新移民。不但是早期大陆女性文学过渡成当代本土女性文学的桥梁，担负承先启后的关键，更是台湾女性用白话中文创作的开始，在台湾女性小说中列为‘第一代’。”[①]由于新移民女作家与五四新文学传统有着无法割舍的联系，故而，处于起步阶段的台湾女性文学与五四女性文学在主题和精神上也是一脉相承，多揭示女性的悲剧人生，表现妇女在男权社会中遭受的肉体与精神的双重奴役。50年代的台湾文坛，是官方文艺思潮“战斗文艺”主控的年代。不过，当时的女作家们却以疏离于主流文坛的创作姿态不断开拓女性书写的空间。这种书写空间至少包括三个层面：一是怀乡文学的创作，由于是“独在异乡为异客”的漂泊者，“怀乡忆旧”的乡愁书写成为台湾新移民女作家一个重要主题。透过追忆大陆、怀旧思乡、寄寓离愁的描写，凸显浓厚的乡愁意识，如琦君、张秀亚、谢冰莹、林海音等人的作品。二是借婚姻爱情故事传达反封建主题，关注男女不平等的社会现实，既有反映过去时代女性的悲剧命运与生存境遇，如林海音的《婚姻的故事》《金鲤鱼的百褶裙》《殉》、聂华苓的《失去的金铃子》等；也有表现当下台湾社会的情感纠葛与伦理冲突，如郭良蕙的《银梦》《心锁》和孟瑶的《心园》等。三是承接五四女性文学的精神传统，表现女性的自主意识，如童真的《穿过荒野的女人》、刘枋的《逝水》、张漱菡的《阿环》、毕璞的《心灵深处》等。

新移民女作家对50年代台湾文坛的最大挑战，是以不打旗帜的女性主义姿态，尖锐地触碰着诸多性别议题。由于受过五四新文化运动的洗礼，这些新移民女作家不仅认同女性人格独立、男女平等、婚姻恋爱自主等现代观念，而且以此为参照考察现实社会中的女性问题，以一种自觉的女性意识发出女性自己的声音，这其中又以林海音、孟瑶、郭良蕙三位作家为代表。

林海音（1918—2001），本名林含英，台湾苗栗县人。出生于日本，3岁那年随家返回台湾，1923年举家迁居北平，1948年携夫与子又回到台湾。台湾与北平

① 范铭如：《“我”行我素——60年代台湾女性文学的“小”女声》，梅家玲编：《性别论述与台湾小说》，麦田出版社2000年版，第68页。

的双重故乡身份，多元的文化背景，决定了林海音独特的文学身世、文坛角色与创作资源。作为台湾女性文学的奠基人与开拓者，林海音尤其关注旧时代女性的悲惨命运，揭示男权话语遮蔽下的婚姻真相。短篇小说《金鲤鱼的百褶裙》讲述了姨太太金鲤鱼永远无法翻身获得尊重的屈辱生活。金鲤鱼6岁被卖到许家当丫鬟，16岁被老爷纳为姨太太。尽管她为许家生下唯一的儿子，却并没有改变自己婢女的地位。金鲤鱼最大的愿望就是在儿子成亲那天穿上一条象征正室身份的绣有喜鹊登梅图案的红色百褶裙。却不曾想到了那一天，大太太突然宣布，现在是民国，家里的女眷一律穿旗袍，轻易粉碎了金鲤鱼的梦想。金鲤鱼郁闷度日，最终死于疾病，却因是偏房，棺材只能由旁门抬出。另一部短篇小说《烛》，同样也是揭示纳妾制度下女性的悲剧人生，不过林海音将笔触转向正房。小说描写正房韩太太，因丈夫娶了姨太太，她表面装出宽容大度，内心却痛苦寂寞。于是，她开始装病，一方面是为了引起丈夫注意，好给她一丝温存，另一方面也是借病来折磨丈夫和姨太太，没想到最后真的瘫痪在床。林海音将批判矛头对准封建纳妾制度，揭示了这一制度下女性的双重悲剧，无论是妻还是妾，都是血泪纷纷的悲剧人生。此外，林海音还注重揭示封建婚姻制度对人性的扭曲与扼杀。《殉》讲述一个发生在五四前后冲喜的悲剧。因未婚夫重病，为了冲喜，朱淑芸受命嫁给方家长子，但冲喜并不能留住丈夫的生命。婚后一个月，丈夫就病逝，方大奶奶只能终身守寡，过着寂寞沉郁的日子，成为封建婚姻制度活的殉葬品。不仅善于表现旧式女子的婚姻悲剧，林海音同样关注当代台湾女性命运的变迁。而当代台湾的爱情与婚姻问题，呈现出更为纷繁驳杂的面貌，如《晓云》《孟珠的旅程》《春风》《玫瑰》《风雨夜归人》等。林海音透过这些形形色色的女性形象及其婚姻命运，探讨各种不同的社会人生问题。“我喜欢婚姻的故事，并不是爱探听人家的秘密，而是从各种不同的婚姻故事中，探求人生的许多问题。”[①]正因此，有人称她为“关心女性姻缘路的女作家”，而林海音也以独特的视角，朴素的语言，诠释不同时代女性的爱情婚姻、人生命运。

① 林海音：《婚姻的故事》，北方妇女儿童出版社1986年版，第85页。

郭良蕙（1926—2013），山东巨野县人。1950年去台，1952年开始文学创作。郭良蕙是一位具有戏剧性而又多产的作家，在当时文坛享有“最美丽的女作家”之名。一方面，郭良蕙创作了60多部作品集，其创作在纯文学与通俗文学之间架起桥梁，拥有广泛的读者群；另一方面，郭良蕙的创作又因不断触及敏感领域，被当时的官方及文坛非议、冷落，长期以边缘化的存在姿态寂寞前行。郭良蕙的小说创作一直致力于变迁社会中爱情婚姻的描写，但她敢于突破当时台湾文坛的题材禁区，如探讨少女堕胎的社会问题、表现婚外恋、“第三者”的情感纠葛、描写女同性恋的存在境遇等，从而以新的题材领域，挑战官方文学话语的权力场域。郭良蕙认为，“太多人生活在悲苦中，外在和内在，除了与生俱来的问题，还有自己制造的种种矛盾冲突。除去天真无邪的童年以及归于平淡的暮年，性，一直不停在生命中作祟作梗，产生足以破坏和毁灭的力量。但是相反地，也可以称为生命的原动力，人类之所以不断创造、兴旺、繁衍，也就是来自性的激励和鼓舞”[①]。故而，在婚外恋题材的书写中，郭良蕙往往以“性”为切入点，大胆触及女性情欲问题，透过性爱力量的双重效应来发掘婚恋故事中人性的变异，这是郭良蕙婚恋小说的价值所在。

1962年，长篇小说《心锁》在《征信新闻报》连载，因“乱伦”情节和女性情欲的大胆书写引起轩然大波，1963年小说被禁，同年郭良蕙被台湾“中国文艺协会”注销会籍，甚至于1986年时报文化公司重新出版此书又再度遭禁。小说讲述丹琪和范林原是一对大学情侣，范林背着丹琪与富家女梦萍订婚，首先背叛了爱情，丹琪则负气嫁给了梦萍的大哥——一个拥有名望与地位但性情憨直古板的医生。婚后丹琪的生活并不如意，禁不住范林的勾引旧情复燃。后来由于信基督母亲的劝阻以及逐渐认清范林的真面目，丹琪对范林死心。不过，因在婚姻生活中始终无法获得满足，丹琪终于还是败在情欲场上，与小叔子发生乱伦关系。一日，丹琪与小叔子幽会，被范林撞见，二男争风吃醋飞车竞驰，导致车祸双亡。丹琪侥幸存活，逃往教堂，祈求心灵平静与神的宽恕。小说关于性爱的叙述、女

① 郭良蕙：《自序》，《黑色的爱》，海天出版社1988年版，第1页。

性情欲的探讨、家庭伦理道德的挑战，都触碰了当时文坛的禁区。丹琪一方面不断受到良心的谴责，内心充满矛盾与挣扎，另一方面又恣意放纵自我情欲。小说不仅揭示了女性的情欲心理，同时也揭示了情欲的毁灭力量。最终，在背弃了中国传统伦理道德的规范后，丹琪只有逃往教堂，寻求西方宗教的庇护。可以说，小说“集合性别、情欲、阶级、西方宗教与中国伦理论述间的冲突矛盾于一身，揭露身份地理的分裂状态”①。

二、20世纪60年代：现代主义思潮影响下的女性经验

20世纪60—70年代，是台湾女性文学的生长期、探索期。在台湾由农业经济社会向资本主义工商业社会转型的过程中，台湾文坛遭遇西方现代派文学思潮的强烈冲击。学院派女作家在这一背景下出现，她们的创作代表了60年代女性文学发展的主流，主要作家有於梨华、聂华苓、欧阳子、陈若曦、施叔青、孟丝等。在西方现代主义思潮的影响下，尤其是受存在主义哲学、弗洛伊德的精神分析学和泛性心理学的影响，学院派女作家的创作呈现鲜明的特色：一是趋于内向，注重心理表现，执着探索现代人的心灵世界与精神灵魂，如陈若曦的《巴里的旅程》《钦之舅舅》等；二是致力于揭示性意识心理、潜意识、变态心理等，如聂华苓的《月光·枯井·三脚猫》、欧阳子的《那长头发的女孩》、於梨华的《撒了一地的玻璃球》、施叔青的《壁虎》等；三是展现海外学子的生存现实、情感境遇与文化冲突，如於梨华的《又见棕榈，又见棕榈》、聂华苓的《桑青与桃红》等。相比较50年代的新移民女作家，学院派女作家以反传统为指向，大胆突破题材禁区，性爱情欲成为她们表现的重要领域，并由此创作了一个个颇具颠覆意义的文本，其中又以欧阳子、施叔青的创作成就最为突出。

欧阳子（1939—），本名洪智惠，台湾南投县人。欧阳子的小说创作主要关注婚姻恋爱背后的性心理与潜意识，常以越轨笔触描写恋母情结或母子、兄妹乱伦

① 范铭如：《众里寻她——台湾女性小说纵论》，麦田出版社2002年版，第59页。

之爱，这使得其作品具有反传统的西化特质，也使得其成为台湾文坛毁誉参半的作家。欧阳子的小说虽也以婚姻恋爱题材为主，但她的着力点不在于讲述一个婚恋故事，而在于发掘这故事背后的人性欲望。发表于1961年的《花瓶》，是欧阳子最具代表性的作品。小说与易卜生的《玩偶之家》在主题上有相近之处，讲述大男子主义者的丈夫石治川希望能将年轻貌美的妻子冯琳像花瓶一样独占已有，挖空心思地阻止妻子与其他男性往来。嫉妒让石治川失去理智，偷看妻子的信件，偷听妻子的电话，暗中跟踪妻子，甚至于差点扼死熟睡中的妻子。小说结尾冯琳愤而出走，丈夫将花瓶摔下。前两次修订的结尾是丈夫将花瓶砸碎，这多少象征了夫权的延展。第三次修订，作者将结尾改为花瓶轻巧神奇地逃生，骄傲且完整，倒是丈夫被惊骇得颓倒涕泣。花瓶摔而不碎，象征走出夫权统治的女性的胜利。小说在丈夫/妻子、男权/女权、爱情/婚姻、禁锢/突围等诸多层面展开冲突，既呈现出尖锐、紧张、焦灼的两性之战，也揭示出女性意欲摆脱男权束缚的精神力量和心理深度。此外，欧阳子还有一部分作品触及性爱、乱伦禁区，发掘人物变态心理，揭示女性欲望的迷乱，如《墙》《近黄昏时》《秋叶》《魔女》等。这些作品中的女性，或是置身于畸形的情感状态，或是充当性爱的奴隶，总是处于性爱的困境中，性爱如一张挣不破的网笼罩了她们的一生。可以说，性爱是欧阳子解读女性的一把钥匙，而她的独特角度与偏颇之处恰都来自于此。

施叔青（1945—），本名施淑卿，台湾彰化县人。姐姐施淑，著名的文学评论家，妹妹李昂也是台湾女性文学的代表作家。施叔青的小说创作随着她居留空间的不同而有明显的变化，大致分为四个阶段：第一阶段是60年代在台湾的“鹿港故事”时期，受西方现代派文学的影响，施叔青用象征手法，营造了一个荒谬、怪异、鬼魅的鹿港乡土世界。“施叔青的小说世界里，是透过她自己特有的折射镜所投射出来的一个扭曲、怪异、梦魇似的世界。”[①]这一时期，死亡、性、疯癫是施叔青小说反复出现的主题，小说经常呈现的是失常失序的神秘世界和扭曲变形的可怕世相。《壁虎》是施叔青的处女作，小说借成长中少女的叙述，揭示了性与

① 白先勇：《施叔青的〈约伯的末裔〉》，叶维廉主编：《中国现代作家论》，联经出版事业公司1976年版，第539页。

梦魇世界的交缠。壁虎是性、情欲的象征，它既是丑陋和罪恶的，又充满了生命和动力。少女一方面憎恨它，视放纵情欲的大嫂为“壁虎女人”；另一方面又无法逃离“壁虎记忆”的纠缠，即便是婚后看到壁虎，仍然感到可耻的战栗。小说揭示了“性欲不洁”的古老性意识造成的文化禁忌与人性压抑，给涉世未深的少女精神上带来的恐怖与癫狂。这一时期的其他作品如《凌迟的抑束》《瓷观音》《约伯的末裔》《倒放的天梯》等同样都是表现死亡、性与疯癫形成的合力对人生的颠覆。从女性书写角度来看，那些“被情欲、疯狂、白痴、疾病、诡异和不安控制了的女性”①形象，可视为作者对男权中心话语的冲撞和颠覆。而作品中反复出现的禁锢/逃逸、疾病/健全、破碎/完整的意象，不过是一种充满异端色彩的反男权话语的写作策略。

第二个阶段是70年代施叔青赴美留学期间的创作，主要是讲述婚姻的故事，包括《困》《后街》《回首・蓦然》等。由于在美期间受到西方女权主义思想的影响，施叔青从女性立场出发，展示了一幕幕在不平等的两性关系下危机四伏的婚姻生活，揭示了男权中心话语的强势与不公。第三个阶段是施叔青移居香港后的创作，描述华洋杂处的“香港故事”，包括《愫细怨》《窑变》等，这时期的作品同样关注女性的婚姻情感问题，不过视角有所变化，小说注重揭示现代商业文明对女性的压迫和异化以及女性在现代生活观念与传统文化之间的两难处境。90年代后，施叔青创作了“香港三部曲”，分别为《她名叫蝴蝶》《遍山洋紫荆》和《寂寞云园》三部长篇小说，小说以妓女黄得云的一生来写香港百年殖民史的沧桑，女性/娼妓这一特殊的性别/身份指示，蕴含着丰富的寓喻之意。第四阶段是施叔青2000年后移居纽约后的创作，这时期的施叔青为原乡台湾立传，撰写了《台湾三部曲》，包括《行过洛津》《风前尘埃》与《三世人》三部。

① 施淑：《论施叔青早期小说的禁锢与颠覆意识》，郑明娳主编：《当代台湾文学评论大系・小说批评卷》，正中书局1993年版，第410页。

三、20世纪70年代：乡土回归潮流中的女性观照

70年代，台湾社会遭逢一系列变故，乡土文学成为文坛主流。季季、曾心仪、谢霜天、李昂等战后出生的台湾本土女作家，成为女性文学的主力军。回归乡土及直面台湾社会现实的人生关怀，是这一代女作家的文学追求，反映了台湾女性文学创作视点的转移。与50、60年代的女性书写相比，70年代的女作家们或从日常生活的叙事空间走出来，关注私人场域之外的现实人生；或从个人主观世界中走出来，不再沉溺于内在心理的探索，而关注客观外在世界的变化。70年代的女性文学除了上述主要流向外，还有其他层面的创作，如通俗言情小说，这一时期极为发达，主要作家有琼瑶、华严、徐薏蓝、玄小佛、严沁、姬小苔等。这些言情小说，纯粹描写男女之间情爱，并形成一整套创作模式，它们以大众传播方式快速流行，发挥"快餐文化"的效应。与此同时，言情小说也在某种程度上负载了台湾社会发展的时代信息。此外，以张晓风、三毛为代表的女性散文在这一时期亦蓬勃兴起。张晓风的散文作品，充满着对社会人生的人文关怀和乡愁情感。三毛的散文，如《撒哈拉的故事》《哭泣的沙漠》等，主要叙写三毛的传奇经历和爱情童话，以其返璞归真的艺术魅力和人性温暖赢得大量读者。

曾心仪（1948—），本名曾台生，江西永丰县人。在70年代的台湾文坛上，曾心仪堪称女性书写的一面旗帜。她以对台湾底层女性生存境遇的关注，传达了底层女性的心声，扭转了女性书写的路向。曾心仪笔下的底层女性一部分是被侮辱与被损害的风尘女子，曾心仪以悲悯情怀描写她们的痛苦命运，揭示社会阴暗一角的现实状况，如《乌来的公主》《从大溪来的少女》《阁楼的女人》《一个十九岁少女的故事》等。这些作品没有仅仅停留于女性悲惨人生的诉说，还呈现了对女性堕落问题的思考与批判，即当一个社会关系为金钱所奴役时，贫穷女性在物质的压迫下，就有可能沦为性商品，从而遭受金钱与男性的双重奴役。曾心仪笔下另一部分底层女性为底层劳动者，如店员、美容师、小职员等，曾心仪通过描写她们的不幸际遇，揭示台湾社会中虚伪与欺诈现象，如《美丽小姐》《彩凤的心

愿》《窗橱里的少女》等。

季季（1945—），本名李瑞月，台湾云林县人。季季60年代开始创作，70年代是其创作的鼎盛期，她曾被认为是台湾新一代女作家中最有希望突破女性写作困境的佼佼者。这一时期其作品可分为三类：一是具有自传色彩的作品，以追忆似水年华为主，如《异乡之死》《河里的香蕉树》等。二是描写女性爱情婚姻和苦难命运的小说，这其中融入了作者对女性问题的现实思考，如《秋割》《塑胶葫芦》《苦夏》等。三是揭示台湾社会转型期出现的问题，针砭人性中的阴暗面，如《拾玉镯》《喜宴》《鸡》《债》等。与同时代女作家如曾心仪、李昂单刀直入的反叛姿态不同，季季的女性写作更多采取了温和、迂回的抗衡方式。由于个人情感经历的影响，季季对女性自我救赎有着自己独特的思考。季季笔下很少出现充满阳刚之气的、敢于负责任的男性形象，女性困境的解脱主要靠女性的自救，而救赎的最终出路还在于女性自身，如果没有独立意识、生存能力，那么被救的女性还会落入新的困境。

四、20世纪80年代：新女性主义文学的崛起

80年代的台湾女性文坛兴起两大创作潮流，即"新女性主义"文学和闺秀文学。"新女性主义"文学主要代表作家有李昂、廖辉英、袁琼琼、朱秀娟、苏伟贞、萧飒等，这一派文学以强烈的叛逆精神为先导，批判传统性别文化对于女性作为"人"的权利和尊严的扼杀，如李昂的《杀夫》、廖辉英的《油麻菜籽》等。面对转型时代的女性问题，新女性主义文学直面现实，从婚姻结构、家庭模式、事业前程、角色冲突等问题切入，写出了台湾妇女从传统女性到现代女性的冲突、困境。萧飒的《唯良的爱》中的唯良、袁琼琼《自己的天空》中的静敏、廖辉英《爱与寂寞散步》中的李海萍等是属于挣扎于婚变和外遇中的传统女性。而对于职业女性来说，困扰她们的主要是女性角色的多元化而引发的人生冲突，如廖辉英的《红尘劫》《今夜微雨》等作品，揭示了事业有成的现代女性的情感困境。新女性主义文学旨在倡导女性的自我觉悟与自我完善，建立女性的独立人

格，故而，她们笔下的女性不再是软弱驯良、逆来顺受的弱者形象，而是充满现代精神的女强人形象，如朱秀娟《女强人》中的林欣华、廖辉英《盲点》中的丁素素等。应该说，新女性主义文学的批判精神、现实指向及重建理想，体现了女性意识的自觉与文学的进步。不过，与此同时，新旧价值观念的冲突、男性规范与女性革命的抵牾，也影响着作家的创作，使得女性作家笔下的一些现代女性仍会挣扎于传统与现代角力的泥潭中而再次迷失自己。

廖辉英（1948—），台湾台中县人。80年代新女性主义文学的代表作家，堪称纯粹的“女性问题作家”。廖辉英擅长从日常性题材中折射丰富的社会内涵，并透过婚姻、爱情的演变过程，观照女性命运与提升女性意识。一方面，廖辉英的小说揭示了中国几千年来传统重负与文化积淀中男权话语的强大，呈现了层层重压之下传统女性的悲惨命运；另一方面，廖辉英又以热切的关怀之情，揭示了当下女性的生存艰难与尴尬。小说《油麻菜籽》是廖辉英的成名作，作品深刻揭示了女性在社会地位、婚姻境遇、人生命运及自身解放等方面遭遇的多重问题，再现了一个旧式女性在30多年婚姻生活中的坎坷遭遇，抨击了男权中心社会两性地位的不平等。同时，也对当代台湾女性在精神上如何挣脱传统枷锁进行了反思。小说中阿惠的母亲出身世医名门，受过良好的教育，却不幸误嫁了浪荡公子的父亲。母亲憎恨父亲的自私、懒惰、不负责任，却又无可奈何地替他收拾烂摊子，千方百计苦撑着这个家。“查某囡仔（女人）是油麻菜籽命，落到那里就长到那里”，这是外祖父用来劝慰婚姻不幸的母亲的话，要她安分认命、逆来顺受，母亲不仅自己接受了命运的安排及宿命的思想，更为可悲的是她竟然歧视女儿的性别，用“夫为妻纲”的封建伦理和“油麻菜籽”的宿命思想来教育女儿。这里，廖辉英不仅呈现了女性作为第二性的可悲处境，更为深刻的是通过阿惠母亲对“油麻菜籽”宿命论的自觉认同，揭示了男权文化造成的集体无意识对女性精神人格的荼毒。廖辉英的另一类小说是关于现代女性的人生铺陈，这其中既有与男性一争高低的事业型女强人，如《盲点》中的丁素素、《红尘劫》中的黎欣欣等，又有依傍男性、走上情感“不归路”的“窗口女性”，如《不归路》中的李芸儿、《窗口的女人》中的朱庭月等，还有历经人生挫折艰辛、挣扎走出婚姻误区的自救型女人，如《爱与寂寞散步》中的李海萍，这些女性都在个人与社会、男性与女性、事业与家庭、动荡与安稳的两难困境中，演示各自人生与情感的沧桑。

朱秀娟（1936—），江苏盐城人。以长篇小说《女强人》驰名台湾文坛的朱秀娟自己就是一个精明干练、乐观自信的女强人。她由商从文的传奇经历成为文坛的一个“异数”，而她作品中关于女性人格的现代构建，带来了台湾80年代新女性主义文学的亮点与希望。朱秀娟笔下最突出的人物就是事业型女性，如《女强人》《万里心航》《丹霞飘》等女主人公，这些作品为女性独立人格的构建发出了时代最强音。《女强人》自1984年出版以来，迄今已再版70多次，甚至岛内还掀起了一股“女强人”热，足见作品的影响力。小说主人公林欣华是一个高考落榜生，面对求学的挫折，她没有一蹶不振，而是以坚强的毅力和果敢的精神去闯自己的路。她从最底层的打字员做起，通过努力与磨炼，逐渐成长为有胆有识、精明强干的商界女强人。林欣华对爱情的选择同样体现了她对女性自我意识的维护与尊重以及不为“情”所役的理性态度。她两次拒绝家境优裕但有着大男子主义思想的追求者，因他们希望林欣华能放弃自己的事业、退守家庭做一个相夫教子的贤妻，这是林欣华不能接受的，她拒绝以牺牲自我价值为代价的爱情。林欣华最终选择了理解并支持自己事业的穷教师叶济荣，这是作家对女性独立自主的现代意识、主体意识的高扬。

“闺秀文学”大概出现于20世纪70年代中期至80年代中期，代表作家有朱天文、朱天心、蒋晓云、张曼娟、萧丽红、吴淡如等。闺秀文学的创作，在很大程度上受到了张爱玲的影响。从70年代中期到80年代中后期，台湾文坛对张爱玲的倾心和崇拜，可谓是“倾城之恋”。从创作题材看，对情爱红尘的书写，成为闺秀女作家共同关注的领域。不过不同作家这类书写又呈现出不同的风格、特色，或以揶揄的口吻拆穿爱情幻象，或以保守的姿态传达爱情哲学，或以浪漫的情怀虚构灵肉分离的“洁净爱情”，或以现实的态度揭示“速食式爱情”。总体而言，闺秀文学以保守的文化态度，表达生活在现代社会中女性的传统婚恋观，强调爱情的依附关系及对夫唱妇随、安分守己婚姻模式的认同。

萧丽红（1950—），台湾嘉义县人。萧丽红以《千江有水千江月》一书而拥有广泛的读者群。萧丽红迷恋中国传统文化与旧式女子，向往的是古朴典雅的爱情世界，可以说，萧丽红是以鲜明的文化怀旧态度来对待生活与创作的。这种传统的、女性的、乡土的底蕴，使得萧丽红的小说具有一种清新、脱俗、超然的气息。萧丽红小说中给人印象深刻的是乡土台湾社会中的旧式女子形象，这些女性性格保守，认命并依附男性，在她们身上寄寓了男权社会对女性的价值期盼。《千江有水千江月》中，贯穿全书的意识就是《三字经》《千字文》《劝世文》《妇女家训》所呈现的民间处世哲学，女主人公贞观从小受到的也是这种封建伦理道德的教育。所以从某种意义而言，这是一部宣扬传统女德、妇道之书。不过，由于小说抒情的语言特色、舒缓的叙事节奏、古朴的民风民情，使得小说极具艺术魅力，而这在某种程度上掩饰了萧丽红小说女性意识的保守与古旧。

五、20世纪90年代：世纪之交背景下的女性文学走向

进入90年代，台湾文化多元的发展格局形成，后现代文化思潮与女权运动再掀高潮。在后现代主义文化思潮的影响下，90年代台湾女性文学中的政治论述与情欲书写大行其道，凸显出颠覆与另类的创作面貌。这一时期的女性文学开始大量涉足女性情欲，彰显女性的生命主体和欲望世界。以李元贞、袁琼琼、苏伟贞、朱天文等为代表的女作家们，以叛逆的姿态，向历来是男权文化为主导的情欲禁区发起冲击。

李元贞（1946—），湖北荆门县人。李元贞作为一位大力推动妇运的学者，其文学创作也与妇运实践紧密结合。长篇小说《爱情私语》打出“良家妇女的黄色小说”的招牌，以激进的女性主义立场，对女性身体自主的理念做出文学阐释。李元贞表示要通过小说“把性光明正大地还给女人”，“松懈社会片面加诸女性的桎梏，让女性从性的盲目与暧昧步出而迈向性的启蒙与大明大白”[①]。

苏伟贞（1954—），广东番禺人。苏伟贞的《沉默之岛》被称为是以爱情故事

① 王瑞香：《爱情私语·序》，自立晚报文化出版部1992年版，第3页。

的形式所作的关于人的欲望的实验报告。小说女主角晨勉身世奇零，秉性特异。父亲是个一路嫖妓的货车司机，母亲在忍无可忍之下将丈夫杀死。长大后的晨勉对自己的身体和传统伦理道德发生质疑，她会为商业利益而卖身，又因受传统文化制约而有负罪感。她足迹遍及香港、新加坡、欧美等地，一路和不同男人发生性关系，却只有情欲而无爱意，内心痛苦而绝望。小说揭示了女性在情爱生活中独特的身心感受。作品设计了两套对称的人物与情节，两个女主角都叫晨勉，但身世背景不同，性格反向发展。小说通过这样的安排，让女性的自我互为见证，而对情欲生活的审视，也就成了女性了解自我、发现自我的过程。

90年代台湾女性文学的情欲书写是大胆而前卫的，这一时期涌现出很多同性恋题材的作品。可以说，女作家对同性恋的书写，不仅体现着一种穷尽女性情欲世界的努力，更以边缘文化的想象实践着后现代主义对于中心和秩序的颠覆。朱天文的《荒人手记》讲述了主人公小韶与三个同性间的情色恋爱故事。小说借同性恋题材为边缘族群的心灵画像，作品中人物的无根性，患游离症且常年不愈，成为遭社会遗弃的“荒人”。作者借这种情欲书写来传达某种政治认同。相比较而言，90年代的同性恋书写与80年代有很大不同，80年代女作家的同性恋小说更多描写一种精神上的“姐妹情谊”，而非肉体上的欲望迷乱，甚至对“性”采取一种规避与否定的态度。90年代的同性恋写作，则凸显了隐秘的情欲，重新阐释“情”与“色”的关系，极力铺陈欲望场面，将同性恋者从精神到肉体的世界都展露无遗。这类作品主要有陈雪的《恶女书》《恶魔的女儿》，邱妙津的《鳄鱼手记》《蒙马特遗书》，洪凌的《异端吸血鬼列传》等。应该说，这些作品对边缘议题的开掘，对中心话语的解构，使其具有后现代文本的色彩。不过，在文学商品化的时代，这类作品如何避免落入色情窠臼、提升文学品格，是需要有志此道的女作家们认真反思的。

第二节 李 昂

对于台湾女性文学而言，李昂是一位重要而独特的作家，被称为台湾文坛的"怪杰"。其作品大胆涉及性领域，并通过性来揭示台湾女性的命运问题，呈现出鲜明的女性意识，也因为作品中的性问题，李昂一直备受争议。

李昂原名施淑端，1952年出生于台湾彰化鹿港小镇——一个古老的文化重镇。李昂家境富裕，从小接受了良好的传统文化教育。大姐施淑是文学评论家，二姐施叔青是著名的小说家。李昂在父亲和姐姐们的影响下走上了文学创作之路。1970年考入台北文化大学哲学系，大学毕业后，1975年李昂到美国俄勒冈州立大学戏剧研究所就读，1977年取得戏剧学硕士学位，1978年回台。回台后的李昂，一边在文化大学中国文学系教书，一边从事文学创作活动。

李昂在中学阶段就已开始了文学创作，14岁开始尝试写长篇小说《安可的第一封情书》，16岁写作《花季》，后发表于《微信新闻报》副刊，并被选入尔雅出版的《五十七年短篇小说选》，由此，李昂引起文坛关注。在之后的创作中，李昂不断寻求自我突破，每一阶段都有不同主题的书写并获得肯定。1980年，《别可怜我，请教育我》获时报文学奖报道文学首奖；小说《误解》获小说甄选奖佳作。1983年，小说《杀夫》获《联合报》中篇小说奖首奖，并被译为美、德、法、日等多国文字，奠定了李昂在台湾文学史上的地位。1988年，《爱情试验》获联合报文学佳作奖。2002年李昂获得赖和文学奖，这是赖和文学奖第一次将奖项颁给女性作家。2004年，法国文化部颁给李昂“法国文化艺术骑士勋章”，这是法国文化的最高荣誉，也证明了李昂的影响力已走出台湾。

在创作不断带来反响的同时，李昂也因为作品中的“性”及与之相关的道德评价问题成为“最引起争议的作家”。从《人间世》到《杀夫》《暗夜》再到《北港香炉人人插》，李昂一次次招致非议与谩骂，甚至于有的报纸以社论来指责李昂诲淫诲盗。“人们很容易认为，我会写这样的小说，私生活也一定很随便，而可以对我为所欲为，可以借此以性来羞辱我。”①事实上，李昂是一个问题意识强烈的作家，她不过是借由“性”来反映社会问题。“‘性’只是当时我关怀的，用来批判社会，或者是借用来展露一些在这样压抑社会下的人性问题。‘性’当然是找寻自我，探索人怎么样去超越自我、建立自我的过程中一个很重要的点。”②很多时候，李昂小说中的性描写是反抗既有权威的象征。“李昂的小说，给人的感觉，是那么迫切的欲用性来探讨女性在爱情、个人、学校、家庭、社会中的种种问题。她认为，性是‘与自身最有关的一个要素’，因此是‘冲破那约定了的社会’的‘最深刻的方法’，而在这个女权享有相当地位的社会，却在‘性’方面有着种种封闭的，不合理的限制，造成女性在性成长过程中强烈的挫折与伤害，这种现象，令到李昂在她的小说中，往往呈现大胆的性行为及反传统的性观念，借着性传达反抗封建社会的态度。”③

纵观李昂的创作历程，从20世纪60年代到21世纪初，呈现出鲜明的阶段性变化。

60年代末期，这是李昂的文学起步阶段，当时的李昂还在读高中。这一时期李昂创作了十篇小说，收在《混声合唱》一书中，包括《花季》《婚礼》《混声合唱》《有曲线的娃娃》《海之旅》《桥》等，后由洪范出版并改名《花季》。早期这些小说深受西方现代主义思潮影响，尤其是心理分析与存在主义的影响，表现少女内心的自我挣扎、叛逆意识等。《花季》讲述一个十六岁的少女，受童话故事的

① 李昂：《我小说中的女性》，《花间迷情》，大块文化出版有限公司2005年版，第226页。

② 邱贵芬：《（不）同国女人聒噪》，元尊文化1998年版，第99、100页。

③ 贺安慰：《台湾当代短篇小说中的女性描写》，文史哲出版社1989年版，第92页。

影响，突发奇想逃课去寻找一株圣诞树。在被陌生中年花匠骑车载往郊外花圃的路途中，少女的心理交织着好奇与恐惧，浪漫的遐想伴随着对性与暴力的警觉。最后一路平安，什么故事都没有发生。少女既恐惧害怕又禁不住渴望自己担忧的事情发生的潜意识心理，以一种内在的紧张感，揭示了青春期少女性意识的萌发，并通过这样一种心理冒险完成了自我的成长。《有曲线的娃娃》叙述一个母亲早逝的已婚妇女，迷恋娃娃的情结，这些娃娃虽材质、形貌不同，但都有着丰腴高耸的乳房。小说通过女性对乳房的迷恋，揭示女性身体情欲的觉醒与自主性追求。文中女主人公在幻觉中总是看见“一对黄绿色眼睛”，这“黄绿色眼睛”既是女性自我欲望的象征，也是自我障碍的象征。可见，早期李昂的创作已将笔触深入到女性意识的深层去探索。

70年代以来，李昂的女性意识更加凸显，作品具有鲜明的女性主义特色。“她的大学时代正处于台湾女权运动兴起、发展期；赴美求学时，她还因此亲身感受了西方的女性意识；加之回国后长期为《中国时报》撰写一个有关妇女问题的专栏，李昂广泛地接触到各类妇女问题，这更坚定了她创作中的女性主义倾向。”[①] 70年代开始，李昂小说创作的主题日渐丰富，70–80年代其小说可分为情爱与乡土两大类。其中情爱小说按创作时间又可分为人间世系列（1974—1984）、情书系列（1984—1986）和《暗夜》（1985）。人间世系列包括《回顾》《人间世》《讯息》《昨夜》《爱情试验》《最后一场婚礼》等15篇。这些小说均以女性为中心，探讨女性成长、情爱、性、社会、责任等问题，主要诉说女性与爱情的纠葛。《人间世》讲述了女大学生因对性一无所知，在与男友发生关系后由于恐慌害怕，求助于学校的辅导中心，在被训导处知道后双双被退学，女大学生由此发出“我不知能去相信谁”的哀叹。小说批判了台湾教育界的诸多问题，如学校、家庭“性”教育的缺失，学校以惩罚为目的的教育手段等，体现了李昂小说“以性言他”的特点。《讯息》探讨的是女性的贞节观对婚姻的影响。小哥与女友含青曾发生过性关系，母亲由于双方家庭的差距而坚决反对两人结合，小哥无奈出国读

① 王列耀、黄红春：《李昂——台湾文坛的“怪杰”》，郑光东、陈公仲主编：《世界著名华人女作家传·台湾卷二》，百花洲文艺出版社1999年版，第67页。

书。四年后小哥回国，这时他已明显感受到两人之间的差距，彼此并不适合生活在一起。含青由于自己已不是处女，担心被嫌弃而不敢嫁给他人，只有苦苦等待小哥，小哥也认为自己应该负起责任。在性与道德的十字架下，两人准备结婚，一直反对两人结合的母亲在知道实情后也不再反对。这里，贞节成为婚姻选择的首要考虑因素，而两人是否有共同语言、性格是否相合等反倒是不重要的，李昂借此对传统贞节观提出了质疑。

情书系列收录在《一封未寄的情书》集中，包括《一封未寄的情书》《曾经有过》《甜美生活》《假面》四篇小说。这一系列小说的创作是由于李昂因《杀夫》《暗夜》备受攻击，于是带有些赌气地写了这一类纯情的爱情小说。不过这些作品依然体现了李昂写作的问题意识，“在这一系列情书方式写成的小说里，我仍希望至少探讨到一些问题——《一封未寄的情书》里的时代变迁，《甜美生活》里台湾新兴的中产阶级。同时，在《一封未寄的情书》与《假面》里，我想借此训练处理不同叙述观点在小说里融合的可能性。”[①]因而，这些小说在刻画现代女性情欲困境的同时，也如实地再现了当代台湾社会的样貌。

创作于1985年的《暗夜》主要描写资本主义社会中尔虞我诈的情爱关系，描写人性的黑暗面，暴露现代都市人复杂虚伪的性爱关系。李昂曾说：“《暗夜》的题材虽然是我编纂出来的，不少工商业界的朋友看过，都兴致的告诉我，相类似的故事发生在他们周遭的人身上。《暗夜》里写的人性、表现的事件，是现代社会的缩影，大概也因此，能赢得许多人的共鸣吧！”[②]小说借由四男二女六个人物牵引出一串“外遇连环套”的故事。电子工厂老板黄承德，因自幼家贫，造成他对财富的追逐，而在有了财富后，黄承德在外包养情妇，冷落了妻子李琳。报社记者叶原，利用职务打探股票内幕消息，供黄承德炒股赚钱，而叶原一边勾引朋友之妻李琳“红杏出墙”，一边又与大学刚毕业的杂志编辑丁欣欣寻欢作乐。丁欣欣的男友当兵不在身边，于是丁欣欣成为叶原的情人之一，与此同时，其又与留美博士孙新亚发展关系。哲学系毕业的研究生陈天瑞，一直暗恋丁欣欣，当发现丁

① 李昂：《写在〈一封未寄的情书〉前》，《一封未寄的情书》，洪范书店1986年版，第2页。

② 李昂：《写在〈暗夜〉前》，《暗夜》，时报1986年版，第4页。

欣欣、叶原、李琳之间的关系后，他将这一切告诉了黄承德，本打算通过黄承德借刀杀人，报复叶原，但黄承德明知真相却不揭穿，因为他还需要利用妻子来获取内幕消息。《暗夜》中每一个人都对情感不忠，彼此之间构成了一张错综复杂的情感游戏网，叶原与李琳、丁欣欣，黄承德与妻子、情妇，丁欣欣与叶原、陈天瑞、孙新亚，这张网络充满着赤裸裸的欲望、谎言与背叛。李昂通过这些畸形的、荒唐的男女关系来探讨现代都市社会人性的沉沦与道德的堕落。

70—80年代，李昂小说创作的另一种类型为乡土小说，这些小说以故乡“鹿港”为创作背景，称为鹿城故事系列，包括《辞乡》《西莲》《假期》《蔡官》《色阳》《归途》《杀夫》等。《杀夫》作为这一时期李昂的代表作，也是台湾女性文学的经典之作。小说将批判矛头直指男权社会规范及传统观念对女性的摧残、压迫。李昂1979年即开始动笔，不过写了个开头便停了下来，在行李箱中搁置了大约四年，仍不知如何继续着笔。“直到开始写专栏，对妇女问题有进一步的思索，才替‘妇人杀夫’找到了一个明确的、新的着眼点，想写一个就算是‘女性主义’的小说吧！”[①]《杀夫》原名《妇人杀夫》，故事原型取自《春申旧闻》中一则社会新闻“詹周氏杀夫”。李昂将原本发生在抗战时期上海的社会事件移植到日据时期的鹿港小镇，因为“这样才能显现出我企图对台湾社会中两性问题所作的探讨，更为了要传达出传统社会中妇女扮演的角色与地位”[②]。小说于1983在报上连载，并获得当年《联合报》中篇小说首奖，获奖后改名《杀夫》，不过李昂更喜欢原来的名字。因为“妇人杀夫”是一个结构及意义都完整的陈述句，不但陈述了一个两性尖锐对立的状态，而且还陈述了一个女性反抗传统秩序的状态。

小说以古老的鹿城为背景，展现了女性所遭遇的悲惨生活，女性只是男性泄欲的工具。女主人公林市出身贫寒，父亲早逝，她和母亲被叔叔霸占房子后赶出家门，母女二人只能住在破庙里乞讨度日，经常忍饥挨饿。在许多天未进食饿得奄奄一息之际，母亲为了两个饭团出卖了自己的身体，却被少不懂事的女儿撞见。女儿告诉了族人，于是母亲被族人以不贞节的罪名沉江致死。此后林市寄养

① 李昂：《写在书前》，《杀夫——鹿城故事》，联经出版事业公司1983年版，第8页。

② 李昂：《写在书前》，《杀夫——鹿城故事》，联经出版事业公司1983年版，第8—9页。

在叔叔家中，成年后被叔叔卖给屠夫陈江水为妻，而这是林市噩梦生活的开始。陈江水只是将林市视为满足其性欲的工具，长期对其施行性虐待。最终在忍无可忍之后，林市举起了杀猪刀，将陈江水当作一头猪一样杀死了。小说通过两代女性的命运，展现了男权统治下女性的非人生活与悲惨境遇。

《杀夫》揭示了封建父权及夫权对女性血淋淋的压迫与摧残。一方面是以林市叔叔为代表的封建宗法势力，不仅霸占孤儿寡母的财产，在知道林市母亲失身于一军人后，动用封建族权的力量将林市母亲处死。后林市叔叔虽收养了林市，也不过将其当作丫头使唤，并为换取长期吃肉不要钱的“肉票”，将林市卖给四十多岁的屠夫为妻。另一方面是以陈江水为代表的夫权统治，由于陈江水掌握家庭经济权利和男性役使权利，他对林市进行肆意的性虐待，并以食物为威胁来满足自己病态的快感。林市为了免于饥饿，只能默默忍受丈夫施加给自己的性暴力。性欲这一人类本能的需求以暴力的方式成为压迫女性的根源，将女性变为可以买卖的商品，供男性泄欲的工具。当林市不甘被丈夫性虐待而有所反抗时，陈江水则以不提供食物来逼迫林市，并一再阻止林市寻求经济来源的出路，甚至从肉体到精神层面不断地摧残林市。比如故意让林市到猪灶去工作，当林市看到杀猪的血淋淋的场景并接过陈江水扔给她的猪内脏后，终于受不了刺激而晕倒。《杀夫》除了揭示这些来自男性的压迫，还揭示了来自替男权社会发声的女性的精神压迫。小说中的阿罔官因丈夫早死而守寡，压抑的情欲让她会隐在两家间隔的矮土墈墙处偷听夫妻房事，从这个层面而言她本身也是封建礼教的受害者。不过阿罔官却没有以同情的态度看待林市的遭遇，而是以尖刻的批评来弥补她生命的损失，她总是在背后无端地指责、讥笑林市。当林市忍无可忍挥刀杀夫后，阿罔官们又以比男性更强烈的愤慨，指责林市是“淫妇”“逆伦”。可以说，阿罔官们已将男权意识形态内化到自己的血液中，成为男权社会的帮凶。如果说陈江水是从肉体上蹂躏林市，那么阿罔官们则是从精神上对林市施虐。而阿罔官从男权社会的受害者成为男权社会的帮凶，更深刻地揭示了男权意识对女性毒害之深。

李昂在揭示男权社会对女性压迫的同时，也写出了女性的觉醒与反抗，尽管有时这种觉醒是不自觉的。林市在肉体与精神的双重压迫下，没有一直逆来顺受，她开始了反抗之路。首先，当林市偶然听到阿罔官与一群女人议论她被丈夫性虐待时发出的叫声后，她从此不再发出哀叫声，无论陈江水如何折磨她，这是她维护女性自尊的开始。当陈江水用食物来威胁、引诱她，林市也不肯就范，不再以“性”来换取食物，拒绝被物化。接下来，林市意识到她需要有经济来源，只有这样才能真正独立。林市买了小鸭子，希望鸭子养大后生了蛋，这样可以拿去换食物。不过当陈江水知道林市养鸭子后，他失去理智地将鸭子全部砍死，因为林市寻求经济独立的意识触痛了他的男性自尊，意味着他可能无法再通过食物掌控妻子，这也就是为什么他看到鸭子后会有那样疯狂的反应。鸭子的死还没有让林市绝望，她开始外出寻找工作，“终于有个黄昏，看讨海人纷纷回家，林市走出屋子，沿着陈厝庄一条石子路朝前走，沿门问询是否需要帮手。‘好心的阿伯，我什么事都愿意做，只要有口饭吃。’林市喃喃的一再重复”[①]。可见，林市愿意凭着自己的双手养活自己，不愿再依附丈夫。不过由于她是杀猪仔的妻子，没有人愿意雇用她。林市两次寻求经济独立都以失败告终，这说明当时的社会没有给女性提供经济独立的机会，使得女性只能依赖男人。而没有经济权依赖男人又让她们备受男性的奴役，这成了一个恶性循环。最终，林市在忍无可忍的精神恍惚中，将陈江水砍死，这也是其反抗之路的终点，而这一结局蕴含了对男权统治秩序的反叛与颠覆。“在象征意义上，可说是代表了对于女性遭受物化的反抗与控诉，将女性分崩离析、饱受切割的自我主体，投射到男性的肉体上。”[②]

《杀夫》揭示了男权压迫下的女性的抗争，体现了李昂站在女性本体意识上对女性命运的深刻思考，而这也是李昂创作中始终关注的问题。“我真的很想试试看可能不可能写出过去被埋藏在男性作家父权思想之下的东西。我想，终我一生，我还是对那所谓的feminine self（女性自我）非常感兴趣。”[③]李昂由此成为台湾新女性主义文学创作的先行者，《杀夫》也成了女性主义文学的经典之作。

① 李昂：《杀夫》，《爱情试验》，人民文学出版社1988年版，第86、87页。

② 张惠娟：《直道相思了无益》，郑明娳主编《当代台湾女性文学论》，时报文化出版企业有限公司1993年版，第55页。

③ 邱贵芬：《“（不）同国女人”聒噪》，元尊文化企业1998年版，第117页。

90年代以来，李昂的创作开始与政治产生联系，如《迷园》（1991）、《北港香炉人人插》（1997）、《自传の小说》（1999）。这些小说既可视为政治小说，同时也是探讨女性情欲的文本。在这一时期的创作中，李昂将情欲书写与政治认同相互渗透，在写实的基础上融入象征、意识流、时空交错等多种手段，以达到一种政治寓言的效果。

《北港香炉人人插》的出版，同样引发了社会争议，甚至引来一些政治人士的对号入座。小说集由四部中篇组成，分别是《戴贞操带的魔鬼》《空白的灵堂》《北港香炉人人插》和《彩妆血祭》。李昂对书中的女性人物这样评价道："本书中有些女性角色，有血有肉，勇于追求她们所要，在悲情=牺牲的对女性的桎梏中，活出自己的一片天空，不同的生命意涵。"[①]四篇小说中的女性多陷于政治运动的道德枷锁与女性情欲的纠葛之中。《戴贞操带的魔鬼》女主角由于丈夫被监禁，代夫前往欧洲参加秘密会议并投身于政治，甚至成为受难者悲情刚毅的象征。由于背负了政治的十字架、道德的贞操带，她压抑并封存自身的情爱欲望，被父权价值体系塑造成另一种生命形态。同样，《空白的灵堂》进一步探讨政治运动未亡人的情欲问题。林玉贞背负着政治受难者家属的身份，一座无形的贞节牌坊已树立在她周围。林玉贞没有因"添进嫂"的称呼而禁锢自己内心的欲望，而是大胆主动追求自我的情爱。《北港香炉人人插》讲述女性参政者林丽姿在了解政治运作的现实后，如何以身体颠覆男性、换取权力。小说通过性与权力的交缠，揭示女性人生的悖论与怪圈：当女性以性和身体轰毁男性权力和政治权力架构、追求性别认同的同时，却又是以扼杀女性自我及人格尊严为代价的。

尽管这一时期的小说多涉及政治问题，但真正的主题还是揭示女性命运与情欲心理，探讨女性和政治权力之间的相互关系，如李昂所说："我对于写政治事件没兴趣"，"我会以政治当背景，但不会作为主体，因为当这些过去后，所写的东

① 李昂：《自序：谁才是那戴贞操带的魔鬼？》，《北港香炉人人插》，麦田出版社1997年版，第45页。

西也就跟着过去了。我想表达的是女性在政治事件中做了什么样的人性表现。"[①]《自传の小说》同样也是透过政治来揭示女性命运的一部作品，小说讲述了历史人物谢雪红传奇的一生。谢雪红由养女、小妾成为台湾共产党的领导人，这其中历经种种困难与考验，但她始终不畏艰难，勇于突破自我的命运，开拓属于自己的一片天空。可以说，在谢雪红身上体现了女性自主自立的韧性精神。谢雪红原不识字，她让男人教她认字，因为她知道知识可以改变命运；当男人每天沉迷于吃喝嫖赌，谢雪红果断搬离夫家，通过教他人使用缝纫机、推销缝纫机开始新的独立的生活。此时谢雪红的理想是"希望能做一个欧美式的职业妇女——据说那种职业妇女依靠自己的劳动在经济上能够独立，免受男人的束缚，自由自在地掌握自己的命运"[②]。一方面，李昂肯定谢雪红这种女性独立意识，与此同时，李昂也注意到由于父权体制存在已久，女性往往不自觉地受男权思想的影响而不自知，在谢雪红身上同样也存在这一问题。在投入政治运动后，为了博取男人欢心换取知识与权力，谢雪红也曾将自己物化。如何看待这一问题？谢雪红不想被物化而有了反抗及出走，但有了独立意识之后仍用自己的身体换取权力。性、政治、权力以一种矛盾而又统一的方式纠缠在一起，成为这一时期李昂反复思考的问题。

这部小说李昂耗费十年才最终完成，除了因为琐碎事务占用了较多时间外，更主要是因为李昂"想找寻一种有别于过去编年史、事件陈述方式的政治小说写作，并试图探讨女性与权力、政治的书写关系，但由于可见的先例不多，在摸索过程中，自然倍感吃力"[③]。写作期间，李昂还走访了谢雪红住过的神户、东京、香港、上海、北京、莫斯科等，想设身处地去感受这一人物。因而，这部小说不仅仅是谢雪红的传记，很大程度上打上了李昂思想的印迹，是李昂借谢雪红这一人物来替广大女性发声。李昂在小说序言中发问，这是"谁的自传？谁的小说？"因为如果是自传，何以称为小说？自传何以由他人代笔？而如果是小说，又怎么

① 李昂：《我的小说写给两千万同胞看的——专访李昂》，李瑞腾编著：《累积人生经验，开创人文空间——文学尖端对话》(二)，九歌出版社1998年版，第71页。

② 李昂：《自传の小说》，皇冠文化出版有限公司1999年版，第69页。

③ 李昂：《谁的自传，谁的小说》，《自传の小说》，皇冠文化出版有限公司1999年版，第2页。

称为自传？小说名字的矛盾性，说明了小说视点的多元化。小说结尾，李昂这样写道：

> 望向日落西沉的海峡尽端，止不住的泪水潸潸滑落，
>
> 我不禁出声轻唤——
>
> 谢雪红。
>
> 我要找寻的，又岂只是你的一生。
>
> 谢雪红，
>
> 你的一生、我的一生……
>
> 我们女人的一生。①

可见，《自传の小说》不仅是谢雪红的自传，也是李昂的自传，更是女性的自传。

长篇小说《迷园》是90年代李昂最有影响力的作品，显示了作家更大的创作企图，以性别论述来探究文化建构。小说以两条线索平行展开，儿女私情与政治论述交错进行。每一章的第一小节讲述作为台湾文化象征的菡园的历史，叙述女主人公朱影红童年及少女时在菡园的生活，透过朱影红的视角呈现其父亲朱祖彦的一生，这部分构成小说关于台湾历史与政治的讲述。每一章的第二小节讲述朱影红与地产大亨林西庚的情爱关系，这部分构成小说的性别论述。两条线索通过过去/现在、菡园/台北、父女关系/男女关系交织在一起，将朱影红的个人情欲史、菡园的家族史及台湾的历史融为一体。

小说中朱影红与林西庚的情爱关系充满着征服与被征服的角力关系，两人的权力关系此消彼长，展现出性的政治面向。第一次见到林西赓，身为大家闺秀的朱影红便爱上了对方，但当她决意依赖对方时，林西赓却提出分手，这让她感到痛苦与绝望。作为事业成功的地产大亨，林西赓是风月场上的老手，身边女人不

① 李昂：《自传の小说》，皇冠文化出版有限公司1999年版，第347页。

断。在交往初期，林西庚的强势让朱影红意识到，她和林西庚之间将是一场持久的争战。于是，朱影红通过与Teddy张发生关系获得身体的满足，从而让自己焦灼、骚动的欲望与心境平静下来，然后她开始从容地等待机会的到来。朱影红以一个爱情假想敌的设计成功地让林西庚回到自己身边，但她还是无法获得林西庚关于婚姻的承诺，即使她已怀了两人的孩子。最终，朱影红选择打掉孩子，并告诉林西庚没有要纠缠他的打算，这反而让林西庚不知如何应对。小说最后，林西庚与朱影红一起回到了菡园，这时两性关系的强弱发生了明显地变化。朱影红的自我意识及大家闺秀的尊贵感在菡园开始复活。而反观林西庚，他发现朱影红如菡园一般让他迷失并难以掌控，他终于向朱影红求婚。

在这场两性关系的角力中，朱影红由最开始的屈从、失去主体意识的弱势方逐渐转为主导两人情爱关系的强势方，而林西庚则由强势转为势弱。两性关系、男女地位的纠葛与互动，充满着令人迷惑的吊诡意味，当朱影红费尽心机得到林西庚后，林西庚却失去了男性功能。"就此角度而言，《迷园》可说是赤裸裸地暴露了在两性互动、社会规范之下，所谓男性特质（masculinity）与女性特质（femininity）的流动诡谲。"①《迷园》中的男性多以弱势形象出现，而女性则坚强、包容、有担当，从朱家先祖朱凤之妻陈氏将朱凤从宗谱除名，独立延续朱氏血脉，到母亲为消颓自弃的父亲承担起生活的一切，再到由女儿朱影红重新买回菡园并将朱凤纳入族谱，女性非但不是依附于男性生存的弱者，反而成为男性存在的精神力量，甚至是家族历史的建构者，从而颠覆了长久以来女性在国族家族中作为空洞能指的历史。其实，对于男性的"去势化"书写是李昂女性主义文学创作的一个重要特点，李昂的很多作品都有这一类无能的男性形象，如《色阳》《西莲》《自传の小说》中女主人公的丈夫。可以说，"去势化"书写是李昂抗争父权社会的手段，也是其建立女性自主意识的策略。

新世纪以来，李昂陆续还有作品问世，包括《看得见的鬼》《花间迷情》等。2005年的《花间迷情》是李昂第一部以性别越界来阐述女人之爱的长篇小说，讲

① 彭小妍：《女作家的情欲书写与政治论述——解读〈迷园〉》，《北港香炉人人插》，麦田出版社1997年版，第286页。

述了四个女人的情爱故事。这个故事不只是关于女同志，而且是关于女人，关于女人之爱的，李昂借此探讨女性对性、爱、身体及自我的追寻。可见，女性的情感、欲望及命运是李昂创作始终关注的点。“李昂痴迷追寻的，仍是那个‘女性最深处的本质’。在李昂对这个存在主义式的问题的执着深情里，我似乎看到了一位艺术创作者对人性最深层的探触。”①

对于李昂而言，其小说最出色的部分，就是以女性主义视角观照与审视社会问题，大胆写“性”并以“性”来反抗男权社会，消解男权文化诉诸女性的他者地位，揭示女性本能欲求和社会规范的双重纠葛，正视女性被遮蔽的生命本相。李昂的“性反抗”包括三个方面，对残留封建体制的反抗、对男性沙文主义为中心的社会规范的反抗以及对传统性观念的反抗。故而，尽管李昂的作品会有不少的性描写，但她不是“以性言性”，而是“以性言他”，以“性”来揭示社会问题，这与当下一些“以性言性”的色情书写还是有着根本的区别。

在创作方法上，李昂熔中国传统与西方现代技巧于一炉，既有中国传统文学的工笔、白描等手法，又吸收西方现代派文学的技巧，比如李昂很善于利用梦境来表现人物的潜意识心理。《杀夫》中，林市在第一次月经来潮后的梦境暗示了她的性成熟和对男性的恐惧。《迷园》中朱影红在林西赓离去后梦见自己被鲨鱼咬碎了，以此暗示朱影红对林西赓的依赖，他的离去让她痛彻心扉。此外，李昂的小说还善于营造诡谲阴森的氛围，尤其是“鹿港式”的神秘怪诞，形成其小说独特的美学风格。总之，李昂以泼辣、强悍、新异的文风，突破了以往“闺秀文学”温文尔雅的软性格调，成为台湾女性文学发展史上具有里程碑意义的作家。

① 邱贵芬：《“（不）同国女人”聒噪》，元尊文化企业1998年版，第95页。

第八章

Chapter 8

香港女性文学

第一节 香港女性文学概述

20世纪60年代以来，伴随着经济的迅速发展，香港逐渐成为一个国际化大都市。作为东西方文化的交汇地，一方面，香港受中国传统文化的影响，另一方面，它又吸收了来自世界各地尤其是西方的文化。正是在这样东西方文化碰撞的氛围中，香港女性文学走出了一条中西文化交融、雅俗互渗互补的独特道路。可以说，香港女性文学具有强烈的女性现代意识和鲜明的都市文化品格，在中国女性文学的总体格局中显示出独特的思想内涵、艺术特色和文化价值。

一、香港严肃女性小说创作

香港通俗文学一向发达，不过也有一部分女作家坚守纯文学的创作领地，用作品反映香港繁荣兴旺而又光怪陆离的社会生活，揭示都市人隐秘的心灵世界，并建构香港的本土意识。这部分归为严肃文学的女作家有施叔青、钟晓阳、西西、黄碧云、李碧华、陈娟等。

西西（1938—），原名张彦，广东中山县（现中山市）人。50年代从内地来港定居并开始其文学创作生涯。早期西西的小说多以异域生活为题材，如《墨西哥可可糖》《圣泰克鲁齐》《法国梧桐》《十字勋章》《奥林匹斯》等，这些小说以异域题材及带有幻想的童话风格来寄托作者的理想。此外，西西短篇小说还有一个

"肥土镇"系列，后来这一系列演化为一部以肥土镇为背景的长篇小说《飞毡》，讲述一个小镇的兴衰，不过这个小镇有着浓厚的香港历史痕迹，如华洋杂处、商业发达、印度看门人等，城市的发展史是这部小说的基本主题。此外，《浮城志异》《我城》也都以城市为主角，体现了作家强烈的香港本土情怀。从《我城》开始，西西关注并书写香港下层社会敬业乐业、积极面对坎坷人生的"小人物"。西西写女性尤其是写女性婚恋的作品并不多，主要有《感冒》和《像我这样的一个女子》等，后者讲述了香港殡仪馆两代女化妆师与爱情婚姻无缘的悲剧：一个是"我"的姑母怡芬，昔日山盟海誓的恋人因姑母的职业而与之分手；一个是"我"，姑母的不幸遭遇使"我"心有余悸，当男友捧着鲜花来赴约，"我"的心中却充满告别的悲戚，因为在"我"的职业中花朵具有啃别的寓意。作者一方面对从事特殊职业的女主人公满怀崇敬，一方面又流露出对纯真爱情理想的悲观心态。小说《哀悼乳房》讲述女主人公患上乳癌后对身边事物、朋友及自己生命的所思所感。无论是发现自己患了乳癌，还是手术后失去乳房，西西都用一种平静的叙述语调来显示女主人公面对死亡威胁和失去健全人生的豁达，体现了女性身上一种坚忍顽强的精神。在艺术技巧方面，西西的小说受现代主义前卫作品影响，表现出较强的"实验性"特征。应该说，西西以其对严肃文学的执着，坚持不懈地探求现代小说艺术而在香港文坛独树一帜。

施叔青1978年移居香港，创作了以"香港的故事"为总题的系列小说，这些小说将视角对准香港上流社会。施叔青以冷峻的笔触写出了香港上流社会尔虞我诈、钩心斗角的种种丑恶。这一系列小说的主人公多为香港中上层女性，施叔青展现了她们追求金钱与物质享受的苍白灵魂，揭示了她们精神的苦闷与空虚。她们有的出于爱情的饥渴，寻找婚外情；有的为了虚荣心，纠缠有钱有势而实际并不爱她的男人；有的因不能生育，以做善事来慰藉孤独的心灵。作者探求商业文化背景下上流社会各色女性的心态，《愫细怨》是其中代表性的一篇。女主人公愫细是有着复杂性格的现代女性。丈夫有了外遇后，两人离婚，婚变的打击并未使她萎靡不振，她在工作上积极努力。对愫细而言，精神自由比经济独立更为重要。此后，她因为欲望和孤寂而投入粗俗不堪的澳门小老板洪俊兴的怀抱，愫细很明白自己不过是这个没有教养的土老板生命中小小的点缀，两人的家庭出身及教育背景的差异让她倍感屈辱。愫细对自己充满了厌恶与绝望，但她又摆脱不了肉体的欲望。小说最后，她一人来到海滩上大力呕吐，“呕到几乎把五脏六腑牵了出来”。这一描写富有深意，可视为作家对建立在纯粹欲望关系上的两性关系的否定，以及对女性人格尊严的呼唤。《香港的故事》中还有一类为了金钱、物质而出卖色相的女性，如《一夜游》中的雷贝嘉。雷贝嘉出生在贫困家庭，长大后错误地认为女人要想摆脱贫困、过上富足的生活就得依靠男人，而婚姻是女人依附男人最名正言顺、最简便的方式。于是，雷贝嘉开始了她的追逐之路。她先是追求英国青年菲利普，不过很快就转向年龄可以做她父亲的伊恩，成为其情妇，接着又投入电影编剧梁辛的怀抱。雷贝嘉如一只嗅觉敏锐的猎犬，随时准备捕获猎物。此外《情探》中的严蕊蕊也利用自己的身体作交换。与雷贝嘉不同，严蕊蕊受过高等教育，文化素养与精神追求都与雷贝嘉不在一个层次上，但不幸的是，在这个物欲横流的社会，严蕊蕊为了出国的机会而不惜出卖自己的身体。40年代张爱玲的小说中就有这样的女性，张爱玲称这种依附性为“妇人性”。施叔青笔下的这些女性较其前辈更有条件追求独立，她们不是不能独立而是不愿独立。施叔青通过这类女性形象的塑造，揭示了这种依附性的社会心理根源，它是长期性别文化积淀的结果，并且不会随着社会的发展而轻易销声匿迹。《香港的故事》旨在揭露金钱、拜金主义对人们的荼毒，及由此产生的畸形婚恋。尽管人物性格不同，身份各异，可她们对金钱表现出的态度却是一致的。此外，这一系列还多侧面地呈现了香港社会生活的风貌，其中展现的殖民地色彩、中西文化的碰撞、世纪末心态、物化世界等，使作品具有浓厚的时代气息和本土意识。此外，施叔青的《香港三部曲》以妓女黄得云的一生来写香港百年殖民史的沧桑，是一部颇具史诗规模及思想力度的作品，也体现了香港女性文学的新变化。

黄碧云（1961—），香港中文大学毕业，主修新闻及传播。90年代后兴起的香港小说家，其小说以一种离经叛道的暴力书写方式将残忍的现实呈现给读者，作品充满了一种末世悲凉感与荒芜感，形成了独特的叙事风格。代表作品有《盛世恋》《其后》《她是女子，我也是女子》《温柔与暴烈》《七宗罪》《突然我记起你的脸》《烈女图》《媚行者》《无爱记》等。在黄碧云的小说中，爱情是非常虚无的概念，浮世男女都只能在无法自主的关系中寻求不可能得到的温暖。虽然黄碧云大部分作品写的是情爱故事，但写情爱却多半没有爱情，因为作者认为“真爱是没有的”，“要寻找一个有智慧、温柔、有节制、待人敏感的人，本身已经很难，还要找多一个就更难”[①]。《盛世恋》中的爱情并不像题目暗示的那样美好与惊心动魄，反倒是平淡无奇的。方国楚与赵眉也曾有那么一点动心，因这一点动心两人结婚了。不过，方国楚一直把爱情与结婚看作是世界上两个最大的谎言。婚后两人发现其实都没有很爱对方，两人之间似乎总有一种距离，就算靠近还是无法亲密相依。于是没有什么理由两人又离婚了，就像当初他们结婚一样。太平盛世里个人经历的最大的兵荒马乱不过是幻灭，爱情的幻灭、婚姻的幻灭、生活的幻灭以及生命的幻灭。黄碧云在小说中展现了面对爱、面对生命的各种无力与无奈，其笔下的人物一再沉溺于这种无望之中，只剩下孤寂与幻灭感。《她是女子，我也是女子》讲述了叶细细与许之行的同性爱恋，小说以叶细细的视角来看待她过往的爱情，以“我原以为我可以与之行厮守终身的”来开头和结束，奠定了小说感伤的基调。叶细细尽管对这段情投入很多，可是许之行的背叛及环境的不容，都让这段感情很快随风消逝，留给叶细细的徒有回忆与无奈。

黄碧云笔下的女性人物除了孤寂与幻灭，还有就是漂泊感。《爱在纽约》中的每一个人物都充满了漂泊感，小说中与宋克明交往的三个女性：叶细细来自越南，似乎来无影去无踪，最后死于涉嫌贩毒；陈玉来自台湾，非法劳工，四处躲藏；许之行来自北京，插过队，后到了美国，最后也离开克明。三个女性给人的感觉都是居无定所，四处游荡，在克明的生活中不断地介入又逸出。而宋克明的内心同样也是一种无所依傍的漂泊感，这是一个香港人在美国的生存感受。这种漂泊感不仅是爱情的无处归依，同样也是世纪末的港人对于香港这座城市的感知。此外，《烈女图》中黄碧云借由女性视角来写香港百年历史，从《我婆》《我母》《你》三个篇章中再现不同时代女性对命运、婚姻及情欲的态度，与施叔青的

① 李国威、张焕聘：《漂泊的年代——专访黄碧云》，《博益月刊》1989年第8期。

《香港三部曲》在视点的选取上有着异曲同工之妙。

在黄碧云小说中，很多人物的名字反复出现，如叶细细、赵眉、陈玉、许之行等，这些人名出现在不同的作品中，虽然身份、性格、命运有不同，但往往同一姓名人物身上会具有相同的特质，如赵眉多为冷静、有主见的女性，叶细细则体现了纵情生活的一类女性。这些反复出现的人名体现了黄碧云小说的书写策略，将不同作品中的人物联系起来，让读者在阅读中产生前生今世的无限想象，从而扩展作品的内蕴张力。整体而言，黄碧云的小说创作受西方后现代主义很大影响，她摒弃情节和人物性格，关注人物状态和心理感受，将丑陋、血腥、邪恶变成审美对象，注重意象经营及寓言式结构的营造，使得其不少小说成为典型的后现代文本。

二、香港通俗女性小说创作

受香港商业社会文化氛围的影响，香港通俗文学一直较为发达，自20世纪70年代以金庸、梁羽生为代表的新武侠小说格局基本定型后，言情小说开始百花齐放，成为这一时期通俗文学最为突出的现象。从作者来看，言情小说几乎成为女作家的“一统天下”，包括亦舒、林燕妮、严沁、岑凯伦、梁凤仪等。

亦舒（1946—），本名倪亦舒，原籍浙江镇海，生于上海，五岁随家庭来港定居。亦舒是一位高产的作家，出版的长篇、中短篇小说集及散文集高达两百多部。小说代表作有《喜宝》《我的前半生》《玫瑰的故事》《她比烟花寂寞》《银女》《独身女人》《流金岁月》等。亦舒的小说以都市为背景，现实性较强。由于亦舒正视现实人生的种种不如意，故其笔下的爱情不是浪漫的童话故事，也不是耽于梦幻的情感游戏，而是都市人真实的情感困境，其小说结局也多是不圆满的。亦舒透过其笔下的爱情故事，启发读者去思考社会与人生。由于香港社会高度的物质化，亦舒感受到了金钱对人的压迫与异化，小说《喜宝》揭示了拜金主义影响下的畸形婚恋。剑桥高材生喜宝为了让自己生存得更好，她不断地出卖自己。第一次她将自己卖给了一个能支付她一年大学费用的韩国人，第二次她将自己卖给了一个能让她过舒适生活的老人。当遇到勖存姿、勖聪恕父子后，喜宝非常现实地选择了父亲，于是她得到了想得到的一切。虽然喜宝获得了金钱与物质上的满足，但却耐不住感情与生理上的寂寞和空虚，她需要更为实在的爱情和属于自己的生活。当勖存姿发现喜宝另有所爱后，竟冷酷地当着喜宝的面，枪杀了她的男友。几年后，勖存姿去世，喜宝成为最富有的女人，但她明白，她虽得到了金钱，却失去了青春、爱情以及生命力。小说揭示了拜金主义对爱情的腐蚀与异化。

亦舒的小说重在书写香港中产阶级职业女性的情感及命运，表现都市女性精神上的成长，传达较强的现代女性意识，显示了女性创作的独特意义与价值。借"故事新编"来展示现代女性独立意识的《我的前半生》即是这方面的代表作。鲁迅的《伤逝》从男性的视角书写了涓生与子君的爱情悲剧，爱情让子君勇敢地宣称"我是我自己的"，并大胆冲出封建家庭的樊笼。与此同时，爱情又让子君迷失了自己。当涓生遭遇失业，并发现子君因家务而变得日益世俗时，怯懦而自私的涓生对子君宣布"我已经不爱你了"。这一打击无疑是致命的，瞬时将子君击垮。子君的死是因为她在经济上及精神上都不是独立的，这种依附性是造成她悲剧的主要原因。六十多年后，同样的故事在香港上演，只不过这次子君的命运不再是悲剧。《我的前半生》一改《伤逝》中涓生手记的叙事方式，而以现代女性子君的视角来言说。子君与涓生在大学相恋，毕业后两人结婚，子君做了十多年养尊处优的太太，没事就逛街、喝茶、美容，一直沉浸在"幸福"的生活中。事事依靠涓生，生活天地狭小，使得子君早已弱化了自己的生存能力，甚至连女儿都瞧不起她，认为母亲除了逛街喝茶，什么也没做过。早有外遇的丈夫忽然提出同她离婚，80年代香港的子君与20年代北平的子君一样，都遭遇被男人遗弃的命运。

亦舒对鲁迅的"人必生活着，爱才有所附丽"的理解主要体现在她对离婚后子君的描写上。在经历短暂的悲伤、失意、错乱后，子君很快开始了新的生活。她用涓生付给的赡养费给自己买了个小房子，让自己有安身之所；接着她又去找工作，从最基本的职位做起，用自己的劳动养活自己；然后她又发展自己的兴趣爱好，开始阅读、学习绘画、参加陶瓷班。这样的生活让子君的生命焕发了新的光彩，以至涓生再见到她后感慨她完全变了，甚至想要复合。子君却一口拒绝了，因她不再是从前依附于男性的子君了，她具有了独立意识及生存能力。20年代的子君没有更多的选择，“要么堕落，要么回来”，子君回归了旧家庭，在父亲的威严与他人的冷眼中抑郁而死。80年代的子君可以幸运地找到第三条出路，即靠自己自食其力、自力更生。两个子君遭遗弃的相同命运，揭示了女性根深蒂固的依附性及其导致的可悲处境；而两个子君不同的命运，固然与女性的独立意识、独立人格的确立有关，但更重要的还是时代背景、社会环境的变化。两代作家笔下的子君，由被言说到自我言说，由依附性的客体成长为独立性的主体，说明了时代的进步、女性的觉醒及性别立场的叙述差异。香港子君的故事，说明了女性获得经济独立并不意味着精神上也实现了真正的独立。子君在经历了从依附到遗弃再到自立，最终还是回归家庭，寻求好男人的保护伞，说明了子君们缺少自主生活的自信，也反映了传统性别文化的深刻影响。可见，实现女性在精神、文化层面主体意识的真正觉醒，道路依旧漫长。

都市、都市女性、都市女性中产阶级的生活方式，构成了亦舒小说的基本要素。亦舒描绘都市浮华背景下的“丽人行”，倾听她们的叹息，窥探她们的欲望。“亦舒是香港第一个将爱情小说定位于城市的作家。在亦舒的小说里，专制的家长、封建的社会制度都早被无形的资本主义体制取代。资本主义看不见的手不仅伸向个我的躯体，甚至渗透到个我的内心。亦舒小说探讨的，就是城市人在内化了（Internalize）资本主义价值观念后，所剩无几的‘爱的能力’。”[①]亦舒笔下的女性，与那个充满欲望的城市有着较为完好的结合。她们多人格独立、务实进取、有鲜明的港式意识，金钱对她们有着巨大的魔力，她们可以为之出卖青春和肉体，她们没有从一而终的婚恋观。她们的焦虑同政治和意识形态无关，所涉及的主要是如何面对在都市生活中已出现松动与裂痕的男权价值体系。面对这一松动的男权价值体系，她们所做的往往不是抗争，而是如何自处，即在欲望化都市中如何自怜、自珍、自强与自卫。因而，亦舒笔墨到处，便是更多地让其笔下女性

① 林达生：《亦舒新论》，《博益月刊》1988年第7期。

踏上自我解放的征程。由此可见，亦舒的爱情小说寄寓了作者对女性生存、女性出路及女性解放等问题的思考与关注。

林燕妮（1948—），原籍广东惠州。林燕妮以散文成名，不过某种程度上，其小说比散文更能体现她的内在心绪。由于在富裕家庭中长大，享受过完整而温暖的亲情、爱情与友情，林燕妮的爱情小说更注重探讨爱之永恒。执着的等待，不变的情意，把自己的生命意义全部寄托在另一人身上，没有怀疑，没有犹豫，为爱痴狂，这是林燕妮小说中主人公对待爱情的决绝态度。《痴》中的悠悠，爱洪骏爱得发狂，即便在洪骏死后，她依然割舍不了对他的爱。林燕妮笔下的悠悠们将爱情当作生命中的唯一，她们最大的烦恼，就是得不到理想的爱情。也许是现实中男女关系仍不够完美纯粹，为了寻找理想的爱情，林燕妮又将笔触转向人鬼恋，以人鬼恋的铭心刻骨来反衬现世中爱情的平庸沉闷，如《仙奴》《水仙》等。与现世中人的恋爱相比，人鬼恋是注定的、深情的、不渝的，能超越时空而获得永恒。林燕妮以自己对爱的独特感悟，为都市读者编撰着一个个情爱神话。林燕妮笔下除了这一类理想极致的爱情，还有一些反映香港上层社会女性婚姻、情感生活的作品，如金庸所评价的："她（林燕妮）所写的都是大都市中成熟的美丽而有钱的女性。她们的烦恼和愁苦其实没什么大不了，往往是她们自己的任性和高傲所造成的，然则，这毕竟是真实的哀伤。很少会有人把大都市中这些有钱小姐的烦恼写得这样真实。"[①]这些上流社会的女性，在浮华背后也有着千疮百孔的情感。《除夕》讲述了除夕之夜，女主人公因丈夫迟归而心生怨恨，决定出去玩乐来报复丈夫。她扔下哭闹的婴儿准备出门，在电梯口遇上劫匪被逼回家。在劫匪劫财后，她主动献上了"色"，为的是报复丈夫，而最后却为自己行为付出代价。小说揭示了一种极端乖戾的女性心理，以蹂躏自己去报复他人。此外，《恶妻》《堕胎的女人》等小说也都细腻地刻画了女性的潜在心理。《恶妻》是林燕妮少有的关注底层平民生活的作品，主人公阿娟因无力改变自己的处境，在贫困中度日，却又万分的不甘心。于是内心的欲望转化为施虐的冲动，每天对丈夫无休止的折

① 金庸：《用香水写的小说——序林燕妮的"爱情小说"》，《林燕妮作品选》，海天出版社1995年版，第2页。

磨，最终酿成悲剧。当然，林燕妮最擅长的还是表现上层社会女性的苦闷心理，她们的烦恼与失落。总的来说，林燕妮的爱情小说带给人的是一种美好的梦幻世界，只不过梦终归是会醒的。

梁凤仪（1949—），原籍广东新会，生于香港。梁凤仪首先是一个成功的商界精英，而后才成为言情小说家，商界的经历决定了梁凤仪小说创作的素材来源。梁凤仪的“财经系列小说”以香港的商界为背景，讲述财经界、商界的爱情故事。其塑造最成功的形象是在商场风云诡谲、钩心斗角、尔虞我诈中脱颖而出的一批女强人。如《豪门惊梦》中的振兴乔氏大业的顾长基，《花魁劫》中从柔顺的小妾成长为女强人的容璧怡，《花帜》中凭借正义、机智揭露当权者与巨贾财阀狼狈为奸的杜晚晴等。这些女强人不是天生的，往往有着一个成长过程，她们的前半生多半是男性社会的依附者，或是豪门小妾，或是望族少奶，或是偷渡的大陆妹，而促使她们自强自立的契机也都是被男人抛弃，于是走上自我奋斗的道路。如陈思和先生所总结的梁凤仪小说女性成长的三部曲，首先是依附男人生活，接着被男人遗弃，最后女人自强自立，与男人处于平等地位。这样一种先抑后扬的塑造手法，有助于强化女性在现代社会的独立自主意识。梁凤仪笔下的爱情，体现了现代都市中职业女性的情感困惑。在这些职业女性身上，充满了爱情与婚姻、道德与情感、理想与现实的矛盾，对她们而言，情感的抉择可能比事业的成功更加难以把握。此外，梁凤仪小说中，人物的结局往往大同小异，尤其是女强人最终都能获得成功，且成功看似较为简单、轻易，使得这一类形象具有很强的理想化色彩。应该说，这样的安排体现了作者对女性成功的期盼与自信，同时也具有强调认同女性能力及社会价值的作用，而这对于现代女性意识的建构无疑是富有正面意义的。

第二节 李碧华

在香港文坛，李碧华无疑是一个独特的作家。这种独特性首先体现在对其定位的困难，如果将她算作通俗小说家，她貌似通俗的文本却透出几缕被压抑的现代性；如果将她算作言情小说家，她的爱情文本却又蕴含着历史、宗教、美学等层面的思考。正如刘登翰在《香港文学史》中指出，“严格地说，李碧华的小说并不是一般的纯言情小说，它们有比爱情更丰富的内涵，在历史的、社会的、美学的、哲学的层面上所给人的思考，是一般的言情小说所不能比拟的。”袁良骏在《香港小说的可读性与局限性》一文中，先把她划入言情一派，后又归入浪漫派（理想派），便可见对其作品进行归类的困难。应该说，李碧华的小说创作游走于雅俗之间，“她的写作有着引人深思的‘边缘性’，既不在纯文学的中心苦思，又不在消费文化的阵营盘桓过久，尝试着走一条‘中庸之道’——其作品既不严肃到无人问津，又不俗到‘走火入魔’，而是熔二者于一炉。不走极端，好处是兼容并蓄，采众家之长，雅俗共赏，但往往不容易把握，难以界定。”[①]其次，这种独特性还体现在李碧华小说的取材，多来源于历史故事、神话传说及文学作品，将“故”事加以“新”编，蕴含新的传奇。再有，这种独特性还体现于李碧华小说的情节与情感上。李碧华小说情节离奇诡谲，生死离别、轮回转世、欲望诱惑、阴

① 刘登翰主编：《香港文学史》，人民文学出版社1999年版，第496页。

谋背叛、自杀暴力等是其小说的基本构成要素；而人物情感激越凄艳，李碧华让“情”穿越生死轮回却依然坚贞不渝，体现了一种极致之美。王德威这样评价她的小说：“李的文字单薄，原无足观。但她的想象穿梭于古今生死之间，探勘情欲轮回，冤孽消长，每每有扣人心弦之处。而她故事今判的笔法，也间接托出香江风月的现貌。”①

李碧华（1959—），原名李白，广东台山人。出生、成长于香港，学生时代曾向《幸福家庭》和《中国学生周报》投稿。1976年至今，曾任教师、记者、编剧等职，在《东方日报》等多家报刊撰写专栏及连载小说。香港文坛的金牌编剧及畅销作家，有“奇情才女”之称，也被誉为“新女性主义视角”的代表作家。李碧华从不在大众面前抛头露面，坚持不公开自己的照片、年龄、身世，给人一种神秘感。李碧华的代表作品有《霸王别姬》《胭脂扣》《青蛇》《生死桥》《潘金莲之前世今生》《秦俑》《诱僧》《川岛芳子》等。另著有散文集《白开水》《爆竹烟花》《红尘》《青红皂白》《戏弄》《镜花》《白发》《绿腰》《泼墨》等，此外还有短篇小说集《天安门旧魄新魂》《吃眼睛的女人》等。

李碧华擅长写“情”，她笔下多是古今穿越情不变，生死轮回爱依然之类的极致爱情。不过，这其中痴情的多为女子。可以说，李碧华小说中最具光彩的就是这一类痴情率性、敢于抗争的女性形象，如《胭脂扣》中的如花，《青蛇》中的白蛇、青蛇，《潘金莲之前世今生》中的潘金莲，《诱僧》中的红萼公主，《霸王别姬》中的菊仙、《生死桥》中的丹丹等。这些女性大都不符合传统观念要求的女性贤良淑德的标准，甚至背负“坏女人”的名声，她们或因不甘受蹂躏而惨遭扼杀，或因抗争而背上千古骂名。李碧华正是要通过这类“坏女人”来颠覆男性眼中的传统女性形象，以此质疑以男权话语为中心的父权制社会。在李碧华看来，“好女人只有一种姿态——通常是很柔顺的样子，坏女人却有很多面，她可以阴柔，也可以讨巧……探讨她们复杂的心理，这过程本身就像推理剧，案中有

① 王德威：《想像中国的方法：历史·小说·叙事》，生活·读书·新知三联书店1998年版，第389页。

案。”[①]故而，她书写了一系列具有叛逆、抗争意识的奇女子。

《胭脂扣》讲述了一个凄美冷艳的爱情故事，一个30年代去世的红牌妓女如花，从阴间来到80年代的香港，寻找她的情人十二少。当年两人相爱却不被家庭接受，于是决定双双服毒自尽。不过如花在黄泉路上没能找到情郎，于是她向阎王求情，宁愿下世投胎减少十年寿命，也要到阳间寻找十二少。可是最后的真相却是残酷的，原来十二少当年并没有死。当如花再见到十二少时，他已是一个穷困潦倒的老人，靠在片场做群众演员勉强度日，甚至连自己的姓名都丢失了。最后，如花将象征爱情的定情物——胭脂扣留在了人间，而她终无可留恋，断然消失，宁愿回到阴间，也不要再待在这个不可思议的人世。可以说，如花对爱人的找寻，对爱情的执着，以及她所有的抗争与努力都是徒劳和无意义的，她为之付出一切的真爱，最终证明不过是一场幻梦。“作品的深刻之处，是从一个女鬼的爱情中确立了一种地老天荒之也不能抛弃的价值观。它们是永恒的，以此来对应当代社会易碎的人伦关系。”[②]小说中出现的一对现代恋人袁永宝和凌梦娟，他们与如花形成一种对比。两人虽为恋人，却是为了互相方便才走到一起，他们对婚姻并不热衷，生活与工作的压力又让他们心浮气躁，以自我为中心。他们会感动于如花对爱情的坚贞不渝，但也就仅此而已。小说结尾，收音机里传出点唱的歌曲《卡门》，一个女歌手骄傲地唱道：“爱情不过是一件普通的玩意，一点也不稀奇。男人不过是一件消遣的东西，有什么了不起？什么叫情？什么叫义？还不是大家自己骗自己。什么叫痴？什么叫迷？简直是男的女的在做戏。”[③]这首歌以一种诙谐、调侃的方式道出了现代女性对虚伪爱情的理解和洞穿，它既与如花对爱情的态度构成鲜明的对比，同时也解构了如花寻找的全部意义。

李碧华笔下女子多为情所痴，她们对于爱情有着一份超越生死的执着与坚持，甚至不惜牺牲生命。《诱僧》中，红萼公主对大将石彦生一见钟情，玄武门兵变后，石彦生遭追杀。红萼不顾一切追随爱人亡命天涯，在她看来，皇公贵

① 李碧华：《霸王别姬》，人民文学出版社1993年版，第264页。

② 刘登翰主编：《香港文学史》，人民文学出版社1999年版，第496、497页。

③ 李碧华：《胭脂扣》，《李碧华作品集》（二），花城出版社2001年版，第134、135页。

族的身份无非草芥，唯有真挚、热烈的爱情才是她的追求。最终官兵追至，红萼挺身而出，以死殉情。《青蛇》中白蛇不惜以千年的道行去冒生死违天命，只为了一场杏花春雨的邂逅。《生死桥》中丹丹为了痴心相许的唐怀玉，不惜放弃自己的尊严和生命，以死来祭奠爱情。这些为了爱情不顾一切甚至不惜玉石俱焚的刚烈女子，活出了女性的任性任情及自我。当然，这些女性不仅痴情，同时为了这份情她们往往需要与自我命运、与男权社会去抗争。《秦俑》中的冬儿本是为秦始皇求长生不老药的五百童男童女中的一员，然而当她遇到蒙天放后，她做出了最勇敢的反抗，抛却童子身，并离开队伍扑向爱人的怀抱。她让爱情战胜了命运，以死来挑战不自由的生。《生死桥》中的丹丹不甘心生活在平庸男人的羽翼之下，她不断从失败和挫折中奋起，最终在上海滩干出了自己的一番事业。《霸王别姬》中的菊仙勇敢地挣脱妓女的生活，无畏地抗争着一生中无休无止的世俗冷眼、战乱灾难、政治迫害以及宿命般的三个人的情爱纠葛。《潘金莲之前世今生》中潘金莲的抗争最为决绝，为给死不瞑目的自己讨个公道，潘金莲拒喝孟婆汤，她不愿忘却前尘，她要报仇。“不要绝望，不要含冤。要靠自己的力量，把坑害过自己的男人，一个一个揪出来算账！”[①]尽管她的转世之身还是无法得到如愿的爱情，但她依然无怨无悔继续抗争。这些抗争命运的女性，虽然她们最终仍难逃悲惨的命运，但她们却在反抗中逐渐觉醒，认清了社会现实也证明了自己。

《青蛇》中小青同样是爱得热烈又抗争得彻底，她由白蛇传说中一个陪衬的角色而成为故事的第一主角。以往白蛇作品中的小青形象是简单的、平面的，不过到了李碧华笔下，小青却成为了性格多元、立体丰满的一个形象。她敢爱敢恨、任性自我，有自己的个性和追求。小青原本在西湖边与白蛇相互陪伴，共同修炼。不过，平静的生活被一颗小小的七情六欲丸搅乱了。白蛇春心萌动，爱上了许仙，两人结为夫妻。小青成为了白蛇生活中可有可无的点缀。也许是出于对情的好奇，也许是因为太过寂寞，也许是因为嫉妒，小青开始引诱

① 李碧华：《潘金莲之前世今生》，《李碧华作品集》（三），花城出版社2001年版，第9页。

许仙。为了所爱的人，她不惜与情同姐妹的白蛇兵戈相向、反目成仇。然而她很快发现许仙是一个懦弱的男人，于是她又爱上了强硬的法海，不过男人总是令女人倍感失望。小青不像白蛇沉溺情中而不可自拔，也没有自怨自艾或认命抱怨，而是在看清了男性真相后悲愤地奋起抗争，甚至不惜手刃曾经爱过但却伤害了自己和姐姐的男人。“我无限伤痛，浑身紧张，心颤肉跳，理智尽失，心中燃着最猛烈的恨意，双目尽露杀机。不假思索，提剑直刺许仙。直刺下去！——温热冒泡的血泉，飞扑至我脸上。是的，我往他的心狠狠一刺!那里马上喷射出鲜血。溅得一头一面。”[①]可以说，小青刺向许仙那一剑是向男性霸权的宣战和反抗，也颠覆了男权统治的优势地位。在小青身上体现了李碧华所倡扬的女性自主意识，一方面，她直面自己的情感和欲望，勇敢追求心中所爱；另一方面，她又不为情所困，当发现男人不值得她所爱时，她会抽身而退丝毫不拖泥带水；而当她发现男人背叛、伤害了自己及姐姐时，她勇敢地拔剑复仇，以极端的方式来发出女性的呐喊。

相比较李碧华笔下这些光彩夺目的女性形象，男性形象无疑要黯淡许多。这正是作家女性主义的书写策略，通过对男性形象的“去势模拟”及对独立自主女性形象的倡扬，重塑传统文化中的性别刻板印象及两性关系模式。李碧华的小说中，男性形象多阴柔懦弱、自私贪婪，甚至无法自食其力需依附女性而生存，这与传统男性强大、伟岸的形象相差甚远。《青蛇》中作者借白蛇的一段话表达了对男性的失望与鄙夷，“那是一种——叫女人伤心的同类。……苏小小的男人，叫她长怨十字街；杨玉环的男人，因六军不发，在马嵬坡赐她白练自缢；鱼玄机的男人，使她嗟叹：‘易求无价宝，难得有情郎’；霍小玉的男人，害得她痴爱怨愤，玉殒香销；王宝钏的男人，在她苦守寒窑十八年后，竟也娶了西凉国的代战公主……”[②]男性往往是女性悲剧的根源及制造者。故而，李碧华笔下的许仙不再是善良单纯、有情有义的情种，而是集中了男性的所有劣根性。他贪恋美色，背叛爱情，面对小青的诱惑，他没有能抵挡住欲望，甚至要带些钱财与小青私奔。他懦

① 李碧华：《青蛇》，《李碧华作品集》（一），花城出版社2001年版，第374页。

② 李碧华：《青蛇》，《李碧华作品集》（一），花城出版社2001年版，第241页。

弱无能，贪生怕死，他拿了素贞的钱去筹办婚礼，当被发现系偷窃银库所得时，他把一切责任都推给了两个女人；面对法海要将其与白蛇一起收入钵中的威胁，他吓得抱头飞蹿，那么快，那么无情，全然不顾夫妻情分。他自私阴险，委琐虚伪，他早就明了白蛇青蛇的真实身份，却假装不知，坐观二人争风吃醋，而且心安理得地享受她们奉献的一切；他一方面勾搭青蛇，要与其私奔，另一方面，面对憔悴的白蛇，他又会百般宽慰，表现极其虚伪。最终，深爱许仙的白蛇对他万念俱灰，心甘情愿被法海收服，而刚烈的小青则鄙视许仙的卑劣，一剑将其刺死，原本凄美的爱情竟以一场血腥的屠戮结束。《青蛇》中另一男性角色法海是作为男性“力”的象征，他霸道蛮横、追逐权力，他以降妖除魔为己任，却无法真正做到“四大皆空”。自以为“替天行道”却不过仍是出于一己私欲，李碧华同样解构了这一形象的传统文化内涵。

《胭脂扣》中的十二少原本是富家子弟，但当他失去了家庭经济来源后，他就变得束手无策，没有了生存能力，成天靠吸食鸦片来麻醉自己。这与如花面对生活困境时的表现形成鲜明对比，当两人没有衣食来源时，如花宁可重操旧业来养活十二少。可见，从精神层面而言，强弱对比已十分明显。当如花殉情后，十二少背信失约，如行尸走肉般苟活人世。可以说，因为他，如花死了两次，一次是肉体的死亡，肉体虽灭却还怀有爱的眷恋与执着；一次是精神的灭亡，苦苦等待50年后重返人世，却证明了自己的几十年的寻找毫无意义，如花的精神世界轰然坍塌。李碧华笔下，这类懦弱、自私、背叛的男子比比皆是，《诱僧》中石彦生没能抵抗住美色的诱惑，辜负了红萼公主的一片真情；《潘金莲之前世今生》中武松面对真爱的懦弱和虚伪；《川岛芳子》中女主人公一生都生活在男人的背叛之中；《霸王别姬》中段小楼为了保全自己，对红卫兵告发菊仙的妓女身份，导致菊仙最后失望自杀。可以说，男性在女性的爱情和命运中，往往完成的唯一使命便是背叛。李碧华通过对男性形象劣化及女性形象优化这种性别错位的书写策略，颠覆了传统文化中的性别形象，批判并质疑了男权社会的价值规范，也由此解构了传统两性关系模式。

传统两性关系中，男性是强者，起主导地位，女性则是弱者，一般处于依附地位。不过这种两性关系模式在李碧华的笔下却发生了变化，无论是对于爱情的执着，还是直面困境的勇气，再到面对不平的抗争，女性都较男性更为积极、主动、勇敢，男性的背叛与女性的坚守成为其小说常见的叙事模式。由此，传统男权文化所塑造的男性高大伟岸的形象轰然倒塌，男性话语权威也不复存在。在两性权力关系中，男性逐渐失去了强者及主导地位，而女性的主导地位则日益凸显。《青蛇》中，白素贞对许仙的追求可谓大胆直白，在对爱情的追求与捍卫中，白素贞完成了由妖到人的身心转变。为了维持家庭生计，素贞无怨无悔地辛劳付出，甚至担当了家庭“顶梁柱”的角色；为了捍卫爱情，素贞不惜冒死盗灵芝救许仙，并舍身与法海斗法。可见《青蛇》中，白蛇处于原本由男子占据的主导与征服的地位，而许仙则处于被动、被征服的地位，显示出与传统错位的两性权力关系。此外，《诱僧》中，红萼公主对爱的追求也是大胆干脆，她主动提出要与石彦生私奔，霸气地对其说，“我跟定你了。这是命令！”显示出女性的强者姿态。这类女性“往往披着‘传统’的外衣，却没有多少‘传统’的内涵”，“在大环境里她们做不了主，但在‘小气候’中她们是自己真正的主人。”①

这些敢爱敢恨、任性任情的女性，大胆追求所爱，勇敢抗争命运，但无论她们如何倾尽心力地追寻与抗争，最终总改变不了悲剧的命运。李碧华一方面肯定女性对爱的执着追求，另一方面又让女性的追求不断幻灭，哪怕是轮回转世，这种宿命的悲剧命运依旧延续。白素贞一片深情为许仙所负，千年的囚禁岁月并未使她彻悟，自雷峰塔倒下重获自由后，她又搭上了这个男人。冬儿因蒙天放血溅俑窑，她的转世朱莉莉再续前缘又命丧黄泉。潘金莲前世惨死，她未喝孟婆汤便纵身跃下“转轮台”为的就是来世复仇。九转轮回之后，潘金莲转世为芭蕾舞演员单玉莲。单玉莲的经历与潘金莲处处暗合，她们生命中都出现了四个男人，从张大户对潘玉莲的骚扰到章院长对单玉莲的蹂躏，从潘金莲对武松的暗恋到武龙与单玉莲的爱恨纠缠，从武大郎与潘金莲的婚姻到武汝大与单玉莲的结合，前世今生都有着惊人的相似。小说最后的结局稍有不同，单玉莲并没有死去而是失忆

① 刘登翰主编：《香港文学史》，人民文学出版社1999年版，第499页。

痴呆，这一结局可谓富含深意。“在小说中，只有单玉莲是有前世记忆的人，而那些男性人物则没有。由于不能摆脱的前世记忆，单玉莲似乎命定的屈居于男人的控制，前世记忆在小说里成为一种超自然的力量，它推动人物踏进命运的格局。直言之，这种前世记忆正代表了男性所拥有的权利、财产和社会地位，代表了这一切对一个无权无势的弱女子的控制。从这里进一步引申还可以说，女性在强权政治、家族关系和社会交往里都处于劣势，身体容貌的优势并不能帮助她获得自主性。在小说结尾，单宝莲失去记忆，从寓意的角度来读，未尝不是对这一命运的抗议。”①

李碧华受佛教和佛学思想的影响，十分相信轮回和鬼神那些事情，其小说创作宿命意识浓厚。“生死轮回”“因果报应”等这些传统宿命论思想在她的很多作品中都有体现。宿命或是一种不可违抗的内在规律，无论怎么努力都无法改变命定的结果，如《生死桥》中三位主人公怀玉、丹丹、志高，无论他们怎样想避免，最后还是应验了早年的三个卦，即“一个是，生不如死”“一个是，死不如生”“还有一个，是先死后生”。或是一种“必然”的存在，看似不经意发生的一瞬往往都是早已安排好的，如青白二蛇的相遇及她们与吕洞宾、许仙的相遇，一切都是命中注定。或是一种循环轮回，如《古今大战秦俑情》中冬儿的不断转世，《潘金莲之前世今生》中潘金莲的悲剧轮回。应该说，这种转世轮回拓展了李碧华小说的想象空间，形成其小说诡异神秘的独特风格。“她的大部分小说，都让人感到有着诡异的风格，神秘气息很重。生死轮回，缘定三生等传说的介入，成为惯常的情节构架，巧妙地跋涉于时间的长河，又把人物的情怀推向极致，加上被审美化了的情欲，让作品蕴含着浓郁的诗意。”②

不过这种宿命论也显示了李碧华女性意识的内在矛盾性。一方面，李碧华塑造了一批敢爱敢恨、任性任情、勇于抗争的女性形象，极力张扬女性的自我意

① 艾小明：《戏弄古今：谈李碧华的〈青蛇〉、〈潘金莲之前世今生〉和〈霸王别姬〉》，黄维樑主编《活泼纷繁的香港文学：一九九九年香港文学国际研讨会论文集》（下册），香港中文大学出版社2000年版，第577页。

② 刘登翰主编：《香港文学史》，人民文学出版社1999年版，第498、499页。

识，但另一方面，宿命论的结局让这些女性无论怎么挣扎都逃脱不了命运之网加在她们身上的束缚，她们无论转世轮回几次都注定还是要受男人的控制，成为男权社会的牺牲品。这说明李碧华对女性生存现实及女性自身弱点有着清醒认识，女性命运虽历经漫长时代却并没有得到质的改变；同时也说明李碧华对女性命运所持的悲观、消极态度，女性的悲剧是注定的、是无法通过自身努力得以改变的，而这则在很大程度上消解了女性抗争的价值与意义。

第九章

Chapter 9

海外华文女性文学

第一节　海外华文女性文学概述

第二节　严歌苓

第一节　海外华文女性文学概述

海外华文文学的发端难以考证，若从1910年海外华工刻写在加州天使岛木壁上的汉语诗歌算起，距今已有百余年的历史。百年以来，在世界不同国家的华人作家创作了繁多的文学作品，不仅受到所在国主流社会的关注，也对中国本土的文学生态产生了积极的影响。①

海外华文女性文学，一般指居住在海外的女作家以华文创作的文学作品及相关文学活动。从创作规模和影响上来看，北美和欧洲地区的华文女性文学创作成就最为突出。女作家们用独特的女性视角和坚持不懈的创作热情，在异域生存环境中为自身的存在发声，为华文文学创造出别具一格的文学景象。一方面，她们置身异域，心怀故土，体验与感受族裔、性别带来的双重边缘地位的困境，并由此生发出诸多思考，以文学的方式寻求共鸣；另一方面，文化多元性和文化身份多重性也给她们带来了丰富的创作资源。在文化、观念、性别等诸多差异面前，她们借由文学昭示自身的存在价值，同时也为世界文学贡献了富有艺术魅力的文学作品。

20世纪50年代至60年代，中国台湾、香港、澳门地区大批学生赴欧美留学，推动了“留学生文学”的产生。身在异域的漂泊感，对故土的深切思念，以及包

① 参见饶芃子：《寻找海外华文文学的世界坐标》，《学术视野中的华文文学——第十七届世界华文文学国际学术研讨会论文集》，福建师范大学文学院编：海峡文艺出版社2014年版，第23页。

括学业、就业、婚恋、种族歧视等问题在内的压力，共同构成她们进行文学创作的内在推动力。於梨华、聂华苓、陈若曦、欧阳子等女性作家，是20世纪第一代华文女性作家群体中的代表人物。20世纪80年代至90年代，随着改革开放的深入，全国上下掀起一股“出国热”。伴随着新移民的大量产生，华文女性作家群的规模也在不断壮大。在此期间，张翎、严歌苓、虹影、查建英等“新移民”作家和前辈们一起，促进了华文女性文学的发展，在西方文学领域里拓展了属于自己的一片天地。

一、“留学生文学”时期的女性文学

“留学生派”华人女性作家有着大致相近的人生经历：她们都在历经政治变动、国家分裂后选择赴海外留学。因此，她们都格外关注留学生的精神困惑和生存境遇，成为海外留学生群体的“发言人”。她们的作品中弥漫着“家园故去不能返”的感慨，颇有白先勇作品的伤感基调。代表作有聂华苓的《桑青与桃红》《失去的金铃子》，陈若曦的《突围》《二胡》，於梨华的《梦回青河》《又见棕榈，又见棕榈》《傅家的儿女们》，赵淑侠的《我们的歌》等。除此之外，欧阳子也因其备受争议的短篇小说，如《那长头发的女孩》《秋叶》等而广受关注。

於梨华，1931年出生于上海，1947年赴台湾，1949年考入台湾大学外文系，次年转入历史系。1953年从台大毕业，同年赴美。后考入美国加州大学新闻系，并于1956年获得该专业硕士学位。於梨华的作品，大多反映台湾留美学生在异域的生存状态，被誉为“留学生文学的鼻祖”。於梨华善用白描的手法，作品格调朴实清新，兼具女性的细腻，被夏志清先生誉为“最精致的文体家”。於梨华关注留美女性的命运，尤其善于刻画婚恋关系中的女性形象。在她的作品中，主人公大多为留美女学生。在远离家乡的苦闷和烦恼中，她们渴望找到可以安身立命的庇护所。可是当她们真正投入到婚姻和家庭中时，依附丈夫的生活让她们失去了“自我”，因而又产生了新的困惑。在《变》《插曲》《考验》等多部作品中，虽然环境和人物经历都不尽相同，但结局却是殊途同归——主人公纷纷迷失于婚外情的空虚。在这些作品中，於梨华一直延续着一个共同的主题，即女性的“自我找寻”。而这一主题在她写作的过程里不断深化、扩展，最终延伸至全体华人的“归属找寻”。

在於梨华稍后发表的作品中，作者渐渐将视线由华人女性的“现实问题”转向无形的内心困惑。在《又见棕榈，又见棕榈》这部小说中，集中反映了深藏在每一个华人内心的连绵乡愁，生动表现了远离祖国在他乡漂泊的生活给精神上带来的空虚和寂寞。这部小说出版后，白先勇在《流浪的中国人——台湾小说的放逐主题》中评价於梨华是“没有根的一代”的代言人。小说的典型性和时代性在于真实反映了当时旅美华人留学生的生存处境，因此被台湾诸多大学列为现代文学的必读书目。

《又见棕榈，又见棕榈》是一个渗透着时代苦闷的爱情故事，深刻反映了“无根的一代”的苦闷心境，而小说主人公牟天磊也成为“无根一代”的代表人物。故事围绕着牟天磊和几位女性之间的感情纠葛讲述了他由台湾赴美后学成获得博士学位回到台湾探亲的这十年间的故事。在美国留学期间，牟天磊大学时代的恋人眉立另爱他人。在孤独无依的国度，内心愁苦的主人公旋即和少妇佳利坠入爱河。可在他取得学位的那天，佳利却毅然离开了他。在学业上取得的些许成功，也并没有给他带来快乐。在这种苦闷下他决定回到台湾，但和父母及通过信件恋爱的情人意珊之间的隔阂又让他无法获得想象中的“归属感”，反而处处觉得自己仍是“客人”。父母和情人无视他的沮丧之情，仍然坚持要求他回到美国，意珊甚至将去往美国作为婚约的条件。这种充满矛盾的空虚感贯穿了小说的始终，牟天磊的个人经历也折射出了一代留学生丧失归属感后的失落。

《傅家的儿女们》可以说是於梨华作品中的一个异类，同样是写留学生的生活，但不同于其之前塑造的“无根的一代”，小说中的主人公开始出现分化：一类立足现实，实现自己的目的；另一类耽于美好幻想，走向幻灭。前一类人物被称为是於梨华小说中的“觉醒的一代”。与“无根的一代”最大的不同之处在于，“觉醒的一代”看得到回归祖国的光明前景，对未来的把握也更加自信。这部小说创作的过程中，於梨华曾随参观团来中国大陆访问，期间所见到的新人新事无形中影响了於梨华的创作思路，设立“觉醒的一代”人物形象的想法由此萌生。这些新式人物既是於梨华作品中的闪光点，也是其小说创作道路上里程碑式的标志。於梨华的小说语言很好地继承了传统白话文的规范性，同时借鉴了西方的文法，语言风格自成一派。她擅长细腻的心理描写，尤其是对女性心理的把握，精准到位。其塑造的“无根的一代”和“觉醒的一代”的人物形象也为后来的华文女作家提供了成功的范式。

聂华苓，1925年出生于湖北，人生的前24年都在大陆生活，辗转流离于武汉、宜昌、重庆与南京。她于1948年毕业于南京国立中央大学外文系，次年随家人远赴台湾。1964年应美国爱荷华大学“作家工作坊”邀请，聂华苓作为访问作家赴美。聂华苓代表作有长篇小说《桑青与桃红》《失去的金铃子》《千山外，水长流》，中篇小说《葛藤》，短篇小说集《翡翠猫》《一朵小百花》等。

《桑青与桃红》讲述的是女主人公桑青在1945年到1970年这25年的生活，艺术地表现了聂华苓在中国大陆、台湾和美国的经历，为我们提供了一部海外华人女性的成长史。“桑青”和“桃红”是同一个人，作者以不同的名字让读者更加清晰地看到女主人公阶段性的自我判定和人格特征。小说依据时间划分为四个部分，故事背景分别设立在长江沿岸、北平、台湾和美国。聂华苓巧妙地截取主人公人生中的几个横断面，将女性动荡流离的经历艺术化地排列成动人的成长故事。作者大量地运用意识流的写作手法，适时穿插引用寓言故事，成功地再现了一位中国女性自我意识的不断觉醒，也在一定程度上展现了女性柔弱外表下的抗争精神。作者通过桑青的人生经历，揭示了无论是在传统文化还是在异质文化里，女性始终生活在男性标准的规定中。女性面临无处不在的困境，处于边缘的边缘的异域华人女性，她们的反抗带来的后果是，不仅被本国文化抛弃，也无法在异质文化中安身，彻底被放逐于边缘地带。在华裔女性写作中，《桑青与桃红》无疑是一部里程碑式的作品，自1990年出版以来即获得“美国书卷奖”(American Book Award)。小说不仅在美国和中国大陆、香港和台湾地区出版，而且也被译介到匈牙利、荷兰、英国、韩国等国家，引起广泛关注。

陈若曦，原名陈秀美，1938年出生于台湾省台北市的一个匠人家庭。1957年陈若曦考入台湾大学外文系，毕业后赴美留学，入麻省圣橡山女子学院主修英国文学并获硕士学位。1966年丈夫获得博士学位，同年陈若曦夫妇回到中国大陆。当时国内正值“文化大革命”，陈若曦也曾被派往农场参加劳动，遭受巨大精神打击。1973年陈若曦举家迁往香港，1974年又迁至加拿大，其后赴美任教并在旧金山柏克莱亚洲研究中心从事创作和研究工作。

早在大学时代陈若曦就开始了文学创作，曾与白先勇、欧阳子、李欧梵等同窗好友组建“南北社”，筹款创办《现代文学》杂志。在完成编辑部的拉稿任务之余，陈若曦也开始尝试小说创作，先后完成《周末》《灰眼熊猫》《收魂》等短篇小说。陈若曦的早期创作风格多变，但已经显现其对于生活于乡土中的人的关注。20世纪70年代中期，在沉寂了十余年之后，陈若曦重新开始创作，其后发表的小说《尹县长》表现不俗，成为其代表作。在此阶段，陈若曦关注“文革时期”人们的生存状态，语言精练朴实，但作品仍“欠缺开阔视野，有些作品，形象还略显单薄。”①

1979年陈若曦移居美国，写作题材也逐渐由“文革”转向了海外华人的生存状态。这个阶段是陈若曦的“黄金时期”。无论是在思想上还是在艺术表现力上均有突破，开始更多的关注海外知识女性内心的矛盾与冲突。在长篇小说《纸婚》中，陈若曦通过日记的形式，讲述了一位35岁的上海女人在美国的一段经历。主人公赴美投亲求学，但因为非法打工被告密，被移民局勒令出境。无奈之下，为了取得合法的身份，她决定和一个美国男子“假结婚”，“纸婚”由此而来。日记记录了她从搬入“丈夫”家后的生活和思想观念上的转变。小说较为真实地反映了留美学生真实的生活境遇，尤其是女留学生在异国他乡由于文化冲突产生的不适之感，也反映了华人女性群体为了融入主流社会做出的不懈努力。陈若曦在这一时期的作品中展现了其深沉而又不失幽默的语言风格，文字凝练朴实，生动传神。

赵淑侠，原籍黑龙江，1931年出生于北京。抗战胜利后，随父母由东北、北

① 林丹娅主编：《台湾女性文学史》，厦门大学出版社2015年版，第212页。

平辗转到了台湾。1960年自台湾赴欧洲留学，进入瑞士应用美术学院学习。毕业后曾任美术设计师、电台编辑等。现定居瑞士。

赵淑侠的作品以小说和散文为主，代表作有短篇小说《王博士的巴黎假期》《塞纳河之王》等，均对海外留学生的生活做了真实生动的描写。散文集有《异乡情怀》《海内存知己》《故土与家园》等。60万字的长篇小说《我们的歌》于1978年在台湾的报纸上连载，1979年该小说获得台湾文艺写作协会颁发的小说创作金牌奖。赵淑侠用流畅纯净的语言书写了远在异国他乡的知识分子的苦痛和欢乐。小说中强烈的民族主义思想和诚挚的爱国主义情怀，引起海内外中国人的共鸣。

《我们的歌》讲述了台湾女青年余织云在欧洲留学期间的婚恋故事。故事的开端，余织云与一位在欧洲学习音乐的爱国青年江啸风相恋，后两人在是否定居国外的问题上产生分歧。在激烈的冲突下，江啸风愤然回国，从事民族音乐方面的工作，后不幸在一次意外中溺水身亡。余织云选择留在欧洲，并和青年学者何绍祥结婚。然而，在种族歧视依然严重的欧洲，余织云的自尊心不断受挫。最终，她回到台湾，决心完成江啸风未完成的事业。在这部小说中，赵淑侠成功塑造了一个不断在现实和理想中挣扎的女性形象——余织云，一方面她怀揣诗意理想，渴望和江啸风一起为传统艺术贡献自己的力量；另一方面，在现实面前，她又不得不考虑如何提高生活质量的问题。赵淑侠的小说在刻画“无根一代”的矛盾与彷徨的同时，也从深层次上揭示了海外华人女性的精神危机。赵淑侠的小说，有异于早期留学生的悲情文学，“细腻敏感的女性情思与‘五湖四海人’的开阔视野相交织，为其作品注入了阳刚之气”，[①]在留学生作家群体中自成一派。

20世纪50年代留学欧美的一代女性作家，几乎都是在传统文化与古典文学的滋养中成长。在文化环境大相径庭的异国他乡，她们一方面承受着现实中的“边缘化”危机，一方面又需要经受文化冲突带来的心理考验。无根的漂泊感和浓郁的乡愁，成为她们文学创作的重要意象。

① 曹惠民主编：《台港澳文学教程新编》，复旦大学出版社2013年版，第81页。

二、"新移民文学"时期的女性文学

"新移民"时期，随着对外开放的历史进程，大陆出现了"出国热"。严歌苓、张翎、虹影、查建英等作为"新移民文学"的代表作家，都先后在这一时期从大陆移居欧美。其中，严歌苓关注于华裔在异域的苦难历史，其代表作《扶桑》即以早期华人迁居海外的历史文献为素材进行创作的。《少女小渔》《无出路咖啡馆》等作品则深入刻画了华人女性在异域的真实生存状态。张翎用细腻而准确的语言，书写旅居海外的女性成长历程。她的代表作"江南三部曲"，即《望月》《交错的彼岸》和《邮购新娘》，都从女性血缘的延续性上展开宏大的叙事。在她的作品中，往往会出现较大的时空转换。虹影则关注女性内心"灵"与"肉"的冲突和挣扎，代表作有《饥饿的女儿》《K——英国情人》等。查建英的代表作《丛林下的冰河》则以"大陆经验"作为北美书写的背景，将中国大陆留美学生的文化感受和心理状态刻画得淋漓尽致。"新移民"时期，女性作家们褪去了前人浓烈的"无根"感，开始用冷静的目光审视海外生活。

张翎，1957年出生于浙江杭州，后迁至温州。"文革"后参加高考，入复旦大学英文系。1983年毕业，曾任职于北京煤炭部。1986年出国，先后在美国和加拿大获得英国文学硕士和听力康复学硕士学位。现定居加拿大，从事听力康复相关工作，利用业余时间进行写作。1991年，张翎发表第一部作品《梦里不知身是客》，自此开启了她的文学创作之路。张翎的主要作品有长篇小说《望月》《邮购新娘》《交错的彼岸》《金山》《睡吧，芙洛，睡吧》《阵痛》等，以及几部中短篇小说集，包括《雁过藻溪》《余震》《盲约》《恋曲三重奏》等。其中2009年出版的《金山》获得首届"中山杯"华侨文学奖、红楼梦长篇小说专家推荐奖等多种奖项。2010年，小说《余震》被冯小刚改编为电影《唐山大地震》，获得诸多赞誉。

张翎的创作大致可以分为两个阶段。第一个阶段为19世纪90年代至2009年，这一时期的作品多反映"边缘人"，尤其是生活在异域的女性生存境遇和困惑：她们不甘于受现实生活的摆布，积极寻求出路。如在《望月》中，女主人公是一个小有名气的画家，但她受困于丈夫的不理解，选择逃离一潭死水般的生活，远走他乡。望月努力摆脱金钱的束缚，追求超越于物质的精神满足。在这个过程中，望月渐渐成熟起来，认清了自己真正想要的东西，最终与同是画家的宋世昌相遇并相爱，找到了自己的精神归宿。再如《交错的彼岸》中的黄蕙宁、黄萱宁姐妹由于不甘心小城生活的平淡，先后来到加拿大，历经生活上和文化上的多重考验，最终得到精神上的慰藉和生活上的充实。第二个阶段为2009年至今，这一阶段，张翎开始对人物性格和心理进行更加深入的剖析，开始了"现实"向"历史"的溯源。如在新作《阵痛》中，作者讲述了一个家族三代女人孕育生命的过程。在时间向度上几代女人经历战争、政治运动、时代潮流，在空间上则从中国走到了异国他乡。然而无论是什么年代，无论在什么地方，女人们都注定要忍受孤独的"阵痛"，无法逃脱命运的枷锁。张翎笔下，女性的隐忍和坚韧是源于血缘里的传承，其作品也充分肯定女性独特的人格魅力。

张翎的作品烙有深深的"家族史"的痕迹，她擅长通过将不同时期的女性形象进行对照来刻画女性特质。在对历史背景进行构建时，她通常采用虚实相生的手法来处理，增加文本空间的纵深感。和严歌苓在创作后期倾向于纯粹的"大陆故事"不同，张翎始终坚持将大陆和北美相对照，以此获得独特的观感和体悟。

虹影，原名陈红英，英籍华人女作家、诗人，中国女性主义文学代表作家之一。1962年生于重庆，家中排行第六。高考落榜后，虹影进入一所中专院校学习，在此期间对诗歌产生浓厚兴趣，并于1988年出版诗集《天堂鸟》。1989年，虹影先后进入鲁迅文学院和复旦大学作家班学习写作。1992年发表处女作《背叛之夏》。自虹影1991年移居英国，25年来笔耕不辍，作品涵盖小说、诗歌、散文、诗论等。其代表作有长篇小说《饥饿的女儿》《K——英国情人》《阿难》《上海王》《上海之死》《上海魔术师》《好儿女花》等。诗集有《鱼教会鱼唱歌》《沉静的老虎》等。散文集有《小小姑娘》《53种离别》等。她的作品多次获得台湾报刊文学奖，2008年《饥饿的女儿》获得美国伊利诺伊大学年度图书奖，2009年《好儿女花》被评为《亚洲周刊》全球中文十大小说奖。2005年，凭借《饥饿的女儿》《背叛之夏》和《K——英国情人》，虹影获得了素有"文化奥斯卡"之称的意大利“罗马文学奖”，成为获此殊荣的第一位华人作家。

在虹影的作品中，有着强烈的内在冲突：一方面她大胆表现女性的情欲，不断冲破禁忌，但另一方面又随处可见《圣经》给她带来的内心共鸣。灵魂与肉体之间的矛盾深深影响了虹影的创作。在小说《阿难》中，作者通过“我”——阿难的女性意识，全面的叙述女性经验。小说中的“我”既是作家，也是众生中的一个普通个体。为了逃离情感带来的苦闷，四处流浪。静立在释迦牟尼身边的少年阿难，亦是“我”的分身，因此“我”可以作为“全知全能”的叙述者，讲述他超越诱惑，成为“尊者”的过程。宗教情绪深刻影响了虹影的女性意识，使作品具有厚重历史感。虹影以高度觉醒的女性意识，对女性欲望以及欲望背后的体悟做了淋漓尽致的书写。与同一时期大部分作家绵密、内敛的写作风格不同，虹影的书写颇为张扬、肆意，在华人女性文学圈中独树一帜。

纵观海外华文女性文学百年来的发展历程，华人女性写作包含了历史、性别、文化等诸多层面的因素。在性别因素中，它涉及传统男权话语和异域男权话语带来的双重压力及女性生存权利问题；在文化因素中，它涵括了自然性别、社会性别、女性视角、女性审美意识和文化身份等文本特质。因此，华人女性作家的创作是一种有着多重文化背景的写作，她们多将性别冲突置于不同文化带来的误解和融合的背景下展开。这种捍卫性别标志，张扬民族心声的文学创作自觉和主流文本区分开来，建立起独特的话语体系和叙事框架，在世界女性主义文学发展史上书写了浓墨重彩的一笔。

第二节 严歌苓

20世纪80年代，伴随着“改革开放”而来的“出国热”，使得中国大陆有相当数量的知识分子选择走出国门，其中不乏在大陆文坛已经取得一定地位的作家。这些作家中的一部分到了海外仍继续从事写作活动，在大陆文化和西方文化激烈冲突的异质语境下，将文学作为倾诉内心微妙变化和感悟的方式。多元的文化不仅给作家带来了创作上的新起点，同时也给国内的读者带来了新鲜的阅读体验。这些作家的创作有机地融汇于海外华人文学潮流之中，为中国文学的多样性和民族精神的探索形式提供了十分难得的参照。华文女作家严歌苓就是其中成就突出的一位。

严歌苓，1958年出生于上海。其父原系建筑专业出身，后进入安徽省文联成为专业作家，在省内小有名气；其母是一名专业演员。12岁时，严歌苓开始学习舞蹈，后考入成都军区文工团，成为一名舞蹈演员。在紧张的舞蹈训练之余，严歌苓开始了文学创作。1978年，严歌苓在《安徽文学》上发表了一首童话诗——《量角器与扑克牌》。在1979年中越自卫反击战期间，严歌苓主动申请并被批准成为了一名战地记者。经过两三个月的战地生活体验，严歌苓深受震动，很快挥就了一批叙事诗，并顺利发表在军区的报刊上。此番经历也让严歌苓发觉自己在文学创作方面的天赋并做出了一个重要的决定——放弃舞蹈演员身份，选择从事专业写作。

1989年，严歌苓赴美国哥伦比亚艺术学院攻读英文写作硕士。其间，她拒绝了家中的资助，依靠在餐厅做兼职服务生等工作赚取学费和生活费。旅美期间，严歌苓结识了身为外交官的丈夫，并随丈夫去往多个国家。这些经历也为严歌苓的文学创作提供了新鲜的素材和灵感，也为她反观不同文化间的差异提供了多元视角。

严歌苓的文学创作活动以1989年为界，分为出国前和出国后两个阶段。在出国前，严歌苓主要完成了三部长篇小说，分别是《绿血》《一个女兵的悄悄话》和《雌性的草地》。前两部作品为她赢得了1977—1986年优秀军事长篇小说奖和解放军报军版图书奖的殊荣，《雌性的草地》则让严歌苓开始受到海外文学界的重视。这三部作品都取材于"文革"，相较于同一时期的"伤痕文学"和"反思文学"，它们显得更为理性。作为亲历"文革"的一代人，严歌苓从自己的切身体验出发，"塑造了一系列在极"左"思潮的支配下，怀抱着崇高的革命理想，积极努力地改造自己，无私真诚地奉献自己的女性形象"[①]。同时，严歌苓也通过女性人物在"文革"中的悲剧命运，展示了荒诞社会背景下，女性自我价值和尊严的消解。

在严歌苓文学创作的第一个阶段，最具女性意识的作品当属《雌性的草地》。"文革"期间，为了响应"知识青年到农村去"和"男女平等"的号召，一支奇特的"女子牧马队"应运而生。这一批女孩子大都十七八岁，正值青春年华。这些美而娇弱的女孩子如同一把"红色种子"，被播撒到一片自然条件相当严酷的草地上。在完成牧马任务的过程中，以沈红霞为代表的女孩子们为着"荒诞的庄严"抹去了身上的鲜活的生命力，走向世人眼中的神圣。严歌苓在小说的自序中这样写道，"我不敢背叛写人物命运的小说传统。我写的还是一群女孩，尤其是主人公小点儿，次主人公沈红霞、柯丹、叔叔的命运。……小点儿终于在这荒诞的庄严中涤去了自己生命中的污渍，以死达到了净化；而同样是这份荒诞的庄严扼杀了全部女孩，将她们年轻的肉体作为牺牲，捧上了理想的祭坛。因此这份庄严而荒诞的理想最终被认清为罪恶。"[②]作者笔下的"性"是一切理想准则的对立面：牧

① 王万森主编：《把心灵的痛楚变成文字》，山东人民出版社2014年版，第391页。

② 严歌苓：《从雌性出发（代自序）》，《雌性的草地》，陕西师范大学出版社2013年版，第3页。

马班的女孩子们、草原上的红马、抑或那只叫姆姆的母狗，都是经历了“性”的阉割和消灭而实现了生命的纯粹，体现了那个年代“残酷而圆满”的逻辑。

这部小说展现了严歌苓一贯的女性主义立场，巧妙选取“雌性”这一突破口来窥探“文革”时期被扭曲的人性。严歌苓透过一个有着乱伦、偷窃等不良行径的少女——“小点儿”的视角，来窥探“牧马班”这样一个修女般的集体。在小说的末尾，“小点儿”受到女子牧马班的“感化”，脱离自身缺陷，走向圣洁。然而作者却指出，这样一个失去了缺陷的“小点儿”并不是她所推崇的“雌性”形象，因为她在圣洁的过程中也失去了迷人的人性。从这片“雌性的草地”出发，严歌苓重点书写了“女子牧马班”中的女孩子们生理成熟带来的欲望和心理体验。在这一过程中，她巧妙穿插了雄马“红马”同母马“绛杈”之间的生命纠缠。这种构思不只是一种简单的线索的并置，更是源于“一种人类本性的深入讨论——对人的理想两性关系的隐喻。”[①]正像作者自己所说，“我也企图在人的性爱与动物的性爱中找到一种共性，那就是，性爱是毁灭，更是永生。”[②]在这部高度抽象化了的作品里，作者用女性特有的心理体验诠释了何为“雌性”，以及“雌性”的消退必然导致的人性破碎。在故事的最后，这些荒诞的“牺牲”换来的不是褒扬和赞赏，而是彻底的遗忘。在草场经历了火灾后，这群姑娘来到场部机关，然而主事人却一板一眼地指着全场编制表说，没有女子牧马班。“根本没有。不存在。……于是就真实的不存在什么铁姑娘牧马班的姑娘们了。”[③]这片草地上的所有挣扎彷徨、屈辱痛苦都随着历史的判定一笔勾销，散如烟云。小说中代表着完美人格的沈红霞，在经历了有意识的“性别扼杀”后，成为“人性”和“神性”博弈中的牺牲品。严歌苓的另类演绎，使这个故事最终成为一个寓言，向我们展示了那个荒唐年月空前高涨的“革命”热情背后的空洞、虚无以及专制政治对人性尤其是对“雌性”的戕害。

① 王列耀：《女人的“牧”“被牧”与“自牧”——严歌苓〈雌性的草地〉赏析》，《名作欣赏》2004年5月，第93页。

② 严歌苓：《从雌性出发（代自序）》，《雌性的草地》，陕西师范大学出版社2013年版，第4页。

③ 严歌苓：《雌性的草地》，陕西师范大学出版社2013年版，第276、277页。

在严歌苓从事创作活动的第二个阶段，即1989年旅美后至今，其将关注点转移到华人尤其是华人女性的生存处境和内心世界上。在哥伦比亚大学艺术学院读书期间，严歌苓系统地学习了西方的文学写作技巧。由于在校期间少有完整的创作时间，她开始尝试创作短篇小说和散文。短篇小说集《少女小渔》《天浴》《白蛇》等以及随笔集《非洲札记》《波西米亚楼》等皆可看作是严歌苓课余的练笔作品。

在经历了短暂的练笔式的短篇小说创作后，严歌苓很快又将精力放到自己所擅长的长篇小说上来。自20世纪90年代以来，她先后出版长篇小说《人寰》（又名《心理医生在吗》）、《霜降》（又名《草鞋权贵》）、《扶桑》、《无出路咖啡馆》、《一个女人的史诗》、《第九个寡妇》、《小姨多鹤》、《寄居者》、《赴宴者》、《陆犯焉识》、《金陵十三钗》、《补玉山居》、《妈阁是座城》、《老师好美》、《床畔》、《舞男》等。

作为一名女性作家，严歌苓尤其关注生活在社会边缘的女性的生存境遇和心理状态：从美国底层的中国妓女到女留学生，从繁华的都市女性到乡野里的农妇……她们跨越时空和文化隔阂，共同构成严歌苓文学世界中的女性群像。严歌苓笔下的女性形象往往会打破社会对女性的刻板印象，体现了作者对女性性别属性的独特理解和对女性主体意识的关注。

首先，严歌苓在作品中自觉书写了女性自我意识觉醒过程。在《心理医生在吗》（又名《人寰》）这部小说中，并行着三条叙事线索。第一条线索讲述了父亲和贺一骑的恩怨纠葛。“文革”期间，富有才气的父亲写了一篇可能招致祸端的文章，后依靠贺一骑出面关照，使得父亲免受政治上的厄运。为了偿还这份“恩情”，父亲走上了为贺一骑代笔的道路。不久后，贺一骑也受到了政治批判。父亲为了免遭牵连，怀着极其复杂的心情，当着众人用一耳光宣布和贺一骑划清界限。这种深刻的内疚感伴随了“我”父亲一辈子，在贺一骑被平反后，他又回到了代笔的路途上。

故事中的第二条线索是小说的核心。父亲出事那年“我”年仅六岁，也是在那一年，“我”第一次见到贺一骑。文中对贺一骑的出场有着极为细致的描写，自此贺一骑便在“我”的内心占据了无可替代的位置。然而对一个年仅六岁的小女孩来说，这种情感还只是对成年男性的崇拜。随着“我”的成长，这种感情也在发生微妙的变化。在去往上海的火车上，“我”故意从卧铺的床上跌落下来。一个十一岁的少女，有意识地去试探这个崇拜已久的成年男人，带着懵懂的渴望和好奇，向着两性之间尚未涉足的神秘区域进行探索。然而贺一骑只是将她放回床上，轻轻为她盖好被子。通过“我”的成长经历，可以清晰地看到当时特殊的政治环境无形中对主人公女性自我意识的萌动和确立的“催化”，这份少女时期近乎禁忌的情感，对成年后的“我”产生了十分重大的影响。

小说的第三条线索是现在进行时。“我”在和舒茨博士相恋的过程中，逐渐意识到自己内心的痛苦同贺一骑有着某种联系。“精神分析学家总是声称，女人在情人身上追求的是她父亲的形象；但他让女孩子赞赏，是因为他是男人，而并非因为他是父亲，凡是男人都有这种魅力”[①]。严歌苓用自白这一叙述手法，深入剖析“恋父情结”的情感根源，将女性成长过程中的伤痛经历置于宏大的历史背景中。在严歌苓的作品中，女性意识觉醒带来的伤痛不仅是个人的情感体验，也是整个家族乃至整个民族的历史经验的象征。

在另一部半自传性的小说《灰舞鞋》中，严歌苓向我们展示了一个女孩惊心动魄的成长历程。故事中年仅15岁的穗子爱上了年轻的排长邵冬骏，因为部队严明的纪律限制，两个人几乎只能依靠书信传情。恋情被告发后，邵冬骏为了保全自己出卖了穗子，上交了穗子写给自己的信件。一时间，所有的指责和批评都落到了穗子的头上。铺天盖地的诬陷、趁火打劫的侮辱和沉重的军纪处罚，对于一个尚未成年的少女无疑是残酷的。在经历了巨大的煎熬后，穗子采取了最为合理的应对策略，她无视所有人的眼光，默默承受惩罚，拼命练舞。苦难没有摧毁她，反而成为她成长的催化剂。渐渐地，穗子的坚强和固执吸引了年轻的篮球队队员刘越的眼光，这个单纯、热情的男孩随即对穗子展开了热烈的追求。穗子也在伤痛中慢慢恢复，开始了和刘越的恋情。但失恋的苦痛让穗子逐渐意识到男性

① ［法］西蒙娜·德·波伏瓦：《第二性Ⅱ》，郑克鲁译，上海译文出版社2011年版，第499页。

和女性心理上的差异，早早认识到自己的"感情过剩，死心眼"，需要不停地在感情中寻找慰藉。多年后，刘越无意中翻开了穗子的日记本，意外发现在穗子的笔下，自己只是她释放感情的渠道。在日记面前穗子无可辩驳，最终两人在争吵后的沉默中分手。穗子在经历了悔悟和痛楚后，意识到这是自己的必然结局，她在恋情中追求飞蛾扑火的牺牲，"她的热情依赖于不可能的感情"。穗子的隐痛在于"她明白自己的本性，她无能为力"。在波伏娃的《第二性》中，提到"爱情"这个词对于男女两性有完全不同的意义："拜伦说得好，爱情在男人的生活中只是一种消遣，而它却是女人的生活本身。"①严歌苓的可贵之处在于，她一方面将自身的生命体验、历史记忆和女性视角紧密结合，通过女性特有的方式呈现荒诞历史背景下人性的复杂；另一方面，她又以女性特有的关怀、人道主义精神对少女的成长经历进行解剖和反思。严歌苓"注重人性的关照和探析"②，认为"个人的历史从来就不纯粹是个人的，而国家和民族的历史，从来都属于个人"③。

其次，严歌苓关注女性在情感关系中展现的"母性"。在小说《扶桑》中，严歌苓通过妓女扶桑的个人情爱经历，生动再现华人女性在异域的生存困境。小说的时间背景被设定在19世纪末20世纪初。主人公扶桑是一个出生在中国内地，拖着长辫、裹着小脚的农家闺女，还在咿呀学语时就被许给了广东的一个少爷。定亲后不久，这位少爷和家里的亲戚远赴美国淘金。十四岁时，尚在懵懂中的扶桑嫁到了夫家。拜堂成亲时丈夫尚在海外，于是夫家便用一只大公鸡代替儿子和扶桑拜堂成亲。几年后，扶桑被拐卖到充斥着欲望、疾病和罪恶的旧金山，继而沦落到了妓院中。在异国他乡，她遇见了生命中最重要的两个男人：白人少克里斯和"不好男儿"的头目大勇。克里斯是扶桑的第一个客人，他那"美不胜收地含着忠贞"的少年形象，是扶桑心中长存的隐痛和"敏感得不堪一击的知觉"。而大勇则是个变换无数身份，欠下无数血债的危险人物，只有在扶桑的怀抱中，他才能获得暂时的平和与安宁。在一次唐人街的暴乱中，扶桑被多名白人青年施暴，

① ［法］西蒙娜·德·波伏瓦：《第二性Ⅱ》，郑克鲁译，上海译文出版社2011年版，第496页。

② 王达敏：《中国当代人道主义文学思潮史》，上海人民出版社2013年版，第299页。

③ 严歌苓：《穗子物语·自序》，广西师范大学出版社2005年版，第2页。

克里斯在不知情的情况下也参与其中。一片混乱中，扶桑扯下了克里斯衣服上的铜纽扣。不久后阿勇因为一次事端被捕并被判了死刑，在行刑前，扶桑决定和他结婚。“她没有爱过大勇，无论是活的，还是死的。她从此有了一个死去的，不再能干涉她的大勇来保护，以免她再被爱情侵扰、伤害。”[①]在扶桑消失很多年之后，克里斯才逐渐意识到，自己和扶桑之间横亘的巨大误解，也为从未懂得过扶桑而抱憾终生。在一个世纪后，当“我”步扶桑们的后尘进入这个标榜“民主”和“自由”的国度时，“我”感到自己难以逃脱同早先移民者一样的惶惑心情。作者巧妙地利用了“我”和扶桑隔空对话的叙述方式，将相隔一个多世纪的两个女性的命运相连接。在历史与现实的对照中，少数族裔尤其是少数族裔的女性在异国的艰难处境跃然纸上。从个体生命的沦落到民族精神在异国他乡的迷失，严歌苓波澜不惊的笔触中，涌动着惊心动魄的时代风云和历史沧桑。

严歌苓用自己敏锐的洞察力，感知海外华人苦难史背后隐藏的一系列问题，如女性权利、殖民倾轧、异质文化语境中不可调和的误解等。小说以虚构和史实再现的形式，将扶桑作为早期华裔女性的代表人物，用她的命运作为故事线索和结构的中心。扶桑这一人物形象在小说中俨然已经成为一个隐喻，暗示着男权话语下的女性悲苦命运在异域的延续。在中国，她们裹小脚，没有婚恋自由，需要对丈夫绝对服从，到了新大陆之后，她们仍然是男性权力蹂躏的对象，受到更为严重的摧残。

在短篇小说《少女小渔》中，主人公小渔也具有扶桑的秉性。虽然两者处于不同的时代环境中，但同样都挣扎于社会的边缘地带。小说中，22岁的小渔为了获得国外的居留身份，不惜和一位60多岁的意大利男人“假结婚”，而这一切，都是由小渔的男友江伟一手促成。对于自私的江伟，小渔给予近乎母性的宽容与关爱，而在面对有些无赖的意大利男人时，小渔也是尽显温厚忍让。小说赋予小渔以超越文化和道德差异、向善向美的朴素情怀。扶桑和小渔近乎混沌的善良不仅迎合了男性生理和心理的需求，也在无形中净化了他们的心灵。面对“笑得毫

① 严歌苓：《扶桑》，陕西师范大学出版社2012年版，第275页。

无想法”的小渔和无欲无求的扶桑，男性强权话语无形中被弱化。

在严歌苓笔下，这一类用健康血性的美丽和满含包容的母性来面对苦难的女性形象还有很多，其中最具代表性的人物为《第九个寡妇》中的王葡萄和《小姨多鹤》中的竹内多鹤。这两个人物堪称严歌苓笔下的“民间的地母之神”，她们身上的母性“与世无争，本本分分”，“包含受难、宽恕，和对于自身毁灭的情愿”。根据美国女性主义理论家康斯坦斯·潘莉对女性形象的归纳，严歌苓笔下的这些女性形象都有着“大地之母”包藏万物的包容性。所谓“地母”，即比喻“拥有大地的沉默和藏污纳垢的能力，而藏污纳垢则意味着污泥浊水也泛滥其上，群兽便溺也滋润其中，败枝枯叶也腐烂其下，春花秋草，层层积压，腐后又生，生后再腐，昏昏默默，其生命大而无穷。”[①]这些“地母”的化身不同于以往女作家笔下拥有强烈自我意识和反抗意识的女性形象——她们是甘于示弱的。但表面的柔弱并不代表她们内心的一味顺从，相反，她们深谙一种处世哲学——在强权下依靠女性的柔弱作为抗争的手段。温和坚韧的品性恰到好处地展现了中国道家文化的包容性，也诠释了中国太极以柔克刚的核心理念。

作为跨国婚姻的亲历者，严歌苓也将婚恋关系作为其小说中探究女性生存状态的重要切入口。一方面，她深入探究跨国婚恋中的矛盾和误解；另一方面，她也试图在自己熟悉的文化背景中探究婚恋问题对女性生命历程的重大影响。此类代表作有长篇小说《无出路咖啡馆》《一个女人的史诗》《赴宴者》等。

《无出路咖啡馆》的创作灵感来源于严歌苓的个人经历。小说中的主人公“我”是一个艺术系的留学生，从大陆来到美国这个陌生的环境后，每天都为着房租、日常开销和奖学金发愁。然而，“我”和一位名叫安德烈的美国外交官之间的恋情打破了这样忙碌而平静的生活。由于安德烈极其特殊的工作性质，美国联邦调查局开始对“我”进行全面调查，给“我”造成了巨大的精神困扰，甚至影响了恋情的正常发展。伴随着现实发展的另一条线索则是“我”的回忆。这段回忆涉及“我”父母年轻时的爱情故事，突出描写了“我”母亲和两个男人峰回路转

① 陈思和：《关于〈扶桑〉改编电影的一封信》，《扶桑》，陕西师范大学出版社2012年版，第283页。

的爱情经历。严歌苓通过对女性内心的细腻把握，绝妙地展现了母亲少女时在情爱中完成的阶段性的成长。现实中的“我”也逐渐陷入了和母亲当年类似的境地：一方面“我”和外交官的感情稳定，彼此欣赏，另一方面“我”又对流浪艺术家里昂产生了暧昧的情感。严歌苓通过细腻的心理描写展现了“我”在欲望、情感和理智之间的纠结与彷徨。这部小说体现了严歌苓作品中普遍存在的倾向：相对于“残缺”的男性形象，严歌苓有意识地让女性形象更加理智和完整。小说中的“我”不再是为了爱情盲目“牺牲”的女人，在“我”的观念中，爱情是需要实惠的，是需要落到生活中来的。这种情感诉求在新时期的知识女性中是普遍存在的：她们接受良好教育，具有较为开阔的眼界和充分的自我意识的觉醒，对自己的需求有清晰的认识。作者巧妙通过母女俩两代人婚恋经历的对照，展现了女性意识随着时代发展在内容上的不断丰富。

长篇小说《一个女人的史诗》成功塑造了田苏菲这样一个“视爱情如生命”的女性形象。故事发生在一座藏污纳垢的江淮城市里，年仅15岁的少女田苏菲在革命口号的感召下离家出走，进入部队的文工团，成为了一名舞台演员。美丽、活泼的她不乏倾慕者，然而她早早认定了拥有一身儒雅气质的世家子弟——欧阳萸。郎才女貌的两人很快陷入暧昧，不久后田苏菲发现自己怀孕，欧阳萸在无奈下忍痛割舍原有的恋人，和田苏菲结了婚。婚后，田苏菲没有离开她热爱的舞台，她的表演风格也日益受到观众的追捧，而在舞台下，她照样铆足了劲，仔细捕捉每一个假想情敌的蛛丝马迹。她心中一直存在一个谜团，那就是欧阳萸当年的意中人。在经历了夫妻间的妒忌猜疑和尖酸刻薄之后，田苏菲凭借其敏锐的直觉，洞悉了“情敌”的身份。在“文革”期间，欧阳萸受到批判，往日的追随者一哄而散，田苏菲却深感欣慰，甚至感激这场政治运动，让欧阳萸看清人性中的鄙薄。多年后，当田苏菲在街头偶遇“情敌”，惊讶地发现当年才貌兼备的“情敌”已在政治迫害下精神失常，不由心生怜悯，多年的心结在倏忽间被打开。严歌苓用极尽浪漫的笔触写出一个女人为爱情而奋斗的一生，将世间女子对待爱情的“痴”还原到田苏菲的身上，因此，这也就成为了天下女子共同书写的史诗。严歌苓在这部小说的前言里写道：“可以说，一个女人的情感史就是她的史诗，国家的命运很多时候反而是陪衬她的史诗”[①]。严歌苓在书写历史的过程中，通过女性命运完成了对大历史的解构，消解了主流叙事中的权力话语，同时也建构了独特的女性历史叙述。田苏菲将自己的家庭视为自己毕生的事业，认真坚定地履行“一辈子只爱一个人”的诺言。在她身上，体现着无数美好的女性特质。然而，和扶桑、王葡萄等人物形象不同，田苏菲不是“圣母”，而是一个有着诸多缺点的女人。从中，我们可以看到严歌苓在女性人物形象上的不断突破和尝试，避免自我重复的创作倾向。

除此以外，严歌苓的作品还关注处于社会问题中的“边缘人”，如女同性恋者、赌场“叠码女”、被诱拐的少女、山村旅店老板娘等。这些“边缘人”形象既丰富了当代小说的女性形象的构成，也体现了严歌苓作为作家对不同阶层女性的人文主义关怀。

中篇小说《白蛇》以古代传说“白蛇传”为写作原型，以“文革”为背景演绎了一个唯美的同性恋故事。在川剧《白蛇传》中，小青原是男儿身，为了向白蛇求婚，便和白蛇约定比武：若是小青赢了，就娶白蛇为妻；若白蛇赢了，则小青幻化为女儿身，从此侍奉白蛇左右。比武以小青落败而告终，由此才有了白蛇和许仙的浪漫故事。在这部小说中，美丽迷人的孙丽坤原是万人敬仰的舞蹈艺术家，“文革”期间，她不幸被判定为“资产阶级腐朽分子”，随后被软禁于剧院的布景仓库。在失去自由和尊严的日子中，往日骄矜的美人变得身材走形，面对粗俗的建筑工们暧昧的调笑也应对自如，泼辣无比。然而，半年后的一天，一个二十来岁的男子的出现让孙丽坤的堕落生活出现了转机。这个青年男子自称徐群山，是中央特派的调查员。这个外貌俊秀，举止儒雅的年轻人如同一束光，让孙丽坤看到泯灭已久的希望。为了徐群山动人的凝望，孙丽坤重新开始了刻苦的形体训练，全力恢复到那个将“白蛇”演绎得出神入化的状态。就在孙丽坤全身心投入到这段恋情中后，却意外发现“徐群山”是个女儿身。在巨大的情感冲击下，孙丽坤精神失常，住进医院进行疗养。其间，“徐群山”恢复了自己的真实身

① 严歌苓：《一个女人的史诗》，陕西师范大学出版社2011年版，扉页。

份，作为徐群珊来探望孙丽坤。正是这几次探视，让孙丽坤意识到，自己也爱的不仅是“徐群山”这一男青年，也爱这个名叫徐群珊的姑娘。然而出于世俗的阻碍，两个人最终分道扬镳。到了20世纪80年代，孙丽坤重返舞台，获得了自己艺术生涯的第二春，而徐群珊也即将结婚。在婚礼上，孙丽坤送给徐群珊一尊玉雕，而玉雕上表现的正是“白蛇青蛇怒斥许仙”的故事。整部小说采用了“官方”“民间”“不为人知”三个版本，通过三种叙事角度全面展现孙玉坤的坎坷遭遇。“文革”时期，在阶级斗争口号的号召下，“不爱红装爱武装”的社会风气盛行，孙丽坤所代表的女性意识受到抑制。在极端扭曲的社会环境下，女性性别意识被中性化甚至男性化。疯狂的政治运动中，徐群珊的性别意识发生扭曲，最终酿成悲剧。严歌苓大胆触及“同性之爱”这一敏感题材，透过孙丽坤的视角，写出了“文革”对人性的扭曲，展现了家国政治之于女性个人命运的重大影响。

在长篇小说《妈阁是座城》中，严歌苓将“赌徒”纳入视线的焦点，塑造了一个极具争议性的女性形象——梅晓鸥。故事发生在2008—2013年的赌城——妈阁（澳门），主要讲述了作为“叠码仔”的梅晓鸥与三个“赌徒”男人之间的情感纠葛。她与他们因为人性中的贪婪而结缘，眼睁睁看他们一个个走上迷恋赌博的不归路。梅晓鸥自身和“赌徒”的渊源可以追溯到100多年前：她的远祖梅大榕，是个嗜赌如命的人，最终输光家产投海自尽。带着对赌博和男人的仇恨，祖奶奶梅吴娘将亲手闷死了自己年幼的儿子。梅晓鸥的身上继承了梅吴娘对于“赌博”的恨意，却阴错阳差进入了赌场，成为了给赌徒换筹码的“叠码仔”。与梅晓鸥产生纠葛的三个男人几乎个个都是“梅大榕”的翻版：最早出现的卢晋桐是梅晓鸥孩子的父亲，梅晓鸥在看透他无法戒除赌瘾后毅然带着孩子离开；段凯文曾是白手起家的房地产商，事业成功，家庭幸福，带着“小赌怡情”的好奇心态走进赌场，然而天性中的贪婪很快让他沉迷其间不能自拔，最终债台高筑，甚至利用梅晓鸥的信任拖欠筹码，将梅晓鸥卷进债务纠纷中；史奇澜原是一个极有天分的雕刻家，作品颇受市场的青睐，在赌桌上他仍保有艺术家的浪漫，是“一个乐观的输者”，梅晓鸥虽爱惜他的才华依然拿他的赌瘾无能为力。梅晓鸥在对人性一次又一次的失望后，意识到自己和梅吴娘有着不容忽视的隐秘联系——对赌博的憎恨使梅吴娘亲手了结了梅家一个又一个男婴，而梅晓鸥借着赌徒们的灾难发财却是出于同样的报复心理。小说的结尾写到梅晓鸥无意中发现儿子也涉足赌场，暗示了赌性的血脉相传。严歌苓透过梅晓鸥这样一个边缘女性的视角，深入挖掘人性的弱点，表面上将男性和女性放在堕落者和拯救者的对立面上，实际上却暗示了“赌性”普遍潜藏于人性之中，不同之处在于，男性更加沉迷于权力和金钱上的“赌”，而女性的“赌性”则体现在对待感情和婚姻的态度之上。严歌苓对“妈阁”的闯入揭示了赌徒们真实的人生，显露了其对于人性的悲悯之情。在严歌苓的书写中，男性和女性超越了传统的二元对立关系，通过梅吴娘和梅晓鸥两个女人的经历，书写雌性力量对世界的重大影响。

近年来，严歌苓逐渐将视线放回到国内，关注这片土地上曾经发生和正在发生的故事。在《陆犯焉识》《补玉山居》《老师好美》《床畔》《舞男》和2017年刚付梓的《芳华》中，无论是书写历史记忆还是现实感受，严歌苓都始终如一地站在女性立场上，用其优雅纤细的笔触传递对生命、文化、人性的感悟。在她的创作中，始终离不开两个基本的立足点，即人性和历史，这也是文学本质所要求的。其独特之处在于，严歌苓坚持不懈地通过一个个女性形象的塑造来反映历史、探讨人性。那些生动、鲜活、充满“韧性”的女性形象蕴含着生生不息的“雌性”力量。无论是在乡村还是在都市，也无论所处的时间和空间位置，她们的身上都闪耀着近乎原始的人性光芒，给读者留下了难以忘怀的印象。而严歌苓旺盛的创作精力和归乡游子般炽烈的情怀无疑给她的创作带来更多可能性，这也让我们有理由去相信这位总是带给我们心灵震撼的作家未来会带给我们更多新奇的阅读体验。

主要参考文献

Main References

主要参考文献

[法] 西蒙娜·德·波伏娃：《第二性》，陶铁柱译，中国书籍出版社1998年版。

[美] 贝蒂·弗里丹：《女性的奥秘》，程锡麟等译，北方文艺出版社1999年版。

[美] 凯特·米利特：《性的政治》，钟良明译，社会科学文献出版社1999年版。

[美] 克丽丝·维登：《女性主义实践与后结构主义理论》，白晓红译，桂冠图书股份有限公司1994年版。

[美] 刘剑梅：《革命与情爱》，郭冰茹译，上海三联书店2009年版。

[美] 苏珊·S·兰瑟：《虚构的权威：女性作家与叙述声音》，黄必康译，北京大学出版社2002年版。

[美] 叶凯蒂：《上海·爱：名妓、知识分子和娱乐文化：1850—1910》，杨可译，生活·读书·新知三联书店2014年版。

[美] 周蕾：《妇女与中国现代性：西方与东方之间的阅读政治》，蔡青松译，上海三联书店2008年版。

[英] 弗吉尼亚·伍尔夫：《一间自己的屋子》，王还译，生活·读书·新知三联书店1989年版。

［英］玛丽·伊格尔顿编：《女权主义文学理论》，胡敏等译，湖南文艺出版社1989年版。

鲍晓兰主编：《西方女性主义研究评介》，生活·读书·新知三联书店1995年版。

毕新伟：《暗夜行路：晚清至民国的女性解放与文学精神》，暨南大学出版社2010年版。

陈惠芬：《神话的窥破——当代中国女性写作研究》，上海社会科学院出版社1996年版。

陈顺馨：《中国当代文学的叙事与性别》，北京大学出版社1995年版。

陈顺馨、戴锦华选编：《妇女、民族与女性主义》，中央编译出版社2002年版。

戴锦华：《涉渡之舟：新时期中国女性写作与女性文化》，北京大学出版社2007年版。

戴锦华：《犹在镜中：戴锦华访谈录》，知识出版社1999年版。

樊洛平：《当代台湾女性小说史论》，河南人民出版社2005年版。

范铭如：《众里寻她——台湾女性小说纵论》，麦田出版社2002年版。

贺桂梅：《女性文学与性别政治的变迁》，北京大学出版社2014年版。

贺绍俊：《作家铁凝》，昆仑出版社2007年版。

胡晓真：《才女彻夜未眠——近代中国女性叙事文学的兴起》，北京大学出版社2008年版。

黄华：《权力，身体与自我——福柯与女性主义文学批评》，北京大学出版社2005年版。

荒林：《日常生活价值重构：中国当代女性主义文学思潮研究》，北京大学出版社2013年版。

季红真：《呼兰河的女儿：萧红全传》，现代出版社2011年版。

姜云飞：《20世纪上半叶女性文学与时尚文化》，河南人民出版社2013年版。

金文野：《中国现当代女性主义文学论纲》，中国社会科学出版社2011年版。

康正果：《女权主义与文学》，中国社会科学出版社1994年版。

李玲：《中国现代文学的性别意识》，人民文学出版社2002年版。

李少群：《追寻与创建：现代女性文学研究》，山东教育出版社1997年版。

李有亮：《给男人命名——20世纪女性文学中男权批判意识的流变》，社会科学文献出版社2005年版。

李银河主编：《妇女：最漫长的革命：当代西方女权主义理论精选》，生活·读书·新知三联书店1997年版。

李向东、王增如：《丁玲传》（上下），中国大百科全书出版社2015年版。

刘登翰主编：《香港文学史》，人民文学出版社1999年版。

刘禾：《跨语际实践——文学，民族文化与被译介的现代性（中国，1900—1937）》，宋伟杰等译，生活·读书·新知三联书店2002年版。

刘慧英：《走出男权传统的樊篱：文学中男权意识的批判》，生活·读书·新知三联书店1995年版。

刘思谦：《“娜拉”言说——中国现代女作家心路纪程》，上海文艺出版社1993年版。

刘传霞：《被建构的女性——中国现代文学社会性别研究》，齐鲁书社2007年版。

林丹娅：《当代中国女性文学史论》，厦门大学出版社1995年版。

林树明：《多维视野中的女性主义文学批评》，中国社会科学出版社2004年版。

林树明：《女性主义文学批评在中国》，贵州人民出版社1995年版。

林幸谦：《荒野中的女体——张爱玲女性主义批评Ⅰ》，广西师范大学出版社2003年版。

罗婷等著：《女性主义文学批评在西方与中国》，中国社会科学出版社2004年版。

孟悦、戴锦华：《浮出历史地表——现代妇女文学研究》，中国人民大学出版社2004年版。

钱虹：《文学与性别研究》，同济大学出版社2008年版。

乔以钢：《低吟高歌——20世纪中国女性文学论》，南开大学出版社1998

年版。

乔以钢：《多彩的旋律——中国女性文学主题研究》，南开大学出版社2003年版。

乔以钢：《中国当代女性文学的文化探析》，北京大学出版社2006年版。

乔以钢、林丹娅主编：《女性文学教程》，河北教育出版社2007年版。

屈雅君：《执着与背叛——女性主义文学批评理论与实践》，中国文联出版社1999年版。

任一鸣：《中国当代女性文学简史》，广西师范大学出版社2009年版。

盛英：《中国新时期女作家论》，百花文艺出版社1992年版。

盛英：《中国女性主义文学纵横谈》，九州出版社2004年版。

盛英主编：《二十世纪中国女性文学史》，天津人民出版社1995年版。

宋素凤：《多重主体策略的自我命名：女性主义文学理论研究》，山东大学出版社2002年版。

谭正璧：《中国女性文学史话》，百花文艺出版社1984年版。

王绯：《空前之迹：1851—1930中国妇女思想与文学发展史论》，商务印书馆2004年版。

王宇：《性别表述与现代认同——索解20世纪后半叶中国的叙事文本》，上海三联书店2006年版。

魏玉传编：《中国现当代女作家传》，中国妇女出版社1990年版。

西慧玲：《西方女性主义与中国女作家批评》，上海社会科学院出版社2003年版。

徐岱：《边缘叙事：20世纪中国女性小说个案批评》，学林出版社2002年版。

徐坤：《双调夜行船——九十年代的女性写作》，山西教育出版社1999年版。

徐艳蕊：《当代中国女性主义文学批评二十年》，广西师范大学出版社2008年版。

薛海燕：《近代女性文学研究》，中国社会科学出版社2004年版。

谢玉娥编：《女性文学研究教学参考资料》，河南大学出版社1990年版。

阎纯德：《二十世纪中国女作家研究》，北京语言文化大学出版社2000年版。

颜海平：《中国现代女性作家与中国革命（1905—1948）》，季剑青译，北京大学出版社2011年版。

杨莉馨：《异域性与本土化：女性主义诗学在中国的流变与影响》，北京大学出版社2005年版。

余斌：《张爱玲传》，南京大学出版社2007年版。

于青、王芳：《黑夜的潜流：女性文学新论》，陕西人民教育出版社2003年版。

乐铄：《中国现代女性创作及其社会性别》，郑州大学出版社2002年版。

张京媛主编：《当代女性主义文学批评》，北京大学出版社1992年版。

张均：《张爱玲十五讲》，文化艺术出版社2012年版。

张岩冰：《女权主义文论》，山东教育出版社1998年版。

赵树勤：《找寻夏娃——中国当代女性文学透视》，湖南师范大学出版社2001年版。

郑明娳主编：《当代台湾女性文学论》，时报文化出版企业有限公司1993年版。

周海波、孙婧：《寻找失去的天空：中国现代女性文学论》，中国社会科学出版社2004年版。

后记

Postscript

后　记

自20世纪80年代以来，女性文学研究逐渐在中国兴起，不少高校的汉语言文学专业都设置了女性文学课程。针对中国现当代女性文学课程的教学，我们写作了这本《二十世纪中国女性文学研究》。本书的写作体现了以下几个原则：一是突破传统的文学视角，以鲜明的社会性别分析的视角与方法切入文本，考察文本的女性意识；二是以女性文学发展概貌为经，以作家作品的深度解析为纬，注重对经典文本特征性研究，力求全面展现20世纪中国女性文学的发展概况，并将港台及海外华文女性文学纳入写作范畴；三是结合学界最新研究成果，以探索性、开放性启迪读者对女性文学进行感知与思考。

本书各章节执笔情况如下：

黄　静：绪论，第一章，第三章第三节、第四节，第四章第二节、第三节，第六章第一节，第七章，第八章；

朱菊香：第四章第四节，第五章第四节；

郭传梅：第五章第二节；

杨　惠：第六章第二节；

梁娟娟：第二章；

李雅文：第九章；

徐　瑶：第三章第一节、第二节，第四章第一节，第五章第三节；

舒仁兰：第五章第一节，第六章第三节、第四节。

本书在写作过程中，借鉴了学界同人的一些研究成果，在此深表谢意。由于编写者水平有限，书中会存有一些不足，恳望读者不吝赐教。本书系安徽师范大学中国现代文学省级教学团队成果，其出版获得了安徽师范大学教材建设基金、安徽师范大学文学院教材基金的资助，在此深表感谢！

黄　静

2017年2月1日